나를 찾아서 2

The Power of One

브라이스 커트니

나를 찾아서 2

김옥수 옮김

목 차

14

그날 밤 14체급 결승전에는 바버톤 블루스가 아홉 체급에 진출하고 여덟 체급을 싸워서 다섯 체급에 이겼다. 이제 헤비급만 남았다. 관중이 가장 기대하는, 가장 흥미진진한 시합이었다. 거트는 포트지에터라고 하는 거인과 붙었다. 카프무이덴에서 온 철도 노동자로 키는 2m 2cm고 몸무게는 131kg에 달했다. 거트 역시 중량급으로 키는 185cm에 몸무게는 100kg이었다.

포트지에터는 보기보다 훌륭한 선수였다. 1라운드에서 거트를 두 번이나 궁지로 몰았지만 거트가 깨끗한 펀치를 더 많이 날려서 점수에 앞섰다. 헤비급 시합은 다운되었다 해서 끝나는 건 아니다. 2라운드가 시작되자 포트지에터는 점수가 뒤졌다는 걸 의식하고 복부에 어퍼컷 연타를 날려서 거트를 쓰러뜨렸다. 심판이 다섯을 셀 때 벨이 울렸다. 하지만 거트는 승산이 없을 것 같았다.

그러나 놀랍게도 3라운드 종이 울리자, 링 중앙으로 나와서 포트지에터를 마음껏 공격하기 시작했다. 거인은 점수에서 뒤진다고 생각했는지 두 팔을 내린 채 거트가 휘두르는 펀치를 몸으로 받아냈다. 거트는 펀치를 무수하게 날리고, 거인은 얼굴이 피범벅이었다. 한쪽 눈은 완전히 잠겼다. 그런데도 계속 웃었다. 앞니가 빠진 데다 피범벅 얼굴로 웃으니 소름이 끼쳤다.

줄기차게 압박하는 포트지에터 얼굴에 거트는 스트레이트 레프트와 라이트를 사정없이 날려댔다. 상대는 온갖 공격을 몸으로 받아내며 계속 짧게 끊어쳐서 결국 거트를 코너로 몰아넣는 데 성공했다. 어퍼컷이 턱을 천천히 올려치는 것 같은데, 거트는 다리가 휘기도 전에 의식을 잃었다. 우리는 그가 죽었다고 생각했다. 심판이 카운트를 끝냈다. 돌머리와 스미트 부장은 의식을 잃고 쓰러진 거트를 들어서 코너로 데려왔다. 가슴을 너무 많이 사용하고 머리를 너무 적게 사용한 거다. 모차르트를 알았다면 그렇게 참패하진 않았을 거다.

우리는 저녁 10시가 넘어서 넬스푸르트를 출발했다. 아이들은 트럭 짐받이에서 서로를 부둥켜안고 교도소 담요 두 장을 덮었다. 차갑게 생긴 별이 밤하늘을 찬란하게 수놓았다. 우리는 서로를 칭찬하고 바버톤 블루스를 찬양하느라 남은 에너지를 모두 소비한 다음에 침묵했다. 졸렸다. 운전석에는 돌머리가 앉았다. 거트는 몸 상태가 안 좋아서 스미트 부장과 함께 39년형 쉐보레를 타고 먼저 떠났다.

보키와 포니, 넬스와 마티가 잠에 떨어졌다. 졸트가 깨우자, 그들은 졸린 눈을 뜨다 무거운 눈꺼풀을 다시 감았다. 나도 몹시 피곤하지만 잠에 곯아떨어질 수는 없었다. 그날 싸운 상대 선수 세 명이 한 명씩 떠올랐다. 영화 필름이라도 되는 듯 가위로 자르기도 하고 연결도 하며 경기를 재편집해서 가장 이상적인 경기를 떠올렸다.

당시에는 몰랐지만 시합 장면을 이렇게 떠올린 덕분에 적수를 다시 만날 때마다 시합을 더 완벽하게 주도할 수 있었다. 필요할 때 바꿔서 싸우도록 왼손잡이도 몇 년 동안 열심히 연습했다. 몇 년이 지나자 왼손잡이로 싸우는 것도 익숙했다.

드디어 트럭이 집 앞에 멈추었다. 한밤중이었다. 칠흑 같은 어둠이 모든 걸 집어삼킨 상태였다. 집 뒤로 조심스럽게 돌아갔다. 부엌문은 자물쇠를 늘 안 채웠다. 문을 열고 들어가니 식탁과 바닥에서 초가 한 자루씩 탔다. 덤과 디는 담요를 한 장씩 덮고 누워있었다.

발끝으로 살금살금 지나려 했으나 이집트 미라가 살아나듯 덤과 디가 갑자기 일어나 앉아, 깜짝 놀란 눈을 하얗게 뜨고 쳐다보았다. 그러다 내가 돌아왔다는 걸 깨닫고 기뻐서 어쩔 줄 모르더니, 전등을 켜고 다시 쳐다보았다. 귀가 부어오른 걸 발견하고 두 사람이 울음을 터뜨렸다. 간신히 달랜 다음에 이겼다는 소식을 전하자, 두 사람은 의례적으로 기뻐할 뿐, 부엌데기 할머니 같은 표정으로 혀를 차며 걱정하더니 새벽에 언덕에 올라가 약초를 캐서 끔찍하게 부어오른 상처에 발라주겠다고 했다. 옷을 벗으면 부어오른 곳이 한두 군데가 아닐 게 분명했다. 너무 피곤해서 서 있을 힘도 없었다. 싫다고 했으나 덤이 바닥에 억지로 앉히고 난로에 있는 주전자 물로 얼굴과 손을 씻기고 발까지 씻겨주었다. 디가 거친 수건으로 물기를 닦았다. 그런 다음에 비로소 비틀거리며 침실로 갈 수 있었다.

다음 날 아침 주일학교에 가자 멀베리 목사가 퉁퉁 부어오른 귀를 보고 번개처럼 웃어서 밖으로 삐져나오려는 앞니를 내보이며 말했다.

"악마한테 또 귀를 기울인 모양이지, 피케이?"

목사는 농담이 재미있다는 듯 낄낄거리며 웃었다. 신에게 모든 걸 고백해야 한다고 늘 주장했으니, 나중에 신에게 그렇게 농담하며 고자질할 게 분명했다.

나는 아직 거듭나지 못해 구원을 못 받았다. 우리 어머니가 교회로 끌어들인 모든 여자는 마음속으로 기도하는 대상에 나를 넣었다. 교도소에서 무슨 일이 일어나는지 안다면 부흥회를 열어서 나를 신에게 데려가야 한다고 소란피울 것 같았다.

언젠가 주일학교에서 하늘나라는 흑인이 백인과 동등하냐고 물었다. 주일학교 선생님은 가슴이 크고 코가 날카로워서 뚱뚱한 비둘기를 떠올리는 코스틀러 부인이었다. 부인은 말문이 막혀서 다른 아이에게 멀베리 목사님을 불러오라고 했다.

"꼭 그런 건 아니야. 하지만 꼭 안 그런 것도 아니야."

멀베리 목사는 모호하게 대답하더니 코스틀러 부인의 성경을 뒤적거리다 성경 구절을 찾아서 읽었다.

"우리 아버지 집에는 방이 많다. 내가 가서 너희가 묵을 장소를 마련하리라."

그리곤 성경을 옆으로 밀어놓으며 대답했다.

"'방이 많다'란 표현을 통해 우리는 신께서 모든 인류를 사랑하시지만 흑인과 백인처럼 인간에게 차이가 있다고 생각하신다는 걸 깨달을 수 있다. 흑인 천사가 묵을 방과 백인 천사가 묵을 방이 따로 있는 거다."

멀베리 목사가 그럴싸하게 대답하고 만족스러운 표정을 짓자, 조 프린스루라는 여자아이가 물었다.

"그러면 우리 방에 더러운 카피르가 못 들어오게 해도 되나요?"

코스틀러 부인이 끼어들었다.

"그렇지 않아, 조. 하늘나라에서는 아무도 안 더러워. 카피르도 안 더럽고!"

"우리 밑에서 계속 일하나요?"

내가 묻자, 코스틀러 부인이 멀베리 목사를 쳐다보고, 멀베리 목사는 약간 초조한 어투로 말했다.

"아니야. 하늘나라에선 아무도 일하지 않아."

"아무도 더럽지 않고 아무도 일하지 않는다면 흑인과 백인이 동등하네요. 그렇다면 같은 방에서 함께 지낼 수 없는 이유는 무언가요?"

내가 묻자, 멀베리 목사가 한숨을 깊이 내쉬며 대답했다.

"흑인은 깜둥이라서 안 좋기 때문이야. 신께서 잘 아시지. 우리는 그분의 지혜를 의심하지 말아야 해. 거듭나면 그분의 무한한 지혜를 이해할 수 있으니, 그렇게 말도 안 되는 질문은 안 할 게다."

나중에 여신도 기도회를 열면 코스틀러 부인이 거기 모인 사람들에게 시시콜콜한 얘기를 다 할 게 분명했다. 그러면 어머니에게 훈계를 또 들어야 한다. 죄인으로 지내는 건 쉬운 일이 아니다. 어머니는 나를 내 방으로 보내고 뒤따라와서 침대에 앉아 한숨을 푹푹 내쉬며 말할 게 분명하다.

"크게 실망했다, 얘야. 코스틀러 부인이 말하길 네가 신께서 하신 말씀을 의심했다더구나. 신을 모욕하는 이유가 무어니? 너는 이제 어린 나이가 아니라서 신의 분노를 피할 수 없어. 그분께선 '나를 모욕하지 말라'고 하셨어. 나는 네 영혼을 위해서 매일 기도한단다. 하지만 네가 마음의 문을 계속 닫아둔다면 언젠가는 신께서 당신의 자비와 영원한 용서를 베풀지 않으실 거야. 그러면 저주가 내린다고."

그러고 나서 어머니는 한숨을 몇 번 더 내쉰다. 내가 괴로운 건 바로 그 한숨 소리였다. 나 때문에 어머니 마음이 그토록 상했다 생각하면 견디기 힘들었다. 하지만 그렇게 하지 않으려 해도 어쩔 수 없었다. 질문하는 게 습관이 되었기 때문이다.

박사는 내가 그런 식으로 진실을 계속 탐구하도록 훈련했다. 따라서 나는 논리적이지 않거나 상식에서 벗어난 내용에 의문을 제기하는 게 나무에 오르는 만큼이나 자연스러웠다. 나는 진리를 모색하는 탐정이었다. 성경에 이상한 부분이 있다는 걸 발견한 이상, 모순되는 내용이 나올 때마다 의문을 제기하지 않고 넘어갈 순 없었다.

어쨌든 나는 용서를 구하고 코스틀러 부인을 비롯해 나 때문에 당황한 모든 신자에게 사과하겠다고 말한다. 하지만 그걸로 안 끝난다. 어머니는 철저한 반성과 고백을 요구한다. 죄를 끊어버리고 생각을 바꾼 다음에 신 앞에 무릎 꿇고 용서를 구하라고 한다. 하지만 그럴 수 없으니, 어머니는 그만큼 더 실망한다. 그래서 저녁을 먹지 말고 그냥 자라고 한다. 밖으로 나오면 안 된다고 덧붙이면서.

마리는 고향에 다녀올 때마다 말린 육포를 우리 집에 가져왔다. 육포는 우리 몫이었다. 가족 가운데 딱딱한 육포를 씹을 정도로 이가 성한 사람은 디와 덤과 나밖에 없었다. 나는 저녁을 굶어야 할 때를 대비해서 그것을 침대 밑에 숨겨놓았다. 그래서 그런 날이면 침대에 앉아서 햇볕에 말린 육포를 요셉 로저 포켓용 칼로 잘라 맛있게 먹으며 독서를 즐겼다. 요셉 로저 칼은 사실 박사 물건이지만 교도소에 있는 동안에 내가 대신 보관했다.

마리는 신의 군대에 이미 오래전에 항복했다. 나도 많이 이바지했다. 사람 한 명을 다시 태어난 교인으로 만드는 건 인디언이 얼굴 가죽 한 장을 챙기는 것과 같은 효과가 있었다. 그래서 가끔 대단한 사건이 일어났다. 유명한 주정뱅이나 바람둥이 혹은 하루에 담배를 세 갑이나 태우는 골초가 신 앞에서 벌벌 떨며 사죄하고 신도들 앞에서 모든 죄를 고백하는 거다.

양의 피에 씻김 받은 죄인은 신도들이 감탄하는 소리에 감격한다. 할렐루야를 외치고 박수하고 노래하거나 감격에 겨운 탄성이 나올 때마다 회개하는 자는 눈물을 흘리면서 훌쩍이는 목소리로 자기가 저지른 죄를 낱낱이 고백한다. 그래서 절정으로 치달을 때마다 신도들은 경악을 금치 못하며 사악한 죄를 모두 용서받기를 기도한다.

참회한 술꾼이 구원받는 광경은 정말 인상적이다. 하루 전만 해도 길을 건너며 일부러 피하던 신도들이 다시 태어난 죄인에게 형제라며 사랑이 가득한 눈길로 쳐다보고 따뜻하게 악수하는 모습은 진짜 감동이다. 그런 점에서 신의 공로는 충분히 인정받을 만하다.

하지만 다시 태어난 사람이 오래 못 갈 때도 있다. 그러면 그렇게 사랑하던 사람을 타락자라고 부른다. 타락한 신도가 생겼다는 건 사도 모임 교회로서 최악의 사태였다. 신도들이 그토록 사랑한 건 아무런 소용이 없고 마침내 악마가 승리했다는 뜻이다. 신도들은 그걸 잠정적인 패배로 받아들였다.

신도들이 볼 때 물질적인 욕망은 정말 대단하지만 영원한 생명을 보장받으려면 모두 포기해야 한다. 온갖 유혹을 물리치고 고생을 참아야 나중에 영광을 누린다는 논리였다. 하지만 다시 태어난 사람이 타락자로 전락하면 그동안 고생한 건 모두 헛수고다. 다시 태어난 신자는 하늘나라에서 흑인과 백인을 갈라서 준비한 방을 차지하려고 더욱 열심히 믿어야 한다.

나는 승자와 패자를 본능적으로 파악할 수 있었다. 내가 볼 때 사도 모임 교회 신자 가운데는 인생의 패배자가 많았다. 그래서 '천국이 너희 것이니 가난한 자에게 복이 있으라'는 말을 누구보다 좋아하는 것 같았다.

술을 많이 마시거나 간통하거나 회개한 사람도 패배자라서 교회에 자연스럽게 모여들었다. 타락하는 걸 쉽게 허용하지 않았다. 잃어버린 아이를 신 앞으로 데려오려고 많이 노력했다. 그러면 하늘에 있는 부동산을 그만큼 더 누릴 수 있었다. 멀베리 목사에 따르면 나무와 푸르른

풀이 자라고 하프 소리가 미풍에 실려서 은은하게 들리는 도로변 이층짜리 맨션은 최소한 받을 테니, 영원히 저주받아 지옥 불에서 고생하는 것보다 훨씬 바람직했다.

다시 태어났다 다시 교활하게 타락하는 술꾼에게 사도 모임 교회는 사랑과 확신, 깨끗한 옷과 새로운 출발을 보장하는 일종의 알코올 중독 치료기관으로 작용했다.

타락자가 돌아와서 간증하는 예배 때는 신도가 유난히 많이 참석해서 감격스러운 시간을 보내고, 신과 멀베리 목사는 더 커다란 헌금통을 돌렸다. 그래서 신자들은 사악한 죄인에게 더 많은 시간과 열정을 투자했다. 마리처럼 영혼에 아무런 상처도 안 입고 교회에 양순하게 나오는 사람은 할렐루야를 외치고 신의 영광을 찬양하며 눈물 흘릴 가치가 없었다.

하지만 마침내 마리의 영혼도 찬양받을 시간이 왔다. 89세 보아 노인이 임종하기 직전에 신을 받아들인 사례를 사람들 앞에서 간증한 것이다. 보아 노인이 죽음을 두려워하다 마리가 인도하자 한숨을 내쉬며 조용히 눈감고 창조주를 만나러 갔다는 것이다.

나는 가장 완벽한 해결 방식이라고 마음속으로 생각했다. 평생을 죄인으로 살다 마지막 순간에 사랑과 동정으로 충만한 여드름 박사를 통해 지옥 불 입구에서 구원받은 거다. 그 노인도 하늘나라에서 저택을 받는지 아니면 마리가 살 저택 끝 조그만 오두막에서 사는지 잠시 궁금했다.

하여튼 마리는 신도들에게 대단한 찬양을 받았다. 잃어버린 영혼이 지옥 불 구덩이로 빠지기 직전에 구한 것은 영혼 인도 사업에 중요했다. 마리는 양순한 처녀라는 위치에서 능력 있고 재능이 풍부한 병사로 자리를 옮길 수 있었다.

덤과 디는 나처럼 입장표명을 미뤘다. 두 사람은 교회 자체가 너무나 혼란스러웠다. 자신들이 어떤 위치인지도 이해할 수 없었다. 어머니가 상간어 성경을 주며 다시 태어나도록 강제해서 당장은 순종하지만, 읽는 법을 가르치는 건 내 몫이었다.

우리는 구약을 주로 읽었다. 쌍둥이는 전사와 가뭄, 기근 이야기를 좋아하는데, 추수가 끝난 들판에서 룻이 가족에게 주려고 곡식 알갱이를 줍는 내용을 제일 좋아했다.

백인 한 사람이 나타나서 모든 이의 죄를 용서하고 십자가에 스스로 못 박혔다는 이야기는 덤과 디가 생각할 때 말도 안 되는 소리였다. 덤이 지적하듯, 백인은 죄지은 자를 절대로 용서하지 않는다. 형벌을 가하는데, 상대가 흑인이면 더욱 가혹했다. 덤이 볼 때 흑인이 지은 죄를 용서하고 십자가에 대신 못 박히는 사람이 있다면 그건 미친 사람이 분명했다.

디도 문제를 제기했다. 흑인이 지은 죄를 용서하려고 그 사람이 죽었다면 백인은 흑인에게 가혹한 형벌을 왜 가하냐는 거였다. 나도 기꺼이 동감했다. 나 역시 기적이라는 게 의심쩍은 터라 우리는 의기 상통해서 구약을 주로 읽어나갔다. 구약에는 엘리야 같은 주술사도 있고 모세 같은 위대한 지도자와 여호수아 같은 용감한 장군도 나왔다. 충분히 공감할 수 있었다. 아프리카 전설에도 비슷한 얘기가 많았다.

어머니는 자신이 마리처럼 디와 덤도 새로 거듭나도록 인도했다고 여겼다. 그래서 다른 사람까지 인도하려고 애썼다. 매주 수요일 오후면 바느질을 멈추고 성서와 팸플릿이 가득한 가방을 들고 병원으로 갔다. '지옥 불에서 구원받은 죄인'과 '구원, 신의 소중한 약속' 같은 제목이 붙은 팸플릿이었다.

어머니 주장에 따르면 병원에서는 '한 발만 잘못 디디면 지옥'이라는 팸플릿이 인기가 제일 좋았다. 어머니는 내가 퇴원한 다음부터 멀베리 목사가 하던 역할을 대신했다. 그래서 중요한 죄인이 풀 먹인 침대 시트 속으로 숨는 걸 가끔 찾아냈다. 자궁 절제술이나 쓸개 절제술을 앞두고 불안감에 시달리는 환자나 치매 증상을 보이는 환자였다. 어머니는 수술 이야기로 대화를 풀어갔다. 어머니는 수술 전문가였다. 이 부분에 관한 한 세계 챔피언이었다. 여성이 받는 수술 가운데 안 받아본 수술이 없는 것 같았다.

환자가 조금만 투덜대도 수술 과정에서 겪는 사소한 고통에서 수술 뒤에 일어나는 부작용까지 모든 걸 자세히 설명했다. 내가 시합 내용을 자세히 떠올리는 자질도 어머니에게 물려받은 게 분명하다. 어머니는 자신이 수술받은 내용을 모두 자세히 기억했다. 마취 상태에서 느낀 것까지 기억할 정도였다.

죄인이 병원에 머무는 기간과 사로잡을 가능성을 판단한 다음에 거기에 맞춰서 집중적으로 설교했다. 다음 수요일까지 죄인을 관리하는 작업은 마리가 맡았다. 두 사람은 자신들이 구원한 영혼을 나누어 가졌다. 일요일 예배에서 간증도 함께 했다. 그러면 신도들은 영적으로 따뜻한 사랑을 두 사람에게 보냈다. 신의 돌격대원 한 쌍이 생긴 셈이었다. 멀베리 목사는 두 사람을 '구원의 자매'라고 부르면서 신께서 특별히 대접할 거라고 장담했다.

마리는 여드름에 끊임없이 신경 썼다. 하루는 어머니가 걱정하지 말라면서 신께서 공중을 나는 새 한 마리도 가엽게 여기시는데 얼굴에 난 여드름 정도는 고쳐주지 않겠냐고 말했다. 두 사람은 무릎을 꿇고서 신에게 여드름을 없애달라고 간청했다. 그러자 놀랍게도 신이 들어주었다. 일 년도 안 돼서 마리 얼굴이 갓난아기 엉덩이처럼 뽀얗게 변한 거다. 그래서 아주 예쁜 미인으로 변신했다. 당연히 열정적인 간증이 뒤따랐다.

마리는 예쁜 얼굴이 흉측할 정도로 엉엉 울면서 간증하고, 어머니는 신이 여드름을 극적으로 치료하신 과정을 이야기했다. 그러자 멀베리 목사가 멋진 솜씨로 정리했다. 신께서는 커다란 보상을 하늘에 준비하시지만 마리 여드름을 치료하듯 땅에서도 보상하신다는 거였다. 그러면서 어머니가 강한 믿음으로 마리와 함께 봉사해, 신께서 개인적으로 보상했다는 말을 덧붙였다.

예전에 박사에게 마리 얼굴에 난 여드름을 없애려고 두 사람이 기도한다고 얘기한 적이 있다. 박사는 마리에게 1주일에 두 번씩 채소를 많이 먹고 고기를 먹을 땐 지방질을 먹지 말고 살코기만 먹도록 충고하라고 했다. 내가 그 말을 전하자 마리는 그대로 실행했다. 그러면서 딱딱한 병원 음식보다 채소와 살코기를 더 좋아하게 되었다. 식이요법을 오랫동안 철저하게 지킨 것이다.

기도로 여드름을 고쳤다고 하자, 박사는 세상에는 신비로운 일이 많은 법이라 했다. 나는 이 말을 잠시 생각하다, 식이요법과 여드름 사이에 상관관계가 있다는 걸 깨달았다. 그래서 음식을 바꿔서 나았을 가능성은 왜 지적하지 않느냐고 물으니, 박사가 대답했다.

"피케이, 세상에는 논리만 가지고 되는 일이 없어. 인간이 모든 걸 논리적으로 바라보는 자체가 비논리적이야. 세상일에는 있는 그대로 받아들여야 하는 것도 있는 법이란다. 신비로운 현상은 논리적인 설명 이상으로 중요해."

박사가 말을 멈추고 손가락으로 피아노 건반을 두드리다 다시 말했다.

"진리를 추구하는 사람은 모든 걸 인간성에 근거해서 바라봐야 해. 논리로 세상을 바라보는 건 마음에 여유가 없다는 반증일 뿐이야. 진실을 논리적으로 바라보면 지식 하나가 늘기야 하겠지. 하지만 인간한테 해롭지 않은 신비로운 현상을 그 자체로 받아들이면 삶이 풍요로울 때가 많아. 논리적으로 파악하지 않아도 될 때는 신비로운 현상을 그대로 받아들이는 게 바람직하지."

이 말은 나를 몇 년 동안 혼란스럽게 했다. 박사는 진실을 숭배하라고, 어떤 희생을 치르더라도 사물을 논리적으로 이해하라고 늘 주장하지 않았던가!

기엘 피트는 내가 결승전까지 나가서 이기리라고는 미처 기대하지 않았다. 준결승 진출 정도를 기대한 것 같았다. 그래서 월요일 아침 훈련 시간에 정말 좋아하며 말했다.

"사람들이 난리에요. 소식을 듣고서 줄곧 그 얘기만 해요. 작은 나리는 줄루 추장이 백인으로 태어난 거래요. 줄루족이 아니면 그렇게 용감할 수 없거든요. 그 소식을 듣는 순간에 모든 사람이 담배에 불을 붙였어요. 저녁에 노래하는 걸 교도관도 막을 수 없었지요."

월요일 아침에 교도관 한 명이 박사와 나에게 말한 바에 따르면 토요일 저녁에 교도소 분위기가 이상해서 모든 교도관이 비상경계 태세에 들어갔다. 토요일 7시 즈음에 교도관들이 소식을 듣기도 전에 늙은 죄수 한 명이 내가 이겼다고 알려주었다. 정식으로 들은 건 한밤중에 스미트 부장이 도착한 다음이었다.

"놀라워. 카피르는 이상한 능력이 있어. 전화나 무전도 없는데 소식을 알 때가 종종 있어. 전에 폴스모어에서 정치범 한 명이 사형당할 때도 그랬어. 상부에서 사형 집행을 결정한 걸 소장이 전달받기 전에 알더라고. 언젠가 늙은 죄수 한 명이 말하는데, 자신들은 영혼을 모아서 필요한 정보를 파악한다더군. 어떻게 그러는지 모르겠지만, 미리 알 때가 종종 있어."

월요일 피아노 교습 시간에 박사는 핑곗거리를 만들어 기엘 피트를 강당으로 들어오게 했다. 나는 펀치 하나하나를 되풀이하며 세 차례에 걸친 시합을 자세히 보여주었다. 팬츠가 벗겨져 흘러내린 부분에서 기엘 피트는 배꼽을 잡으며 웃어대고, 나는 어머니에게 길이를 줄이고 고무줄을 단단하게 고치도록 부탁하겠다고 말했다.

기엘 피트는 킬러 크룬에게 천식이 갑자기 생긴 이유를 말했다.

"3라운드까지 싸우는 데 익숙하지 않은 거예요. 3라운드까지 싸운 적이 아예 없으니까요. 예선전과 준결승에서 그런 것처럼 1, 2라운드에서 늘 TKO로 이겼겠지요. 작은 나리를 만나서 여기저기를 힘들게 쫓아다닌 데다 복부를 많이 맞으니 어떻게 되겠어요? 시간이 갈수록 숨 쉬는 게 힘들고 피로까지 쌓이니 천식이 생길 수밖에요. 케이프타운에 아주머니 한 분이 계시는데 계단을 조금만 올라도 천식 때문에 힘들어한답니다. 거짓말이 아니에요. 작은 나리는 결국 상대편 약점을 포착해서 집중 공격한 거예요. 상대편 레프트 훅이 형편없어서 정말 다행이에요. 작은 나리가 라이트 크로스 밑으로 파고들 때 레프트 훅을 날리면 끝장나거든요."

그날 아침에 스미트 부장이 우리를 모아놓고 간단하게 연설했다.

"너희 모두 자랑스럽다. 우리를 실망하게 한 선수는 아무도 없다. 시합에서 진 사람도 훌륭하게 싸운 건 똑같다."

부장이 돌머리를 쳐다보며 이어나갔다.

"포트지에터가 프로 선수로 전환하면 아마 너도 힘들 거야."

"얼마든지 덤비라고 하세요."

돌머리가 중얼거렸다.

"거트, 잘 싸웠어. 네가 열 배는 더 때렸을 거야. 하지만 100㎏ 체중으로 131㎏과 싸우는 건 무리야. 그렇게 커다란 고릴라는 정글로 들어가야 해."

사람들이 웃고, 부장은 계속 연설했다.

"하지만 뭐니 뭐니 해도 피케이가 압권이었어. 지금까지 본 경기 가운데 가장 훌륭한 시합이었다."

포니 크루거가 옆구리를 찔렀다. 나는 얼굴이 빨갛게 달아오르고 몸 둘 바를 몰랐다.

"농담이 아니야. 권투가 무언지 알고 싶다면 피케이를 자세히 살피도록."

스미트 부장이 말을 멈추고 기엘 피트를 쳐다보았다. 우리 뒤로 멀찌감치 떨어진 거리였다.

"기엘 피트, 노란 카피르긴 해도 우리는 자네 공로를 인정하지 않을 수 없네. 코치 실력이 정말 훌륭해."

우리 모두 고개를 돌려서 쳐다보았다. 기엘 피트가 두 팔로 얼굴을 가리고 뜨거운 철판에 올라선 것처럼 발을 번갈아 올렸다 내리며 춤추었다.

"그렇다고 해서 너무 건방 떨어도 괜찮다는 건 아니야, 알겠어?"

스미트 부장이 쾌활한 어투로 말하자, 게일 피트가 두 팔을 내려서 공손한 표정으로 대답했다.

"알겠습니다, 나으리. 고맙습니다, 나으리. 노란 카피르는 아주 즐겁습니다, 나으리."

교도소 사진사가 체육관으로 들어왔다. 전과 사진을 찍는 게 아니니 걱정하지 말라는 스미트 부장 말에 모두 커다랗게 웃었다. 사진사는 모두 모이게 하고 이리저리 움직이며 자리를 잡았다. 그러더니 빛을 '펑' 하고 터뜨리며 사진을 찍었다. 만약에 대비해서 한 장 더 찍겠다고 할 때 박사가 들어오자, 스미트 부장이 소리쳤다.

"이리 오세요, 교수님. 함께 찍읍시다."

그러자 박사가 어이없게도 기엘 피트에게 손짓하며 퉁명스럽게 소리쳤다.

"너도 와, 카피르."

돌머리가 대열에서 벗어나며 투덜댔다.

"안 돼! 카피르와 함께 찍을 수는 없어!"

스미트 부장이 주먹을 쥐고 한 손을 입에 댄 채 후후 불더니, 쾌활한 어투로 소리쳤다.

"좋아, 오덴달. 다른 사람 또 없나?"

기엘 피트가 그룹 귀퉁이에 서다 옆으로 떨어져나오면서 웃는 얼굴로 말했다.

"저는 너무 못생겨서 찍을 수 없습니다, 나으리."

"돌아와, 카피르!"

스미트 부장이 명령하자, 기엘 피트가 대열 귀퉁이로 돌아왔다. 거트를 제외한 어른 선수 모두가 대열을 벗어났다. 그러자 보키 드 비어가 빠져나가고 다른 아이도 뒤따랐다. 얼굴에는 두려운 표정이 역력했다. 대열에는 박사와 거트와 나, 기엘 피트만 남았다. 스미트 부장이 대열로 들어서며 명령했다.

"자, 이제 사진을 찍도록!"

사진사가 플래시를 터뜨렸다. 인종차별은 선량한 사람을 파괴하는 극히 사악한 제도가 아닐 수 없었다.

우리는 가로 20센티 세로 25센티 크기로 바버톤 블루스 사진을 한 장씩 받았다. 사진사는 박사와 거트와 나에게 두 번째 사진을 한 장씩 주었다. 부장은 그 사진을 안 받았다. 그래서 나는 사진사에게 사정해서 받아 기엘 피트에게 남몰래 건넸다. 기엘 피트는 사진을 피아노 걸상에 숨겨놓고 편지를 가져갈 때마다 들여다보며 좋아했다.

몇 주일이 지나자 스미트 부장이 주임으로 승진했다. 교도관 일부는 스미트가 차기 소장이 될 거라고 미리 점치기도 했다. 어느 날 아침 연습이 끝난 다음에 스미트 부장이 나를 부르더니, 두 번째 사진을 돌려주고 박사에게 준 사진도 가져올 수 있느냐고 물었다. 나로선 선택할 여지가 없었다. 거트도 마찬가지였다. 스미트 부장이 사진을 받아서 조각조각 찢었다. 하지만 사진이 한 장 더 있다는 사실은 몰랐다. 교도소 사진사에게 원판을 받아서 그것도 찢어 버렸다. 인간은 누구나 출세에 민감한 것 같다. 스미트 부장이 그런 사진을 찍은 자체가 평소 행동에 안 어울렸다. 그 사진 때문에 평생을 후회하며 살 수는 없을 터였다.

나는 박사와 박스웰 부인 사이를 오가며 많은 교육을 받았다. 박스웰 부인과 박사는 편지로 의견을 교환하더니 나에게 교양서적을 읽히기로 정했다. 박스웰 부인은 영국 문학 전문가고 박사는 음악과 라틴어 전문가였다. 바버톤 도서관에는 박사의 생물학 서적 말고도 다른 서적이 많았다. 박스웰 부인 말을 빌리면 정신세계를 풍요롭게 하는 책이 산더미 같았다.

박사와 박스웰 부인은 타고난 교사였다. 어린 내 마음을 언제나 열정적으로 이끌었다. 박사는 문제를 만들고 박스웰 부인은 도서관에서 시험을 감독했다. 나는 매주 화요일과 금요일마다 도서관에서 시험을 보았다. 나는 박스웰 부인이 감독하는 시험 시간이 좋았다.

박스웰 부인은 박사가 내린 결론에 격렬하게 반박하곤 했다. 나는 각각의 주장을 머리에 담아서 상대에게 전했다. 한 가지 주제로 몇 주일씩 논쟁할 때가 많았다. 모든 논쟁을 소화하면서 나는 논쟁이 정말 중요하다는 사실을, 자기 견해를 주장하는 건 특히 중요하다는 사실을 깨달았다.

우리 세 사람은 체스도 가끔 두었다. 박사와 박스웰 부인은 체스판이 하나씩 있었다. 박사가 쓰는 체스판은 거트가 교도소 작업실에서 선반으로 나무를 깎아 손으로 파서 만들었다. 박사가 원래 사용하던 상아 체스판만큼 좋은 건 아니나 박사 말에 따르면 훌륭한 솜씨가 잘 드러난 체스판이었다. 그래서 박사는 체스판을 두 개 놓고 경기했다. 하나는 나와, 다른 하나는 박스웰 부인과 시합하는 판이었다.

박스웰 부인이 떠올린 수를 아침마다 전하면 박사는 체스판에 있는 말을 그대로 움직인 다음에 대응하고 나는 그걸 박스웰 부인에게 전했다. 박사와 나는 교습을 끝내고 십 분 동안 체스 놀이를 즐겼다. 처음에는 그 정도 시간이면 박사가 이겼으나 몇 달 몇 해가 흐르면서 1주일이 지나도 안 끝날 때가 잦았다.

나는 4년 동안 박사를 단 한 번도 못 이겼다. 박스웰 부인은 박사를 2년 만에 한 번 간신히 이겼다. 러시아인 렌치나코프가 1931년 미국인 아널드 그린을 꺾을 때 사용한 수법인데 박스웰 부인은 그 수법을 3주일이나 연구했다. 그래도 그 수법이 먹힌 건 행운이었다. 여덟 번째 수를 둔 다음에 비로소 박사는 평상시와 다른 수라는 걸 깨닫고 말했다.

"이 수를 가르쳐 준 사람이 누구인지 물어보거라."

하지만 이미 늦었다. 박사는 박스웰 부인이 그런 수를 두리란 생각 자체를 못한 터라 이미 무서운 함정에 빠져들고 말았다.

박사가 항복했다는 소식을 전하자 박스웰 부인이 뛸 듯이 기뻐하며 얼굴에 함박웃음을 머금고 감격 어린 어조로 말했다.

"아, 거만한 독일 노인을 꺾으니까 기분이 정말 좋구나. 정정당당하고 멋진 게임이었다고 전하렴."

당시 나는 두 가지 모습이었다. 하나는 열한 살에 가까운 꼬마 아이다. 나무에 오르거나 새총을 쏘고, 영국 아이들을 이끌고 아프리카너 아이들과 크레이레트 같은 경기에 몰두하는 개구쟁이다. 다른 하나는 조숙한 아이다. 대답하기 어려운 걸 묻거나 가르칠 내용을 다 알아서 선생님을 당황하게 하기 일쑤였다. 선생님은 나에게 학기마다 최고 우등상을 주는 거로 신경을 끊은 채 다른 아이를 가르치는 업무에 열중하려 애썼다.

내가 7학년일 때 본스타인 선생님이 새로 왔다. 여자 선생님이었다. 고등학교 진학을 앞둔 9학년 반을 담당했다. 언젠가 수업이 끝난 금요일 오후에 선생님이 2학년 아래인 나를 9학년 교실로 불렀다.

"그래, 들어오너라, 피케이."

문을 두드리자 선생님이 말했다. 책상에 앉아서 책을 읽는 중이었다.

"안녕하세요, 선생님?"

나는 약간 두려운 표정으로 들어서면서 인사했다. 선생님이 고개를 들고 미소 짓는 얼굴로 쳐다보았다. 갑자기 방망이로 얻어맞은 것처럼 머리가 띠-잉 했다. 지금까지 본 누구보다도 아름다운 여성이었다. 긴 흑발에 커다란 녹색 눈동자, 빨간 립스틱을 반짝이는 입술이 특히 인상적이었다. 약간 가무잡잡한 피부에 윤기가 흘렀다. 열 살에 불과한 꼬마가 성적 매력을 느낀다는 건 불가능하겠지만 아름다운 여성에게 다가가고 싶어서 신경이 곤두서는 것 같았다. 진짜 매혹적인 모습이었다. 미소를 머금은 얼굴에서 고른 치아가 상아처럼 하얗게 빛났다. 날씬하지 않다는 걸 빼면 탄닌 철도 카페 벽시계 옆에서 담배 피우는 여자 사진을 꼭 빼닮은 것 같았다.

"사람들이 네가 아주 똑똑하다더군, 피케이."

"아닙니다, 선생님."

겸손하게 대답했다. 학교에서는 내가 재주가 많다는 소문이 돌았다. 하지만 박사와 박스웰 부인은 자만하지 말라고 늘 경고했다. 박사는 그 이유를 이렇게 설명했다.

"재주라는 건 중요한 게 아니다. 천부적인 자질을 타고난 피겨 선수라도 멋진 묘기만 보이는데 정신이 팔려서 얇은 얼음을 못 본다면 풍덩! 얼음물에 빠져 동태처럼 얼어버릴 거다. 지혜는 타고나는 게 아니다. 지혜를 쌓으려면 열심히 공부하고 실천하고 다시 검토하면서 끊임없이 노력해야 한다. 그러면 인생 막바지에 지혜를 얻는다. 재주가 허상이라면 지혜는 본질이다."

본스타인 선생님은 라틴어 어휘력을 시험한 다음에 라틴어 동사를 시험했다. 간단한 시험이었다. 하지만 남아프리카는 라틴어를 고등학교에서 가르치니, 선생님이 깊은 인상을 받은 것 같았다. 그래서 나를 책상 옆에 앉도록 하고서 자신이 읽던 책을 건네며 말했다.

"10분 동안 풀 수 있는 데까지 풀어 보렴."

약 30쪽에 달하는 책으로 조그만 그림과 문장이 가득했다. 논리력을 측정하는 문제였다. 나로선 누워서 떡 먹기였다. 논리력은 박사 전공으로 논리력과 사고력을 키우는 책이 산더미처럼 가득한데, 본스타인 선생님이 건넨 책은 입문서였다. 나는 5분도 안 돼서 전부 풀었다.

선생님이 정답을 확인하는 동안 가만히 기다렸다. 선생님은 첫 장을 확인한 다음에 천장을 쳐다보면서 연필 끝을 깨물었다. 그러더니 매니큐어를 빨갛게 칠한 손가락으로 연필을 가볍게 잡고 상아처럼 고운 이를 톡톡 쳤다. 그러다 연필 끝으로 나를 가리키며 말했다.

"잘했어, 피케이."

그런 다음에 마지막 장을 확인했다. 페이지를 넘길수록 어렵게 편집한 것 같았다. 선생님이 나를 다시 쳐다보며 말했다.

"어머, 잘한 정도가 아니네."

다음에는 큰 소리로 책을 읽고 쓰기를 시험하더니 가방을 열어서 체스판을 꺼냈다.

"먼저 시작해."

나는 박사가 즐기는 수를 두었다. 그러자 선생님은 이 사이로 휘파람을 불면서 대응할 수를 떠올렸다. 나는 한 시간 뒤에 패배를 인정했다. 수가 막히는 것 같을 때는 패배를 바로 인정하는 게 좋다고 박사가 말했다. 그러면 상대편이 얕잡아봐서 다음에 둘 때 이익이라는 것이다. 그러면서 이렇게 경고했다.

"하지만 친선 게임을 할 때만 그렇게 하렴. 체스는 전쟁이야. 전쟁에서 지면 죽는다고."

본스타인 선생님이 나를 쳐다보았다. 얼굴에 불쾌한 기색이 어렸다.

"다시는 그러지 마! 체스를 둘 때 나는 네 적이야. 그러니까 어리석은 여자처럼 선심 쓰지 말라고!"

나는 화가 치밀어 빨갛게 달아오른 얼굴로 화를 억누르곤 "미안합니다, 선생님" 하고 사과했다.

"본스타인 선생님이라고 불러, 피케이. '선생님'이란 호칭은 맘에 안 들어. 사만타 본스타인. 사적인 자리에선 '샘'이라고 불러도 괜찮아. 앞으로 자주 만날 것 같구나."

그렇게 아름다운 여성에게 이름을 부른다는 건 생각할 수도 없었다. 게다가 남자 이름으로, 샘같이 흔한 남자 이름으로 부른다는 건 절대로 있을 수 없었다.

본스타인 선생님은 와주어 고맙다면서 월요일에 다시 오라고 했다. 그러면서 덧붙였다.

"너랑 무얼 할지 미처 생각하지 않았지만 최소한 체스 시합은 함께 즐길 수 있겠구나."

쉰 목소리였다. 가슴이 두근거렸다. 월요일 아침에 자세히 말하자, 박사가 두 가지를 물었다.

"선생님을 여자로 사랑하는 거 아니니, 피케이?"

사랑이 무언지 모르겠지만 어쨌든 방망이로 한 방 맞은 것처럼 머리가 띵하다고 대답했다.

"그렇다면 사랑에 빠진 것 같구나, 피케이. 나는 여성을 잘 모르지만 그래도 박스웰 부인한텐 말하지 않는 게 좋을 것 같다. 다시 한번 잘 생각해 보마. 기엘 피트에게 조언을 받을 수 있을 것 같아."

그 문제는 그걸로 정리했다.

"다음 질문! 본스타인 선생님이 박스웰 부인보다 체스를 잘 두는 것 같니?"

나는 실력이 훌륭하다고, 박사가 즐기는 수를 처음에 안 두었다면 금방 졌을 거라고 대답한 다음에 덧붙였다.

"박스웰 부인보다 월등해요."

"야호! 그렇게 잘해? 잘 됐군."

이윽고 박사는 음악책을 펼치고 교습을 시작하더니, 끝날 즈음에 급히 갈겨쓴 쪽지를 건네며 말했다.

"본스타인 선생님께 전하고 답장을 받아서 내일 가져오겠니?"

"내가 사랑한다고 적은 건 아니죠, 박사?"

박사가 곁눈질로 쳐다보며 대답했다.

"그런 내용은 조금도 없어, 피케이. 어버부부버브. 사랑은 개인적인 프라이버시잖아."

스미트 부장이 주임으로 승진하자 보만이 부장으로 승진했다. 공평한 인사는 아니지만 충분히 예상한 바였다. 보만은 프리토리아에서 오는 순간부터 소장에게 끊임없이 알랑댔다. 프리토리아 센츄럴에서 장래를 보장받았으나 부인에게 천식이 있어서 여기로 올 수밖에 없었다는데, 그곳은 잔혹한 성범죄자와 흉악한 폭력 사범, 마약 밀수업자, 강도, 사기 사범이 많아, 교도관이 훨씬 강인하고 지혜로워야 살아남을 수 있다는 소문을 퍼트려, 그곳 출신 교도관은 바버톤처럼 조그만 교도소에서 부장에 해당하는 역량을 지녔다고 암시했다. 기회가 있을 때마다 다른 어느 교도관보다 강인하며 지혜롭다는 사실도 보여주었다. 죄수가 조금만 쳐다보아도 능력을 유감없이 발휘할 정도였다.

"감히 누구를 쳐다보는 거야, 카피르? 누구 앞에서 건방 떨어, 엉?"

"아닙니다, 나으리, 아닙니다, 대왕님. 건방 떨지 않았습니다. 그냥 쳐다본 겁니다."

"건방 떨지 않았다니 감히 누구 앞에서 변명하는 거야. 나는 네놈 머릿속까지 빤히 들여다본다고, 카피르! 겉으로는 얌전한 척하면서 속으로는 나쁜 짓거리만 생각하잖아!"

"아닙니다, 대왕님. 속도 겉도 똑같습니다."

"본때를 보여줘야 하겠군. 이리 와, 빨리!"

죄수가 주저주저하며 앞으로 가서 차려자세를 하고 고개를 숙이면 보만이 소리친다.

"내 눈을 똑바로 보라고, 카피르."

"아닙니다, 나으리. 그럴 수 없습니다."

"이봐, 더러운 깜둥이! 쳐다보라면 쳐다봐!"

죄수는 공포에 젖은 시선으로 쳐다보고, 보만은 다시 소리친다.

"그래, 내 말이 맞아. 속에는 더러운 게 가득해."

이 말과 동시에 주먹으로 복부를 강타해서 쓰러진 흑인을 발로 차며 소리친다.

"일어나, 더러운 깜둥이 새끼야. 더러운 걸 깨끗이 씻어내야지. 깨끗이 씻어내라고!"

그리고 복부를 발로 계속 차면서 소리친다.

"더러운 걸 빨리 토해내라고, 빨리!"

저지대에 사는 아프리카인은 대부분 주혈흡충병에 감염돼서 장이 약하다. 강물에 사는 미세한 병균이 요도로 침투해서 신장과 간을 약하게 했다. 그래서 복부를 서너 번 맞으면 엄청난 고통에 시달리며 속에 든 걸 게워낸다. 그러면 보만은 음식물을 바닥에 안 흘리려고 손으로 입을 틀어막은 죄수를 내려다보며 소리친다.

"그것 보라고! 게워내잖아! 그런데 깨끗한 바닥을 더럽히는 이유는 또 뭐야?"

보만이 몽둥이로 목을 때리며 스스로 대답한다.

"그건 네놈이 더러운 짐승이기 때문이야."

그러면서 죄수가 기절할 때까지 무자비하게 팬다. 주변을 더럽히는 건 교도소 규칙을 어긴 거라서 교도관은 몽둥이를 공식적으로 사용할 수 있다. 보만은 3~4분 만에 죄수를 몽둥이로 공식적으로 때릴 수 있다는 사실에 자부심이 대단했다. 죄수들은 그런 보만에게 줄루어로 '골통'이라는 별명을 붙였다. 가까이 오는 듯싶으면 이런 합창도 했다.

"도망가라, 도망가라, 골통이 온다. 엄마가 낳자마자 버려서 골통으로 자란 놈이 온다."

보만은 권투부에 들어오기에 나이가 너무 많았다. 하지만 자신이 한때는 멋진 선수였다고 떠벌렸다. 거트는 강하다고 쓸데없이 주장하는 놈은 대체로 겁쟁이라며 흉보았다. 교도관들도 보만을 좋아하지 않았다. 하지만 직업정신이 철저한 것 하나는 높이 평가했다.

보만은 파나갈로어 솜씨가 뛰어났다. 아프리카 흑인 죄수 대부분이 아는 공통어였다. 그래서 파나갈로어로 죄수를 공포에 떨게 만들었다. 육체적 형벌 없이도 죄수를 절망감에 빠져들게 하는 재주가 탁월했다.

따라서 교도소 내부에 귀찮은 사건이 일어나면 소장은 보만에게 책임지고 해결하도록 맡겼다. 소장이 그를 부장으로 선택한 이유는 확실했다. 육체적 정신적으로 죄수를 두렵게 하는 탁월한 능력 때문이었다.

보만 부장은 기엘 피트가 스미트 주임에게 감독받으며 체육관을 자유롭게 오가는 걸 눈엣가시처럼 여겼다. "죄수라는 놈은 조금만 잘 대해도 머리 꼭대기까지 기어오르려 한다"는 게 신조였다.

기엘 피트는 보만을 조심스레 피했다. 보만이 체육관에 들어오면 밖으로 조용히 사라지고, 보만 부장은 그 모습을 눈여겨보았다. 온몸이 조그맣게 쪼그라든 황색인은 이렇게 고백하기 일쑤였다.

"언젠가 걸릴 거예요. 언젠가 한 번은 걸릴 수밖에 없어요. 그러면 안 죽고 살아나기만 바라야 할 거예요."

스미트 주임은 보만이 들어올 때 기엘 피트가 조용히 사라지는 모습을 지켜보았다. 하지만 아무 말도 안 했다. 보만은 박사나 나도 달갑지 않게 여겼다. 박사와 내가 기엘 피트와 함께 지내는 건 체제를 뒤흔드는 행위라고 여겼다. 직업정신에 투철한 보만은 교도소 규율을 어기는 행위는 또 다른 불법 행위로 이어진다는 걸 직감으로 느꼈다. 교도관일 때만 해도 별다른 영향력이 없었으나 부장이 된 다음부터는 권한이 막강했다.

2년마다 한 번씩 방문하는 교도소 감찰관 때문에 소장이 박사를 보호하지 않았다면 보만 부장이 우리 자유를 철저하게 제한할 게 분명했다. 하지만 소장은 사물을 단순하게 바라보는 사람이었다. 브라이브레이스와 티키드라이 연주는 오락이며 권투와 사격은 건강증진에 필요했다. 하지만 박사가 감찰관 앞에서 스타인웨이를 연주하는 건 문화였다. 소장은 자신이 오락을 즐기면서도 문화를 사랑하는 사람으로 보이길 바랐다. 따라서 보만 부장이 그런 구도를 깨뜨리는 걸 바라지 않았다. 그런데도 보만 부장은 우리를 파멸시킬 구실을 찾느라 눈에 불을 켜고 돌아다녔다.

유럽에서 계속되던 전쟁도 어느덧 막바지로 접어들었다. 연합군이 라인강을 건너 베를린으로 진격했다. 박사는 정말 좋아했다. 교도소에 갇히고 벌써 4년이 지났다. 푸르른 언덕과 바람이 살랑이는 산과 나무, 울창한 계곡이 너무나 그리웠다. 스와지 땅 경계선에 걸친 산등성이를 끝없이 걷자면서 눈물을 글썽일 정도였다.

이제 교도소 생활도 거의 끝났다 여기고 자유로운 시절을 그리워하는 것 같았다. 교도소 담장 너머로 녹색 언덕이 보였다. 언덕을 바라보는 눈에도 눈물이 글썽였다. 목소리는 감격에 겨웠다. 증오하는 시절은 거의 끝나고, 사랑하는 시절이 돌아올 차례였다. 저 높은 봉우리를 오르며 온몸에 햇살을 가득 받을 차례였다.

박사는 교도소에서 남아프리카 선인장에 관한 책을 두 권이나 집필했다. 이번에는 영어로 쓰고 박스웰 부인이 편집했다. 결국엔 박스웰 부인도 선인장에 매력이 가득하다는 걸 인정했다. 이제 사진을 찍어야 했다. 박스웰 부인 부탁으로, 상점을 운영하는 지미 윈터가 필름 상당량을 박사에게 격월제로 보냈다. 지미 윈터는 미술가로 상점 문을 닫을 때마다 언덕에서 풍경화 그리는 걸 좋아했다. 박사도 교도소에 갇히기 전에는 봉우리 꼭대기에서 혼자 그림을 그리느라 넋을 잃은 지미 윈터를 가끔 보았다.

연합군이 라인강을 건널 즈음에는 피아노 교습을 안 할 때가 많았다.

우리 두 사람은 바깥에 나가면 무얼 할지 생각하느라 정신이 없었다. 박사는 선인장 정원에서 식물이 얼마나 자랐는지 조사하라면서 언덕에 새로 자라난 선인장을 캐서 심으려면 정원을 넓혀야 할 거라며 좋아했다.

본스타인 선생님도 체스 시합으로 박사를 이길 순 없었다. 그래서 자기 할아버지를 소개했다. 아이삭 본스타인 노인은 박사와 실력이 엇비슷했다. 그래서 두 사람은 멋진 시합을 즐겼다. 박사는 아이삭 노인이 새로 알려온 수를 살피다 머리를 흔들고 혀를 차며 중얼대기 일쑤였다.

"정말 대단하군. 진짜 멋있는 수야."

박사는 피아노에 있는 체스판에 그 수를 두고 한참 생각하다 자기 수를 두며 다시 중얼댔다.

"……하지만 나보다는 한 수 아래야!"

박사가 우려한 것과 달리 박스웰 부인은 본스타인 선생님을 반갑게 맞이했다. 두 사람은 샌드위치 기금을 함께 꾸려나갔다. 그래서 죄수 가족에게 옷가지와 식량 보따리를 한 주에 한 번씩 정기적으로 보냈다. 두 사람은 전쟁이 끝나서 모든 게 드러나면 어떻게 하나 논의도 했다. 그래서 전쟁이 끝난다고 궁핍한 것도 끝나는 건 아니라 판단하고 계속할 명분을 찾아보기로 결정했다.

박사와 기엘 피트와 나 세 사람은 본스타인 선생님을 사랑하는 문제를 둘러싸고 본격적으로 논의했다. 하지만 아무런 도움이 안 됐다. 우리 셋 모두 여성에 대해서 깡통이었다. 기엘 피트는 엄마가 없었다. 처음에는 엄마가 없다는 사실조차 몰랐다. 천식 때문에 계단을 못 오르는 숙모가 데려다 자기 자식 아홉 명과 함께 길렀다. 그러다 숙모 천식이 심해지면서 고아원으로 가서 살다 열 살에 거리로 나왔다.

박사는 총각으로 계속 살았다. 성관계를 즐기지 않는 게 분명했다. 유럽에 있을 때 콘서트가 끝나면 가슴이 커다란 처녀가 찾아와 점심이나 저녁에 초대하곤 했다면서 언젠가 몸서리치며 말한 적이 있다. 너무 집요해서 도저히 거절할 수 없어 초대를 몇 번 받아들였다고 했다. 그런데 초대받은 집에 가면 다른 손님은 없고 여자 혼자 가슴이 깊게 파인 드레스 차림으로 기다리곤 했다는 것이다. 박사는 그 순간이 너무 끔찍해서 여성을 두려워하게 되었다.

기엘 피트 역시 어른이 돼서 여성과 적절하게 관계한 경험이 없는 터라 그런 고민을 풀어줄 수 없다고 고백했다. 두 사람이 내린 결론은 장미 다발을 정기적으로 갖다 주는 게 좋다는, 그러면 다른 건 저절로 풀린다는 수준이었다. 저절로 풀리는 게 무언지는 말하지 않았다.

"장미를 갖다 주면 무언가 다를 거야."

박사가 조언했다. 기엘 피트는 여자에게 장미를 많이 갖다 주면 그게 재주를 부린다는 이야기를 들었다고 덧붙여 말했다. 어떤 재주를 부린다는 건지 궁금했다. 나중에 보키 드 비어가 설명하는 걸 들었는데, 내가 본스타인 선생님과 그런 재주를 부린다는 건 상상할 수도 없었다.

아이삭 본스타인 노인이 자동차를 몰고 교도소로 찾아오겠다고 제안했다. 하지만 박사가 거절했다. 박사는 박스웰 부인도 못 찾아오게 했다. 자존심이 그만큼 강한 사람이었다. 서로 동등한 관계에 설 수 없는 한 절대로 친구를 안 만났다. 교도소에 있는 한 동정의 대상이 될 수밖에 없으니, 박사로선 그런 상황을 도저히 견딜 수 없었다. 하지만 전쟁이 막바지에 이르자 아이삭 본스타인 노인을 만나서 한판 멋지게 대결해야겠다고 가끔 이야기했다.

아이삭 본스타인 노인은 1936년에 독일에서 남아프리카로 건너왔다. 히틀러가 유대인을 학대하는 걸 보고 도망쳐서 가족을 찾아온 것이다. 본스타인 선생님 부친은 1918년 어린 나이에 남아프리카로 왔다. 바버톤에서 유대인은 본스타인 가족밖에 없었다. 본스타인 선생님 오빠는 앤드루 선생과 함께 마을에서 하나밖에 없는 변호사 사무실을 운영했다. 본스타인 선생님은 요하네스버그에 있는 대학에서 강의하다 모친이 암으로 사망하자 고향으로 돌아왔다.

나는 이런 이야기를 박스웰 부인에게 들었다. 나중에 알고 보니 박스웰 부인은 '본스타인 선생님이 어릴 적부터' 안 터라, 내가 사랑한다는 사실을 알고도 개의치 않고 말했다.

"그 애는 좋은 아내가 될 거야. 네가 세계 챔피언이 될 때까지 그 애가 기다릴 수 있다면 너희 두 사람은 좋은 한 쌍이 될 거다."

웰터급 세계 챔피언이 되려면 본스타인 선생님과 결혼하는 걸 포함해 어떤 방해요인도 있으면 안 된다는 사실을 알았던 거다. 하지만 나는 장미 공세를 펼쳤다. 금요일만 되면 할아버지가 장미를 뽑아 주었다.

놀랍게도 할아버지는 사랑에 대해서 박사와 기엘 피트보다 많은 걸 알았다. 그래서 내가 어느 만큼 사랑하는지 자세히 물었다. 할아버지는 최고의 사랑을 경험했다. 영국에서 장미 나무를 들여와 장미 정원을 만들 정도로 지고한 사랑이었다.

본스타인 선생님 때문에 웰터급 세계 챔피언을 희생할 순 없다고 대답하자, 할아버지는 파이프를 오랫동안 뻑뻑뻑 빨면서 녹슨 지붕을 쳐다보았다. 그러더니 정원까지 만들 필요는 없고 1주일에 한 번씩 장미 열 송이를 갖다 주는 거로 충분하다고 말했다. 나는 할아버지 판단을 받아들였다. 하지만 본스타인 선생님을 누구보다 사랑한다는 확신은 있었다.

소장은 히틀러가 전쟁에서 이길 수 없다는 현실을 오래전에 받아들였다. 그래서 교도관을 이끌고 '옥스바겐 독립단' 넬스푸르트 지부에 가담했다. 신 나치 그룹으로, 보아 공화국 재건이 목표였다. KKK단과 비슷한 단체였다. 다른 게 있다면 유대인과 카피르는 물론 영국인을 순수한 아프리카 왕국을 더럽히는 세력으로 규정한 거다. 전쟁으로 감시가 소홀한 틈을 타고 이들은 강력한 비밀 결사로 성장했다. 언젠가는 세력을 규합하고 남아프리카 정국을 배후에서 조종하다 결국엔 보아 공화국을 선포한다는 거였다.

이 이야기는 콧물코에게 들었다. 콧물코 아버지도 회원이었다. 콧물코 역시 주말이면 훈련 캠프로 가서 커다란 화톳불에 둘러앉아 노래도 하고 스머츠 정부를 전복할 음모도 꾸몄다. 바버톤 지부에서 소장은 부관에 불과하고 총책임은 보만 부장이 맡는다고 했다. 낮에는 소장이 보만 부장에게 명령해도 밤에 교도소 밖에서 만나면 보만이 명령한다는 것이다. 부인이 천식에 걸렸다는 것도 거짓말이었다. 보만 부장은 옥스바겐 독립단 지부를 결성하도록 프리토리아에서 내려보낸 인물이었다. 보키 드 비어는 그게 모두 사실이며 필요하다면 성경에 대고 맹세하겠다고 말했다. 자기가 자는 줄 알고 엄마와 아빠가 부엌에서 얘기하는 소리를 들었다는 것이다.

그들이 영국인과 카피르를 증오하는 이유는 이해할 수 있다. 이만 육천여 명에 달하는 목숨을 영국인이 앗아갔으니 말이다. 카피르를 증오하는 이유는 오래전에 줄루 왕 딘간이 약속을 어기고 파이어트 레티프와 부하를 모두 살해했기 때문이다. 그것도 변상받아야 했다. 하지만 유대인을 증오하는 이유는 무언가? 유대인과 보아인 사이에 원한이 있다는 얘기는 금시초문이었다.

당시까지 유대인을 만난 건 두 명이 전부다. 한 사람은 내가 사랑하는 여인이고 한 사람은 해리 크라운이었다. 유대인 방랑자가 나를 문 앞에 버리고 가서 어머니가 주워 비밀에 부치면서 키울 수도 있겠다는 생각이 갑자기 뇌리를 스쳤다. 그래서 불알이 까지고 아버지가 없을 수 있었다. 그걸 묻자, 어머니는 굉장히 놀라는 표정으로 신은 유대인을 달갑게 여기지 않는다고 대답했다. 유대인은 신을 못 알아보고 십자가에 못 박은 죄로 전 세계로 흩어졌다는 말도 했다. 어머니는 나를 문가에서 줍지 않았으며 할례처럼 포경 수술을 한 이유는 위생 문제 때문이라고 단호하게 설명했다.

성경에서 할례를 읽은 적이 있다. 헤롯왕이 예수가 태어난다는 소문을 듣고는 군사를 풀어서 할례받은 아이를 모두 죽였다는 내용이다. 주일학교에서 할례받는 게 무어냐고 묻자 코스틀러 부인이 입을 삐쭉이면서 나같이 어린아이는 알 필요가 없다고 대답했다.

"하지만 성경에도 나왔잖아요. 그러니 더러운 건 아니잖아요, 그렇죠?"

내가 반박하자, 여느 때와 마찬가지로 멜베리 목사를 불러야 했다. 멜베리 목사도 아직 알 필요는 없다고 대답했다. 결국 그것을 알려준 사람은 기엘 피트였다. 함께 목욕할 때 내가 할례받은 게 분명하다고 말한 것이다. 그래서 유대인 자식이라는 생각이 또 들었다. 어머니가 거듭난 기독교인이라서 거짓말하지 않는다는 사실을 고려한다 하더라도 할례에 관해 설명한 부분만큼은 믿을 수 없었다. 신에게 부탁해서 내가 감정을 상하지 않도록 거짓말해도 된다고 허락을 받았을 가능성도 컸다.

콧물코도 옥스바겐 독립단이 유대인을 증오하는 이유를 몰랐다. 하지만 보키 드 비어에 따르면 그건 그들이 예수를 죽였기 때문이다. 보아인은 기억력이 정말 대단했다. 예수 당시에 일어난 일까지 기억하니 말이다.

어머니는 신이 다른 교회에서도 사람들이 거듭나도록 허락했지만 가톨릭교회만은 예외라고 설명했다. 어머니 말에 따르면 독일 개혁 교회에도 거듭난 기독교인이 있다는 거였다. 이 말을 듣고서 비로소 모든 걸 알 것 같았다.

보아인은 거듭난 기독교인과 연대해서 유대인을 증오하는 정도에 불과했다. 신을 자기편으로 끌어들이려는 것이다. 계획이 그럴싸했다. 하지만 나는 지지할 수 없었다. 옥스바겐 독립단은 아돌프 히틀러가 패한 다음에 새로운 위협으로 작용할 게 분명했다. 독일제국이 붕괴한다는 방송이 라디오에서 매일 흘러나올 때였다.

소장은 유럽에 평화가 오면 명령서가 안 와도 박사를 풀어주겠다고 약속했다. 벌써 여름으로 접어들었다. 우리는 백합이 아름답게 필 즈음에는 교도소를 나가겠다고 예상했다. 초여름이 되자 백합은 황금색 점이 총총히 박힌 꽃잎으로 온 천지를 화려하게 뒤덮었다. 하지만 백합이 피고 져도 유럽에 평화는 안 왔다.

우리는 담뱃잎과 설탕, 소금, 편지 등을 새로 보관할 장소를 마련했다. 원래 선인장 정원에 물을 주려고 만든 15ℓ짜리 양철통이었다. 기엘 피트가 개조했다. 바닥에 덮개를 씌워서 위장 바닥을 만들고 진짜 바닥과 위장 바닥 사이에 충분한 공간을 만들었다. 물을 채우면 다른 양철통과 차이가 없는 터라, 평소에는 물 주는 통으로 사용했다. 그래서 선인장 정원에 두었다. 내가 교도관 식당으로 가다 선인장 정원에 들러서 식물을 보살피는 건 지극히 자연스러운 현상이었다. 교도관은 식당으로 갈 때 대부분 그 길 대신 건물 내부 복도를 이용했다.

박사가 피아노와 걸상을 가지고 밖으로 나갈 때를 대비해서 미리 시스템을 갖추려고 우리는 몇 개월 전부터 이 방법을 사용했다. 소장은 박사가 선인장 정원을 가꾸는 걸 이해하고 박사가 떠난 다음에도 보존하기로 결정했다. 기엘 피트가 그 임무를 맡았다. 나 역시 권투부 활동을 계속할 터라서 박사가 없더라도 새로운 시스템을 가동하는 데 별다른 어려움은 없을 것 같았다.

문제는 편지 쓰는 일이었다. 기엘 피트는 글씨를 조금밖에 몰라서 박사가 받아쓰지 않으면 죄수는 가족에게 소식을 보낼 수 없었다. 나는 스미트 주임에게 가서 권투 연습을 끝내고 30분 동안 기엘 피트에게 읽기와 쓰기를 가르치고 싶은데 괜찮겠냐고 물었다. 스미트 주임은 처음에 꺼리다 결국엔 동의했다.

주임과 조그만 황색인 사이에는 이상한 관계가 생겼다. 두 사람은 권투 주제로만 대화했다. 스미트 주임은 기엘 피트 판단을 높이 평가했다. 나는 킬러 크룬을 물리친 이후 수개월 동안 더 크고 더 강하고 나이도 더 많은 상대와 링에서 스파링했으나 한 번도 안 졌다. 스미트 주임은 나를 통해 기엘 피트가 코치 능력이 완벽하다는 사실을 깨닫고 남몰래 존중했다. 보키 드 비어가 말해서 알았다. 스미트 주임이 자기 아버지에게 언젠가는 내가 남아프리카 챔피언이 될 거라면서 "처음부터 훌륭한 코치를 받아서"라고 했다는 거다.

기엘 피트는 교과서를 들여다보고 읽기와 쓰기를 공부하는 척하면서 죄수들 편지를 암송했다. 이름과 주소를 기억하는 데 정말 천재였다. 심지어 1918년 이래 요하네스 경마장에 출전한 경마 이름과 장단점까지 상세하게 떠올릴 정도였다.

우리는 유럽 해방을 선언하기 훨씬 전에 시스템을 바꿨다. 피아노 걸상만큼 안전하지 않으나 별다른 문제는 없었다. 기엘 피트는 교활한 여우답게 완벽한 보안을 유지했다. 그래서 내가 위험한 일을 할 때 방심하지 않도록 주의시켰다. 예를 들어, 비가 오는 날에는 교도소에 아무것도 안 가져오는 식이다. 비가 오는데 바깥 길을 걷는 자체가 이상해서 보만 같은 교도관이 의심할 수 있기 때문이다. 매일 찾아가는 것도 안 되고 하루에 한 번 이상 찾아가지도 말아야 했다. 기엘 피트는 정말 똑똑했다. 조그만 아이가 늘 규칙적으로 행동하는 경우는 드물다면서 비가 안 오는 날에도 건물 복도를 가끔 이용하라고 했다.

시스템이 어설퍼서 예전보다 안전하진 않아도, 박사가 떠나기 오래전에 바꾼 건 정말 천운이었다. 하루는 아침에 우리가 피아노를 연습할 때, 부장으로 승진한 보만이 어슬렁거리며 강당으로 들어왔다. 지나가면서 들른 게 아니었다. 소장은 우리가 아침에 연습할 때 아무도 방해하지 말라고 엄명했다. 천재 두 명이 연습하는 걸 방해하면 안 된다는 것이다. 그런데도 보만 부장이 뚜벅뚜벅 다가왔다. 우리는 모른 척하고 연습에 열중했다. 그런데 바로 뒤에서 발소리가 멈추어, 박사와 내가 동시에 인사했다.

"안녕하세요, 보만 부장님?"

"안녕?"

보만이 거들먹대며 무관심하게 대답했다. 손에는 메브로우 선생과 비슷한 몽둥이를 들었다. 그래서 피아노 걸상 다리를 툭툭 치며 나에게 말했다.

"일어나."

내가 일어서자 보만이 무릎을 꿇고 엄지와 검지로 걸상 넓이를 쟀다.

"널찍하군. 동물을 길러도 되겠어."

그리곤 바닥에 엎드리더니, 걸상 밑으로 머리를 넣었다.

"혹시 위장 바닥이 있는 거 아냐, 엉?"

그러면서 바닥을 두드렸다. 걸상에서 텅텅 소리가 흘러나왔다.

"재미있겠군. 머리를 잘 썼어."

박사가 걸상에서 일어나 열쇠를 꽂아서 뚜껑을 열자, 보만 부장이 천천히 일어나다 악보로 가득한 내부를 들여다보더니, 엎드린 자세로 가만히 올려다보았다.

"지금 장난치는 줄 아쇼? 술래잡기하는 줄 아느냐고, 엉?"

하지만 박사는 놀라울 정도로 차분하게 대답했다.

"아니오. 그렇게 생각하지 않소, 부장. 들여다보고 싶으면 먼저 열어 달라고 하는 게 좋지 않을까 생각할 뿐이오. 안에 사는 건 쇼팽이오."

박사는 자신이 앉던 걸상마저 열면서 다시 말했다.

"여기에는 베토벤과 브람스, 모차르트, 바흐가 산다오. 하이든과 리스트, 차이콥스키도 있지요. 하지만 슈트라우스는 없소. 우리는 슈트라우스를 좋아하지 않소. 당신도 마찬가지요, 부장."

보만 부장이 두 발을 딛고 일어섰다. 통통한 배가 허리띠 밖으로 흘러내렸다. 평소에는 사람을 내려다보는 키였으나 박사보다는 작았다. 두 사람이 나란히 서서 서로를 노려보는데, 박사가 13센티는 컸다. 박사가 파란 눈을 번뜩이며 믿을 수 없을 만큼 차분하게 노려보자, 부장이 먼저 시선을 내리깔았다. 그래서 몽둥이를 스타인웨이에 올려놓고 바지를 끌어올리며 말했다.

"무슨 일이 벌어지는지 내가 모를 것 같소? 내가 멍청인 줄 아시오, 엉? 나는 시간이 많은 사람이오, 알겠소?"

부장이 몽둥이를 집어서 갑자기 치켜들더니 피아노 걸상을 힘껏 내리쳤다. 열린 뚜껑이 다시 닫힐 정도로 강한 충격이었다. 커다란 소리가 강당에 울려 퍼졌다. 부장이 고개를 천천히 돌려서 박사를 다시 노려보더니, 몽둥이로 박사 가슴을 가볍게 찌르며 경고했다.

"다음에도 지금처럼 건방을 떠는지 보자고! 본때를 보여줄 테니까. 당신 같은 독일 새끼와 저런 꼬맹이는 깡그리 쓸어버려야 해!"

보만이 몸을 돌려서 잔뜩 화난 몸짓으로 나갔다. 바닥을 때리는 군화 소리가 강당에 가득했다.

"휴!"

내가 걸상 뚜껑을 닫고서 걸터앉으며 한숨을 내쉬자, 박사도 걸상에 앉아서 스타인웨이에 올려놓은 쇼팽 야상곡 5번 F 샤프 메이저 악보를 집어서 부채질을 해댔다. 그리곤 뭔가 깊은 생각에 빠져들다 부드럽게 말했다.

"언덕과 산과 깊고 깊은 협곡을 걸을 날도 멀지 않았군."

15

교도소 감사 일정이 잡혔다. 보만 부장이 교도소를 단장하느라 바빠서 우리는 걸상 사건 이후로 별다른 위험을 안 겪었다. 그는 눈에 띄는 곳이면 어디든 하얗게 칠하라고 명령했다. 심지어 선인장 정원에 박힌 돌까지 하얗게 칠했다. 박사는 약이 바짝 올랐다. 위스키병으로 경계선을 잡는 것까지는 그런대로 받아들일 수 있었다. 돌이 박힌 위치를 필요 이상으로 옮기는 것도 괜찮았다. 애당초 정원을 일부러 돌로 꾸민 건 아니었다. 하다 보니 그렇게 되었다. 어차피 교도소에서는 무어든 제약받을 수밖에 없는 법 아닌가! 물론 수많은 돌이 코를 맞대고 줄줄이 늘어선 모습이 눈에 거슬리는 건 사실이다. 하지만 돌까지 하얗게 칠하는 건 자연을 모독하는 행위가 아닐 수 없었다.

트럭 몇 대가 자갈과 황철광 가루와 운모를 날랐다. 교도소 안마당에 하얀 자갈을 깔고 거기에 운모와 황철광을 섞어서 'B'자를 커다랗게 새겨넣었다. 커다란 글자가 희끄무레하게 빛나면서 희미한 그림자를 드리웠다. 'B'자는 당연히 '바버톤'을 상징했다. 보만 부장의 아이디어였다. 그래서 나이 많은 죄수를 사정없이 족치면서 주변을 단장했다. 거트는 보만이 업무를 완벽하게 수행해서 소장이 흡족하게 여긴다고 말했다.

교도소 복도와 감방에 광택제와 소독약 냄새가 진동했다. 창틀은 교도소 특유의 파란색 페인트를 칠해서 가는 곳마다 휘발유 냄새가 났다. 하지만 페인트를 일찌감치 칠해서 감사관이 도착할 즈음이면 냄새는 다 날아갈 터였다.

천막 천으로 새로 만들어 죄수복을 나이 든 죄수에게 지급했다. 감사관이 방문하는 동안에 새 옷을 입어야 했다. 페인트가 묻은 너덜너덜한 옷을 입은 게 드러나면 모든 게 헛수고로 돌아갈 판이었다. 소장은 감사관이 아무 때나 불시에 나타나도 시스템이 정상으로 돌아간다고 여기길 바랐다. 감사가 끝나면 죄수는 새 옷을 돌려주고 너덜너덜한 옷이 다 떨어지도록 입을 터였다.

스미트 주임은 볼거리로 권투경기를 준비하고, 소장은 몇 주일 전부터 아침마다 교도관 식당 뒤편 사격장에서 사격을 연습했다. 감사 때마다 있는 일이다.

소장은 코앞으로 다가온 유럽평화 선포일에 신경을 곤두세웠다. 감사관이 오기 전에 전쟁이 끝나면 박사가 나가서 문화 프로그램이 사라질 판이었다. 소장은 그럴 경우에 교도소로 와서 연주하겠다는 약속을 받아내려고 무진 애썼다. 그러나 박사는 지난 4년을 허송세월한 게 아니었다.

박사는 교도소 법칙을 충분히 깨달았다. 교도소에서는 어떤 일이든 합당한 대가가 따르기 마련이다. 소장은 오래전에 '골드필드'와 인터뷰하면서 박사를 구속한 이유는 독일인이기 때문이며, 따라서 독일이 항복하면 즉시 풀려날 거라고 말했다. 인터뷰 기사는 소장 사진과 함께 지면으로 이미 나왔다. 신문에 발표한 내용을 거스르면 체면이 깎인다. 소장으로선 도저히 용납할 수 없는 상황이었다.

박사에게 약속을 받아내려면 박사가 내세운 요구를 들어주어야 했다. 교도관 사이에서 불만이 터져 나올 가능성이 커다란 요구였다. 하지만 소장으로선 감사를 부드럽게 마무리하고 싶은 마음에 어떤 요구든 받아들일 수밖에 없었다.

박사는 일요일에 죄수를 모두 모아놓고 음악회를 개최하도록 요구했다. 일요일은 휴일이라서 어떤 죄수도 작업장에 안 나갔다. 온종일 감방에 있다가 종족별로 50명씩 조그만 운동장에 들어가서 운동하는 게 전부였다. 테니스 코트 두 개만 한 크기에 벽돌과 시멘트로 사방을 둘러친 운동장이었다. 처음엔 줄루족, 다음엔 스와지족, 느데벨리족, 소쏘족, 샹간족 순서였다. 한 종족에게 90분을 주었다. 보아인은 원주민 사이에 뿌리 깊은 감정을 오래전부터 활용했다. 각 종족을 분리 수용해서 서로를 경계하도록 하는 방법으로 교도소에서 폭동이나 봉기가 일어날 가능성을 최소한으로 줄였다.

박사는 일요일마다 감시탑에 올라가서 코딱지만 한 운동장을 굽어보았다. 어떤 종족이든 90분 대부분을 합창하는 데 보냈다. 박사는 각 종족이 제일 좋아하는 노래를 골라서 피아노 악보로 정리했다. 그렇게 아름답고 훌륭한 화음은 들어본 적이 없었던 거다.

박사는 노래 가사를 몰라도 음률과 화음을 통해 고향과 가족에 대한 갈망, 저녁에 피어오르는 모닥불과 축사에서 들리는 가축 울음소리 같은 걸 그리워하는 향수를 느낄 수 있었다. 그래서 계속 노력했지만 아름다운 화음을 피아노로 담아낼 수 없다면서 박사는 한숨을 내쉬며 한탄했다. 그러면서도 그들이 부르는 노래를 피아노 협주곡으로 정리했다. 그래서 '위대한 남부 협주곡'이라고 불렀다. 박사가 요구한 건 죄수를 모아놓고 바로 그걸 연주하는 거였다. 교도소를 떠나기 전에 선물을 주고 싶었던 거다.

박사가 세운 계획은 처음에 특정 종족의 노래를 악장마다 한두 곡씩 연주하고, 다음에 각 종족이 차례로 노래하고 자신이 스타인웨이로 직접 반주한다는 것이다. 그러면 모든 종족이 연주회에 참여할 수 있었다.

소장이 연주회를 허락하자, 준비할 게 많았다. 물론 리허설은 불가능했다. 기엘 피트를 통해 어떤 종족이 어떤 노래를 준비하고 순서는 언제인가 전달했다. 박사는 밤마다 강당에서 감방까지 들리도록 창문이란 창문을 모두 열고서 협주곡을 힘껏 연주했다. 교도관은 모든 죄수가 숨을 죽이며 열심히 듣는 통에 바퀴벌레가 벽을 기어가는 소리까지 들릴 정도라고 말했다.

박사는 자신이 피아노를 연주할 테니 내가 지휘를 맡으라 했다. 되도록 간단한 동작으로 피아노 반주에 맞춰서 때로는 약하게 때로는 강하게 부르도록 정확하게 지휘하는 게 중요했다. 몇 주일 배우고 연습해서 그런대로 자신감이 생겼다.

우리는 아침 연습시간에 협주곡을 철저히 익혔다. 박사가 고개를 흔들거나 끄덕거리는 게 무슨 표시인지 완전히 파악했다. 기엘 피트는 내가 지휘하는 동작에 따라 노래하는 법을 죄수들에게 알렸다. 백인 청중 앞이라면 나는 감히 지휘할 생각을 못 품겠지만, 흑인 죄수 350명 앞에서 지휘하는 건 대수롭지 않게 여겼다. 일종의 백인 우월주의였다.

기엘 피트는 죄수들이 잔뜩 기대한다고 말했다. 교도관들은 몇 주일 동안 죄수들을 별다른 어려움 없이 통제할 수 있었다. 지시에 안 따르면 연주회에 안 보내겠다는 협박에 모든 죄수가 벌벌 떨었다. 올챙이 천사가 지휘한다는 소문이 퍼졌다. 사람들은 연주회에 신비로운 의미를 부여했다. 내가 모든 종족을 화합하는 차원에서 특별히 자원했다는 소문까지 나돌았다.

그들은 작업시간을 활용해서 연습했다. 농장주나 제재소 경영자들은 새벽부터 땅거미가 질 때까지 죄수들 노랫소리가 작업장에 가득하다고 전했다. 심지어 지옥 같은 채석장에서도 노랫소리가 울려 퍼진다고 했다. '위대한 남부 협주곡' 연주회는 그렇게 착착 진행되었다. 올챙이 천사가 마법으로 지휘해서 모든 종족을 하나로 합칠 위대한 밤은 점차 다가왔다.

보만 부장은 연주회를 무산시키려고 안간힘을 썼다. 그러나 그에게 반감을 품은 스미트 주임이 연주회는 훌륭한 착상이라며 지지하기 시작했다. 반대를 위한 반대, 그 이상은 아니었다. 두 사람은 언제나 앙숙이었다. 스미트 주임은 옥스바겐 독립단에 가담하지 않았다. 소문에 의하면 보만이 부장으로 승진하는 것도 강력하게 반대했다.

연주회는 연병장에서 하기로 정했다. 스타인웨이를 높은 곳에 설치하려고 목공소에서 특별 연단을 제작했다. 교도소 측에서는 각 종족을 열 걸음 간격으로 연단 주위에 반원 형태로 배치하자고 제안했다. 그래서 사이마다 가죽 채찍을 든 교도관 두 명씩 배치해서 만약의 사태에 대비하자는 거였다. 담장 위 감시초소에서는 2개 조가 예비 탄약을 지닌 채 연주회가 끝날 때까지 서치라이트를 비추며 감시할 예정이었다.

연주회는 1945년 5월 9일 수요일로 잡혔다. 모든 교도관에게 비상이 걸렸다. 죄수가 밤에 감방에서 나오는 자체가 처음이었다. 종족마다 집단 난투극을 벌일 예정이라는 등, 복수를 벼른다는 등, 심지어 줄루족이 교도소를 때려 부수려 한다는 등, 다양한 소문이 꼬리에 꼬리를 물었다. 보만 부장이 선동하는 소리에 영향받은 교도관은 연주회 밤이 다가오는 만큼 민감하게 반응했다.

보만 부장은 샘 브라우닝 권총을 엉덩이에 걸치고 다녔다. 언제라도 뽑도록 단추를 풀어놓았다. 그러면서 통제할 수 없는 심각한 사태가 일어날 거라며 교도관을 선동했다.

"깜둥이는 새끼손가락을 내주면 팔과 어깨까지 먹어치울 놈들이라고."

보만이 툭하면 이렇게 말하는 통에 교도소에서 농담처럼 돌아다닐 지경이었다. 등 뒤에서 '새끼손가락 보만'이라며 놀리는 교도관도 나왔다. 보만은 연주회를 무산시키려고 마지막 몇 분까지 노력했다. 같은 시간, 같은 장소에 죄수를 50명 이상 모아놓는 자체가 규칙에 어긋난다고 주장했다. 스미트 주임은 보만에게 그런 규칙이 어디에 있는지 보여달라고 했다. 물론 그런 규칙은 어디에도 없었다. 보만은 프리토리아에서 그랬다는 주장을 되풀이할 뿐이었다.

연주회에 참석하도록 교도소에 늦게까지 머물러도 좋다는 허락을 어머니에게 받아내는 건 쉽지 않았다. 주님과 또 의논하더니, 본스타인 선생님에게 하룻밤 늦는다 해서 학교 성적에 지장이 있는 건 아니라는 확답을 받고서야 비로소 허락했다.

박사는 나에게 지휘자 복장을 어떻게 할 거냐고 물었다. 나로선 선택할 여지가 없었다. 카키색 셔츠와 학교 양말과 짧은 운동화가 내가 지닌 전부였다. 기엘 피트는 사람들이 만들어 준 신발과 권투복을 입는 게 어떠냐고 제안했다. 박사도 멋진 생각이라며 적극 추천했다. 괜찮은 생각이었다. 하지만 박사는 지휘해야 하니 권투 글러브를 낄 순 없다고 했다.

기엘 피트는 약간 실망하는 눈치더니 나중에 다시 와, 권투 글러브를 꼈다가 연주회를 시작하기 바로 전에 벗으면 어떻겠냐고 제안했다. 간청하는 눈빛이 간절했다.

그래서 기엘 피트가 조심스레 퍼뜨린 신화가 결실을 보았다. 연주회가 열리는 밤에 올챙이 천사가 위대한 지도자로 나타나서 노래를 지휘해, 모든 종족을 하나로 묶는다는 신화였다.

기엘 피트는 선동가 기질을 타고났다. 아무리 복잡한 문제도 감정에 호소해서 해결하는 방법을 알았다. 그래서 올챙이 천사가 위대한 투사 복장으로 나타나, 민족과 종족이라는 장벽을 뛰어넘어 아프리카 노래로 아프리카인을 이끈다며 이렇게 퍼뜨렸다. 올챙이 천사는 거인을 쓰러뜨리지 않았는가? 올챙이 천사에게는 위대한 노래로 줄루족과 스와지족, 느데벨리족, 트송가족, 소쏘족을 모두 한데 묶으려는 대추장의 영혼이 깃들지 않았는가? 바깥에 있는 가족에게 소식을 전하고 그 답장을 가져다주지 않았는가? 아이와 부인에게 옷을 보내서 겨울을 따뜻하게 나도록 하고 굶주린 아이에게 음식을 보내지 않았는가? 담배와 설탕과 소금을 교도소로 누가 들여왔는가? 올챙이 천사가 아니라면 지난 4년 동안 보아인에게 안 들키고 어느 누가 그럴 수 있겠는가?

1945년 5월 9일 수요일, 드디어 박사가 준비한 연주회 밤이 찾아왔다. 교도소 문을 들어서는데 공기가 달랐다. 절망하는 분위기를 조금도 느낄 수 없었다. 구슬프게 속삭이는 소리가 멎었다. 모든 사람이 차분했다. 갑자기 마음이 설렜다. 오늘 밤은 특별한 시간으로 영원히 남으리라.

교도소 담 너머 어두운 언덕 위로 보름달이 떠올랐다. 연병장에 달빛이 가득했다. 스타인웨이는 높은 연단에서 윤곽을 또렷하게 드러냈다. 묵직하게 침묵하는 느낌이었다. 달리가 그린 화폭을 들여다보는 것 같았다. 나는 인간이 지닌 가능성과 기호논리학을 가만히 떠올렸다. 이번 연주회는 감격스러운 순간으로 자리 잡을 게 분명했다.

달빛을 배경으로 스타인웨이를 바라보는데 갑자기 조명등이 들어왔다. 환한 불빛에 적응하자, 연단 주변에 하얀 석회로 길게 그린 반원이 보였다. 각 종족이 들어갈 구역을 표시한 것이다. 가죽 채찍을 든 교도관 12명이 본관 건물에서 피아노로 걸어갔다. 자갈길을 걷는 교도관들 장화가 잘그락잘그락 소리를 요란하게 냈다.

나는 연병장을 가로질러 박사가 기다리는 강당으로 갔다. 박사는 미그논 피아노 앞에 똑바로 앉아서 건반을 두드리다, 나를 올려다보며 말했다.

"기엘 피트가 늦는구나. 올 시간이 지났는데."

짜증 섞인 목소리였다. 박사는 기엘 피트를 확고하게 신뢰했다. 완벽하게 연주하려면 꼭 필요한 요소기도 했다. 기엘 피트가 열심히 움직이지 않으면 연주회는 실패할 가능성이 컸다. 게다가 아직은 연주회가 취소될 가능성조차 있었다.

나는 박사를 격려하며 말했다.

"곧 올 거예요. 시간이 있을 때 글러브를 가져와야겠어요."

나는 강당을 나와 체육관으로 이어진 통로로 서둘러 걸었다. 늙은 죄수 한 명이 9리터짜리 커피 상자를 어깨에 짊어지고 걸어왔다. 뒤에는 다른 한 명이 찻잔을 올린 쟁반과 갈색 설탕 깡통을 들고 따라왔다. 당직 교도관이 있는 연병장으로 커피를 나르는 거였다.

"기엘 피트 못 봤어요?"

한 사람에게 샹간어로 물었다. 양쪽 뺨에 흉터가 있는 사람이었다. 샹간족을 나타내는 징표였다.

"아뇨, 못 봤는데요."

상대가 황송하다는 어투로 대답했다. 나는 그대로 지나쳤다. 뒤에서 나누는 소리가 들렸다.

"올챙이 천사가 말하는 소리 들었어? 우리 말을 안다니 정말 대단해! 저분이야말로 백성을 이끌 지도자 아니겠어?"

체육관에 들어가서 실내등을 켜고 샤워실 전등을 켰다. 링을 밝히는 스위치는 반대편에 있었다. 그래서 링이 어렴풋하게 보였다. 그러나 권투 글러브 상자를 찾는 건 어렵지 않았다. 나는 마음에 드는 걸 재빨리 골랐다. 샤워실로 가서 옷을 벗고 속옷과 셔츠를 갈아입은 다음에 양말과 운동화를 신었다. 글러브는 끈을 느슨하게 묶어서 목에 걸쳤다. 박사에게 묶어달라고 부탁할 예정이었다.

강당으로 돌아갔다. 여전히 박사밖에 없었다. 박사는 아무런 생각 없이 글로브를 끼워주었다. 연주회를 걱정하는 표정이 얼굴에 가득했다.

"이제 못 기다리겠구나. 그만 나가야 해. 이렇게 늦도록 안 오다니. 나중에 기엘 피트를 만나면 혼내야 하겠어."

내가 들어올 때 사용한 문은 안에서 밖으로 나갈 수 없는 구조였다. 그래서 강당을 나와 본관 건물로 이어진 기다란 통로로 내려왔다. 그래서 4년 전 내가 교도소에 처음 들어올 때 지나간 조그만 복도를 걸었다. 스미트가 부장일 때 사용하던 사무실은 이제 보만 부장이 차지했다. 사무실은 불이 꺼졌다. 나는 약간 뒤처져 걸으면서 민원 창구 너머로 어두운 사무실을 들여다보았다.

돌머리가 앉는 의자와 보만 부장이 사용하는 커다란 책상이 어렴풋하게 보였다. 실내를 살폈다. 사무실과 연결된 심문실 문틈으로 가느다란 불빛이 새어 나왔다. 문이 약간 열렸는지, '쾅' 소리와 함께 고통스럽게 내뱉는 소리가 흘러나왔다. 특별한 일은 아니었다. 자주 있는 일이었다. 그러나 '위대한 남부 협주곡'을 연주하는 달빛 창연한 밤에 들으니 왠지 안 어울리는 것 같았다.

연병장에 들어서자 모든 죄수가 종족별로 지정된 자리에 앉아서 기다렸다. 교도관은 가죽 채찍으로 자기 다리를 툭툭 치면서 죄수 사이를 오르내렸다. 죄수들은 교도관이 있다는 사실을 망각한 듯 전혀 아무런 눈길도 안 주었다. 통로 사이를 걸어가자 죄수들이 웃는 얼굴로 쳐다보았다. 대화는 금지였다. 하지만 우리가 연단에 올라서자 죄수들 사이에 웅얼대는 소리가 퍼져나갔다.

우리가 연단에서 죄수들에게 인사하자마자 소장이 도착했다. 보만 부장이 파나갈로어로 통역하기로 했지만 아직 도착하지 않은 것 같았다. 소장은 화난 게 분명했다. 그래서 손목시계를 여러 번 들여다보다 더는 못 참겠는지 보아어로 말했다.

"내 말을 잘 듣기 바란다."

내가 줄루어로 재빨리 통역하자, 소장이 놀란 얼굴로 쳐다보았다.

"흑인 말을 아니, 피케이?"

내가 고개를 끄덕였다.

"좋아, 문장을 하나씩 끊어서 천천히 말할 테니까 다 듣고서 저들한테 통역하렴."

소장은 죄수들에게 연설하는 자체가 언짢은지 아주 거친 목소리로 커다랗게 말했다.

"이번 연주회는 교수님이 너희한테 주는 선물이다. 교수님은 너희처럼 죄짓고 들어온 사람이 아니다. 알겠나? 교수님처럼 훌륭한 분이 어째서 너희 카피르를 위해, 너희 죄수를 위해 연주하려는지 이해할 수 없다. 그러나 어쨌든 교수님은 이걸 원하셨다. 그래서 너희한테 이런 자리가 생겼다. 나는 내가 한 말에 책임지는 사람이다. 이런 일은 두 번 다시 없다는 사실을 명심하기 바란다. 나는 어떤 말썽도 원치 않는다. 피아노 연주를 듣고 노래한 다음에 감방으로 모두 얌전하게 돌아가길 바란다."

소장이 코를 킁킁대면서 나를 돌아보았다.

"이게 전부다. 그대로 통역하거라."

나는 소장과 교수님이 여러분을 환영한다고 말했다. 특히 교수님은 여러분이 참석한 걸 고맙게 여기며, 여러분 모두 내 손이 움직이는 걸 잘 지켜보고 노래 솜씨를 맘껏 뽐내길 바란다고 전했다. 그런 다음에 권투 글러브를 벗고 손을 움직여서 시범을 보여주었다. 말을 마치자 수많은 사람이 얼굴에 미소를 가득 머금은 채 손뼉을 치고, 소장은 죄수들이 보내는 반응에 흡족한 표정을 떠올리면서 말했다.

"잘했다, 피케이."

박사는 '위대한 남부 협주곡'을 완벽하게 연주했다. 죄수들은 자기네 노래가 흘러나오는 게 신기하다는 표정으로 숨소리를 죽이고 고개를 끄덕이면서 귀에 익은 멜로디를 감상하다, 연주가 끝나는 순간에 열광적인 박수를 일제히 보냈다.

다음엔 내가 연단에 나서서 손놀림에 따라 어떤 종족이 노래하는지, 강하게 노래하는지 약하게 노래하는지, 노래를 언제 끝내는지 등을 설명했다. 이해하면 손을 들라고 했다. 모든 죄수가 두 손을 일제히 들었다.

박사가 서곡을 연주했다. 각 종족의 음률이 메들리로 멋지게 흘러나왔다. 나는 서곡이 끝나는 것에 맞추어 소쏘 종족을 가리키며 팔을 흔들었다. 아름다운 목소리가 울려 퍼졌다. 육중한 화음이 여름날 밤하늘을 가득 메웠다. 지금까지 들은 합창 가운데 최고로 아름다운 화음이었다. 하나같이 본능으로 이해하는 듯 조금도 어색하지 않게 지휘에 완벽하게 따랐다.

다음 순서는 느데벨리 종족이었다. 한 사내가 높은 목소리로 노래하는 소리에 뒤이어 깊은 목소리로 옅게 화음을 깔았다. 선창자가 부르는 소리와 뒤에서 따라부르는 후렴이 어우러지다 가라앉더니, 후렴을 먼저 부르기도 하면서 멋들어진 조화를 이루었다.

스와지족이 뒤를 이었다. 마찬가지로 아름다운 합창이었다. 다음은 샹간족이었다. 종족마다 부르는 노래에는 제각기 특징이 있었다. 하지만 자주 등장하는 후렴에서 모두 하나로 뭉치는 것 같았다.

드디어 줄루족 차례가 되었다. 이들은 샤카 대왕이 승리하는 노래를 힘차게 불렀다. 용감한 줄루족 전사가 발로 땅을 박차는 것처럼 손바닥으로 땅바닥을 쾅쾅 쳤다. 연병장 전체가 흔들리는 것 같았다. 다른 종족도 리듬에 따라 손바닥으로 땅을 치면서 더 웅장한 효과를 냈다.

연주회는 한 시간 반 동안 계속했다. 모든 종족이 콧노래를 하는 거로 피날레를 영광스럽게 장식했다. 이 부분은 지금도 유명한 후렴구로 많은 사람이 즐겨 부른다. 작곡가가 그처럼 기묘한 자리에서 그처럼 위대한 작품을 발표한 사례는 아마 어디에도 없으리라! 시간이 지나면 세계적으로 유명한 필하모니 심포니 오케스트라가 연주하고, 세계적으로 유명한 합창단이 거기에 맞춰서 노래하리라! 하지만 흑인 죄수 350명이 검은 대륙을 사랑하는 마음과 자부심을 가득 품고 아프리카 달빛을 받으며 교도소 연병장에서 부른 것보다 훌륭한 소리를 만들어내지는 못하리라!

박사가 스타인웨이에서 일어나 흑인 죄수들을 바라보았다. 두 뺨에 눈물이 가득했다. 손수건을 꺼냈다. 아프리카 흑인도 대부분 훌쩍거렸다. 그러더니 찬양하는 소리가 터져 나왔다. 도저히 못 막을 정도로 갑작스레 터져 나온 소리였다. 박사는 나중에 그렇게 감격스러운 순간은 처음이라고 회상했다. 하지만 그들이 환호하는 소리는 "올챙이 천사! 올챙이 천사!"라며 아프리카어로 되풀이하는 소리였다.

소장이 걱정스러운 표정을 떠올렸다. 교도관 일부가 가죽 채찍으로 땅바닥을 내리치기 시작했다.

"올챙이 천사! 올챙이 천사!"

박사가 자리에서 일어나 환호성에 답례했다. 나도 동시에 벌떡 일어나서 손을 흔들어 환호성을 멈추라고 신호했다. 그러자 즉각 조용해졌다. 박사는 깜짝 놀란 표정으로 고개를 들었다. 영문을 모르겠다는 표정이었다. 내가 입을 열었다.

"위대한 음악 마법사와 저는 여러분 노래에 감사를 드립니다. 여러분 모두는 오늘 밤 여러분을 낳아준 종족에 영광을 안겼습니다. 여러분은 위대한 음악 마법사와 저한테도 영광을 안겨주었습니다."

영어라면 이렇게 연설을 잘하지 못할 터였다. 그러나 아프리카 말은 사근사근해서 자연스럽게 말할 수 있었다.

"여러분은 이제 여러분 부인과 자녀를 생각해서 조용히 움직여야 합니다. 보아인의 신경을 거스르면 안 됩니다."

내 목소리가 밤공기를 가르며 가느다랗게 퍼져나갔다.

마을 저편 높다란 하늘에서 갑자기 수많은 별이 소나기처럼 쏟아졌다. 빨간 별과 초록 별이 불꽃을 튀기면서 하늘을 폭포수처럼 장식했다. 죄수들이 두려운 눈으로 하늘을 쳐다보았다. 두 손으로 머리를 감싸는 사람도 있었다. 교도관 한 명이 허둥대면서 소장에게 다가가 귀에 대고 소곤거렸다. 그러자 소장이 박사에게 손을 내밀었다.

"이제 교수님은 자유입니다. 유럽에서 전쟁이 끝났어요. 독일이 항복했습니다."

소장이 손가락으로 마을을 가리키며 계속 말했다.

"저 불꽃을 보세요. 루이넥이 축하 잔치를 하는 거예요."

마지막 폭죽이 어두운 하늘을 밝혔다. 흑인들은 두려움에 떨며 소리를 질러댔다. 그런 광경은 한 번도 본 적이 없었다. 신화는 그렇게 완성되었다. 하늘도 올챙이 천사를 찬양했다. 모든 사람이 보란 듯이 찬양했다. 올챙이 천사에 대한 신화는 완전무결했다. 이제 전설이 되어 아프리카 흑인에게 퍼져나갈 터였다. 이제 누구도 신화를 부정하지 못하리라. 나는 가장 위대한 주술사 가운데 한 명이었다. 아프리카인은 나를 역사상 가장 위대한 성인으로 찬양할 게 분명했다. 나는 전설 그 자체가 되었다.

죄수들은 명령에 따라 차례대로 일어나서 감방으로 조용히 걸어갔다. 이윽고 연병장이 텅 비었다. 감시탑을 지키는 교도관과 소장, 박사와 나만 남았다.

"대단하군! 내 평생 이런 일은 처음이야."

소장이 고개를 흔들면서 감탄하더니 박사를 쳐다보며 말했다.

"교수님, 정말 멋진 연주였습니다. 지금까지 들은 것 가운데 가장 아름다운 합창이었습니다. 이런 노래는 다시 못 들을 겁니다. 피케이, 너는 나중에 훌륭한 소장이 될 거다. 나는 흑인을 그렇게 멋들어지게 다루는 광경을 본 적이 없다. 위대한 주술사가 명령하는 것 같더구나."

갑자기 '올챙이 천사!'라고 나직하게 부르는 목소리가 밤하늘을 가르며 구슬프게 들려왔다. 체육관 쪽에서 나는 소리 같았다. 그게 전부였다. 두 번 다시 안 들렸다. 구슬픈 목소리가 사방에 가득할 뿐이었다. 교도소라는 냉엄한 현실이 눈앞에 다시 떠올랐다.

박사는 독일이 항복했다는 소식과 연주회를 성공적으로 마쳤다는 사실에 감격한 듯 피아노 걸상에 앉아 손수건을 얼굴에 대고 훌쩍였다. 소장이 작별 인사를 했다. 조명등이 꺼졌다. 하늘 높이 떠오른 달이 밤하늘을 지배했다. 바로 그때 기엘 피트가 생각났다. 나는 박사를 쳐다보았다. 박사도 나를 쳐다보았다. 머릿속에 똑같은 생각이 떠오른 거다.

"기엘 피트가 안 왔어. 무슨 일이 생긴 거 아닐까? 근처에 있어야 하는데."

박사가 말했다. 기엘 피트가 근처에 없는 걸 몰랐다는 사실을 미안하게 여기는 어투였다.

누군가 자갈을 밟고 다가오는 소리가 들렸다. 이윽고 어둠 속에서 거트가 나타났다.

"스미트 주임님이 너무 늦었으니 집까지 태워 주라고 하셨어."

나는 깜짝 놀랐다. 평상시처럼 집까지 걸어서 가려던 참이었다.

"체육관에 가서 옷을 갈아입고 올게요. 글러브도 갖다 놓고요."

연단에서 내려왔다. 박사는 피아노 의자에 앉아서 두 손을 바라보고, 나는 체육관으로 뛰어갔다. 뒤에서 거트가 영어로 서툴게 말하는 소리가 들렸다.

"교수님, 연주회가 정말 멋졌습니다."

나는 옆문으로 들어가서 실내등을 켜고 목마와 가죽공을 지나서 샌드백에 레프트 스트레이트와 라이트 훅을 갈겼다. 권투 글러브를 넣는 커다란 나무 상자는 링 옆에 있었다. 나는 연주회가 끝난 뒤에 글러브 끈을 한데 묶어 목에 걸치고 있었다. 이렇게 하면 투사가 된 듯한 기분이 들었다. 글러브를 벗어서 멀찌감치 떨어진 상자로 던졌다. 거의 정확히 들어갔다. 한쪽 글러브는 상자에 들어가고 다른 쪽은 가장자리에 걸쳤다. 나는 가까이 다가가서 나머지 한쪽을 상자에 넣었다.

바로 그때 뭔가 이상하다는 느낌이 들었다. 스위치가 있는 곳으로 뛰어가서 링을 비추는 전등을 켰다. 갑자기 불빛이 들어와서 눈이 부셨다. 이윽고 링 중앙에 누운 사람이 조금씩 보였다.

기엘 피트가 얼굴을 바닥에 파묻은 채 엎드려있었다. KO 당한 사람처럼 두 팔을 양쪽으로 축 늘어뜨린 자세였다. 코와 입에서 흘러나온 피에 머리가 흥건히 젖었다. 나는 정신없이 비명을 지르며 링으로 뛰어올랐다. 하지만 나 자신은 아무런 비명도 들을 수 없었다. 나는 기엘 피트 옆에 무릎을 꿇고 앉아서 마구 흔들었다. 기엘 피트는 꼼짝도 안 했다. 무릎을 세우고 일어나서 한쪽 팔을 잡고 일으키려 애쓰며 울부짖었다.

"일어나, 제발 일어나! 일어나면 살 수 있어!"

그러나 머리는 팔을 잡아끄는 대로 흔들릴 뿐이었다. 피 웅덩이를 철썩이며 사방에 피를 뿌릴 뿐 불쌍한 황색인은 축 늘어져서 움직일 생각을 안 했다. 가슴속에서 외로운 새가 입을 열었다.

"이미 죽었어. 이미 죽었어! 다시 살아날 수 없어!"

나는 기엘 피트를 살려내려고 안간힘을 쓰며 잡아끌었다.

"제발, 기엘 피트! 제발 일어나란 말이야! 일어나면 살 수 있다고! 정말이야! 정말이라고! 약속할게! 제발!"

기엘 피트를 링 구석으로 끌었다. 링 바닥에 핏자국이 얼룩졌다. 바로 그때 한 손에 든 게 보였다. 스미트 주임과 박사, 거트와 내가 그와 함께 찍은 사진이었다. 사진 귀퉁이가 피에 젖어서 스미트 주임 머리 부분을 가렸다. 나는 잡은 손을 내려놓고 기엘 피트 몸에 그대로 엎드려서 흐느꼈다. 그때 누군가 나를 들어 올리는 걸 느꼈다. 스미트 주임이었다. 그는 나를 가슴에 보듬고 천천히 쓰다듬었다. 나는 가슴에 안겨 마냥 울었다. 스미트 주임이 나를 다독이며 속삭였다.

"그만, 챔피언, 그만 울어. 쉬-잇. 내가 복수를 해줄게. 약속하마. 챔피언, 인제 그만 울어. 됐어, 인제 그만 울어."

다음 주 토요일 밤에 감사관에게 잔치를 열어줄 예정이었다. 박사는 연주에서 빠지려 했다. 기엘 피트가 죽었다는 사실에 분개했다. 교도소에 간다는 생각만 해도, 심지어 연주회라는 단어만 나와도 분노했다. 하지만 소장은 달랐다. 기엘 피트는 더러운 카피르에 불과했다.

"안됩니다! 그건 공평하지 않습니다! 난 카피르 연주회를 허락했습니다. 그러니 교수님은 감사관 앞에서 연주해야 합니다! 난 공평한 사람입니다. 약속을 지켰습니다. 독일이 항복한 다음 날 아침에 교수님을 석방했습니다. 교수님도 약속을 지켜야 합니다."

박사가 오두막으로 돌아온 건 정말 감동적인 사건이었다. 디와 덤이 오두막을 열심히 청소했다. 박사는 그렇게 깨끗하게 정돈한 오두막을 본 적이 없었다. 거트가 박사를 언덕 아래까지 태워다 주었다. 지난 4년 사이에 오두막으로 올라가는 오솔길이 가라앉는 바람에 언덕 위로 차를 몰 순 없었다.

거트는 오솔길이 가라앉아서 스타인웨이를 트럭에 싣고 옮길 수 없다고 보고했다. 그러자 바로 다음 날에 돌머리가 교도소 작업반을 데려와서 보수작업을 시작했다. 피아노를 트럭으로 옮기도록 모든 죄수가 열심히 일했다.

박사는 집으로 오자마자 선인장 정원부터 늘려야겠다고 말했다. 거트는 그 말을 전하고, 스미트 주임은 작업반 담당 교도관에게 도로 보수작업이 끝나면 선인장 정원을 늘리라고 지시했다.

박스웰 부인은 마을에서 제일 큰 식료품 가게 'H. C. 덩컨 상점'에서 식료품을 주문했다. 시청 측에다 지난 4년 동안 뱀이나 들쥐가 오두막으로 구멍을 안 팠는지 보건소 직원을 파견해서 검사하라는 부탁도

했다. 보건소 직원이 나와서 화장실 구멍에 염소 알갱이를 넣었다. 그래서 처음 1주일은 화장실에 들어서면 악취 때문에 코를 틀어막지 않을 수 없었다.

디와 덤은 'H. C. 덩컨 상점'에서 날라온 식료품 상자를 풀었다. 박스웰 부인이 넣은 부드러운 두루마리 화장지도 있었다. 두 사람은 그걸 어디에 쓰는지 알고 있었다. 전쟁 동안 모든 사람이 거친 휴지만 썼다. 디와 덤은 두루마리 화장지를 뺨에 대고 비비면서 정말 부드럽다고 감탄했다. 이렇게 대단한 종이를 그렇게 보잘것없는 용도로 사용한다는 사실이 어이없을 뿐이었다.

나 역시 맞는 말이라고 생각했다. 박사도 동의할 게 분명했다. 지난 4년 동안 '골드필드' 신문지를 화장지로 사용하지 않았던가! 언젠가 박사가 화장실에 들어가서 박스웰 부인이 쓴 '문화 산책' 칼럼을 깨끗하게 오려서 가지고 나오는 걸 본 적도 있다. '문화 산책' 칼럼이 최악의 운명에 처하기 일보 직전에 구사일생으로 살아난 게 분명했다.

박스웰 부인은 박사에게 전하라며 나에게 조니 워커도 한 병 건넸다. 바버톤 술 가게를 운영하는 굿헤드에게 선물 받은 술이었다. 나는 '턱 사건'을 겪고 술꾼이 사도 교회에 나와서 눈물을 흘리며 참회하는 소리도 여러 번 들은 터라, 술병을 건네주어야 할지 말아야 할지 고민했다.

위스키를 들고 오두막으로 올라갈 때는 하느님이 청천 하늘에 날벼락을 내려서 나를 술병과 함께 지옥으로 떨어뜨릴지도 모른다는 생각조차 떠올랐다. 홍해를 가르는 하느님이라면 청천 하늘에 날벼락을 때려서 조니 워커를 날려 보내는 거야 식은 죽 먹기보다 쉬울 터였다.

박스웰 부인은 박사가 나오기 몇 주일 전부터 도서관에 보관하던 박사 책을 일꾼에게 자전거 바구니에 싣고 오두막으로 틈틈이 운반하도록 했다. 마을 재산이 아니라 박사가 '얼마 동안 빌려준 책'이라고 여긴 거다. 박사는 연주회가 끝난 다음 날 아침에 오두막으로 돌아왔다. 스타인웨이만 없을 뿐 모든 게 4년 전 그대로였다. 그래서 현관에 앉아 울었노라고 몇 주일 뒤에 고백도 했다. 주변 친구들이 정말 고마웠다는 거다.

나는 박사가 자유롭게 풀려난 첫날에 학교를 마치자마자 오두막으로 갔다. 박사는 선인장 정원 '반쪽 인간 다발'에서 죽은 가지를 쳐내는 중이었다. 원래 이름은 '패치포디움 나마쿠아눔'이라는 2m짜리 커다란 선인장이었다. 커다란 코끼리 코가 땅속에서 빠져나온 형상이었다.

나는 커피를 만들었다. 우리는 베란다에 앉아서 커피를 마셨다. 우리 두 사람은 슬픈 얘기를 하고 싶지 않아서 기엘 피트를 아무도 입에 안 올렸다. 그런데 박사가 허탈한 기분으로 말했다.

"이젠 죄수를 대신해서 편지를 쓸 수도 없구나. 죄수를 도울 방법이 사라졌어."

그러고 나서 정원 이야기를 잠시 주고받았다. 박사가 '크랜츠 알로에'를 가리키며 말했다. 바람막이 울타리로 심은 게 정원으로 파고드는 중이었다.

"'알로에 아보레신스'가 들어오는구나. 막아야겠어. 그래, 앞으로 1주일 동안 막아야겠어."

박사는 계획을 스스로 짜고 무엇을 할지 스스로 결정할 자유가 있다는 걸 즐기는 것 같았다. 그런데 커피잔을 다시 채우려고 일어나다 앓는 소리를 냈다. 나는 깜짝 놀라며 올려다보았다. 박사는 웃는 얼굴로 통증을 감추면서 입을 열었다.

"그래, 피케이, 난 멍텅구리야. 오늘 아침에 바위에 올라갔거든. 조금 올라갔는데도 힘이 많이 들더구나. 4년 동안 산을 안 탔으니 다리가 금방 풀리고 숨이 가쁠 수밖에. 한 달은 지나야 산을 돌아다닐 수 있겠어."

박사가 절뚝절뚝 걸으며 부엌으로 갔다. 커피포트가 그곳에 있었다. 나는 그때 처음으로 박사가 늙었다는 사실을 깨달았다.

박사는 목요일과 금요일 대부분을 선인장 정원에서 보냈다. 정원을 다시 관리해서 정말 기쁜 것 같았다. 박사는 토요일 아침에 도서관으로 박스웰 부인을 찾아가기로 했다. 6월 연휴를 시작한 다음 날이자 교도소 연주회가 잡힌 날이기도 했다. 박사는 그날 방문해도 괜찮은지 박스웰 부인에게 물어보라고 나에게 미리 부탁한 터였다. 박사가 토요일 오전에 방문하길 바란다고 전하자 박스웰 부인은 몹시 흥분했다. 우리 할아버지에게도 박사가 도서관을 방문할 예정이라고 말했다. 그러자 할아버지는 토요일 새벽에 싱싱한 분홍 장미와 붉은 장미 두 다발을 꺾어서 나에게 주었다.

"이걸 박사한테 주렴. 박스웰 부인을 찾아갈 때 가져가면 안 좋겠니? 선인장 꽃다발을 들고 갈 수는 없으니까. 안 그러냐?"

할아버지는 약간 거드름부리며 말했다. 쭈뼛쭈뼛한 선인장에 비해 훨씬 아름다운 장미를 기른다는 게 자랑스러운 표정이었다.

우리는 법원 꼭대기 시계가 정각 9시를 가리킬 때 도서관에 도착했다. 도서관 문은 닫혀 있었다. 일꾼이 바깥 계단에 앉아서 기다리다 우리를 맞았다.

"부인께서 곧 오실 거예요."

박사는 셀룰로이드 목깃을 잠그다 그 말을 듣고 동작을 멈추더니, 헛기침하면서 계단을 성큼성큼 올랐다. 이윽고 약간 진한 감색 소형 승용차가 내려오는 게 보였다. 박스웰 부인이 모는 승용차였다. 소음이 대단했다. 정말 낡은 차였다. 그러나 박사는 자동차가 다가오는 소리를 못 들은 것 같았다.

"저기 오시네요!"

내가 소리치면서 장미 꽃다발을 건네자, 박사가 화들짝 놀라며 꽃다발을 두 손으로 움켜잡았다. 자동차가 도서관 앞으로 미끄러져 들어오다, '펑'하는 소리와 함께 엔진이 꺼졌다. 박스웰 부인이 창문 밖으로 머리를 내밀며 말했다.

"피케이, 문 좀 열어주련? 착하지?"

상냥한 어투였다. 나는 박사 눈치를 보면서 머뭇거렸다.

"피케이, 빨리 열어. 너는 보아인이 아니잖아. 신사답게 행동해야 한다."

나는 자동차 문을 열고 박스웰 부인은 밖으로 나오면서 말했다.

"전쟁도 끝났으니 이제 예의 바르게 행동해야지."

나에게 잔소리하는 식으로 박사와 다시 만나는 어색한 느낌을 피할 수 있어서 다행이라는 표정이었다. 박스웰 부인이 아름다운 미소를 머금으며 바라보자, 박사가 장미꽃을 건넸다.

"어머나, 진짜 신사분이시군요."

박스웰 부인이 분홍 장미와 빨간 장미가 어우러진 꽃봉오리에 코를 들이대고 숨을 깊이 들이마시며 계속 말했다.

"장미만큼 아름다운 건 없어요. 그렇게 생각하지 않으세요?"

그리고 장미꽃을 여왕처럼 우아하게 보듬더니 박사에게 손을 내밀며 말했다.

"장미는 입이 없지만 그 자체로 많은 걸 말하죠."

박사가 구두 뒤꿈치를 붙이고 정중하게 고개를 숙이면서 손을 잡았다. 그리고는 손을 추켜들어 살짝 키스했다.

"안녕하세요, 박스웰 부인!"

"아, 교수님. 보고 싶었어요. 이렇게 만나서 정말 기뻐요."

나는 박스웰 부인이 울 것 같다고 생각했다. 하지만 얼굴을 장미 다발에 다시 파묻더니 잠시 뒤에 환하게 웃는 얼굴로 바라보며 말했다.

"함께 커피를 들까요? 신선한 케냐 커피가 있어요. 자동차로 가서 바구니를 갖다 주련, 피케이?"

박스웰 부인이 박사에게 장미를 건네고는 가방을 뒤져서 도서관 열쇠를 찾다가 다시 말했다.

"맛있는 마데이라 케이크를 구웠어. 바구니 옆 양철통이란다, 피케이. 그것도 가져오렴."

도서관에 들어서자 옛날과 똑같은 분위기가 살아났다. 4년 남짓한 공백이 사라졌다. 박사와 박스웰 부인은 변한 게 조금도 없었다. 박사는 저녁에 교도소로 들어가 감사관을 환영하는 자리에서 피아노를 연주해야 한다며 짜증스러운 어조로 말했다. 박스웰 부인이 태워다 주겠다고 자청하자, 박사는 연주회에 참석하지 않겠냐며 박스웰 부인을 초대했다. 완전히 예상 밖이었다. 박스웰 부인이 너무나 좋아했다. 우리는 스미트 주임에게 전화했다. 주임은 박스웰 부인이 온다면 대환영이라고, 박사 친구라면 누구든지 환영한다고 말했다.

우리는 그때 처음으로 기엘 피트를 입에 올렸다. 박스웰 부인은 기엘 피트가 죽었다는 사실을 몰랐다. 만난 적은 없지만 평소에 친숙하게 여기던 터였다. '샌드위치 기금' 모금 운동이 사실상 끝나게 돼서 애석하다고 박사가 말하자, 박스웰 부인은 눈을 똑바로 뜨고 바라보며 대답했다.

"어렵겠지만 극복할 수 있을 거예요. 기엘 피트가 우리를 나약한 사람으로 여기게 할 수는 없어요. 계획이 있어요, 밝힐 단계는 아직 아니지만."

얼굴에 굳센 표정이 떠올랐다. 그래서 아무도 못 묻는데, 박스웰 부인이 덧붙였다.

"나 혼자 세운 계획이에요. 실패하면 다른 방법을 찾아야겠지요."

기엘 피트가 죽은 날, 스미트 주임은 펑펑 우는 나를 데리고 파란 플리머스 자동차로 갔다. 거트가 기다렸다. 주임은 토요일 밤 감사관 앞에서 권투시합을 할 때까지 훈련을 안 해도 되니 교도소에 나오지 말고 집에서 쉬라고 했다. 훈련에 참여하지 않으니 편하긴 하나 미래의 웰터급 세계 챔피언이 훈련을 쉰다는 게 뭔가 불안했다. 그렇다고 해서 기엘 피트가 없는 권투부로 가고픈 마음도 없었다. 게다가 앞으로 스미트 주임에게 지도받으며 일류 권투선수로 성장한다는 건 생각도 못할 일이었다.

밤이 되자 박스웰 부인이 오두막으로 이어진 오솔길 밑에서 우리를 태워 주었다. 오솔길은 완벽하게 보수했으나 자동차가 고물이라 위로 올라올 수 없을 것 같았기 때문이다.

첫 번째 순서는 박사가 연주하는 피아노 독주였다. 문화 부분이었다. 사람들이 점잖게 행동할 때 해치우는 게 바람직하다고 판단한 결과였다. 그다음엔 체육관에 가서 권투 시범 경기를 관람하고 강당으로 다시 돌아와 티키드라이 춤을 추면서 바비큐 요리를 먹을 예정이었다. 강당 바깥 연병장에서 바비큐를 굽는 냄새가 은은하게 풍겨왔다. 누군가 어둠 속에서 아코디언을 연주했다. 곳곳에 피운 모닥불을 배경으로 아코디언을 연주하는 모습이 은은하게 보였다.

박스웰 부인과 박사와 나는 맨 앞줄에 앉았다. 그래야 박사가 스타인웨이로 쉽게 나가기 때문이다. 거트를 나흘 만에 처음 보았다. 거트가 나오라고 신호했다. 나는 잠시 실례하겠다 말하고 자리에서 일어나 거트를 따라 구석으로 갔다. 거트는 기엘 피트가 그렇게 되어 정말 안됐다면서 그가 없으니 권투부도 예전 같지 않다고 속마음을 털어놓았다.

"이해가 안 가. 카피르 한 명이 죽었다고 이렇게 마음이 아프니 말이야."

그런 다음에 교도소 감사에 대해 알려주었다. 엉뚱한 일이 터져서 완벽하게 성공했으며 따라서 소장은 아주 흡족한 반면에 보만 부장은 당황해서 붉으락푸르락하며 어쩔 줄 몰랐다는 것이다. 나는 보만 부장이 궁지에 몰린 게 반가워서 재빨리 물었다.

"무슨 일이 있었는데요?"

"감사관이 일어나서 우리한테 말했어. 여기보다 좋은 교도소는 본 적이 없다는 거야. 프리토리아에서 카피르 연주회 소문을 들었다면서 말이야."

거트가 말을 잠시 멈추더니 눈을 동그랗게 뜨면서 이어 말했다.

"어떤 놈이 고자질했는지 뻔할 뻔 자지. 어쨌든 큰일 났다고 걱정하는데 완전히 다른 반응이 나오더라고. 감사관은 교도소 행정이 그런 식으로 바뀌어야 한다면서 바버톤이 선도적인 역할을 했으니 소장한테 포상을 내려야겠다고 말했어. 건물과 연병장엔 티 하나 없이 깨끗하고, 규율은 잘 잡히고, 다른 교도소가 본받아야 할 개혁을 선도하고, 그러니 얼마나 대단하게 보였겠어? 새끼손가락 보만은 또 표정이 어땠겠고? 화나서 어쩔 줄 모르는 표정이 꼴불견이었지. 너무 고소해서 오줌을 지릴 뻔했지 뭐야. 사람들이 모두 웃으면서 고소하단 표정으로 보만을 쳐다보았지. 소장도 보만을 물끄러미 쳐다보고."

콧물코가 와서 박사가 찾는다는 말에, 거트는 나중에 체육관에서 보자고 했다. 박사는 쇼팽 야상곡 5번을 연주하기로 마음먹었다. 내가 몇 주일을 열심히 노력했으나 번번이 실패한 야상곡이었다. 하지만 음악에 맞추어 악보를 넘길 정도는 돼서 나를 부른 것이다. 박사는 두 곡을 연주하기로 했다. 두 번째로 연주할 곡이 뭐냐고 묻자 박사는 비밀이라면서 쇼팽 야상곡이 끝나면 자리로 돌아가라고 말했다.

강당은 사람으로 가득했다. 소장이 앞으로 나와서 스타인웨이 옆에 서자, 교도관 가족과 초대받은 손님 모두 자리에 앉았다.

"신사 숙녀 여러분! 연주회에 참석하신 여러분 모두를 진심으로 환영합니다. 이번 연주회는 우리 친구 쥬비트 감사관을 환영하려고 준비했습니다. 감사관께서는 오늘 오후에 바버톤 교도소를 아주 좋게 평가하셨습니다. 저는 이 자리를 빌려서 제가 직원 여러분을 모두 자랑스럽게 여긴다는 사실을 밝히고 싶습니다. 감사관에게도 찬사를 드립니다. 감사관은 훌륭한 동지입니다. 또한 훌륭한 명사수입니다. 사격장에서 구경한 사람은 모두 감탄했습니다. 우리를 대표해서……"

소장이 싱긋 웃으며 말을 이었다.

"이곳을 방문하신 데에, 그리고 좋게 평가하신 데에 감사관께 다시 한번 고마운 마음을 표하는 바입니다."

사람들이 웃고, 소장은 계속 말했다.

"아닙니다, 진담입니다. 바로 쥬비트 감사관 같은 분 덕분에 좋은 사람들이 남아프리카 교도 행정을 마음 놓고 펼쳐나가는 겁니다."

소장이 잠시 멈추고 손가락에 낀 반지를 내려다보더니 고개를 들고 말했다.

"지난주에 흑인 죄수를 모아놓고 연주회를 연 것을 감사관께서는 교도소를 개혁한 훌륭한 사례라고 말씀하셨습니다. 고마운 말씀입니다. 별다른 생각 없이 한 일인데 훌륭한 감사관께서는 그 진가를 이해하고 우리를 격려하셨습니다. 이제 힘이 생겼습니다. 앞으로 그런 일을 계속 추진할 수 있을 것 같습니다."

옆에서 박스웰 부인이 부르르 떠는 걸 느꼈다. 고개를 돌려서 쳐다보았다. 안 웃으려고 무진장 애쓰는 것 같았다.

"감사관께서는 성실한 교인이십니다. 하느님을 두려워하면서 교도행정에 헌신하는 분이십니다."

사람들이 우레와 같은 박수를 보냈다. 소장이 잠시 침묵하다 손을 들어서 중지시킨 다음에 계속 말했다.

"감사관께서는 교양도 풍부하십니다. 오늘 밤에 연주회를 제일 앞에 배치한 이유입니다."

소장이 헛기침하면서 주위를 둘러보았다.

"여러분은 우리 교도소에 귀중한 손님이 오셨다는 사실을 잘 아실 겁니다."

킥킥거리며 웃는 소리가 들렸다.

"농담이 아닙니다. 지난 4년 동안 우리는 소중한 분을 손님으로 모셨습니다. 천재 음악가입니다. 오늘은 그분이 연주하는 곡을 마지막으로 듣는 자리입니다. 오늘 밤에는 쥬비트 감사관을 위해 피아노 독주를 할 예정입니다. 자, 볼렌스틴 교수님을 소개합니다."

박사가 일어나서 청중에게 머리를 살짝 숙이더니, 나를 보고 고개를 끄덕거렸다. 우리는 우레와 같은 박수를 받으며 스타인웨이로 다가갔다.

박사는 곧바로 연주했다. 소장이 자리로 돌아가기도 전에 쇼팽 야상곡 첫음절이 강당을 가득 메웠다. 늘어지는 피아노 음률이 단조롭게 흘러나오다 점차 화려하게 나아갔다. 박사는 기막히게 대단한 솜씨로 건반을 눌렀다. 손놀림이 눈부실 정도로 현란했다.

중간 부분에서 곡조가 빠르고 복잡하게 변하더니, 급기야 점차 강한 음조로 변하면서 절정으로 치달았다. 박사가 머리를 심하게 흔들며 건반을 미친 듯이 두드렸다. 청중이 그런 모습을 좋아한다는 걸 박사도 안 거다. 봄바람이 살랑이듯 우아한 음률이 흘러나오다 점차 줄어들면서 마지막을 장식했다.

박사가 선정한 곡은 아주 적절했다. 쇼팽 야상곡 5번은 정말 아름다우면서도 이해하기 쉬웠다. 청중이 기립 박수를 보냈다. 모두 감동한 것 같았다. 박사가 일어나서 가볍게 고개를 숙인 다음에 나를 보고 고개를 끄덕였다. 내 자리로 돌아가라는 표시였다. 그리곤 피아노 걸상에서 악보를 여러 장 꺼내 악보대에 조심스럽게 놓았다. 그러고 나서 청중을 쳐다보고 헛기침한 다음에 말했다.

"신사 숙녀 여러분. 이 곡은 이번에 두 번째로 연주되는 곡입니다. 제 친구에게, 아주 훌륭한 친구에게 이 곡을 바치겠습니다. 저는 이 곡에 친구 이름을 붙였습니다. 제 친구에게 바칩니다. '기엘 피트를 위한 진혼곡!'을 들려 드리겠습니다!"

박사가 소개하고 스타인웨이 앞에 앉아서 곡명이 바뀐 '위대한 남부 협주곡'을 연주하기 시작했다. 아프리카 흑인 멜로디가 강당을 가득 메웠다. 소쏘족 멜로디에 뒤이어 느데벨리 멜로디가 점차 강하게 흘러나왔다. 오른손으로는 선창자가 부르는 높은음을 치고 왼손으로는 후렴을 치는 식이었다.

어느덧 스와지 멜로디로 이어지고 다음엔 샹간 멜로디가 흘러나왔다. 종족마다 후렴 멜로디가 달랐다. 하지만 서로를 끌어당기며 훌륭하게 어우러졌다. 마침내 샤카 대왕의 승리를 찬양하는 멜로디가 등장했다. 스타인웨이에서 장엄한 드라마가 흘러나왔다. 전사들이 전쟁터로 행진하는 광경이 음률로 웅장하게 나타났다. 여러 종족의 멜로디가 현란하게 어우러지며 점차 줄어들다 마침내 끝났다.

강당 밖에서 죄수들이 합창하는 소리가 들려왔다. 이제 비로소 진혼곡이 완성되었다. 기엘 피트에게는 남아프리카 모든 종족의 피가, 백인과 부시맨과 호텐토트인과 말레이인과 아프리카 고유의 흑인 피가 섞였다. 그래서 특정 부족에 속하지 않았다. 하지만 모든 종족이 그 죽음을 슬퍼하며 진혼곡을 불렀다. 그는 남아프리카를 상징했다. 그 죽음은 지난 300년 동안 피부 색깔이 다르다는 이유로 수없이 벌어진 고문과 배신과 인종차별과 학살을 상징했다.

연주가 끝나자 모든 사람이 침묵했다. 우리는 물론이고 감방 죄수들도 침묵했다. 우리 모두 아프리카의 고통을 슬퍼했다. '기엘 피트를 위한 진혼곡'은 우리 모두의 슬픔이었다. 남아프리카가 흘리는 눈물이었다.

이윽고 박수갈채가 터져 나왔다. 쥬비트 감사관이 일어나서 앞으로 나오더니 청중을 향해 손을 높이 들었다. 다시 정적이 감돌았다. 바지 주머니에서 손수건을 꺼내 눈물을 훔치더니 감동에 겨운 목소리가 흘러나왔다.

"신사 숙녀 여러분. 오늘 밤 우리는 천재가 연주하는 작품을 들었습니다. 기엘 피트라는 사람이 누군지 모르겠으나 최소한 훌륭한 음악으로 애도한 보아인이라는 사실은 확실히 알 수 있습니다. 그는 우리 조국 남아프리카를 상징합니다. 우리 모두 보아인으로서 그 사람의 죽음을 애도해야 할 것입니다."

감사관이 손수건을 단정히 접어서 바지 주머니에 집어넣으며 계속 말했다.

"제가 장담할 수 있는 건 그 사람은 교수님이 진혼곡을 작곡할 만큼 위대한 인물이었다는 사실입니다. 자, 여러분, 모두 일어나서 교수님께 힘찬 박수를 다시 한번 보냅시다."

스미트 주임이 만면에 미소를 머금은 채 미친 듯이 손뼉을 치는 광경이 눈에 들어왔다. 심지어 소장도 어이없는 모순을 무시하기로 마음먹은 듯 열심히 손뼉을 쳤다. 지금 생각하면 소장은 가까운 미래에 승진할 것 같다고 여기며 즐거워한 것 같았다.

박사가 일어나서 감사관에게 고개 숙여 인사했다. 그리고 커다란 손수건을 꺼내 눈물을 닦아냈다. 기엘 피트를 위해 눈물을 흘린 거다. 그 광경을 본다면 기엘 피트가 재미있다며 낄낄대고 웃을 게 분명했다. 말할 수 있다면 이렇게 말할 것 같았다.

'아니, 여러분, 죽은 사람한테 그런 코미디가 다 무슨 소용입니까?'

이윽고 교도관과 부인네와 손님이 일어나서 권투시합을 보러 체육관으로 갔다. 죄수들은 강당 의자를 연병장으로 운반했다. 연병장에서는 바비큐 파티와 보아 음악과 댄스파티로 하이라이트를 장식할 예정이었다.

스미트 주임은 시범 경기를 특이하게 준비했다. 권투선수 모두 링을 마주하며 한 줄로 앉았다. 스미트 주임이 호각을 목에 걸고 링에서 주심을 보았다. 관중이 체육관에 꽉 들어차자 주임이 호각을 불었다. 나는 콧물코와 함께 링에 올라서 악수했다. 스미트 주임은 호각을 다시 불고 콧물코와 나는 권투를 시작했다.

특이한 점은 한 라운드가 끝날 때마다 한 명이 내려오고 다른 선수가 올라가는 거였다. 내가 최연소자라서 먼저 내려왔다. 포니 크루거가 대신 올라가서 콧물코와 붙었다. 그다음엔 매티 스나이만이 콧물코 대신 포니와 싸웠다. 이번에는 포니가 내려오고 넬스 스티코벤이 올라갔다. 그런 식으로 헤비급까지 나아갔다.

돌머리와 거트가 한 라운드를 싸우다 거트가 내려오고 내가 들어가서 돌머리와 마지막 라운드를 싸웠다. 관중을 웃기려는 구상이었다. 선수마다 재미있는 구경거리를 보여주려고 자신보다 체중이 무겁거나 가벼운 상대와 열심히 싸웠다. 기계처럼 모두 정확하게 움직였다. 스미트 주임은 시작과 끝을 알리는 호각만 불 뿐 입을 열 필요는 조금도 없었다. 내가 링에 올라서 돌머리와 대치하자 관중이 미친 듯이 환호하는 가운데 누군가 소리쳤다.

"피케이, 한 방 먹여!"

폭소가 터져 나왔다. 나는 돌머리 주위를 재빨리 돌다 명치로 주먹을 날리며 공격했다. 돌머리가 내 머리를 향해 어퍼컷을 날렸다. 무시무시했다. 하지만 언제나 목표물을 벗어났다. 관중이 웃었다. 마침내 스미트 주임이 호각을 불더니 내 손을 번쩍 들었다. 사람들이 또다시 웃었다.

경기가 끝나고 관중이 자리를 뜨자 나는 박사와 박스웰 부인에게 가서 옷을 갈아입고 뒤따를 테니 먼저 가라고 말했다. 박스웰 부인은 감사관에게 얘기할 게 있는데 같이 가면 고맙겠다고 박사에게 부탁했다. 내가 몸을 돌리자 박스웰 부인이 등 뒤에 대고 소리쳤다.

"피케이, 권투 실력이 그렇게 대단한 줄 몰랐어. 훌륭한 솜씨야. 앞으로 열심히 연습해. 넌 웰터급 세계 챔피언이 될 게 분명해. 진짜 훌륭해!"

"벌써 챔피언이에요! 어버부부버브!"

박사가 덧붙였다.

우리가 옷을 벗고 샤워하려고 할 때 돌머리가 들어왔다.

"스미트 주임이 모두 샤워하고 체육관으로 돌아오라고 하셔. 앞으로 십 분 안에 가야 하니까 빨리 서둘도록. 링에 있는 전등만 빼고 실내등은 다 끌 거야."

돌머리가 말하면서 옷을 갈아입더니, 이윽고 손을 더듬어서 셔츠 단추를 잠그고 자리에 앉아서 양말과 신발을 신으며 계속 말했다.

"어두운 곳에 가만히 앉는 거야. 출입구와 링에서 멀찌감치 떨어진 곳에, 알겠어?"

우리는 고개를 끄덕이고, 돌머리는 밖으로 급히 나갔다.

체육관에 들어가서 어두운 구석에 앉자, 출입구가 열리면서 한 줄기 불빛이 흘러들었다. 스미트 주임과 돌머리, 그리고 두 사람 사이에서 보만 부장이 들어왔다. 문이 닫혔다. 세 사람이 링으로 걸어가는 게 희미하게 보였다. 하지만 그들은 우리를 볼 수 없었다. 링을 비추는 전등이 갑자기 켜지면서 세 사람을 환하게 비췄다.

"보만, 링으로 올라가."

스미트 주임이 말했다.

"도대체 왜 그러는 거요? 무슨 일이요?"

보만 부장이 묻는 소리였다.

"올라가. 일 분이면 충분해. 일 분이면 모든 게 밝혀질 거야."

스미트 주임이 대답했다. 보만이 링으로 올라갔다. 스미트 주임과 돌머리도 뒤따라 올라갔다. 양 코너에 권투 글러브가 한 벌씩 걸렸다. 중립 코너에 둘둘 말아놓은 굵은 천이 있었다. 스미트 주임과 보만 부장은 민간인 복장이었다. 스미트 주임이 로프에 기댄 채 신발만 벗고 양말은 안 벗었다.

"신발을 벗으세요, 부장님."

돌머리가 정중하게 말했다.

"아니, 도대체 왜 이러는 거야?"

보만이 눈치를 챈 것 같았다.

"난 싸우지 않겠어. 싸우고 싶지 않아. 이러는 이유가 뭐야?"

"신발을 벗으세요, 부장님."

돌머리는 다시 말하고, 스미트 주임은 신발을 들어서 코너 옆에 가지런히 놓았다.

"난 당신과 싸울 이유가 없어요, 스미트. 난 잘못한 게 없어요. 이러는 이유가 뭡니까?"

"직접 신발을 벗겠습니까, 아니면 제가 대신 벗겨 드릴까요?"

돌머리가 냉정하게 묻자, 보만이 으르렁댔다.

"손대지 마, 오덴달! 난 네 상관이야! 알겠어? 상관을 모욕하지 말라고. 보고할 테니 말이야. 무슨 말인지 알겠어?"

점차 자신감이 생기는지 보만이 삿대질하며 호통치자, 돌머리가 한숨을 내쉬더니 고개를 천천히 흔들면서 보만 부장에게 다가갔다. 보만이 신발 한 짝을 황급히 벗어 바닥에 떨어뜨리더니 다른 쪽 신발도 벗어서 굵은 천을 둘둘 말아놓은 중립 코너에 갖다 놓았다.

스미트 주임은 링에 올라온 이후 계속 침묵했다. 나는 보만이 두려워한다고 느꼈다. 돌머리가 코너에 걸린 글러브를 집고서 보만에게 걸어가, 단호하게 말했다.

"손을 내미세요, 부장님."

보만 부장이 두 손을 겨드랑이에 단단히 끼우면서 소리쳤다.

"안 돼! 말도 안 돼! 안 싸우겠어. 내가 뭘 잘못했다고 그래!"

스미트 주임이 자기 코너에서 글러브를 집어 하나를 다리 사이에 끼우고 다른 하나에 손을 끼우기 시작했다.

"내 말이 안 들려요! 도대체 왜 그러는 거요!"

보만이 소리쳤다. 스미트 주임이 글러브에서 눈을 떼고 보만을 노려보았다. 그러다 손목에 끼우던 글러브를 천천히 빼서 링 바닥에 떨어뜨리고 무릎을 벌려서 나머지 한 짝도 떨어뜨렸다. 그리고 중립 코너로 가서 바닥에 있는 물체를 집었다. 둘둘 말아놓은 굵은 천이 우리 눈에 또렷하게 들어왔다. 스미트 주임이 한쪽 끝을 잡고 턱까지 들어 올렸다. 굵은 천이 흘러내렸다. 심장이 쿵쾅거렸다. 굵은 천에 피가 말라붙었다. 보만이 공포에 젖어 주춤하더니 재빨리 정신을 가다듬으며 물었다.

"그게 뭐죠? 난생처음 보는 건데요."

스미트 주임이 아무 말 없이 굵은 천을 둘둘 말았다. 나는 아까 링으로 올라갈 때 기엘 피트 핏자국이 있다고 생각했다. 하지만 링에는 핏자국이 없었다. 링 바닥에 깔린 매트를 치우고 다른 매트를 깐 것이다. 스미트 주임이 들어 올린, 핏자국이 선연한 굵은 천이 바로 그 매트였다. 그것을 보니 당시 충격이 되살아났다. 나도 모르게 눈물이 흘렀다. 갑자기 커다란 손이 내 입을 틀어막았다. 거트였다. 어깨를 잡아서 나를 가슴에 끌어안았다.

스미트 주임이 매트를 원래 자리에 갖다 놓고 권투 글러브를 다시 집어 들었다. 돌머리가 보만을 잡고 글러브를 끼웠다. 보만 부장은 돌머리가 끈을 묶도록 가만히 있었다.

"무슨 말을 하는지 모르겠어요. 맹세코 그날 밤에 난 집에 있었다고요. 알리바이도 증명할 수 있어요! 아내가 천식이 심해서 집에 일찍 갔어요. 내가 카피르 연주회에 참석하지 않은 건 모든 사람이 알아요. 그건 내가 일찍 집에 갔기 때문이에요. 낮에 아내가 몹시 아프다고 전화했어요. 사람들한테 물어보면 알아요. 당신은 미쳤어요. 미쳤다고요. 난 안 그랬어요. 황색 카피르를 안 죽였다고요!"

돌머리가 스미트 주임에게 끈을 묶어준 다음에 링 중앙으로 걸어갔다.

"머리로 받거나 발로 차지 말고 사나이답게 싸우세요."

돌머리가 말을 마치고 스미트 주임과 보만을 남겨둔 채 링 밖으로 내려갔다.

스미트 주임이 보만 부장에게 다가가기 시작했다. 그러나 보만은 글러브를 엉성하게 치켜들고 제자리에 서서 변명하느라 바빴다.

“카피르 연주회를 했다고 프리토리아로 전화한 건 인정해요. 그래요, 했어요. 그것 때문에 이러는 모양인데 난 그래야 한다고 생각했어요. 나는 그럴 의무가 있어요. 그게 전부입니다. 그걸 책망할 순 없어요. 난 옳다고 생각한 걸 했을 뿐이에요.”

스미트 주임은 보만이 들어 올린 글러브를 레프트로 젖히더니, 툭 튀어나온 똥배에 라이트를 갈겼다. 보만이 허리를 숙이며 두 손으로 배를 움켜잡고 숨을 가쁘게 내뿜었다. 스미트는 옆에 서서 기다렸다. 보만이 글러브 주먹으로 스미트 주임 허리 밑을 갑자기 갈겼다. 주임이 생식기를 움켜잡고 뒤로 비틀대더니 마침내 무릎을 꿇고 주저앉았다. 보만이 달려들어 턱을 움켜잡고 바닥으로 내동댕이치며 소리쳤다.

“카피르 애인, 깜둥이나 밝히는 더러운 변태 새끼, 감히 나한테 까불다니. 죽여버리겠어!”

보만이 늑골을 걷어찼다. 바로 그때 돌머리가 링으로 올라와서 부장을 잡았다. 하지만 성질이 머리끝으로 솟구친 보만은 커다란 덩치로 돌머리를 뿌리치며 또다시 걷어차고, 스미트 주임은 일어나다 머리를 맞고 다시 쓰러졌다. 돌머리가 다시 붙잡자, 보만이 소리쳤다.

“그래, 내가 그 개자식을 죽였어! 알겠어? 내가 황색 깜둥이를 죽여버렸단 말이야. 그놈 몸에서 편지를 찾았는데 그걸 들여온 놈이 누군지 실토하지 않아서. 누가 편지를 가져왔는지 말이야. 나는 그놈을 현장범으로 잡았어. 현장범 말이야! 주머니에서 편지가 두 통이나 나왔다고. 그런데도 실토하지 않았어. 그래서 얼굴을 짓이겼어. 그리고 당나

귀 몽둥이를 똥구멍에 찔러넣었어. 뱃속 깊숙이! 그런데도 입을 안 열었어! 개 같은 자식이 실토하지 않았다고!"

보만이 게거품을 물고 소리치다 갑자기 훌쩍이고, 스미트 주임은 몸을 질질 끌고 일어나서 노려보았다. 보만은 몸을 뿌리치지 않고 돌머리에게 잡힌 채 가만히 있었다. 스미트가 글러브를 들어 올리더니 이리 와서 싸우자고 신호했다. 돌머리가 두 팔을 풀었다.

보만이 스미트에게 달려들다 레프트 스트레이트를 맞고 주춤하더니 다시 달려들었다. 스미트가 레프트 스트레이트를 안면에 날렸다. 보만이 다시 비틀거렸다. 보만이 권투선수를 했다는 얘긴 새빨간 거짓말이었다. 코피가 줄줄 흘렀다. 팔을 들어서 코피를 훔쳤다. 끈적끈적한 피가 팔뚝으로 흘러내렸다. 보만이 겁에 질린 눈으로 내려다보며 소리쳤다.

"빌어먹을! 코피가 나잖아! 하느님 맙소사! 코피가 난다고!"

그때 스미트 주임이 앞으로 나오면서 안면에 주먹을 날렸다. 보만이 정통으로 맞고 바닥으로 나뒹굴더니, 글러브로 얼굴을 감싸면서 울부짖었다.

"때리지 마, 제발 때리지 마!"

스미트 주임이 신호하자, 돌머리가 뒤에서 겨드랑이에 팔을 넣고 보만을 일으켜 세웠다. 그러나 보만은 안 일어나려고 몸부림쳤다. 코피가 뚝뚝 떨어져 하얀 셔츠에 핏자국이 가득했다. 공포심에 두 눈이 동그랬다. 돌머리가 두 팔을 풀자, 보만이 바닥에 다시 쓰러졌다. 그러더니 네발로 기어가서 다리를 붙잡으며 애원했다.

"제발 때리지 마세요, 주임님. 왜 이러는지 이해할 수 없어요. 그놈은 카피르에요. 더러운 황색 카피르요. 그까짓 놈을 죽였다고 백인을 때리다니, 도저히 이해할 수 없어요."

스미트 주임이 발로 걷어찼다. 보만이 나가떨어졌다.

"네놈은 싸움도 못 해, 더러운 개새끼! 남자답게 일어나서 정정당당하게 싸우지도 못하는 비겁자!"

링에 올라서서 처음 뱉은 말이었다. 스미트 주임이 돌아서서 팔을 내밀자, 돌머리가 끈을 풀어 글러브를 벗겨주었다. 스미트가 중립 코너로 가서 둘둘 만 매트를 집어 들더니 훌쩍이는 보만 옆에 펼쳤다. 돌머리가 다리를 잡고 스미트 주임이 팔을 잡아서 보만을 들더니, 핏자국이 얼룩진 매트에 내려놓았다. 그리곤 매트로 둘둘 말았다.

"네놈이 죽는 날까지 카피르 피가 네놈을 쫓아다닐 거다."

스미트 주임이 저주를 퍼붓고는 신발을 주워들고 돌머리와 함께 링에서 내려왔다. 돌머리가 벽으로 가서 스위치를 내렸다. 링이 어둠에 잠겼다. 어두운 출입구에서 갑자기 고함이 일었다.

"아반투 빙게릴라 오노쇼비쇼비 인겔로시!"

올챙이 천사를 높이 올려본다는 소리였다! 문이 약간 열렸다. 문틈으로 흘러나온 불빛이 재빨리 사라지는 까만 물체를 비추었다. 죄수들도 안 거다. 저주가 내렸다. 이제 부장은 시체에 불과했다.

밖으로 나오니 댄스가 한창 무르익었다. 미그논 피아노에서 보아 음악이 흘러나왔다. 아코디언과 밴조가 박자를 맞추었다. 연병장에는 교도관과 부인들이 바비큐 주위에 가득했다. 모닥불은 다 타고 불씨만 남았다. 집에서 만든 소시지를 불판에 얹었다. 소시지 껍질에서 기름이 지글지글 떨어지자, 불길이 확 일어났다.

아무리 둘러보아도 박사와 박스웰 부인은 안 보였다. 미그논 피아노를 열심히 두드리는 사나이를 바라보았다. 스타인웨이를 사용하지 않는 게 고마웠다. 그때 누군가 어깨를 툭 치며 물었다.

"어때?"

거트였다.

"집에 어떻게 갈 거지? 플리머스를 빌려서 집까지 태워 줄까?"

나는 박스웰 부인이 우리를 태워 주었는데 너무 너덜거리는 고물차라서 다시 움직일지 모르겠다고 말했다.

"교수님과 부인이 어디에 계신지 모르지, 그치?"

거트가 대답을 안 기다리고 말했다.

"두 분이 감사관과 소장님과 함께 본관 건물로 들어가는 걸 봤어."

거트는 놀라운 사람이었다. 언제 무슨 일이 어떻게 돌아가는지 항상 꿰뚫어 보는 것 같았다.

"카피르 연주회를 개최한 대가로 박사님이 훈장을 받으실 것 같아."

갑자기 거트가 킬킬대며 웃었다.

"진짜 웃겨! 기엘 피트가 구제 불능 장기수라는 사실을 알면 감사관 표정이 어떻게 변할까?"

거트가 어깨를 가볍게 치며 다시 말했다.

"아까 입을 막아서 미안해."

나는 고개를 숙였다. 피로 얼룩진 매트가 너무 생생하게 떠올라서 차마 고개를 들 수 없었다.

"아니에요, 잘했어요."

나는 조그맣게 말하고, 거트는 작별을 고했다.

"그럼 안녕, 피케이. 그만 가봐야겠어."

마침내 박사와 박스웰 부인이 나타났다. 나는 두 사람에게 달려갔다. 박스웰 부인이 흥분한 어조로 말했다.

"피케이, 맹세코, 기적은 끝나지 않아. 마침내 해낸 것 같아!"

"뭘 해냈는데요?"

"편지 쓰는 업무를 계속해도 좋다는 약속을 받았어. 진짜 좋은 뉴스지? 감사관이 약속하길 죄수들이 한 달에 한 통씩 편지를 주고받도록 하겠대. 남아프리카에서는 처음이야. 앞으로 여섯 달 동안 시험적으로 실시하겠대."

박스웰 부인이 한 손엔 나를 다른 한 손엔 박사를 잡았다. 우리는 강당에서 흘러나오는 티키드라이 소리에 맞춰 동그라미를 그리며 춤추었다.

"네가 필요해. 영어와 보아어는 물론 원주민 언어를 세 개나 알잖아. 매주 일요일 아침에 교회 예배를 마치고 여기로 와서 죄수들 편지를 두 시간 동안 받아적는 거야. 마침내 선한 세력이 승리했어. '샌드위치 백작 재단'이 후원한다고 얘기하니까 감사관이 깊은 인상을 받은 것 같아."

박스웰 부인이 동작을 멈추곤 킬킬거리며 웃었다.

"소장은 '샌드위치 백작 재단'이 국제적인 조직으로 좋은 일을 많이 하는데, 크리스마스나 부활절에는 교도관 부인들이 빵을 구워 팔아서 도와주기도 한다고 감사관한테 설명하더군."

우리 셋은 크게 웃고, 박사는 이렇게 말했다.

"박스웰 부인, 당신은 최곱니다. 정말 큰일을 했어요."

"고맙습니다, 교수님. 당신은 정말 좋은 사람이에요!"

박스웰 부인이 점잖게 말하면서 박사에게 최고의 미소를 보냈다. 우리는 예의상 조금 더 머물다 자동차로 걸어갔다. 가까이 가자 차 밑에서 끼리릭 소리가 들렸다. 차 밑으로 삐져나온 장화가 보였다. 거트가 미끄러져 나오더니 수줍은 표정으로 기름이 잔뜩 묻은 두 손을 바지에 문지르면서 일어났다. 그리곤 박스웰 부인에게 고개를 어색하게 숙이며 인사한 다음, 나에게 물었다.

"부인이 우리 말을 할 줄 아니?"

나는 고개를 젓고서 말했다.

"내가 통역할게요."

거트가 고개를 끄덕인 다음에 입을 열었다.

"이제 동력이 강해졌다고 알려줘. 지금까진 실린더가 한 개만 움직여서 동력이 너무 약했어."

거트가 수줍은 표정으로 재빨리 덧붙였다.

"하지만 노킹이 계속 일어나."

거트가 박스웰 부인을 쳐다보며 계속 말했다.

"내일 교회 예배가 끝난 다음에 차를 몰고 여기로 오시면 제가 플리머스를 빌려서 집까지 태워드린 다음에 자동차를 완벽하게 수리하겠습니다."

나는 박스웰 부인에게 거트를 소개한 다음에 거트가 한 말을 통역했다. 박스웰 부인이 크게 기뻐하면서 거트를 보고 '귀여운 소년'이라고 불렀다. 나는 그 말을 통역하지 않았다. 하지만 그 말을 듣고 부끄러워 어쩔 줄 모른 걸 보면 거트도 알아들은 게 분명했다.

"노킹이 일어난다는 게 무슨 뜻이지? 나쁜 거야?"

"차동 기어를 말하는 거예요. 나쁜 것 같아요."

나는 거트에게 안 물어보고 대답했다.

거트가 양말을 괜히 매만지더니 더듬거리면서 '안녕히 가세요, 부인' 하고 영어로 말하고 어둠 속으로 재빨리 사라졌다.

우리는 올라타고 자동차는 힘차게 달렸다. 언덕도 어렵지 않게 올라갔다. 실린더 한 개를 고쳐서 그런지 차이가 대단했다. 박사는 오솔길 밑에 내려 주었다. 동력이 강해서 어렵지 않게 오를 것 같으나 박사가 바라지 않았다. 부인은 나를 집까지 태워다주면서 이렇게 말했다.

"아직 무르익지 않았어."

나는 그게 무슨 말인지 아리송했다.

16

박스웰 부인은 교도소에서 편지 쓰는 작업을 어머니에게 허락받겠노라 약속했다. 편지 쓰는 작업은 매주 일요일 아침에 할 예정이라서 어머니가 허락할지 의문이었다. 일요일은 금기로 가득한 날이다. 주일학교에서 아침을 시작해 저녁 예배로 끝난다. 저녁 예배는 멀베리 목사가 짧게 설교하고 신자들이 하느님을 간증하는 '귀중한 시간'이었다. 일요일엔 '주님 사업' 말고 어떤 일도 할 수 없었다. 그러나 나는 거듭 태어난 기독교인이 아니다. 그래서 디와 덤에게 샹간어 성경을 읽어주는 식으로 '주님 사업'에 참여하더라도 하늘나라에 내가 들어갈 자리는 없었다.

성서를 읽는 건 하느님을 위해서 할 수 있는 최고의 사업이었다. 나는 신약성서를 매일 세 쪽씩, 일요일엔 열 쪽씩 읽으라는 지시를 받았다. 매주 일요일, 멀베리 목사가 '주님의 메시지'를 전하는 동안 나는 의무적으로 성경을 읽어야 했다.

주님이 사람들에게 전하는 메시지라면 내용이 뭔가 그럴싸해야 한다. 하지만 멀베리 목사가 전하는 '주님의 메시지'는 아주 산만했다. 성경 구절을 이리저리 꿰맞춰 설교하면서 결국 베드로 이래 성서에 나오는 성인은 모두 틀리고 자신만 옳다는 결론을 내렸다.

그는 가톨릭교회를 '캐틀릭스'라고 발음했다. 가톨릭교회는 멀베리 목사가 특별히 설정한 표적이다. 그래서 '캐틀릭스'가 하느님 말씀을 왜곡했다는 걸 증명하려고 엄청나게 노력했다. 박사는 가톨릭교회가 이단이라는 주장에 그럴싸하게 반박했다. 그런데도 일요일 저녁 예배에 참석해서 멀베리 목사가 설교하는 걸 들으면 '캐틀릭스'가 되고픈 마음이 깡그리 사라졌다.

일요일에 성서를 읽는 건 하늘나라에 내 자리를 만드는 데 도움이 안 되는 터라, 나는 뭔가 다른 선한 작업을 찾아야 했다. 어머니가 일요일 저녁만 되면 어떤 선한 작업을 했느냐고 물었다. 나는 위기를 모면하려고 온갖 수단을 동원했다. 심지어 히틀러를 위해 기도했다고 말한 적도 있다. 물론 그런 일은 없다. 하지만 위기를 모면하기엔 딱 좋았다.

그러니 일요일마다 교도소에 가서 편지를 두 시간씩 받아적는 일은 박스웰 부인이 어머니에게 부탁한다고 해서 해결될 문제가 아니었다. 하느님을 이리저리 쫓아다니면서 부탁해야 했다. 문제는 내가 안식일에 죄인이 구술하는 내용을 받아적는 걸 하느님이 타당하다고 여기는 데 시간이 꽤 걸릴 거란 사실이었다.

걱정은 그대로 맞아떨어졌다. 어머니는 하느님과 한 달이나 씨름해서 결론에 도달했다. 성서에 선례가 있었다. 바울이 로마 감옥에서 로마서를 쓴 거다. 이건 어머니가 주님에게 제시하기에 딱 좋은 선례였다. 하지만 하느님은 그걸로 만족하지 않았다. 바울은 다마스쿠스로 오는 길에 개종하고 거듭난 기독교인일 뿐 아니라 부당한 로마 권력 때문에 감옥에 갇혔기 때문이다. 반면에 바버톤 교도소 죄수들은 처벌받는 게 당연하니, 바울이 한 일과 내가 하는 일은 차이가 커다랄 수밖에 없다는 것이다. 바울이 하느님 사업을 했다면, 나는 구제 불능 죄수를 대신해서 편지를 써주어 속임수와 음모로 가득한 내용을 남아프리카 전역에 퍼뜨려서 결국엔 악마의 사업에 이바지한다는 것이다.

내 아내 움벨라에게

당신에게 부끄럽다는 인사를 보내오. 우리 아이들이 먹을 걸 인제 누가 챙겨주나요? 여기는 힘든 곳이오. 하지만 언젠가 당신을 다시 만나겠지. 일은 힘들지만 난 건강하다오. 기필코 살아서 당신에게 돌아가겠소.

당신 남편

무펄루

나는 편지 내용이 지극히 순수하다는 사실을 알릴 수 없었다. 어머니는 내가 전에도 편지를 써주었으며 담배와 설탕, 소금 등을 반입했다는 사실을 몰랐다. 그래서 신약성서를 열심히 읽었다. 도움될 만한 내용이 있을 게 확실했다. 멀베리 목사는 성서 구절을 엉뚱하게 뽑아서 이상하게 해석하기 일쑤였다. 나도 그럴 수 있을 것 같았다.

나는 이 문제를 박사하고 검토했지만 별다른 도움이 안 됐다. 박사는 독일 루터교 학자를 인용해, 바울이 감옥에서 로마서를 쓴 건 서기 63년께라고 말했다. 흥미롭긴 해도 도움은 안 됐다. 이런 문제에 박사는 너무 논리적이었다. 그래서 할아버지와 상의했다. 나는 바울처럼 행동하겠다 말하고, 할아버지는 공정하게 토론하길 바랐다. 우리는 장미 화단 한쪽 계단에 앉았는데, 할아버지는 담뱃대에 쌈지를 넣어 꾹꾹 누르더니, 불을 붙이고는 파란 담배 연기 사이로 눈을 가늘게 뜨고 녹슨 지붕을 바라보다, 시간이 꽤 흐른 다음에 말했다.

"성서는 어딜 가나 골칫거리야. 그걸 쓸모 있게 사용한 건 딱 한 번이야. 던디 전투에서 들것을 함께 나르던 동료가 있었지. 언제던가 자기 심장으로 총알이 날아왔다는 거야. 군복 윗도리에 성경을 넣고 다녔는데, 그게 총알을 막아서 생명을 부지했다더군. 그때부터 전쟁터에 성경책을 늘 지니고 다닌다는 거야. 하느님이 주머니에서 자신을 완벽하게 지켜준다면서. 그런데 한번은 부사관 한 명이 병사 세 명과 정찰을 나갔다 다쳐서 메마른 협곡에 숨었다고 연락받고 찾으러 갔단다. 지금 생각하면 들것을 함께 들던 동료는 두려워할 이유가 없었어. 우리 측에서 판단할 때 보아 소총부대는 사정거리가 칠백 미터에 불과한데 당시에 적진은 최소한 천백 미터 거리였거든. 하지만 아뿔싸! 보아인한테 독일에서 만든 장총이 있을 줄 누가 알았겠어! 결국 동료는 이마에 총알을 한 방 맞았지."

할아버지는 파이프를 뻐끔뻐끔 빨았다.

"부정확한 영국군 정보에 의존하다 정확한 보아인에게 당한 것처럼 성경은 심리적으론 도움이 되지만 현실적으로는 아무런 도움이 안 된다는 게 드러났지. 마지막으로 덧붙이자면, 하느님은 주머니에 절대로 못 들어가."

할아버지는 간단하게 정리한 걸 다행스럽게 여기는 표정이었다. 하지만 나에겐 도움이 안 됐다. 그러나 저녁 식사 토론 때 결정적인 도움을 주었다. 할아버지가 헛기침하면서 물은 거다.

"내가 알기론 그리스도 양쪽에서 망나니 두 놈이 십자가에 못 박혔다던데, 그러냐?"

"성경에서는 주님 옆에 못 박힌 두 명이 도둑이라고 하는데 우리하고는 아무 상관도 없어요. 교도소에서 집으로 편지를 썼다는 내용은 없으니까요."

어머니가 약간 신경질적으로 대꾸하자, 할아버지가 다시 물었다.

"내 기억으론 그리스도가 그 자리에서 두 사람 가운데 한 사람을 용서하면서 하늘나라에 자리 하나를 내주겠다고 약속한 것 같은데, 내가 잘못 아는 거냐?"

"맙소사! 주님은 하늘나라에서 '자리' 같은 걸 주겠다고 약속하지 않아요. '진실로 너희에게 이르노니, 이제 너희는 나와 낙원에 함께 하리라'고 말씀하셨어요."

"내가 생각할 때 그 말은, 유죄선고를 받은 죄인도 하느님 나라에 들어가는 걸 그리스도가 반대하지 않는다는 것 같은데?"

"물론 그분은 반대하지 않아요! 바로 그게 핵심이에요. 그리스도는 우리 가운데 가장 비참한 죄인을 구하려고 세상에 오셨어요. 우리 모두를 불쌍히 여기시며 영원한 사랑을 베푸세요. 모든 걸 이해하시면서요. 회개하라, 그러면 구원을 받으리라. 그분 옆에서 못 박힌 도둑도 자신이 지은 죄를 고백하고 구원을 받은 거예요."

"그러면 바버톤에 있는 죄수들은? 이들도 그 도둑처럼 구원받을 수 있는 거냐?"

"그야 물론이죠."

"어떻게?"

"그리스도를 받아들이고 악마와 맺은 인연을 끊으면 되죠. 또……"

어머니가 입을 다물고 할아버지를 똑바로 보며 말했다.

"어떻게 해야 구원받는지 아버님도 잘 아시잖아요."

"맞아. 그러면 네가 도와줄 수 없겠니?"

"글쎄요. 불가능해요. 성공회와 독일 개혁 교회에서 교도소에 목사를 파견하는데 별다른 소득이 없어요. 정말 고약한 일이죠. 우리는 주님께서 하느님 선교회 전도단이 교도소에서 전도하도록 하시어, 소중한 하느님 말씀을 불쌍한 죄인들에게 전하게 해달라고 수없이 기도했어요."

"그래서 하느님이 너희 기도에 응답한 거 아닐까?"

"도대체 지금 무슨 말씀을 하시는 거예요?"

"어린아이가 죄인을 만날 수 있다면 팸플릿 같은 책자도 나누어 줄 수 있지 않겠니?"

훌륭한 솜씨였다. 그래서 나는 매주 일요일 교도소에 가서 편지를 써주어도 된다고 허락받은 대신 하느님 선교회 전도단에서 소쏘어와 줄루어로 쓴 소책자를 받아다 편지를 구술한 죄수에게 한 권씩 주어야 했다. 어머니와 마리는 중요한 업적을 또 달성했다. 병원이 교도소로 바뀐 게 다를 뿐이었다. 두 사람은 하느님 군대에서 중요한 전사로 높은 평가를 받았다. 내가 일요일에 하는 일 또한 하느님에게 봉사하는 중요한 사업이 되었다.

그러다 옆길로 빠졌다. 죄수 한 사람이 담배가 너무 그립다고 해서 다음 주에 팸플릿과 똑같은 크기로 담뱃잎을 잘라서 살짝 끼워주었다. 그랬더니 다음부터 디와 뎀이 담뱃잎을 사각형으로 가지런히 잘라서 팸플릿마다 하나씩 끼웠다.

그래서 나는 원주민 언어에 따라 소책자 다발을 네 개로 나누어 책상 서랍에 넣고 소쏘어로 된 '순수한' 팸플릿 더미만 책상에 올려놓았다. 그리고 편지 받아쓰기가 끝나면 서랍에서 팸플릿 한 권을 꺼내 죄수에게 건네주었다. 박사가 떠올린 아이디어였다.

교도관이 가끔 들어와서 아무 생각 없이 팸플릿을 집어 들어 건성으로 들춰보다 책상에 내려놓았다. 팸플릿은 아주 유용했다. 물론 팸플릿을 읽을 수 있는 죄수는 한 명도 없었다. 하지만 어머니로선 상상조차 할 수 없는 현실이었다.

편지 쓰는 일은 인기가 갑자기 치솟았다. 편지를 보낼 대상이 없는 사람은 영국 국왕에게 보낼 편지를 써달라고 요청할 정도였다. 무슨 말을 하고 싶냐고 물으면, 대답은 언제나 비슷했다.

조지아 국왕에게,

우리는 당신이 위대한 왕으로 계셔서 행복합니다. 바다 너머에서 위대한 용사에게 인사를 보냅니다.

다니엘 마푸투

물론 조지아 국왕에게 편지를 보내는 건 팸플릿을 얻으려는 구실에 불과했다. 팸플릿 한 권과 담뱃잎 한 장이면 담배를 두 개비나 말 수 있었다. 상상도 못하던 사치품이었다. 올챙이 천사가 교도소에 담배를 계속 공급할 묘안을 짜내다 결국엔 무료로 주면서 담배를 말 종이까지 주는 셈이었다.

그 후 여러 세대에 걸쳐 남아프리카 교도소에서 담배는 '조지아 국왕'으로 통했다. 나이든 죄수 일부는 지금도 이 표현을 사용한다. 올챙이 천사를 둘러싼 신화는 계속 발전했다. 올챙이 천사에게 불가능은 없는 것처럼 보였다.

소장으로선 편지쓰기 실험이 대성공이라는 게 무엇보다 중요했다. 그해 여름이 가기 전에 프리토리아 당국은 소장에게 교도소 행정을 개혁한 업적을 높이 평가한다는 찬사와 함께 직급을 올린다고 통보했다. 하느님 선교회 전도단은 팸플릿을 계속 공급했다. 심지어 스와지어와 샹간어 팸플릿까지 만들었다. 이제 조지아 왕이 스와지어와 샹간어 편지도 받게 되었다고 하자 박사가 웃으며 말했다.

"하느님이 역사하는 방식은 정말 신비로워, 피케이. 그 사람들은 글씨를 몰라서 하느님께 담배 연기를 올려보내는 거야."

기엘 피트가 죽은 지 얼마 안 돼서 보만 부장은 치질로 고생하며, 주변 사람에게 하소연했다.

"행정업무를 보느라 너무 많은 시간을 의자에 앉아서 보냈어. 이제 스테이크도 못 먹을 정도야. 대변을 볼 때 너무 아프거든. 피까지 섞여 나온다고."

그건 사실이었다. 몸이 점차 야위는 것 같았다. 스미트 주임이 의사에게 진찰을 받으라고 충고하면서 말했다.

"치질은 아무것도 아니야. 우리 아버지도 기차를 몰아서 그걸 앓으셨지."

보만 부장은 아내가 만든 방석을 들고 다녔다. 교도소를 돌아다닐 때도 마찬가지였다. 갑자기 자리에 앉아야 할 때를 대비한 조치였다.

"천벌이 내린 거야. 기엘 피트 똥구멍에 몽둥이를 쑤셔대더니, 진짜 쌤통이야."

거트가 고소해 하다, 킥킥대며 다시 말했다.

"그 자식이 앞으로 여섯 달 동안만 못 앉으면 좋겠어!"

누구도 노골적으로 말하지 않지만, 다들 고소하게 생각하는 표정이었다. 그날 밤 체육관에서 지켜본 사람들은 보만이 저주를 받았다고 생각했다.

기엘 피트는 죄수들이 정신력을 모두 끌어모을 때 어떤 일을 예지할 수 있다고 말한 적이 있다. 어떤 일이 일어나게 할 수도 있다고 했다. 내가 '킬러 크룬'을 이긴 것도 그들은 소식을 듣기 몇 시간 전에 알았다고 했다. 또한 판사가 사형 집행 영장에 서명하면 교도소 소장이 영장을 전달받기 전에 교수형을 감지한다고 했다. 그러면서 진지하게 덧붙였다.

"거짓말이 아니에요, 꼬마 나으리. 그런 일은 아주 많아요. 우리가 증오심을 모두 모으면 정신력으로 사람을 죽일 수 있어요. 우리가 증오하는 대상은 오랫동안 고생하면서 죽지요. 정신력을 투사하는 데 오랜 시간이 걸리거든요. 한 번 증오하면 서서히 끓어올라 아무도 막을 수 없답니다. 그러면 그 사람은 죽을 수밖에 없어요. 증오심을 그칠 방법이 없거든요."

아프리카 농촌에서 태어난 사람은 미신을 믿는다. 교도관은 대부분 벽지 출신이라서 특히 심했다. 우리는 보만이 야위어가는 모습을 지켜보았다. 치질이 심해지면서 통통한 체구도 그만큼 야위어갔다. 살이 떨어져 나가는 것 같았다. 갑자기 늙은 것처럼 보였다. 그는 야위면 야윌수록 죄수를 심하게 다루었다.

죄수 한 명이 또 의문사를 당했다. 보만은 간단한 조사를 거쳐서 직책을 잠정적으로 박탈당했다. 그런 직후에는 직장 출혈이 심해서 바버톤 병원으로 급히 이송되었다. 의사는 위벽 파열로 인한 출혈을 막으려고 직장에 커다란 소독면을 쑤셔 넣었다. 엄청 아플 수밖에 없는 방법이었다. 의사는 대충 검진한 다음에 직장에서 곰팡이가 자란다고 진단했다.

박사는 교도소를 나오고 몇 주일 동안 체력을 단련해서 언덕에 다시 오를 수 있었다. 우리는 매주 토요일 동틀 무렵에 언덕을 올라갔다. 그래서 산등성이나 계곡에 앉아 밀크커피와 함께 보온병에 넣어서 따뜻한 빵과 찐 달걀로 아침을 먹었다. 라마티 폭포까지 가서 아침을 맞기도 했다. 언덕 깊숙이 16킬로 거리에 있는 조그만 폭포였다. 아침 햇살이 비추면 깊은 못에 떨어지는 물줄기는 하얗게 번뜩이고, 물은 일 년 내내 차가웠다.

박사는 어린아이처럼 좋아했다. 능선을 뛰어오르거나 깊은 협곡으로 미끄러져 내려갈 때면 나이를 거꾸로 먹는 것 같았다. 협곡에 내려가면 커다란 양치류와 노란 닫집 나무가 가득 자라서 찬란한 햇빛을 막는 터라 사방이 어슴푸레했다.

박사는 새 책에 넣을 사진을 찍느라 바빴다. 완벽한 표본 하나를 찾으려고 온종일 돌아다닐 때도 있었다. 나는 박사와 다시 돌아다니는 게 너무나 기뻤다. 마음에 드는 표본을 찾으면 박사는 엄격한 선생으로 돌변해, 반경 15m 안짝에 자라는 식물과 토질 및 바위 분포도, 바람 방향, 햇빛을 받는 시간 등을 자세히 물었다.

어떤 날은 라틴어로 종일 대화했다. 박사는 이런 방식으로 로마 시인 오비디우스와 키케로, 갈리아를 정복한 시저, 버질을 가르쳐 주었다. 박스웰 부인은 영국 시인을 알려주었다. 가장 좋아하는 워즈워스와 메이스필드, 키츠를 주로 설명하고, 바이런이나 테니슨, 월터 마레처럼 별로 좋아하지 않는 시인은 기본 내용만 알려주었다.

나는 박사에게 독일 시인에 관해서 물었다. 박사는 내용이 있는 시인으로는 괴테가 유일하지만 개인적으로 생각할 때 아주 따분한 시인이라면서 독일인은 시보다 음악을 사랑했다고 덧붙였다. 박사는 영국 시를 감상하려면 영어를, 음악을 공부하려면 독일어를 배워야 한다고 단언했다.

그야말로 아무런 계획 없이 닥치는 대로 흘러가는 교육이었다. 거기에 본스타인 선생님이 가세했다. 본스타인 선생님은 나를 요하네스버그에 있는 명문 사립학교에 장학생으로 보내려 준비하느라 바빴다. 재봉사 어머니 수입으로는 어림도 없는 학교였다. 나는 아직 12살도 아니었다. 중학교에 들어가려면 최소한 12살은 되어야 했다. 지난 3년 동안에 6학년 과목만 계속 배웠다. 정말 따분했다. 그래서 본스타인 선생님이 개인적으로 '학교에서 가르치지 않는 온갖 것'을 가르쳐 주었다.

12번째 생일을 한 달 앞두고 웨일스 황태자 학교 장학생 선발시험에 응시했다. 데이비스 교장 선생님은 학교 설립 이래 내가 최고 점수를 받았다고 발표했다. 정말 부끄러웠다.

1946년 1학기부터 기숙사 생활을 시작할 예정이었다. 그때까지 박사와 박스웰 부인과 본스타인 선생님이 나를 교육했다. 약간 산만하긴 해도 훌륭한 교육이었다. 웨일스 황태자 학교에서 공부하다 보면 일정 부분은 내가 상급생이나 선생님보다 많은 내용을 알 게 뻔했다. 반면에 형편없이 처지는 부분도 있을 터였다.

하지만 책을 즐겁게 읽으며 의미를 추구하는 습관을 들인 게 무엇보다 컸다. 박사와 박스웰 부인이 눈앞에 보이는 모든 걸 비판하도록 훈련한 결과였다. 나는 12살 나이에 생각하는 법을 깨우쳤다. 최소한 4년 전부터 그렇게 훈련받았다. 두 분은 주체적으로 사고하는 법을 가르쳐 주어, 어른이 어린이에게 줄 수 있는 가장 훌륭한 선물과 사랑을 동시에 베풀었다.

어린 시절 마지막 여름이 끝났다. 나는 왕립 음악 대학 시험에도 합격했다. 뛰어난 성적은 아니었다. 박사 역시 그 이상 기대하지 않았으리라. 박사는 나에게 음악적 재능이 없다는 걸 알았다. 내가 그만한 점수를 얻은 건 박사를 사랑했기 때문이다. 하지만 박사로선 우리 어머니와 한 약속을 충실하게 지킨 셈이 되었다. 어머니가 볼 때 시험에 합격했다는 건 음악에서 천재성을 확인한 것과 똑같으니 말이다.

어머니는 내가 유명한 피아니스트 아더 루빈스타인을 뒤이을 거로 생각했다. 그래서 내가 상급학교에 진학해서 재즈 밴드에 가담한 걸 크게 싫어했다. 어머니는 재즈를 악마의 음악으로 여긴 터라, 내가 재즈 밴드에 가담했다는 건 하느님에게 더 굳세게 반항하겠다는 의지를 나타낼 뿐이었다.

기엘 피트는 죽기 전에 펀치를 연달아 날리는 방법을 가르쳐 주었다.

나는 여름 내내 그걸 연습했다. 박스버그 선수권전에서 12세 이하 타이틀도 획득했다. 어려운 건 조금도 없었다. 덩치가 커다란 녀석도 2라운드 TKO로 물리쳤다. 킬러 크룬은 15세 이하 타이틀전에 참가했는데 이번에도 타이틀을 못 땄다.

내가 요하네스버그에 있는 웨일스 황태자 학교 장학생으로 선발된 사실을 모두가 기뻐했다. 박사도 마찬가지였다. 하지만 우리가 헤어져야 한다는 걸 아무렇지 않게 받아들이려고 애쓰는 기색이었다. 박스웰 부인은 우리 마을에서 '지성의 새싹'이 자라나 '꽃을 활짝 피우게' 됐다고 '문화 정원 산책' 칼럼에 써서 마을 사람을 흥분시켰다.

내가 왕립 음악 대학 시험마저 합격했다는 소식이 나돌자, 사람들은 나를 '활짝 핀' 음악가라고 칭찬했다. 내가 동부 트랜스발 12살 이하 챔피언 타이틀을 획득했다는 기사도 보아 신문에 실렸다. 어머니는 "너무 기뻐 어쩔 줄 모르겠구나!"라며 감탄했다. 내가 하느님을 받아들였다면 어머니는 몇백 배 더 기뻐했으리라. 어쨌든 어머니는 아주 기뻐했다. 특히 기뻐한 건 마을 상류 가정에서 보낸 초대장이 들이닥치는 거였다. 일감도 많이 들어와서 어머니는 초대를 선별할 정도로 바쁜 나날을 보냈다.

기숙학교 생활에 대한 두려움이 되살아났다. 이번에도 내가 제일 어릴 게 분명했다. 하지만 그런대로 극복할 수 있었다. 웨일스 황태자 학교에 판사 같은 놈이 있더라도 권투로 붙으면 될 터였다! 말이 났으니 말인데, 나는 여기에 원서를 내기 전에 권투부가 있느냐는 질문부터 했다. 학교 측에서는 영국군 헤비급 챔피언 출신 다비 화이트 선생을 초빙해서 모든 학생에게 권투를 가르친다고 대답했다.

웨일스 황태자 학교에서 보낸 의상 목록은 어린 시절 마지막 여름에 닥친 위기를 상징한다. 어머니는 의상 목록을 읽자마자 눈물을 흘렸다.

마리가 오후에 비번이어서 우리 집에 왔으니 그날은 목요일이 분명하다. 어머니가 의상 목록을 커다랗게 읽었다.

"흰색 상의 여섯 벌, 풀 먹인 목깃은 뗐다 붙이도록 만들고 소매는 길게 할 것. 회색 플란넬 바지 3벌(부착한 견본을 보시오). 양모로 만든 기다란 회색 양말 여섯 켤레. 교복 정장 한 벌(부착한 견본을 보시오). 교복 정장과 배지 및 넥타이는 요하네스버그 엘로프 거리 129번지 존 올스 상점에서 구할 수 있음. 목이 V자로 깊게 파이고 소매가 긴 스웨터 한 벌. 교복을 입을 때 신는 갈색 구두. 일요일에 신는 검정 구두. 일요일에 입는 파란색 양복. 우린 돈이 없어. 이걸 장만할 돈이 없다고."

어머니가 한탄하자, 마리는 어머니가 우는 걸 무시한 채 단호하게 말했다.

"저런, 믿음은 다 어디로 갔나요? 주님께서 모든 걸 주실 테니 마음 놓으세요. 기도를 올립시다. 무릎을 꿇고 귀하신 우리 주 예수께 피케이한테 필요한 품목을 부탁해요. 자, 당장 기도하자고요!"

할아버지는 식탁에서 일어나 밖으로 나갔다. 그러나 나는 함께 무릎을 꿇을 수밖에 없었다. 마리는 내가 이교도라서 기도해도 효과가 없다고 판단했는지 어머니에게 의상 목록을 건네받아 나에게 주면서 말했다.

"우리는 주님께 커다랗게 기도할 거야. 무언가 절실하게 필요할 때는 커다랗게 기도하는 게 중요해. 신호하면 목록을 커다랗게 읽어, 알겠니?"

나는 고개를 끄덕거렸다. 커다랗게 기도하지 않아도 된다는 게 다행스러울 뿐이었다.

"존귀하신 우리 주 예수님, 우리는 정말 어려운 상황에 맞닥뜨렸습니다."

마리가 시작하자, 어머니가 뒤를 이었다.

"우리 주를 찬양합니다. 우리 주 예수 그리스도를 찬양합니다."

"당신은 피케이가 얼마나 영리한 줄 아십니다. 또 당신은 이 아이가 장학금을 받고 요하네스버그에 있는 멋진 학교에 입학한다는 사실도 아십니다."

어머니가 억양을 약간 올려서 말했다.

"우리 주 예수 그리스도여, 당신의 불쌍한 종이 드리는 기도를 들어 주소서."

마리도 계속 기도했다.

"주님, 저희는 많은 어려움에 부닥쳤습니다. 오늘 의상 목록이 도착했습니다. 그걸 보니 가슴이 찢어질 것 같습니다."

"귀하신 예수여! 세상을 위해 피를 흘리신 이여!"

"벽장은 텅 비어 학교에 입고 갈 교복 한 벌 없습니다. 우리 주 예수여, 피케이가 당신께 필요한 것을 말할 겁니다. 알겠습니까, 하느님? 이제 시작합니다, 하느님."

마리가 말을 마치며 신호했다. 나는 하느님이 그때처럼 가깝게 느껴진 적이 없었다. 그래서 두려운 표정으로 입을 열었다.

"저, 흰색 상의 여섯 벌, 풀 먹인 목깃은 뗐다 붙이도록 만들고 소매는 길게 할 것. 회색 플란넬 바지 3벌(부착한 견본을 보시오)."

마리가 조그만 목소리로 급히 속삭였다.

"견본을 보여 드려."

나는 어떻게 해야 좋을지 몰랐다. 그래서 천장을 향해 회색 플란넬 견본을 들어 올렸다. 잠시 뒤에 하느님이 충분히 봤겠다는 판단이 들자 견본을 내리고 계속 읽었다.

"양모로 만든 기다란 회색 양말 여섯 켤레."

마리가 약간 커다란 목소리로 속삭였다.

"주여, 세 켤레도 좋습니다! 여기서 학교에 갈 때 신던 게 세 켤레 있잖아!"

나도 내용을 고쳤다.

"아, 맞아! 제발 세 켤레만이라도!"

마리가 기도하는데도 어머니는 아무 말도 안 해서 바라보니, 우는 것 같았다. 얼굴이 잔뜩 일그러진 채 손으로 입을 틀어막은 것이다. 하지만 자세히 보니, 웃지 않으려고 필사적으로 애쓰는 게 분명했다. 나도 낄낄거리자, 마리가 눈을 감은 채 훈계했다.

"그만 웃어, 피케이! 하느님이 벌을 내리실 거야! 거듭 태어나지도 않은 너를 위해 하느님께 기도하는 건 정말 힘들다고! 자꾸 웃으면 기도를 안 들어주셔."

마리가 달래는 어투로 다시 말했다.

"주님, 죄송합니다. 저 아이가 악감정이 있어서 그런 건 아닙니다. 제 말을 믿어도 됩니다. 다시는 그런 일이 없을 겁니다. 다시 읽어, 피케이. 하느님은 바쁘신 분이야."

나는 목록을 계속 읽었다. 이번엔 교복 정장 견본을 보여주었다. 교복과 배지를 요하네스버그 엘로프 거리 129번지 존 올스 상점에서 살 수 있다고 말하려 할 때, 마리가 말을 막으며 소곤댔다.

"주소를 알려드릴 필요는 없어. 하느님은 어디에서 구하는지 아시니깐."

그래서 파란색 양복까지 쭉 읽었다.

"주님, 이건 피케이가 교회에 갈 때 입을 겁니다."

내가 일요일마다 주님 품에 안긴다는 내용을 하느님에게 알리려는 의도였다. 의복 목록 낭송은 어머니가 '주의 이름을 찬양합니다, 우리 주 예수 그리스도를 찬양합니다!'라고 몇 번 암송하는 거로 끝났다. 나머지는 예수 그리스도가 알아서 할 터였다.

마리는 두 눈에 믿음이 가득했다. 자신이 그렇게 기도한 걸 자랑스럽게 여겼다. 주님이 기도를 들어줄 거라는 사실을 조금도 의심하지 않는 눈치였다. 어머니도 기분이 풀린 듯 덤에게 차를 가져오라고 시켰다. 하지만 나는 기독교인이 아니라서 그렇게 확신할 수 없었다.

의복 목록에는 옷이 정말 많았다. 하지만 내가 가진 거라고는 회색 양말 세 켤레와 운동 팬티 두 장, 운동화 한 켤레가 전부였다. 더구나 '운동과 오락'이라는 제목 아래 별도 품목으로 운동 팬티와 운동화까지 적어놓았다. 럭비 셔츠 두 벌과 럭비 양말, 럭비 운동화, 흰색 크리켓 셔츠 세 벌 말고도 많았다. 선택 가능한 품목은 크리켓 운동화와 흰색 크리켓 스웨터밖에 없었다. 한 사람이 입기에는 턱없이 많은 분량이었다.

나는 박사에게 옷 문제를 얘기했다. 박사가 도울 수 있는 건 하나도 없었다. 박사는 입에 겨우 풀칠하면서 책 한 권을 이따금 산다든가, 카메라에 넣을 필름 한 통을 간신히 사는 형편이었다. 하지만 박사는 그걸 박스웰 부인에게 이야기했다. 그래서 박스웰 부인은 본스타인 선생님에게 얘기하고 함께 움직이기 시작했다.

본스타인 선생님이 학기 말에 불러서 의복 목록을 적어달라고 부탁했다. 나는 그렇게 했다. 본스타인 선생님이 목록을 받아 잠시 읽다가 다시 말했다.

"견본이 있다는데, 피케이, 회색과 녹색 견본을 가져오겠니? 조금만 오리면 좋겠는데. 꼭 필요하거든."

나는 견본 조각을 가져오겠다고 약속했다. 이제 주님 손에 매달릴 필요가 없다는 게 기뻤다.

"우린 돈이 별로 없어요."

내가 말했다. 돈이 중요하다는 사실을 그때 처음 깨달았다. 물론 우리 집이 가난하다는 건 처음부터 알았다. 하지만 그때까진 문제가 없었다.

잔돈이 생겨서 눈깔사탕도 가끔 사 먹었다. 커다란 검정 사탕인데 입에 넣고 빨면 여러 색깔로 변했다. 두 시간은 족히 빨아먹을 정도로 단단한 사탕이었다. 친구들이 사탕을 줄 때도 있었다. 그래서 가난하다거나 돈이 없다고 느낀 적은 없었다.

나는 크리스마스 선물을 사려고 어떤 식으로든 매년 4실링을 모았다. 그 돈이면 맥클라이몽 노인이 운영하는 상점에서 숙녀용 손수건 넉 장과 신사용 두 장을 살 수 있었다. 숙녀용 손수건은 어머니와 박스웰 부인, 디와 덤에게, 신사용은 할아버지와 박사에게 선물했다. 손수건을 받을 때는 누구나 놀라는 척했다. 하지만 진짜 놀란 것 같지는 않았다.

손수건 대신 구할 수 있는 건 카스틸 비누가 유일한데 잠깐 발랐다 다시 씻어내는 걸 선물할 필요성은 조금도 못 느꼈다. 디와 덤은 일요일에 청소하러 박사 오두막에 갈 때면 내가 선물한 손수건으로 머리를 조심스레 감쌌다. 아프리카 스타일이었다. 그들은 백인이 그렇게 예쁜 천에다 코 푸는 이유를 도무지 이해할 수 없었다. 두 사람에겐 일요일에 박사 오두막에 가는 게 유일한 외출이었다. 그래서 예쁘게 단장하는 걸 좋아했다. 물론 오두막에 도착한 다음에는 손수건을 벗었다. 하지만 코를 푸는 데 사용한 적은 한 번도 없었다.

"고양이 가죽을 벗기는 방법은 여러 가지야. '깜찍한 아이'가 기숙학교에서 망나니처럼 보이도록 마을 사람이 가만있진 않을 거야."

본스타인 선생님이 말했다.

내가 입을 의복을 만들 옷감이 본스타인 선생님과 박스웰 부인 앞으로 모이기 시작했다. 맥클라이몽 노인이 관여한 게 분명했다. 본스타인 선생님은 뛸 듯이 좋아했다. 박사와 체스 호적수가 된 본스타인 노인은 독일에서 재봉사로 일했다. 우리 어머니가 재봉틀로 바느질한다면 본스타인 노인은 옷감을 잘라서 손으로 바느질했다.

양복을 만드는 건 어렵지 않았다. 양복은 '양복'이기 때문이다. 그러나 요하네스버그 엘로프 거리 129번지 존 올스 상점에서 파는 것과 똑같게 만들려면 그곳에서 파는 교복이 필요했다. 본스타인 선생님 말씀으로는 의상이 다르면 아이들이 놀릴 수도 있으니 모든 걸 똑같이 만드는 게 중요했다.

마침 앤드루 부인이 두 아들을 웨일스 황태자 학교에 보낸 적이 있었다. 그곳 교복도 그대로 있었다. 박스웰 부인은 그 옷을 구하고, 본스타인 노인은 어떻게 만들었는지 알아보려고 교복을 분해하더니 재봉 솜씨가 형편없다며 혀를 끌끌 찼다. 그리고 내 몸에 맞게 옷감을 잘라서 교복을 만들었다.

세 마리 타조가 왕관에서 튀어나온 배지는 거의 새것이라 조심스럽게 오려서 교복에 꿰맸다. 바느질 솜씨가 어찌나 정교한지, 바느질 자국을 찾으려면 확대경을 들이대야 할 정도였다. 박스웰 부인이 요하네스버그에서 빨간색과 흰색과 녹색 줄무늬 교복 넥타이 두 장을 주문해서 특별히 선물했다.

본스타인 선생님은 당신 어머니가 샀다가 그대로 보관한 순면을 잘라서 셔츠를 여러 장 만들었다. 본스타인 노인은 목깃을 만드는 방법도 알아, 맥클라이몽 노인에게 풀 먹인 목깃을 기증받아서 딱 맞게 만들었다. 마리는 자기 어머니와 함께 크리스마스 선물로 양말 세 켤레를 짰다.

이제 갈색과 검정 구두만 남았다. 교도관 전원이 참석한 교도소 크리스마스 파티에서 스미트 주임이 권투부를 대표해 나에게 커다란 상자를 선물했다. 구두 한 켤레, 새로 나온 권투 신발 한 켤레가 들었다.

"멋지다, 피케이, 요하네스버그에 있는 그 멋진 루이넥 학교에 입학한 네가 우리 모두 자랑스럽다. 그렇다고 우리한테 너무 거만하게 굴지는 않겠지, 응?"

모두 웃으면서 즐거워했다. 사랑하는 사람들 곁을 떠난다고 생각하니 슬픈 기분이 들었다. 콧물코도 나이를 뛰어넘어 좋은 친구가 되었다. 모든 사람이 그리울 것 같았다.

소장이 일어나서 나와 만난 첫날을 회상하며, 영국인과 보아인이 모두 똑같은 남아프리카 국민이라는 사실을 내가 입증했다고 말했다. 내가 어른이 될 때면 원한도 사라질 거라고 말했다. 내가 지도자 자질이 풍부하다고, 죄수도 편지 쓰기를 도와준 나를 존경한다고 말했다. 사람들이 손뼉을 치면서 발을 굴렀다. 나는 그들 모두에게 감사했다. 내가 뭐라고 말했는지 기억은 안 나지만 여러분을 절대로 안 잊겠다고 약속했다. 나는 아직도 그들을 기억한다.

길고 긴 어린 시절 마지막 여름날을 장식할 사건이 하나 더 남았다. 어머니와 마리는 예배시간에 자신들이 올린 기도에 하느님이 응답한 기적을 간증했다. 여행 가방에서 빠진 건 목이 V자로 깊게 파이고 팔이 기다란 스웨터 한 장밖에 없었다. 어머니는 요하네스버그가 아직 여름철이라서 하느님이 스웨터를 안 주셨는데 겨울철이 되면 주실 테니 걱정하지 말라고 했다. 그 말이 맞았다. 2주일도 지나기 전에 기독교인 부인 여러 명이 양모로 짠 스웨터를 어머니에게 개인적으로 전달한 것이다. 모두 네 벌이었다.

그날 밤, 어머니와 마리는 주님께서 자신들이 병원에서 하는 일을 또다시 축복하셨다고 간증했다. 두 사람은 직장암으로 죽어가는 남자를 구원하려고 몇 주일 동안 노력하던 참이었다. 한창 꽃피울 나이에 선고받은 사내였다. 두 사람은 자신들이 그를 위해 얼마나 노력했는지, 그가 악마와 얼마나 열심히 싸웠는지, 예수 그리스도를 가슴속에 받아들이도록 자기들이 얼마나 울면서 간청했는지, 마침내 직장이 찢어져서 살 시간이 얼마 없을 때 보만 부장이 자신의 삶을 주 예수께 어떻게 내맡기고 천국으로 구세주를 만나러 갔는지 이야기했다. 보만 부장이 결국엔 몽둥이로 똥구멍을 콱콱 찔러 창자가 뒤틀리는 고통을 절감하다 죽은 것이다.

17

두 번째 기숙학교에 입학한 다음에 비로소 생존이란 살아남으려 애쓰는 게 아니라 적극적으로 살아가는 거란 사실을 깨달았다.

학교에 가는 첫날부터 단짝이 된 친구는 모리 레비였다. 유대인이었다. 웨일스 학교에 유대인이 입학하는 사례는 아주 드물었다.

무거운 가방과 씨름하면서 기차에서 내릴 때, "이봐!" 하는 소리가 들렸다. 몸을 돌렸다. 나와 똑같은 교복을 입은 아이가 쳐다보는데, 옆에는 여행 가방을 든 흑인 포터가 있었다.

"근육질을 단단하게 하고 싶으면 저것도 들라고."

그가 포터에게 내 여행 가방을 가리키며 말하더니, 나에게 손을 내밀며 인사했다.

"안녕? 난 유대인이야. 넌 누구니?"

"고마워. 나는 피케이야."

나도 인사하며 악수했다.

"모리, 모리 레비야. 성은 뭐니, 피케이?"

"성과 이름이 피케이야."

"피케이 피케이라? 진짜 괴상하군."

"그게 아니라…… 그게 아니고, 합쳐서 그냥 피케이야."

플랫폼을 나란히 걸을 때였다. 모리가 내 말을 듣고 발을 멈췄다.

"말도 안 돼! 놀리지 말라고!"

나는 싱긋 웃었다. 더 설명하지 않았다.

"아냐, 진짜야."

그 생각을 계속했는지, 플랫폼을 거의 지나갈 무렵에 모리가 다시 말했다.

"좋은 이름이야. 복잡하지 않고 담백해. 개방적인 이름이야. 마음에 들어."

그리고 웃으면서 덧붙였다.

"난 정통 유대인이야. 모리스 솔로몬 레비. 왕과 랍비를 나타내는 이름이 대단하지. SS단 추적을 피한 아이치곤 가지기 힘든 이름이야."

무슨 말인지 모르겠으나, 어쨌든 좋은 녀석 같았다. 해리 크라운과 본스타인 노인과 본스타인 선생님이 전부긴 하지만, 지금까지 만난 유대인은 모두 멋진 사람이었다. 웨일스 황태자 학교에 가면서 처음 만난 아이가 유대인이라는 사실이 우연치고 재미있었다.

역 앞에서 학교 교관이 기다릴 터라 동행이 생긴 걸 기뻐하는데, 앞에서 갑자기 커다란 소리가 들렸다.

"웨일스 황태자 학교 신입생! 아하, 한 쌍이군!"

"하느님 맙소사! 피케이, 저길 봐!"

모리가 말하며 주홍색 군복을 입은 커다란 사람을 가리켰다. 우리는 상체를 쭉 폈다. 모리는 검은 머리카락에 빗질했다. 앞머리를 올백으로 쓸어올려 뒷머리를 오리 꼬리처럼 마무리한 최신 유행이었다.

걸음이 본능적으로 빨라졌다. 포터가 무거운 여행 가방 두 개를 들고 열심히 쫓아왔다. 가까이 다가가니 교복 차림 소년 네 명이 한 줄로 섰다. 주홍색 군복 사내는 겨드랑이에 지휘봉을 끼우고 차려자세로 섰다. 광채가 번뜩이는 경호대 모자를 깊이 눌러써서 얼굴 절반을 가렸는데, 그 밑으로 커다란 콧수염이 불쑥 튀어나왔다. 군복 소매에서 황금 왕관과 황금 줄 세 가닥이 번뜩거렸다. 까만 바지에는 빨간 줄이 박혀, 거울처럼 까맣게 번뜩이는 장화로 뻗어내렸다. 셀룰로이드 목깃을 단 하얀 셔츠에 까만 타이 차림이었다.

포터가 숨을 헐떡이면서 바닥에 쌓인 다른 가방들 위로 우리 가방을 얹었다. 모리가 팁을 주었다. 포터가 공손한 태도로 양손을 내밀며 받았다. 우리는 아무 말 없이 다른 소년들 뒤로 가서 차려자세를 취했다. 피곤했다. 몸에 덕지덕지 달라붙은 것 같은 석탄 가루와 연기 냄새를 샤워로 깨끗하게 씻어내고 싶었다.

기차는 바버톤에서 오후 네 시에 출발했다. 한 칸짜리 통학용 객차는 커피포트 같은 조그만 엔진에 이끌려 카프무이덴으로 가서 다른 열차에 매달린 채 프리토리아와 요하네스버그로 밤새도록 달릴 예정이었다.

바버톤 역에는 학교로 가는 아이들이 여럿이었다. 하지만 웨일스 황태자 학교로 가는 아이는 나 하나였다. 솔직히 말해서 긴 바지에 풀 먹인 목깃, 양복 정장에 넥타이를 하고 밀짚모자까지 쓴 사람은 나밖에 없어서 아주 어색했다. 별나라에서 온 느낌이었다.

환송은 정말로 요란했다. 상상한 이상으로 시끌벅적했다. 어머니와 할아버지, 마리, 디와 덤은 물론이고 박사와 박스웰 부인, 본스타인 선생님, 본스타인 노인, 그리고 권투부 전원이 나왔다. 권투부원들은 내가 입은 차림을 보자 휘파람을 불어대며 박장대소했다. 콧물코와 보키는 밀짚모자를 보고 배꼽을 잡으며 웃어대다 하마터면 땅에 넘어질 뻔했다.

거트가 그만 놀리라고 했다. 하지만 루이넥 교복 차림을 보고 재미있어하는 눈치는 똑같았다. 진짜 놀라운 일은 그다음에 벌어졌다. 교도소 트럭이 도착하더니 거기에서 교도소 밴드부가 내렸다. 그래서 플랫폼 가운데 정렬해서 연주했다.

"소장이 생각한 아이디어야, 피케이. 멋지게 보내고 싶은 거야. 잘 알겠지만 소장님은 널 아주 자랑스러워해."

스미트 주임이 말하더니, 잠시 머뭇거리다 덧붙였다.

"우리도 마찬가지야. 언젠가 넌 웰터급 세계 챔피언이 될 거야. 장담해. 루이넥 학교에 다닌다고 그 꿈을 포기하지 말도록, 알겠어?"

스미트 주임이 나를 꼭 껴안았다.

"너는 전형적인 보아인이야, 꼬마 나리. 우리 모두 너한테 많이 기대한다고."

마침내 역무원이 기차에 올라타라는 호각을 불었다. 나는 사람들에게 인사했다. 디와 덤이, 그리고 마리가 훌쩍거리며 우는데, 그 모습이 점잖지 않다고 생각했는지, 어머니는 눈물을 꾹 참았다. 박사가 빨간색 커다란 손수건을 코에 댔다. 역무원이 마지막 호각을 불자 밴드부가 '석별의 정'을 연주했다. 거의 모든 사람이 눈에 눈물을 글썽였다. 나도 목이 메었다.

오래전에 쓰라린 추억을 뒤에 남기고 기차에 올라타던 광경이, 신문지를 넣은 운동화를 신고 걷다가 넘어진 광경이, 호피 그론월드가 나를 일으키면서 자신도 종종 넘어진다고 위로하던 광경이 눈에 선했다.

"용기 내자. 호피 그론월드가 날 돌봐줄 거야."

나는 손으로 만들어 목깃에 풀까지 먹인 교복 정장과 번쩍번쩍 빛나는 구두 차림으로 기차에 올라탔다. 교도소 스타일대로 구두에 얼굴이 비칠 때까지 광택 내는 방법은 거트가 가르쳐 주었다. 커피포트 엔진에서 칙칙 소리를 뱉어내며 밴드 소리를 압도했다. 사람들이 점차 작아졌다. 디와 덤이 손을 흔드는 게 조그맣게 보였다. 언덕을 올려다보았다. 장미 정원 언덕이 눈에 들어왔다. 보모를 잃고 슬퍼하며 오르다 박사를 만난 곳이다. 이제 다시 나 홀로 기차에 올라타 새로운 모험을 찾아서 나아간다.

기차가 카프무이덴을 떠난 뒤, 나는 객실 맨 위 침대에 누워서 기차 바퀴 소리를 오랫동안 들었다.

"처음에는…… 머리로…… 다음엔…… 가슴으로, 처음에는…… 머리로…… 다음엔…… 가슴으로."

호피가 옆에 있는 것 같았다. 차창 밖으로 어두운 밤이 스쳤다. 원주민 마을에서 저녁 짓는 불이 칠흑 같은 어둠을 가끔 깨뜨렸다.

기차에서 기적 소리도 가끔 일었다. 아주 멀리서 사람들이 그 소리를 들으며 잠을 설칠 터였다.

"처음에는…… 머리로…… 다음엔…… 가슴으로, 처음에는…… 머리로…… 다음엔…… 가슴으로."

나는 칙칙폭폭 소리를 들으며 깊은 잠에 빠져들었다.

우리는 커다란 교관 앞에 한 줄로 섰다. 교관은 2차대전 때 신병을 모집하는 포스터에 등장한 인물과 똑같은 모습이었다. 겨드랑이 밑에 지휘봉을 끼우더니, 상의 왼쪽 주머니에서 용수철이 달린 조그만 수첩을 꺼내서 가볍게 펼쳤다. 그러더니 머리를 뒤로 젖히고 우리를 찬찬히 훑어보았다. 모자 차양을 깊숙이 눌러써 두 눈을 가린 채, 좁아진 시선으로 내려다보는 이유가 무언지 궁금했다.

"좋아, 내 이름은 볼터다. 볼터 교관님이라 부르도록. 앞으로 너희를 훈련할 사람이다. 이름을 부르면 대답하도록!"

볼터가 커다랗게 소리쳤다. 플랫폼에 있는 모든 사람에게 연설하는 것 같았다. 다른 아이도 나처럼 겁먹은 게 분명했다. 교관이 손에 펼쳐 든 수첩을 내려다보며 소리쳤다.

"꿔르!"

곱슬곱슬한 금발 머리에 얼굴은 창백한 소년이 손을 번쩍 들었다.

"손을 드는 게 아니야! 손은 소변을 보고 싶을 때만 들도록! 내가 부르면 '여기 있습니다, 교관님!' 아니면 그냥 '교관님!' 하고 대답하도록."

"여기 있습니다, 교관님."

꿔르가 얌전한 목소리로 대답했다.

"다음부턴 더 활기차게 대답하도록. 활력을 불어넣으란 말이다!"

교관이 수첩을 다시 바라보며 소리쳤다.

"아더톤!"

"여기 있습니다, 선생님!"

옆에 있던 소년이 모두 깜짝 놀랄 정도로 커다랗게 대답했다.

"나를 선생님이라고 부르지 마라!"

"여기 있습니다, 교관님."

이번에는 작은 소리였다. 푸른 눈에 금발 머리였다.

"아더톤? 43년에 우리 학교에 다닌 형이 있나?"

"사촌 형이 다녔습니다, 선생님."

"교관님! 신사가 되고 싶으면 다음부턴 실수하지 말도록, 아더톤! 네 사촌 형은 그런 실수를 안 했다."

"네, 교관님."

아더톤이 대답했다. 얼굴이 홍당무였다.

"그는 우리 학교 역사상 최고의 플라이 하프였다. 앞으로 사촌 형을 본받도록 노력하길 바란다, 아더톤 군. 이번 한 번은 용서하겠다. 다음부터는 빈틈없이 굴도록."

볼터 교관이 작은 수첩을 다시 보았다.

"피케이!"

"여기 있습니다, 교관님!"

"피케이? 그냥 피케인가? 진짜 이상한 이름이군. 피케이가 성인가, 이름인가?"

"사람들이 늘 그렇게 불렀습니다, 교관님."

"그래선 안 될 텐데. 기독교 세례명이 아니야. 신사는 이름이 최소한 두 개 이상이어야 해. 귀족은 예외지만 말이야. 자넨 귀족이 아니야, 그렇지?"

"예, 아닙니다, 교관님. 사람들이 그냥 그렇게 불렀습니다. 본스타인 선생님이 편지로 설명했습니다."

볼터 교관이 한숨을 깊게 내쉰 다음, 미소를 머금은 얼굴로 고개를 살짝 끄덕이며 감탄했다.

"그래? 편지를 썼어? 그렇다면 괜찮겠군. 본스타인 선생님이 부탁했다면 신사 이름이 어떻든 아무런 문제도 안 된다."

"저는 신사가 아닙니다, 교관님."

내가 이의를 제기했다. 목소리가 약간 떨렸다. 어렵긴 하겠지만 견해가 다르면 명확히 밝히는 게 최선이라고 생각했다. 아이들이 킥킥대며 웃었다. 모리는 예외였다. 팔꿈치로 옆구리를 살짝 찌르며 조심시켰다.

교관이 고개를 높이 쳐들었다. 크레용으로 칠한 것 같은 콧수염이 씰룩거렸다.

"이봐, 여기에 있는 사람 가운데 신사가 아니어도 괜찮은 사람은 나밖에 없어."

논쟁할 여지가 없다는 투였다.

"구두를 번쩍번쩍하게 닦은 걸 보니 그런 스타일을 좋아하는 것 같군."

교관이 콧방귀를 뀌며 비웃곤 다른 이름을 불렀다.

"라이더!"

검은 머리에 파란 눈은 날카로운 소년이 차려자세로 대답했다.

"여기 있습니다, 교관님! 큐닝햄-라이더입니다, 교관님. 이름 사이에 줄을 긋습니다."

교관이 바라보면서 의미심장한 한숨을 내쉬었다.

"큐닝햄-라이더라, 기독교 세례명은 없나?"

"있습니다, 교관님. 조지 앤드루 시배스천입니다, 교관님."

"그래, 그게 더 좋겠군. 제군들, 그렇지 않은가? 큐닝햄-라이더는 기독교 세례명 세 개와 성 두 개가 있는데, 여기에 있는 피케이는 하나밖에 없다. 제군들은 어떻게 생각하나?"

무사히 지나갔다고 생각하고 안도하는 한숨을 내쉬는데 그게 아니었다. 교관이 악랄하게 물고 늘어졌다.

모리가 팔꿈치로 내 옆구리를 살짝 찌르며 입을 열었다.

"큐닝햄-라이더가 자기 이름 하나를 피케이한테 주면 어떻겠습니까, 교관님?"

진짜 대담한 제안에 우리 모두 깜짝 놀란 표정으로 쳐다보았다.

"자네는 이름이 뭐지?"

볼터 교관이 부드럽게 물었다. 하지만 무서운 악의가 가득했다.

"레비입니다, 교관님. 모리 레비. 전 신사도 기독교인도 아닙니다. 저는 유대인입니다. 제 아버님이 이리저리 부탁해서 저를 간신히 입학시켰습니다."

모리가 꾸밈없는 표정으로 교관을 똑바로 바라보았다.

우리 모두 킥킥대며 웃었다. 그러나 놀랍게도 볼터는 화를 안 냈다. 수첩으로 눈길을 돌리며 말한 게 전부였다.

"레비, 웨일스 황태자 학교에 있는 사람은 모두 기독교인이며 신사다. 자네도 피케이도 예외가 아니다."

그리곤 고개를 들며 소리쳤다.

"존슨!"

우리는 모리 옆에서 입을 약간 벌린 아이를 쳐다보았다. 빨간 머리에 주근깨가 많았다.

"존슨!"

교관이 더 커다랗게 불렀다. 존슨은 입을 벌린 소년이 분명했다. 이름을 안 부른 아이는 그 아이밖에 없었다. 하지만 그는 공포에 질린 눈으로 교관을 쳐다볼 뿐 아무 대답도 없더니 주춤거리다 손을 간신히 들었다.

"쉬를 하고 싶나?"

교관이 짜증 섞인 목소리로 물었다.

"아닙니다, 선생님."

존슨이 기어드는 목소리로 대답했다.

"선생이라고 부르지 마, 오줌싸개!"

볼터 교관이 커다랗게 소리쳤다. 근처를 지나던 몇 명이 걸음을 멈추고 쳐다보았다. 그때 이후로 존슨에게 오줌싸개라는 별명이 붙었다.

나는 모리에게 깊은 인상을 받았다. 내 또래 유대인을 만난 것도 처음이고 기독교인이길 용감하게 거부한 사람을 만난 것도 처음이다. 레비가 금방 좋아졌다. 모리 레비와 제일 친하게 지내겠다는 예감이 머리를 스쳤다. 폴 아더톤, 오줌싸개 존슨, '민첩한-거미'하고도 잘 어울릴 것 같았다. '민첩한-거미'란 나중에 큐닝햄-라이더에게 붙은 별명이다.

우리는 교관이 운전하는 학교 버스를 타고 하늘을 찌를 듯한 고층 건물 사이를 가로질러 힐브로우라는 곳으로 갔다. 그래서 전차 철로를 따라 한참 달렸다. 이윽고 조용한 교외가 나타났다. 전차 종점을 지나자, 호우톤이라는 곳이 나타났다. 녹음이 우거진 주택가였다.

커다란 저택이 많았다. 저택마다 잔디밭이 완벽하고 정원도 화려했다. 학교 버스가 시원하게 늘어선 가로수를 스치며 지나갔다. 조용한 거리였다. 유모 같은 사람이 커다란 유모차를 끌고 지나는 광경이 가끔 보였다. 한결같이 빳빳하게 풀 먹인 하얀색 앞치마에 까만 옷차림이었다. 유모차는 모두 똑같은 공장 제품 같았다. 나는 지금까지 다양한 사람과 가깝게 지내면서 사회 신분에 별다른 의미를 부여하지 않았다. 하지만 이제 새로운 세계로 들어섰다는 느낌이 들었다.

버스가 커다란 대문으로 들어갔다. 대문에는 무쇠로 조각한 왕관과 타조 세 마리가 있었다. 버스는 영국 참나무가 양쪽으로 커다랗게 늘어선 도로를 따라 계속 나아갔다. 웨일스 황태자 학교에는 기숙사가 3개동이었다.

그 가운데 하나인 웰링턴 기숙사로 가면서 에메랄드처럼 빛나는 크리켓 경기장을 구경했다. 순환 호스가 물을 칫, 칫, 칫 내뿜었다. 널따란 경기장 주변에는 하얀 말뚝 울타리가 가지런하고 그 너머에 조그만 관람석이 있었다.

관람석 뒤로는 거대한 참나무가 기다랗게 늘어서고, 참나무 뒤쪽으로 높다랗게 세운 럭비 골대가 보였다. 그 너머로 시계탑을 높이 올린 본관 건물이 눈에 들어왔다. 진짜 멋진 학교였다. 하지만 웰터급 세계 챔피언을 배출할 곳 같지는 않았다.

학교로 가는 도중에 모리 레비가 옆자리에 앉아서 나름대로 정립한 생존이론을 설명하며, 자신은 유대인이고 나는 이름이 하나밖에 없으니 둘 다 별종인데, 학교에 있는 사람은 대체로 영국계 남아프리카 신교도가 틀림없으니, 우리 같은 별종은 천민 취급을 받을 게 분명하다고 주장했다.

나는 사도 모임 교회가 신교에 속하는지 아닌지 모르겠지만, 어쨌든 버스에 있는 다른 아이들하고 출신 배경이 다르다는 건 인정할 수밖에 없었다. 5살 때 기숙학교를 다닌 경험에 비추어 볼 때 출신 배경이 다르다는 건 바람직한 현상이 아니었다. 이번에는 주변 환경에 주체적으로 적응해야겠다고 다시 한번 마음을 다졌다.

두려워할 건 없었다. 지적으로 경쟁할 자신도 있었다. 이제 가면을 벗을 때가 왔다. 지금까지 다른 사람에게 의존해서 살았다. 이제 나도 독자적으로 판단할 때가 되었다는 생각이 들었다. 지적인 측면에서 나를 키워준 사람들은 훌륭한 사립학교에 진학하는 걸 모두 적극 찬성했다.

하지만 육체적인 측면에서 나를 키워준 사람들 즉, 권투부 사람들은 루이넥 엘리트 학교에 진학하는 걸 반신반의했다. 지금까지는 가면을 바꿔쓰면서 양쪽 사이를 줏대 없이 오갔다. 그래서 내가 살아갈 목표를 또렷하게 세울 수 없었다. 최고 엘리트 교육을 희망하면서 동시에 웰터급 세계 챔피언이라는 야망을 키웠다. 중상류 신교도 학생을 교육하는 학문적인 풍토에서 세계 챔피언이 나온다는 건 별 따기보다 힘들 터였다.

나는 공부보다 권투가 중요했다. 웨일스 황태자 학교가 웰터급 세계 챔피언이라는 야심을 꺾으려 든다면, 지적 자양분을 아무리 많이 공급한다 해도 나는 학교에 남을 수 없다. 하지만 그런 일이 일어나게 할 순 없었다. 이제 가면을 벗을 터였다. 최선을 다하는 게 중요할 뿐이다. 이 부분은 박사나 본스타인 선생님하고 의논하지 않았다. 나 혼자 판단하고 결정했다. 그래서 모리의 생존이론에 충분히 동감할 수 있었다.

모리가 스피어민트 껌을 주면서 계속 말했다.

"내 이론에서 가장 중요한 건, 어떤 제도에서 살아남으려면 그 제도를 재빨리 파악해야 한다는 거야. 반항은 무의미해. 모난 행동은 박해를 부를 뿐이야. 제도 안에서 해답을 찾아야 해. 우리 유대인은 언제나 그런 식으로 문제를 해결하지."

"하지만 독일에선 안 그런 것 같던데?"

내가 반문했다. 물론 나치 치하에서 유대인이 어떻게 행동했는지는 제대로 몰랐다. 본스타인 선생님에게 조금 들은 게 전부였다.

"아하, 그건 차원이 달라. 히틀러 나치당은 독일에 있는 유대인한테 해결할 수 없는 문제였어. 제도에서 배제당하면 내부에서 그 제도를 먹어갈 수 없거든, 그렇지 않아?"

요점을 정확히 이해할 수 없었다. 나는 모리가 히틀러에게 수없이 학살당한 유대인의 망령에 사로잡혀 때때로 판단력이 흐려진다는 사실을 나중에 깨달았다. 하지만 모리에게 어째서 그런 강박관념이 있는지는 이해할 수 없었다.

모리는 유대인이 게토에 갇혀서 극심하게 탄압받기 전에 온 가족이 바르샤바를 빠져나왔다. 실제로 인종차별을 겪은 건 없었다. 그런데도 소외당한다는 느낌이 강했다. 때때로 죄책감을 느끼는 것 같기도 했다. 그래서 자신감을 과시하는 식으로 그런 감정을 숨기려는 것처럼 보였다.

나는 박사에게 훈련받은 터라 모리가 얼렁뚱땅 넘어가게 놔두지 않았다.

"어떤 제도든 상호 배타적인 경향이 있어. 일정 제도는 일정 요소를 배제할 수밖에 없거든. 나치당에서 유대인을 탄압한 게 좋은 사례야. 파괴되거나 침식당하길 좋아하는 제도는 하나도 없어. 그러니 제도권에선 제도를 무너뜨리려는 세력을 배제하려고 신경을 곤두세울밖에. 네가 말한 대로 내부에서 먹어가는 게 유대인 전술이라면, 나치당에서도 그래야 했어. 우리는 유대인이 히틀러와 나치당을 깨뜨리지 못했으며, 그래서 무서운 대가를 치렀다는 결론을 내릴 수밖에 없고. 그건 어딜 가나 똑같아."

모리가 웃으면서 감탄했다.

"와! 논리가 대단하군! '고이' 가운데 너 같은 사람이 있다니, 대단해. 자, 우리 악수나 하자."

나는 칭찬을 받아들이고 악수했다. 하지만 '고이'가 무슨 말인지는 몰랐다. 내가 보인 반응은 뻔했다. 박사와 박스웰 부인은 모르는 용어가 나오는 즉시 질문하도록 나를 훈련했다.

"'고이'가 무슨 말이지?"

"이방인 혹은 이교도, 피케이, 앞으로 친구로 지내자. 진정한 친구 말이야."

"좋지. 나는 아무래도 좋아."

내가 대답했다. 하지만 진담은 아니었다.

"너는 어딘가 다른 구석이 있어. 이제야 깨달았어. 물론 나도 다른 구석이 많아. 언제나 다른 구석이 많았지. 하지만 이 학교에 유대인이 나밖에 없다고 생각하니 그런 기분이 더 강하게 들어. 우린 서로가 필요할 거야."

"어째서? 살아남기 위해서?"

"아니야. 그냥 멋진 짝꿍이 될 거라는 예감이 들어."

그 예감이 옳은지 어떤지는 확신할 수 없었다. 아직 문제가 있었다. 나는 지적으로나 육체적으로나 제도에 들어가서 성공할 능력은 충분하나, 부족한 게 있었다. 돈이었다. 돈 없이 성공하려면 외톨이가 될 수밖에 없었다. 기독교 신사라는 특별한 종족과 교제하려면 돈이 필요하다. 누구든 자기 몫을 내야 한다.

다른 방법은 비위를 맞추는 거다. 그러나 무슨 일이 있어도 다시는 그럴 수 없었다. 까진 불알로 지낸 어두운 과거가 여전히 뇌리에 가득했다. 어떤 일이 있어도 다시는 허리를 굽히지 않으리라.

게다가 나는 기본적으로 외톨이였다. 박사와 병아리 할아버지를 제외하고 짝꿍을 사귄 적이 없었다. 특히 같은 또래와 친하게 지낸 적은 한 번도 없었다.

"그런데 이름이 진짜 하나니?"

모리가 갑자기 물었다.

"그런 셈이야. 지금까지 그 이름만 사용했어."

"이름이 하나면 버티기 힘들 거야. 제도가 가만히 안 놔둘걸?"

"가만히 놔둘 수밖에 없을걸?"

실제보다 용감한 목소리였다. 박사라면 뭐라고 충고할까 갑자기 궁금했다. 인간은 누구나 스스로 이름을 선택할 권리가 있다고 간단명료하게 대답할 것 같았다. 강제로 정해진 이름으로 산다면 일생을 어떻게 자유롭게 지내겠는가? 박사는 자신의 삶에 관한 한 절대로 양보하지 않는다. 충분히 생각하다 이렇게 말할 게 분명했다.

"어떻게 살아갈지 스스로 선택할 수 있어야 해. 어버부부버브!"

모리가 말했다.

"너는 운동을 잘할 것 같아. 하지만 난 젬병이야."

"그럭저럭하는 편이야."

"어떤 운동을 제일 좋아하니? 럭비?"

모리가 농담조로 물었다.

"아니, 권투."

모리가 충격을 받았는지 뒤로 나자빠지며 물었다.

"뭐라고?"

"난 권투선수야."

"아니, 권투선수라고? 그건 너무 야만적인 운동이야."

"성질 급한 권투선수를 만나서 그렇게 말하면 호되게 터질 거야."

내가 싱글싱글 웃으며 대꾸하자, 모리가 뒤로 물러나며 무섭다는 시늉을 하더니, 킥킥대며 말했다.

"조심해. 법정에서는 권투선수 주먹을 흉기로 간주한다고. 난 도박사, 넌 권투선수. 천상 너와 나는 붙어 다닐 팔자로군."

"무슨 도박을 하는데?"

모리가 한숨을 내쉬며 대답했다.

"난 유대인이야. 사람들은 유대인이 돈 버는 데 명수라고 생각하지.

근데 유대인은 어떻게 돈을 버느냐? 유대인한텐 의무가 있어. 우리 아버지는 엄청난 부자야. 돈이 필요하다면 달라는 대로 주시겠지. 하지만 그건 바람직하지 않아. 난 내 힘으로 벌어야 해. 그건 지적인 도전이야. 탐욕스러운 게 아니라고. 진정한 의미에서 난 도박사가 아니야. 도박사는 어리석어. 돈을 버는 과정은 오로지 나 자신을 지적으로 단련하는 과정에 불과해. 무슨 말인지 알겠니?"

"모르겠어."

"부자니, 피케이? 부모님이?"

"아니야. 여기도 장학금을 받아서 왔어. 우리 엄마는 재봉사야."

"그렇다면 모르는 게 당연하지. 너한테 권투가 중요하듯 나한텐 돈이 중요해. 나는 그런 방식으로 세상 사람한테 복수하거든. 부유한 유대인한테는 돈이 무기야. 내가 내 힘으로 돈 버는 방법을 못 깨우친다면 나 자신을 보호할 수 없을 거야."

나는 갑자기 넋을 잃었다. 모리가 말하는 건 내가 고민하는 내용이었다. 나는 지금까지 하느님이 돈을 천시하고 가난한 사람을 좋아한다고 생각했다. 물론 박사와 박스웰 부인, 심지어 본스타인 선생님도 재물에 관해 설명한 적은 없었다. 나 역시 교복 목록이 도착할 때 비로소 돈을 처음으로 떠올렸다. 게다가 지금은 부잣집 아이들이 다니는 기숙학교에서 내가 어떻게 살아갈까 고민하는 중이었다. 그래서 물었다.

"넌 돈 버는 재주가 있니?"

"아마 네 권투 실력 정도는 될 거야."

"모리, 앞으로 친하게 지내자. 난 돈 버는 방법을 배워야 돼."

모리가 싱글거렸다.

"그래, 친하게 지내자."

모리도 손을 내밀고, 우리는 악수했다.

나는 천성이 조용한 아이였다. 주변 환경에 적응하는 데 어떤 문제도 없었다. 신입생은 학교에서 꼴찌였다. 그러나 운이 좋았다. 나는 기숙사 우두머리 프레드 쿠퍼의 심부름꾼으로 뽑혔다. 프레드 쿠퍼는 전교 부감독 학생이며, 럭비팀 주장이었다. 나는 신입생 사이에서 특별한 위치를 선점할 수 있었다.

신입생은 각자 학교 혹은 기숙사 감독생 심부름꾼으로 배당되었다. 심부름은 고달팠다. 오전 6시에 첫 종이 울린 다음부터 오후 9시 30분에 불이 꺼질 때까지 늘 대기하다 학교와 기숙사 감독생을 시중들어야 했다. 어떤 허드렛일도 감수했다.

감독생이 공부하다 소리치면 우리는 가까운 곳에 대기하다 재빨리 달려갔다. 맨 마지막에 도착한 신입생이 허드렛일을 했다. 각자 의무 사항을 목록에 적어서 봉사도 했다. 먼저 감독생이 잔 침대를 정돈한 다음에 구두와 럭비 운동화를 닦고 여름에는 크리켓 운동화에 흰색을 칠하고 럭비 장비를 빨았다. 감독생이 학도호국단 간부면 샘 브라우닝 권총과 놋쇠장식에 광택을 내고, 옷 주름을 펴고, 학과 내용을 정리하고, 메시지를 전하고, 매점에서 군것질거리를 사와야 했다.

첫 번째 매질은 프레드 쿠퍼에게 크림빵을 사다 주면서 크림 윗부분을 파먹은 다음에 당했다. 처음에는 아주 조금 파먹다 파인 부분을 편편하게 하려고 손가락 끝으로 한두 번 더 파먹었다. 프레드 쿠퍼에게 갖다 줄 때는 이미 형태가 바뀐 다음이었다.

"더러운 거지새끼! 감히 크림빵에 손대다니!"

쿠퍼가 버럭 소리쳤다.

"손이 미끄러지는 바람에 핥아낼 수밖에 없었습니다, 선배님."

구차하게 변명했다. 새빨간 거짓말을 하고 싶진 않았다.

"빌어먹을 자식! 피 같은 빵을 혀로 핥았단 말이야?"

"아닙니다, 선배님. 손가락으로 했습니다."

"문 닫아. 손이 미끄러지지 않는 방법을 알려줄 테니까."

쿠퍼가 문 뒤에 걸린 회초리를 잡으며 물었다.

"몇 번 미끄러졌지?"

"조금입니다, 선배님."

내가 겁먹은 소리로 말했다.

"조금이라면 한 번? 두 번? 세 번?"

"한 번."

내가 희망에 부풀며 대답했다.

"좋아, 엎드려뻗쳐."

나는 엎드려뻗쳐서 무릎을 모으고 엉덩이를 내밀었다.

찰싹!

"이건 손이 미끄러진 대가다."

찰싹!

"이건 혀가 미끄러진 대가다."

찰싹!

"이건 기억력이 나쁜 대가다."

쿠퍼가 회초리를 문 뒤에 걸고 책상에 있는 크림빵을 가리키며 소리쳤다.

"먹어! 그리고 네 돈으로 딴 걸 사와!"

나는 가만히 서서 크림빵을 쳐다보았다. 껍질이 갈색으로 빛났다. 가운데는 크림으로 가득할 터였다. 첫 번째 위기였다.

"저……저는 돈이 없습니다, 선배님."

"미끄러운 손으로 구해 봐."

쿠퍼가 책을 읽으며 대답했다. 냉랭한 어조였다.

나는 크림빵을 조심스럽게 들고 밖으로 나왔다. 학교 은행은 1주일에 두 번, 매주 수요일 점심 뒤와 매주 토요일 아침에 문을 열었다. 물론 예금한 돈은 없었다. 그날은 화요일이었다. 이건 두 가지를 의미했다. 첫째는 은행이 문을 열기 하루 전이라 돈을 가진 동급생이 없을 거라는 점, 둘째는 설사 돈을 빌린다 해도 갚을 능력이 없다는 점이었다.

엉덩이가 얼얼했다. 하지만 너무 화나서 아픈 줄도 몰랐다. 모리 레비가 6호실로 이어진 복도 끝에서 기다렸다.

"맙소사! 여기까지 들리던데, 피케이. 그 새끼가 엉덩이를 박살 냈을 거야!"

"큰일이야. 크림빵을 사야 하는데 돈이 없어."

"걱정하지 마. 내가 줄게."

모리가 말하더니, 내 손에 있는 빵을 가리켰다.

"그건 뭐니? 크림빵이잖아!"

나는 전후 사정을 설명한 다음, "고마워, 하지만 갚을 수가 없어"라고 말했다.

"바보 같은 소리 마, 피케이. 내일 갚으면 되잖아."

나는 그때 처음으로 땡전 한 푼 없는 빈털터리란 사실을 고백했다.

"한 푼도 없단 말이야? 땡전 한 푼도?"

모리가 깜짝 놀라더니 회색 상의 주머니에서 2실링짜리 동전을 꺼냈다.

"여기 있어. 학교를 졸업하기 전까지 갚으면 돼."

"무슨 소리야, 모리. 그러려면 5년이나 걸려."

모리가 싱글싱글 웃었다.

"내가 유대인이란 사실을 명심하라고. 우리 유대인은 결코 잊는 법이 없어."

"레비, 너 역시 빈털터리로 고생하잖아. 그냥 집어넣어. 난 3펜스면 충분해. 제기랄! 쿠퍼한테 가서 용서를 비는 게 낫겠어."

"뭐라고? 다시 엉덩이 찜질을 당하고 싶은 거야? 빵을 이리 줘. 자, 이걸 잡으라고."

모리가 빵 윗부분을 조심스럽게 벗겨서 나에게 주었다. 그러더니 집게손가락으로 빵 아랫부분에 있는 크림을 밀어 가장자리를 높게 쌓았다. 그리곤 빵 윗부분을 받아 아랫부분에 올리더니 엄지손가락과 집게손가락으로 양쪽을 지그시 눌렀다. 그러자 크림이 자연스럽게 삐져나왔다. 처음 살 때와 똑같았다. 모리가 만족스럽게 웃으면서 크림빵을 건네주었다.

"야! 고마워, 모리. 은혜는 안 잊을게."

내가 답례했다. 이제 안심할 수 있었다.

"피케이, 나한테 감사할 건 없어. 쿠퍼처럼 악랄한 놈한테 2천 년간 박해받다 보니 이렇게 영리한 거니까. 오히려 내가 그놈한테 고마워해야지."

우리가 제도권을 이긴 건 그게 처음이다. 물론 실제로 그런 건 모리지만 짝꿍이 아닌가.

쿠퍼에게 '새로운' 크림빵을 갖다 주고, 모리와 나는 밖으로 나와서 배꼽이 빠지도록 웃어댔다. 그런 다음에 모리가 소형 체스판을 들고 나왔다. 우리는 한 시간 동안 체스 시합을 벌였다. 훌륭한 맞수였다. 박사와 박스웰 부인이 떠올린 묘수를 상대에게 전달하면서 몇 년에 걸쳐 멋있는 수를 내 것으로 모두 소화했는데 모리를 꺾는 게 쉽지 않았다. 우리는 입학하자마자 학교에서 제일가는 체스팀에 가입했다. 하지만 놀라운 뉴스는 아니었다. 체스 클럽에 가입하려고 애태우는 기독교 신사는 없었기 때문이다.

권투에는 문제가 있었다. 학교 당국은 권투를 중시하지 않아, 필수 종목에 안 넣었다. 권투 종목에 참가한 학생은 전체 학생 6백 명 가운데 20명에 불과했다. 코치는 다비 화이트 체육관장으로 영국군 헤비급 챔피언 경력이 있었다. 그는 20명 가운데 여섯 명을 뽑아서 그럴싸한 권투부를 만들었다.

다른 영국인 학교는 권투를 안 가르쳐서 시합 상대는 보아인 학교밖에 없었다. 체급이나 나이를 막론하고 우리 학교에서 나와 견줄 만큼 실력 있는 학생은 한 명도 없었다. 교관도 권투를 상당히 좋아해, 다비 화이트와 함께 권투부를 끌어나갔다.

내가 들어갈 즈음에 권투부는 시합을 앞두었다. 하지만 사기는 바닥이었다. 우리 학교는 지난 5년 동안 개인 시합에서 여섯 번 이긴 게 전부였다. 심지어 지난 2년은 단 한 명도 이긴 적이 없었다. 꼴찌 상으로 받은 커다란 나무 주걱이 체육관 대들보에 매달렸다. 손잡이에는 빨간색과 흰색과 녹색으로 된 학교 리본을 맸다. 나무 주걱은 색깔이 바래도록 웨일스 황태자 학교를 떠날 줄 몰랐다.

다비 화이트는 이따금 동경하는 표정으로 나무 주걱을 올려다보며 말했다.

"우리 학교가 우승 트로피를 받는 것까진 기대하지 않아. 하지만 저 지겨운 나무 주걱을 제발 일 년이라도 다른 학교로 보내고 싶어."

모리에게 이야기하자 그는 즉각 관심을 보였다. 운동에 관심이 조금도 없으나 머리로 이기고 싶은 욕심은 어쩔 수 없는 것 같았다.

"다른 부원은 실력이 어느 정도지?"

나는 평균 수준이라고 대답했다. 바버톤 교도소 권투부 아이라면 한쪽 팔을 등 뒤에 묶고 싸워도 이길 정도였다.

"다비 화이트는 가르치는 실력이 어떻지?"

다비 화이트는 기엘 피트보다 못했다. 하지만 스미트 주임 정도는 되었다.

"내가 보기엔 열정이 식은 것 같아. 하지만 실력은 있는 것처럼 보여."

"너희는 매니저가 필요해. 내가 훌륭한 매니저를 알지."

모리가 대답했다. 그는 묘한 장점이 있었다. 허풍을 떠는 법이 없었다. 하지만 자신이 우월하다는 사실에 확신이 대단했다. 그래서 많은 사람을 당혹스럽게 했다. 그렇지만 모리는 무수한 곤경을 헤치며 살아 나오느라 다른 사람이 좋아하는지 싫어하는지는 조금도 신경을 안 썼다. 이런 말을 입에 달고 살았다.

"유대인은 박해를 극복해야 살 수 있어. 박해를 안 받았다면 우리는 다른 종족처럼 열등한 수준에 머물렀을 거야."

세상에서 가장 형편없는 권투부를 어떻게 우승으로 이끌겠느냐고 묻자, 모리가 나를 쳐다보더니 약간 비웃는 표정으로 말했다.

"첫 시합에 반드시 이길 선수가 필요해. 나머지는 쉬워. 나머지는 관리만 잘하면 돼. 이길 수 있다는 희망을 품으면 승리를 향해 돌진하는 법이거든."

모리가 두 손을 내 양어깨에 올리며 물었다.

"너는 권투시합에서 지금까지 얼마나 이겼니, 피케이?"

"서른네 번."

"진 건 몇 번이지?"

"없어."

나는 약간 수줍어하며 대답했다.

"됐다! 이보다 확실한 도박은 없어. 너라면 첫 시합에 이기겠어."

"여긴 고지대야. 저지대 선수들보다 수준이 높아. 난 지금까지 저지대에서 권투를 했어. 언젠간 질 수도 있어."

"그야 물론이지. 하지만 그 순간을 최대한 뒤로 미루자고. 좋은 돈벌이가 될 거야, 피케이."

"난 권투를 하고 넌 관리를 해서 제도권에 필요한 사람이 되어 재미를 보잔 말이지?"

"머리 회전이 빠르군."

모리가 대답했다.

다비 화이트와 교관은 내 실력을 보고 입을 쩍 벌린 채 닫을 줄을 몰랐다.

"도대체 어디서 권투를 배웠지?"

다비 화이트가 묻는 말에 나는 아무 생각 없이 대답했다.

"교도소에서요, 코치님."

다비 화이트는 그때부터 틈만 나면 당시 이야기를 하며 배꼽을 잡았다. 심지어 다른 학교 코치들에게도 떠벌리고 다녔다. 진짜 당혹스러웠다.

교관은 권투부 부책임자로서 다비 화이트와 함께 세컨드를 보았다. 다비가 심판을 볼 때는 혼자 세컨드를 보기도 했다. 젊은 시절에 근위병으로 근무하면서 유능한 아마추어 선수로 활약하다, 나중에는 런던 남부 토마스 아베켓 체육관에서 유명한 영국인 트레이너 더치 홀랜드를 따라다니며 세컨드로 일했다. 더치 홀랜드는 피를 멈추는 실력이 영국 최고였다. 교관은 그에게 눈에서 나는 피를 멎게 하는 기술을 배웠다고 자랑했다.

학생은 권투시합을 하다 눈이 찢어져서 피가 나면 시합을 중단하는 게 보통이다. 점수에서 앞선 선수가 TKO로 질 수도 있는 터라 공평한

처사는 아니었다. 교관은 지혈 막대기와 가제와 아드레날린과 바셀린으로 기적을 만들었다. 모리가 학교 대항전에서 우리 권투부를 승리로 이끌려면 교관의 지혈실력을 제대로 활용할 필요가 있었다.

모리는 자청해서 간단하게 권투부 매니저가 되었다. 1학년이 맡은 건 처음이다. 권투는 물론이고 크리켓이나 럭비, 수영, 사격 등 모든 종목에서 매니저를 뽑을 땐 5학년 가운데서 운동을 못하지만 머리는 좋다고 소문난 학생을 선발했다. 그래서 '작전참모'라는 칭호를 붙였다. 작전참모라는 칭호를 받은 5학년 학생은 다음 해에 감독생이 될 정도로 누구나 바라는 자리였다.

하지만 권투부 작전참모 자리는 학교 전체에 놀림거리라, 똑똑한 학생 가운데 그 자리를 원할 학생은 없었다. 지난 4년 동안 지원자가 몇 명 있었으나 다비 화이트는 그들 머리가 좋지도 않고 단순한 기회주의자에 불과하다는 이유로 거절했다. 모리는 권투부 작전참모에 지원할 때 다비 화이트에게 자신이 학내 최고 체스팀 소속으로 머리는 누구에게도 안 지며, 1학년을 기용하면 앞으로 5년 동안 염려하지 않아도 된다는 사실, 계획을 장기적으로 세우는 장점이 있다는 사실을 강조했다.

설득력이 있었다. 권투부가 현재보다 나빠질 순 없으니 자신에게 기회를 주어도 손해 볼 건 없다는 주장은 특히 설득력이 강했다. 다비 화이트는 바지 주머니에 손을 넣고 약 2분간 뭔가 열심히 만지작거리더니 마침내 승낙했다. 다비는 중요한 걸 결정할 때 주머니에 두 손을 집어넣고 무언가를 만지작대는 습관이 있었다. 결정할 내용이 중요할수록 더 오래 만지작거렸다.

나는 첫 번째 시합에 플라이급으로 출전했다. 체중이 46㎏이지만 그래도 아주 가벼운 편이었다. 상대는 최소한 4㎏ 정도 무거울 게 분명했다. 시합은 학기를 시작하고 한 달 뒤에 학교 체육관에서 열렸다. 학생들은 홈 경기에 별다른 관심을 안 보였다. 인기가 조금도 없었다. 언제나 우리가 진다는 걸 누구나 알았다.

권투부원 말고는 1학년 학생만 강제로 동원돼서 얻어터지는 광대놀이를 구경했다. '야수한테 무자비하게 당한다'거나 '야수한테 전멸당한다'는 표현으로 우리가 일방적으로 당하는 시합을 하나같이 비웃었다.

보아 계통 남아프리카인과 영국 계통 남아프리카인 사이에는 악감정이 도통 수그러들질 않았다. 영국인은 우월감이 강한 나머지, 영국인 학교마다 보아인 학교가 가르친다는 이유 하나로 권투를 저속하고 창피한 운동으로 규정하고 그나마 있던 권투부마저 모두 해산할 정도였다.

다비 화이트는 흰색 바지에 셔츠를 입고 넥타이를 길게 내려뜨렸다. 교관은 싸구려 호텔 심부름꾼 같은 복장에 지휘봉을 든 우스꽝스러운 모습이었다. 정복을 입고 참석한 교사들 눈에는 하나같이 어릿광대처럼 보일 수밖에 없었다. 운동장에서 가르치는 사람과 교실에서 가르치는 사람이 다르다는 건 누가 보더라도 한눈에 드러났다.

한 줌밖에 안 되는 웨일스 황태자 학교 아이들이 첫 시합을 보러 입장하는 동안, 헬프미카라는 보아인 고등학교에서 온 학생이 체육관을 꽉 메웠다. 헬프미카란 '서로 돕는다'는 뜻으로, 이 학교는 크리켓을 제외한 모든 운동 분야에서 막강한 실력을 자랑했다. 헬프미카 권투부는 남아프리카 최강으로 알려진 팀으로 전년도 남아프리카 전국 학교 대항 권투시합에서 우승까지 했다.

나와 싸울 상대는 50㎏으로 밴텀급에서 450g이 모자랐다. 그건 아무래도 상관없었다. 어차피 지금까지 덩치가 커다란 상대와 싸운

데다 그보다 거친 녀석과 싸운 경험도 많았다. 그러나 모리는 많은 관심을 보였다. 우리가 합작해서 사업하는 첫 번째 시합이라서 체중 차이를 많이 걱정하는 것 같았다.

"4킬로는 무시할 수 없는 차이야. 저 겔든하이스란 녀석은 아마 실력이 굉장할 거야."

"괜찮아, 모리. 저 아이도 우리처럼 신입생이야. 그들이 어떻게 알겠어? 도박 대장 작업은 잘 돼?"

"너무 잘 돼서 걱정이야. 헬프미카 녀석들이 화장실에서 밤새도록 내기를 걸었거든. 겔든하이스가 이기면 네 배, 네가 이기면 열 배를 준다고 했는데, 그놈들 모두 자기 선수한테 걸더라고."

"잘 됐군. 1학년 친구들에게 나한테 걸라고 말했니?"

"응, 걔들도 재밌어하더군. 하지만 겔든하이스가 이기면 걔들이 건 액수론 턱없이 모자라. 젠장, 진짜 바보 같은 짓이야, 피케이. 까딱하면 빚더미에 앉겠어. 겔든하이스에 대한 정보가 전혀 없어. 하긴 그건 너 역시 마찬가지야. 아무것도 모르면서 도박 대장을 작성하다니, 진짜 바보 같은 짓이야. 하지만 화살은 이미 날아갔어. 서로 믿으면서 최선의 결과를 끌어내자."

마지막 말은 모리가 나에게 한 말 가운데 가장 의미심장한 말이었다. 모리는 '처음에 머리, 다음엔 가슴'이라는 호피의 명언을 몸소 실천했다. 그때 이후로 우리는 그 원칙에 근거해서 사업을 펼쳐나갔다.

겔든하이스는 상체가 단단한 선수였다. 그는 시합 개시를 기다리며 상체를 굽힌 채 라이트 스트레이트를 계속 뻗어대고, 나는 라이트를 조심해야겠다고 생각했다.

예전에 기엘 피트는 권투선수 가운데 시합을 시작하기 전에 몸을 풀면서 가짜 무기를 구사해서 상대 선수가 착각하도록 하는 자가 있으니 주의하라고 한 적이 있다. 그래서 나는 상대편이 몸 푸는 광경을 자세히 살폈다. 주 무기를 안 숨기는 게 분명했다. 너무 자신만만한 나머지 굳이 숨기지 않는 것 같았다. 레프트를 자주 뻗고 오른손을 낮은 곳에 두는 터라 턱이 무방비일 때가 잦았다. 발을 약간 벌리고 움직이는 걸 보면 전형적인 파이터였다. 시작하자마자 멋진 펀치를 날려서 나를 바닥에 눕히려 할 터였다.

나는 시합을 시작하기 전에 언제나 '의자에 가만히 앉아 있는 스타일'이다. 다리가 세 개인 조그만 걸상에 앉아서 시합을 시작하기만 기다린다고 해서 기엘 피트가 붙인 이름이다. 기엘 피트는 툭하면 이렇게 말했다.

"상대편한테 아무런 장기도 보여주지 마세요, 작은 나으리. 가만히 앉아서 상대편을 자세히 살피세요. 그러다 보면 상대방이 지닌 특징을 파악할 수 있어요."

1라운드 공이 울렸다. 상대는 권투 글러브를 맞부딪쳐 인사하자마자 눈을 부릅뜨고 곧장 달려들었다. 싸움을 빨리 끝내려는 강렬한 의지가 읽혔다. 나는 레프트 스트레이트가 날아오는 걸 보며 머리를 옆으로 살짝 비꼈다. 먼저 뻗은 주먹이 살짝 빗나가면 흔히들 자신감을 가지고 다시 주먹을 뻗는다. 그래서 처음보다 강하게 주먹을 뻗다가 균형을 잃는다.

두 번째 레프트 스트레이트가 날아왔다. '윙' 하는 소리가 귀를 스쳤다. 상대편 오른손이 가슴 높이로 떨어졌다. 안면이 텅 비었다. 나는 안으로 파고들면서 몸을 살짝 틀어 파괴력을 최대한 끌어올려서 라이트 훅을 상대편 턱에 꽂았다. 상대는 균형을 잃은 상태에서 주먹을 맞고 비틀거리다 바닥에 '쿵' 나뒹굴었다. 라이트 훅에 체중도 가득 싣고 타이밍도 완벽했다. 헬프미카 학생들이 어이없다는 표정으로 입을 딱

벌리는 동안 우리 동급생은 자리에서 벌떡 일어나며 환호했다.

심판이 카운트를 세자 상대가 일어나 앉았다. 비록 완벽한 KO는 아니지만 충격을 준 건 확실했다. 어린 선수는 자존심이 강해 여덟을 셀 때까지 기다리질 않는다. 상대도 재빨리 일어나서 노려보았다. 어이없다는 표정이었다. 이젠 주변을 돌다 안면에 강타를 날려서 바닥에 눕힐 기회만 엿볼 게 분명했다. 나는 머릿속으로 '네놈은 아무리 해도 나를 잡을 수 없어, 이 자식아' 하고 생각했다. 주심이 규정대로 여덟까지 세더니 상대가 낀 글러브를 닦아준 다음에 계속하라고 말했다.

상대편과 나는 체중 차이가 눈에 두드러졌다. 상대편 눈을 들여다보니 라이트 훅을 요행으로 판단한 듯, 신중히 처리할 필요가 없다고 생각하는 것 같았다. 그래서 다시 달려들었다. 오른손은 여전히 낮았다. 상대가 내 턱을 바라보았다. 턱을 노리는 것 같았다. 나는 '맙소사, 또 레프트를 뻗으려는군' 하고 생각했다. 기엘 피트가 "파이터 중에는 쉽게 읽히는 사람이 있어요"라고 말한 그대로였다.

레프트 스트레이트가 강한 바람을 일으키며 귀 옆으로 스치고 지나갔다. 나는 빈틈을 곧장 파고들며 라이트 크로스를 날렸다. 턱을 스치며 지나갔다. 뒤이어 레프트 훅으로 명치를 강타했다. 상대가 자리에 푹 꼬꾸라지다 엉덩방아를 찧었다. 정말 아까운 기회였다. 라이트 크로스를 멋지게 날릴 기회는 흔치 않았다. 그렇게 좋은 기회를 못 살린 게 안타까웠다. 하지만 그런대로 괜찮은 펀치였다. 게다가 레프트가 갈비뼈 밑을 정확히 가격해서 치명타를 입혔다.

겔든하이스는 강인한 선수였다. 즉각 일어나서 카운트 여덟이 끝나길 기다렸다. 주심이 카운트를 다 센 다음에 글러브를 닦아주며 한 번 더 쓰러지면 끝난다고 경고했다. 이젠 그도 조심스럽게 나올 테니 세 번째로 다운시킬 기회를 잡는 게 쉽지 않을 터였다. 그래서 잽을 계속 날려 상대를 피곤하게 만들며 레프트가 나오길 기다렸다. 그러면 밑으로 파고들며 복부에 연타를 날리자고 마음먹었다. 상대가 말려든다면 세 번째 다운을 시킬 수 있었다. 라운드가 끝나는 공이 울렸다. 나는 코너로 돌아왔다. 다비와 교관이 입을 짝 벌리며 웃었다.

2라운드는 천천히 시합했다. 상대는 지칠 줄 몰랐다. 나는 상대가 초조해지기를 기다리며 일정한 거리를 유지한 채 안면에 잽을 계속 퍼부었다. 2라운드가 끝날 즈음엔 이대로 나가다간 판정패를 당하겠다고 판단했는지, 상대는 맞는 걸 감수하고 두 손을 마구잡이로 내뻗으며 다부지게 달려들어 나를 다운시키려 했다. 내가 피하면 계속 밀어붙여 코너로 몰아넣을 생각인 것 같았다.

하지만 나는 뒤로 안 피하고 그 자리에서 레프트 스트레이트를 날렸다. 그래서 오히려 상대편을 코너로 밀어붙인 다음에 기엘 피트에게 배운 연속 펀치를 구사해 안면에 두 방, 눈 위에 한 방, 코에 한 방, 뒤이어 복부를 연타했다. 눈이 찢어져서 피가 흘렀다. 2라운드 끝을 알리는 공이 울리자 놀랍게도 헬프미카 녀석들이 나에게 우렁찬 박수를 보냈다.

겔든하이스는 3라운드에 못 나왔다. 주심이 찢어진 눈을 검사하고 시합을 중단한 것이다. TKO승이었다. 웨일스 황태자 학교로선 2년 만에 첫 승리였다.

이후에 벌어진 일곱 차례 시합에서 모두 패했으나 아무도 섭섭하게 여기지 않는 것 같았다. KO로 패한 사람은 한 명도 없었다. 지금까지 우리 권투부가 그렇게 열심히 싸운 적은 없었다. 교관이 이리저리 거닐고 금니를 번쩍이며 커다랗게 떠벌렸다. 자기가 시합에서 이기기라도 한 것 같았다.

"진짜 살벌했어. 보아인한테 드디어 본때를 보여줬어."

헬프미카 권투 코치가 다가와서 내 등을 두드리며 영어로 물었다.
"누구한테 권투를 배웠니, 얘야?"
"바버톤에서 배웠어요, 코치 선생님."
내가 보아어로 대답하자, 갑자기 놀라는 표정으로 말했다.
"야, 대단하군. 네 실력을 보고서 영국계 아이치고 정말 훌륭하다고 생각했어! 너만 한 나이에 연속 펀치를 그렇게 멋지게 구사하는 아이는 처음이야. 누구한테 배웠니, 얘야?"
"기엘 피트 코치요."
"그 사람이 헬프미카에 오면 좋겠다는 말밖엔 할 말이 없구나."
"코치 선생님은 그를 좋아하지 않을 거예요."
내가 대답했으나, 상대는 못 들은 것 같았다.
"그런데 보아인 아이가 이런 학교에 다니는 이유가 뭐지?"
그리곤 대답을 안 기다리고 계속 말했다.
"이봐, 헬프미카로 오고 싶다면 우리가 도와줄게. 동족과 함께 공부하라고. 장학금도 주겠어."
"전 영국인이에요. 루이넥이죠."
내가 점잖게 대답했다. 태어나서 처음으로 뿌듯한 자부심을 느꼈다.
헬프미카 코치가 이상하다는 눈치로 한참 쳐다보다 말했다.
"그래? 권투 동작은 영국계가 아니야. 얘야, 동족을 외면하지 마라. 영국인은 보아어가 너처럼 능숙하지 않아. 장담할 수 있어. 난 권투 코치를 하면서 어학도 맡거든."
"전 영국인이에요. 진담이에요, 선생님."
이번엔 영어로 대답했다.
"영국인이라. 어쨌든 남아프리카 전역을 뒤져도 네 체급에서 너를 이길 선수는 없을 거야. 네가 '루이넥' 학교에서 녹슬지만 않는다면 말이다."

그리곤 갑자기 돌아서서 다비 화이트에게 다가갔다. 다비 화이트는 너무 기뻐서 주머니 속 물건을 비벼대는 중이었다. 두 사람이 나를 바라보더니, 갑자기 다비 화이트가 환하게 웃었다.

누군가 내 어깨에 손을 얹었다. 고개를 돌리니 나와 싸운 아이였다. 왼쪽 눈에 분홍색 헝겊이 큼지막하게 붙었다. 그가 손을 내밀면서 말했다.

"안녕? 유감은 없어. 넌 정정당당하게 이겼어."

보아어 억양이 담긴 딱딱한 영어에, 나는 악수하면서 보아어로 대답했다.

"좋은 시합이었어."

상대가 기쁜 듯 싱긋 웃으며 말했다.

"내가 한 번도 못 때릴 거라곤 상상도 못 했어. 그런 적이 없었거든. 좋은 교훈이 됐어. 덩치가 작아서 쉽게 이기겠다 싶었는데."

내가 싱긋 웃으며 말했다.

"난 네가 커다란 덩치를 믿고 마구 달려들겠다 싶었어."

거트는 도량이 넓은 승리자가 되어야 한다고 늘 충고했다. 게다가 재니 겔든하이스가 마음에 들었다.

"그래, 그게 문제였어. 어리석었어."

겔든하이스가 환하게 웃으며 덧붙였다.

"조금만 기다려. 럭비 시합에서 복수할 거야. 너는 무얼 맡지?"

"스크럼 하프. 내 이름은 피케이야."

"응, 알아. 나도 스크럼 하프야. 잘 있어, 피케이."

겔든하이스가 돌아가다 몸을 돌려서 턱을 문지르며 소리쳤다.

"처음에 날린 주먹은 진짜 대단했어!"

그러더니 다시 돌아서서 학교 친구들과 합류했다.

"잘 가, 겔든하이스."

내가 소리쳤다. 시합 상대와 친해진 게 즐거웠다.

겔든하이스가 떠나자마자 모리가 다가왔다.

"괜찮아? 저 괴물이 왜 온 거야? 사인해달래?"

"그냥 온 거야. 유감이 없다고 말하러 왔어. 럭비 시합에서 복수하겠대."

모리가 싱글거리며 웃었다.

"나도 유감이 없다고 말하러 왔어. 이제 우린 부자야!"

그러더니 갑자기 눈살을 찌푸리며 말했다.

"하지만 우린 저 자식들을 계속 증오해야 돼."

"제기랄, 모리, 시합은 끝났어."

내가 웃으면서 말했다.

"너한테는 단순한 권투시합에 불과하겠지!"

모리가 말하더니, 대들보에 매달린 나무 주먹을 가리켰다.

"하지만 나한텐 저 주걱을 없앨 책임이 있어! 증오심이 필요해."

내가 한숨을 쉬면서 타일렀다.

"모리, 어느 종족이나 그렇듯 보아인 가운데도 좋은 보아인과 나쁜 보아인이 있다는 걸 명심해. 모두를 하나로 엮어서 판단하는 건 바람직하지 않아."

"보아인 가운데 좋은 보아인은 죽은 보아인밖에 없다고!"

모리가 빈정거리자, 내가 어원을 지적하며 꾸짖었다.

"그건 '카피르 가운데 좋은 카피르는 죽은 카피르밖에 없다'는 말에서 나온 거야."

"그래, 저놈들도 마찬가지야."

"맙소사! 모리, 넌 유대인이야! 어떻게 그렇게 말할 수 있니?"

모리가 웃었다.

"난 아주 복잡한 유대인이거든. 피케이, 우리가 저 보아인을 이기려면 저들을 증오할 줄 알아야 해. 넌 그것도 모르니?"

"빌어먹을!"

"그래, 네 말이 옳아. 빌어먹을 노릇이지."

모리는 나를 바라보더니 다시 한번 빙긋 웃었다.

"하지만 다른 사람한테 말하면 안 돼. 언제나 우리를 이길 수 있다고 자만하도록 만들어야 해. 우리가 보잘것없다고 착각하도록 하는 게 무엇보다 중요해."

모리만 빼고 권투부 전원이 나를 축하했다. 나는 모리가 축하하지 않는 이유가 궁금했다. 모리는 세계 최고의 설득력을 지녔다. 축 늘어진 권투선수에게 용기와 사기를 불어넣고 다독거려 자존심을 살려내는 능력이 있었다. 상대편을 부드럽게 다독여서 마음을 편하게 하는 마술 같은 능력도 탁월했다. 그러나 자기보다 못하다고 여기는 사람에게만 그런 능력을 발휘했다. 모리가 나를 축하한 건 등을 가볍게 두드린 게 전부였다. 나를 자신과 동등한 사람으로 여긴 거다. 그래서 자신이 세운 멋진 계략도 알려주었다. 일반적으로 다른 사람보다 두세 단계는 앞을 내다보는 계략이었다.

"자, 인제 입을 열지그래."

"뭘 말이야?"

모리가 물었다.

"얼마나 되지? 우리가 번 게?"

모리가 싱글벙글 웃었다.

"필요하다면 쿠퍼한테 크림빵 수백 개 사줄 정도는 돼. 일 인당

5파운드는 될 거야."

"하느님 맙소사! 진짜 굉장하구나, 모리!"

"피케이, 이건 시작에 불과해. 이번에는 우리가 도박한 거야. 다음부터는 확실하게 할 수 있어. 우선 시합할 상대를 최대한 자세히 조사하는 거야. 모든 걸 분석해서 사전에 충분히 준비해야 해. 돈을 벌려면 기회를 만들어야 한다고."

내가 헬프미카와 싸워서 이기자 아더톤과 '민첩한-거미', 오줌싸개 존슨이 다른 신입생 12명과 함께 권투부에 들어왔다. 아더톤과 '민첩한-거미'는 운동 신경이 좋아서 적응이 빨랐다.

모리는 신입회원을 '나무 주걱 패거리'라고 부르면서 우리 모두 형제애를 키워나가자고 맹세하게 했다. 그리고 자신을 종신 회장으로, 나를 대장으로 선출했다.

모리는 신비로운 게 얼마나 중요한지 알았다. 나무 주걱 패거리에 가입하는 사람은 누구나 피를 나누는 의식을 거쳐야 했다. 모리는 우리 모두 형제가 됐다 선언하곤, 종신 회장 취임식도 했다. 행사약정서를 미리 작성해서 차례가 오자 나에게 건네며 읽으라고 했다.

"모리 레비, 당신은 웨일스 황태자 학교 권투부가 예전의 영광을 회복하도록 모든 지혜와 기술을 동원해서 사력을 다해 싸우겠습니까?"

뜻밖이었다. 웨일스 황태자 학교 권투부가 영광을 누린 적이 있다고는 생각조차 못했다.

"네, 그러겠습니다."

모리가 대답했다.

"당신은 '나무 주걱 패거리' 종신 회장으로 사사로운 영광이나 이익을 버리고 사심 없이 행동하겠습니까?"

나는 약정서 내용과 우리 사업이 어긋날 때 모리가 어떻게 할지 궁금했다.

"나, 모리 레비는 그렇게 하겠다는 사실을 엄숙하게 선언합니다."

모리는 문법에 맞게 화려한 문장으로 대답했다.

"맹세했으니, 나 피케이, '나무 주걱 패거리' 대장은 위대하신 조지 5세가 통치하는 1946년에 모리 레비를 종신 회장으로 선언합니다."

언젠가 모리는 피비린내 나는 폴란드 게토를 잊지 말라는 의미로 부모님이 이름을 지어주었다고 고백했다.

"부모님이 나한테 데레크나 브라이언이나 아더 등, 이교도 이름을 한 개도 안 지어준 이유는 무얼까?"

그때 나는 모리가 유대인이라는 출신 배경에 의문을 제기하는 걸 처음 느꼈다.

의식을 끝내고 웰링턴으로 돌아가는 길에 나는 '우리 권투부가 예전의 영광을 회복하도록'이라는 구절에 대해, 그리고 종신 회장 선서를 하면서 '사사로운 이익을 버리고'라고 한 구절에 대해 모리에게 물었다.

모리는 걸음을 멈추고 얼굴을 빤히 쳐다보다 한숨을 크게 내쉬면서 말했다. 내가 총명한지 의심스럽다는 투였다.

"맙소사! 넌 역사도 모르니, 피케이? 대중에게 허풍을 치는 건 아무런 문제가 안 돼. 허풍 떤 것에 역사성을 부여하면 영광스러운 전통으로 자리 잡는 법이야. 제도라는 것도 똑같아. 우리 학교 권투부가 세대를 거듭하면서 계속 지게 할 수는 없다고. 역사는 그런 걸 용납하지 않아. 우리는 영광스러운 전통이 있는 게 분명해. 과거에 없다면 지금부터 그렇게 생각하는 거야. 우리 '나무 주걱 패거리'가 웨일스 황태자 학교의 화려한 영광을 복구하면 되니까. 과거에 실제로 어땠든 아무 상관 없어."

박사라면 이렇게 말할 것 같았다.

"야! 진짜 대단해! 정말 천재야. 어버부부버브!"

"'사사로운 이득'은 어떻게 생각해?"

"우리가 설정한 목표는 권투부가 예전의 영광을 회복하는 거야. 나는 권투로 돈을 버는 게 아니라서 사사로운 이익을 챙기는 게 아니야. 내가 사사로운 이익을 버리겠다고 맹세한 건 바로 그런 의미야. 우리는 사업체를 만든 게 아니야. 그걸 활용할 뿐이라고. 좋은 조건을 활용하지 않는 건 바보짓이야. 일종의 범죄지."

헬프미카와 첫 시합을 할 때는 이상한 일이 하나 있었다. 시합을 시작하기 직전이었다. 교관이 다비 화이트에게 가서, 체육관 밖에 옷차림이 깨끗하고 단정한 흑인 열 명이 경기를 관람하도록 요청했다고 전했다.

다비는 물건을 오랫동안 매만지며 고민했다. 흑인은 고용주에게 받은 표 없이 돌아다니다 들키면 통행법 위반이었다. 통행법에 따르면 아프리카 전역에서 흑인은 저녁 9시부터 돌아다닐 수 없었다. 다비는 '경찰대'와 왈가왈부하는 게 싫었다. 남아프리카 경찰을 겪어본 사람이라면 '경찰대'란 표현이 세계에서 가장 사나운 특전단을 부드럽게 표현한 거란 사실을 뼈저리게 느낄 터였다.

그러나 흑인 열 명은 고용주에게 발급받은 표가 있었다. 그래서 다비는 지난 20년 동안 한 번도 시합을 안 놓치고 구경한 학교 구두닦이 짐보 노인과 함께 문가에서 관람하도록 허락했다. 헬프미카 코치가 다가와서 항의하자, 다비는 놀랍게도 짐보 노인과 마찬가지로 학교 심부름꾼이라서 어쩔 수 없다고 대답했다.

첫 시합에서 TKO 판정을 받고서 흥분을 가라앉히고 고개를 들어 입구를 바라보니, 키가 커다란 흑인 한 명과 짐보 노인이 있을 뿐

다른 아프리카인은 떠났다. 내가 쳐다보자 커다란 흑인이 주먹 쥔 손을 흔들며 '위대한 올챙이 천사!'라고 소리친 다음에 사라졌다.

교관이 권투장갑 테이프를 자르다 말고 올려다보며 물었다.

"저놈이 뭐라고 지껄인 거야? 전쟁터에서 소리치는 것 같잖아? 배은망덕한 맹추들 같으니. 첫 시합이 끝나자마자 모조리 가버렸어."

'사람들'은 처음에 그렇게 나타났다. 처음엔 열 명 정도지만 장소만 괜찮다면 수백 명 수천 명이 구경할 게 분명했다. '올챙이 천사' 전설이 광범위하게 퍼져나간 게 분명했다. 교도소 담장을 뚫고 퍼져나간 소식이 산맥을 넘고 강을 건너 모든 마을로 들어갔다. 어느덧 자연 일부가 되었다. 아프리카 원주민 특유의 신비로운 현상이었다. 학교 일꾼들도 나를 아는 게 분명했다.

이윽고 민감한 변화가 일어났다. 제일 좋은 고기가 하급생 식탁에 올랐다. 내가 앉은 자리로 언제나 제일 먼저 음식을 갖다 놓았다. 내가 맡은 허드렛일은 내가 손대기도 전에 늘 완벽하게 정리됐다.

프레트 쿠퍼의 럭비 용구를 씻거나 크리켓 부츠를 닦으러 사물함으로 가서 문을 열면 이미 작업이 끝났다. 쿠퍼의 샘 브라우닝 권총과 가죽 권총집은 언제나 거울처럼 반짝거렸다. 심지어 럭비 부츠도 끈까지 깨끗이 빨아놓았다. 내가 할 일은 아침에 쿠퍼가 일어난 침대를 정돈하는 정도에 불과했다. 이른 아침에는 기숙사 일꾼이 없기 때문이다. 교실에서 수업을 받고 점심을 먹으러 웰링턴으로 돌아오면 사물함 개인용품은 언제나 얼룩 하나 없이 반들반들했다.

한번은 축구 셔츠가 찢어진 적이 있었다. 꿰매서 고쳐 입을 수 없을 정도였다. 어머니에겐 그걸 사줄 능력이 없어서 골머리를 앓는데, 점심을 먹으러 돌아오니, 재봉틀로 단정히 꿰매고 깨끗하게 세탁해서 갖다 놓았다. 다림질까지 해서 새것이나 다름없었다.

나는 학교 일꾼들에게 그들 언어로 말하곤 했다. 그러나 그들은 별다른 반응이 없었다. 전설을 듣고 신화를 아는 터라 누가 지시하지 않아도 스스로 도와주는 거였다. 어떤 이익 단체나 전과자와 관련된 그룹이 있어서 나를 돕는 게 아니란 사실은 나도 잘 안다. 아프리카인은 그런 식으로 움직이지 않는다. 각자 느끼는 대로 행동할 뿐이다.

'올챙이 천사' 전설은 그 자체로 움직였다. 나라는 존재와 상관없이, 내가 의식적으로 행동한 것과 상관없이 나아갔다. 나는 그 전설을 막고 싶었다. 그러나 막을 방법이 없었다. 내가 권투를 한다는 사실은 용사라는 걸 증명하고, 증오스러운 보아인과 싸워 이긴 사람이 나밖에 없다는 사실은 그걸 다시 한번 증명할 뿐이었다.

전설은 두 가지로 분류할 수 있다. 그럴듯한 전설과 억지로 만들어낸 전설이다. 인간은 마음속에 낭만이 있는 터라 불가사의한 현상에 환호할 뿐, 이성으로 해석하는 과정을 외면할 때가 있다. 박사가 지적하듯, 보잘것없는 인간에게 무언가 위대한 걸 믿게 하고 희망을 주는 건 논리가 아니라 신비로운 현상이다.

기숙생들은 내가 학교 일꾼에게 형제를 대하듯 친절하기 때문에 그런 특혜를 받는다고 규정했다. 학교 일꾼이 나를 도우려는 이유를 스스로 그럴듯하게 설명한 것이다. 나는 타고난 지도자라는 사실을, 지도자는 이유를 밝힐 필요가 없다는 사실을 알아챘다. 실제로 설명을 적게 할수록 바람직한 지도자로 추대받는다. 나는 박사를 제외한 누구에게도 나 자신을 드러낸 적이 없다. 나를 추종하는 사람은 그걸 권위로 받아들였다.

솔직히 말해, 내가 속마음을 안 드러낸 이유는 어린 시절 보아인 소굴에서 유일한 '루이넥'으로 살아갈 때 너무 두려워서 그러다 나중에 습관으로 굳은 것에 불과하다. 생명을 유지하자는 일념으로 다른 아이들 눈에 최대한 안 띄면서, 다음 고문을 기꺼이 기다리면서, 언제나 오물 맞을 준비를 하면서, 아무렇지도 않은 척하면서 지내다 보니 그렇게 되었을 뿐이다.

나는 침묵이 아첨보다 바람직하다는 사실을, 침묵이 다른 사람을 초조하게 한다는 사실을 어린 나이에 깨달았다. 돼지를 괴롭히는 건 비명을 꽥꽥 질러대기 때문이다. 비명을 안 지른다면 돼지를 괴롭히는 일은 아무런 재미도 없을 터였다. 나는 오래전에 벽을 높이 쌓아서 자아를 숨겼다. 인내력이 강한 사람이 아니고선 그 벽을 조금도 못 넘으리라.

18

1학년 가운데서 내가 가장 어렸다. 그러나 별다른 어려움 없이 지낼 수 있었다. 권투시합에서 승리한 덕택에 나는 1학년에서 영웅이었다. 내기로 돈을 번 터라 하나같이 나를 좋아했다. 두세 사람만 모이면 시간 가는 줄 모르고 내 이야기를 했다. 원정 시합도 두 번 치렀다. 이번에도 다 이겼다. 기숙생 모두 전리품을 많이 챙겼다.

두 번 다 충분한 정보는 없어도 나는 상대를 어렵지 않게 물리쳤다. 둘 다 겔든하이스에 패한 경험이 있는 터라 우리는 보아 아이들이 자기네 선수에게 많은 돈을 걸도록 높은 비율을 제시했다. 그래서 두 시합을 통해 짭짤한 수입을 올릴 수 있었다.

아이들은 두 시합 모두 정말 대단했다고 떠들어댔다. 재니 겔든하이스와 싸운 시합은 맛보기에 불과했다는 식이다. 가장 많이 떠벌리며 돌아다닌 아이는 모리였다.

우리 학교에서 홈 경기가 다시 열릴 때는 체육관에 발 디딜 틈이 없었다. 그래서 50명에 달하는 흑인은 커다란 창문으로 관람할 수밖에 없었다.

나는 상대를 가볍게 물리쳤다. 우리 학교 학생들은 뛸 듯이 기뻐했다. 상대편은 맞을 걸 각오하고 저돌적으로 파고들었다. 정보에 의하면 비슷하게 파고들어 세 번 연속으로 이긴 아이였다.

1라운드를 진행하는 동안 상대는 안면 수비를 안 한 채 세 번이나 덤벼들었다. 나는 그때마다 상대를 링 한가운데에 쓰러뜨렸다. 세 번 다운되면 그걸로 끝이었다. 식은 죽 먹기보다 쉬웠다. 뒤이어 라이트 헤비급에서 대니 폴킨호른이 3라운드 격전을 벌인 끝에 판정승으로 이기고, 우리 학교 학생들은 축제 분위기에 휩싸였다.

모리와 나는 체급을 막론하고 우리 학교와 싸운 선수들 장단점을 빠짐없이 기록했다. 시합이 벌어지는 동안 나는 모리 옆에 앉아서 상대편 선수와 우리 선수가 싸우는 내용을 설명했다. 상대방 발동작과 복싱 스타일, 기술상의 약점과 강점, 링에서 보이는 특징에 초점을 맞췄다.

우리 편을 완벽하게 압도하는 선수는 특히 자세히 설명했다. 그래서 눈에 띄는 파이터를 따로 분류했다. 눈 주변이 쉽게 찢어지는 선수도 기록했다. 어떤 선수가 얼마나 많은 펀치를 어떻게 구사하는지도 놓치지 않았다.

정리 작업은 어떤 펀치가 좋고 얼마나 내뻗는지를 중심으로 상대편 선수와 시합하는 모습을 전체적으로 평가하며 끝났다.

선수는 링에 오르기 전에 체중을 잰다. 모리는 그 체중까지 적어, 다음번 체중과 비교했다. 우리는 표지를 가죽으로 만든 회계 장부에 모든 내용을 정리했다. 표지에는 '레비 카펫 상점, 프리토리아 교회 거리 126번지, 왕실에서 사용하는 카펫'이라는 글씨가 금박으로 틀어박혔다. 안에는 모리가 어른처럼 쓴 글씨가 있었다. 우리는 다른 학교와 시합할 때마다 상대 선수 정보를 그곳에 하나씩 첨가했다.

모리는 권투를 상세한 부분까지 놀랄 만큼 빨리 파악했다. 나한테 거의 모든 파이터를 자세히 기억할 능력이 있다면, 모리는 그들이 다음 시합에서 싸울 방식을 섬뜩할 정도로 정확히 예견하는 능력이 있었다. 선수 약점을 정확히 꿰뚫어 보는 본능도 있었다. 그래서 우리가 상대 선수를 충분히 대비하도록 도왔다. 물론 내기에 이길 성공률도 그만큼 높아졌다. 사업은 번창했다. 물론 우리 선수는 여전히 패배했다. 하지만 질 시합에는 내기를 조금 걸고 이길 게 확실한 시합 한두 개에 왕창 걸어서 커다란 돈을 벌어들였다.

1년 동안 우리는 다른 학교와 번갈아가며 두 번씩 시합했다. 나는 한 번도 안 졌다. 이제 나를 상대로 내기를 거는 학생은 거의 없었다. 보아인도 바보는 아니었다. 불필요한 위험을 감수하고 높은 비율을 제시해서 내기를 걸도록 유혹할 수밖에 없었다. 비율이 높을수록 나는 그만큼 더 많은 부담을 짊어져야 했다. 2학년 말에 겔든하이스와 시합할 때는 내가 질 경우에 20배를 준다는 조건으로 내기를 받았다. 나는 판정승으로 간신히 이겼다.

2학년 말에는 우리 선수가 이기는 횟수도 늘어났다. 그러나 모리는 웰터급 세계 챔피언이 되겠다는 야심을 듣고 내기 사업을 그만할 때가 되었다면서 말했다.

"손을 떼야 할 때가 왔어, 피케이. 사업에는 두 가지 규칙이 있어. 손을 댈 때와 뗄 때를 정확히 판단하는 거. 전자보다 후자가 중요해. 앞으로 더 커다란 물에서 놀자고."

지난 2년 동안 용돈이 정기적으로 들어오는 재미가 있었다. 다시 빈털터리가 되고 싶지는 않았다.

"더 커다란 물에서 놀자니, 무슨 말이야?"

"모르겠어. 하지만 뭔가 있을 거야. 자본과 기회만 있으면 무엇이든 할 수 있어. 하룻밤을 자면 화요일이 오는 것처럼 자본만 있으면 기회란 놈은 저절로 오는 법이야."

우리는 지난 2년 동안 은행에 상당한 돈을 예금했다. 버는 대로 50%를 은행에 넣었다. 버클레이 은행 예오빌 지점에서 이자가 계속 불어났다. 거기에서 아이디어가 떠올랐다.

"은행에 50파운드가 있잖아, 모리. 많은 건 아니지만 5리 이자도 계속 나오고. 이것만 해도 1년에 1파운드 25실링이야. 많은 돈은 아니라도 근사하잖아."

모리가 웃었다.

"얼마 전만 하더라도 땡전 한 푼……"

내가 말을 잘랐다.

"그래, 나도 알아. 1파운드 25실링은 많은 돈이야. 그렇게 많은 돈이 생긴 적은 없지. 하지만 내 말 좀 들어 봐. 은행은 수요일과 토요일에 문을 열어. 화요일과 금요일만 되면 모든 학생이 돈 때문에 쩔쩔맨다고."

우리는 크리켓 경기장 옆에 있는 벤치에 앉아서 이야기를 나누었다. 머리 위로 높이 자란 참나무가 그늘을 드리웠다. 모리가 갑자기 벌떡 일어섰다. 화난 표정이었다. 그래서 몸을 숙여 내가 등댄 등받이 양쪽을 두 손으로 잡으며 소리쳤다.

"피케이, 너 미쳤니? 도대체 무슨 소릴 하는 거야? 난 전형적인 유대인이야! 그런 짓을 하다가 기독교 신자들한테 무슨 욕을 먹으려고 그래? 고리대금업자? 내가? 피케이, 내가 이교도 학교에서 교육받는 유일한 목적은 나한테 찍힌 유대인 기질이라는 낙인을 없애려는 거야. 나는 정치학을 공부하면서 수양을 쌓으려고 여기에 왔어. 고리대금업은 절대로 할 수 없어!"

"은행은 그런 일을 하잖아, 안 그래? 은행에서 대출을 받으려면 공손하게 찾아가서 부탁해야 한다고. 대출이 쉽게 나오는 것도 아니고. 게다가 예금하면 2부 5리 이자밖에 못 받지만, 대출하면 7부 이자를 내야 해. 세 배에 가까운 이윤을 남기는 거야. 하지만 그건 고리대금업이 아니잖아."

"피케이, 넌 이해를 못 해. 은행이 그러는 건 사업이야. 하지만 유대인이 그러는 건 착취야!"

"무슨 말인지 알겠어. 그럼 유대인은 은행을 소유할 수 없어?"

"물론 할 수 있지. 세계적으로 유명한 로스차일드 은행이 유대인 가문 소유야. 로스차일드 가문은 프랑스와 영국에서 가장 존경받는 가문이기도 하고."

"나도 알아. 그들도 18세기 말경 독일 프랑크푸르트와 메인 지역에서 고리대금업자로 출발했어!"

"맙소사! 피케이, 난 하고 싶지 않아. 다른 방식으로 돈을 벌 수 있을 거야."

모리가 괴로운 표정을 떠올리다 다시 말했다.

"그동안 넌 우리 자본에서 용돈을 빌려 쓰고."

"넌 그런 일을 하고 싶지 않겠지만 나는 하고 싶어. 난 우리 자본을 안 쓰겠어. 난 내 방식대로 벌겠어. 감정이 상했다면 미안해, 모리. 하지만 난 내기 사업 때문에 지난 2년 동안 링에 25번이나 올라갔어. 이번엔 네 차례야."

모리가 벤치에서 두 손을 풀고 똑바로 섰다. 그러더니 양손을 등 뒤에 댔다. 강의하는 자세 같았다.

"내가 웨일스 황태자 학교에 온 진짜 이유를 알아, 피케이?"

모리는 대답을 안 기다리고 계속 말했다.

"말할 테니 들어 봐. 웨일스 황태자가 프리토리아에 왔을 때 적십자에서 리셉션을 열었어. 우리 아버진 그 행사에 새빨간 카펫을 제공했어. 초대받는 대가로 무료로 내놓은 거야. 아버지는 대열에 섰어. 왕자와 악수했지. 아버진 감격하셨어. 하느님 얼굴이라도 만진 것처럼 말이야. 결국 목적을 달성했지. 아버진 사회적으로 상류층에 올랐어. 마침내 신사가 되신 거야. 하지만 폴란드 억양이 강한 신사는 신사가 아니었어. 아버진 적십자 측에 엄청난 돈을 내고 자신이 기증한 카펫을 다시 사서 우리 집 거실 바닥에 깔았어. 그리곤 귀에 못이 박이도록 카펫을 자랑했어."

모리가 목소리를 흉내 내서 말했다.

"'얘야, 황태자께서 두 발로 이 카펫을 걸으셨단다!' 어느 날 아버지는 요하네스버그에 웨일스 황태자 학교가 있는데 황태자가 그 학교에서 개최할 전쟁 기념식에 화환을 보낸다는 기사를 읽었어. 그때 아버지는 아들을 완전한 영국 신사로, 정확히 말하자면 완벽한 유대인 '영국 신사'로 키우겠다고 결심했어. 이 학교를 졸업하고 옥스퍼드를 나오면 나는 모세가 황야에서 외친 이래 우리 집안에서 처음으로 '존경받는' 유대인이 되는 거야. 피케이, 우리 아버진 나를 이곳에 입학시키려고, 필요하다면 학교 건물 전체에 양탄자를 까는 것도 마다치 않으셨을 거야."

"그런데 우리가 고리대금업을 하면 모든 게 허사로 된다는 얘기야?"

모리가 웃으며 대답했다.

"그렇지! 바로 그 얘기야."

"그렇다면 은행업을 한다고 여기자, 모리. 이 사업은 우리가 세운 여러 가지 원칙에 합당해. 우리가 도와야 하는 고객이 많은 거야. 반면에 위험 요소는 별로 없지. 우리 채무자는 의무를 충실하게 이행할 거야. 그렇지 않겠어? 정기적으로 상당한 이자를 받을 수 있다고. 박사 말대로 '의심할 여지가 없어.' 지극히 순수하고 완벽한 사업이란 말이야."

모리가 물었다.

"그래도 싫다면 어떻게 할래?"

"곤란하지. 그건 받아들일 수 없는 대답이야. 내가 얘기할 테니 잘 들어보라고. 나한테 권투를 가르쳐 준 사람은 유색인 혼혈아였어. 어느 모로 보나 나쁜 백정 놈이지. 사회에서 보낸 시간보다 교도소에서 보낸 시간이 더 많으니까. 고질적인 상습범, 어느 모로 보나 사회를 더럽히는 쓰레기였지. 사기, 강도, 도둑질, 나쁜 짓이라곤 안 해본 게 없으니까. 그래서 맞기도 많이 맞았어. 우리가 따뜻한 아침밥을 먹은 횟수보다 많을 거야. 이런 관점에서 볼 때 그는 결국 패배자였어. 바로 그게 사회가 바라본 그 사람이야. 사회는 그를 그런 식으로 판단했어."

모리가 끼어들었다.

"기엘 피트를 말하는 거구나, 그렇지?"

"응. 하지만 기엘 피트는 내가 사귄 사람 가운데 가장 훌륭한 친구였어. 나를 위해 죽었지. 보만이라는 교도관이 60센티나 되는 몽둥이를 항문에 쑤셔 박았거든. 그는 피를 잔뜩 흘리고 죽어가면서도 실토하지 않았어. 자백만 하면 사는 건데. 편지를 교도소로 밀반입한 게 나라는 걸 말하면 말이야. 하지만 그러지 않았어. 난 사회가 규정한 관점에서 그 사람을 바라본 적이 없어. 내가 볼 때 그 사람은 가장 훌륭한 사람

가운데 하나야. 난 그런 사람을 사귀고 싶어, 모리. 중요한 건 무엇을 하느냐가 아니라 어떻게 사느냐는 거야."

우리는 우리 사업에 '기숙사 은행'이라는 이름을 붙였다. 하지만 학생들은 그냥 '은행'이라고 불렀다. 반응은 좋았다. 이자는 1주일에 1할이었다. 대부금 상환은 2주일 이상 연기할 수 없었다. 재정이 바닥났더라도 그 정도면 집에 편지를 보내서 돈을 받을 수 있기 때문이다.

악성 채무자는 3년 동안 한 명도 없었다. 재미있는 건 기숙생뿐 아니라 집에서 통학하는 아이도 '은행'을 이용했다는 거다. 게다가 모리의 출신 배경으로 가타부타하는 아이도 없었다. 나중에 모리가 '은행'에서 벌어들인 수익금으로 더 거창하게 사업할 때도 마찬가지였다.

'은행' 사업을 생각한 사람은 나지만 제대로 이끌어간 사람은 모리였다. 모리는 마술사였다. 반면에 나는 마술을 열심히 배우는 학생이었다. 나는 '은행' 사업으로 용돈을 벌었다. 자존심을 지킬 수 있었다. 학교생활을 시작할 때 가장 크게 우려하던 문제가 쉽게 풀렸다. 돈 때문에 겪는 어려움은 없었다. 앞길은 탄탄대로였다.

3학년으로 올라가자 동급생이 승리하는 횟수는 더욱 늘어났다. 아더톤과 민첩한 거미는 일곱 번 싸워서 여섯 번이나 이겼다. 아더톤은 라이트급, 민첩한 거미는 라이트 웰터급이었다. 우리 '나무 주걱 패거리'는 점차 명성을 날렸다. 보아인 학생들도 우리를 두려워했다. 웨일스 황태자 학교는 이제는 조롱거리가 아니었다.

우리는 현대판 보아 전쟁에서 자주 승리했다. 바로 그 해에 나무 주걱과 얼룩덜룩한 리본을 대들보에서 떼어내 다른 학교에 넘겨주었다. 모리는 첫 번째 목표를 해냈다. 모리가 목표를 달성하고 '나무 주걱 패거리'에게 한 말은 딱 두 마디였다.

"나는 애초에 기독교 신사 권투선수들과 함께 커다란 금자탑을 세우겠다는 야심을 품었습니다. 이번에 달성한 성과는 빙산의 일각에 불과합니다."

그즈음 나는 워터스랜드에 있는 보아인 학교에서 권투선수로 실력 이상의 평판을 얻었다. 나이를 먹으면서 체중도 불어났다. 열다섯 살이 될 즈음에는 밴텀급으로 싸웠다. 홈 경기든 원정 경기든 아프리카 흑인이 몰려들었다. 버스나 기차를 타고 학교에서 160킬로 이상 떨어진 곳에서 시합해도 홈 경기와 마찬가지로 아프리카 흑인이 몰려들었다. 홈에서 싸울 때는 시합장을 체육관에서 강당으로 옮겨야 할 정도였다.

그렇게 하면 아프리카 흑인도 멀찌감치 떨어진 강당 구석에 앉아서 관람할 수 있었다. 여름에는 실외 경기가 인기라 럭비 경기장에서 시합하는 경우도 잦았다. 이럴 때는 시합을 관람하고 싶은 흑인은 허락받아야 했다. 인종차별이 극심한 보아인 학교에서 시합할 때도 마찬가지였다. 백인 분리주의자는 흑인을 철저하게 배제했다.

흑인 구경꾼이 앉는 구역은 '아파르트헤이트'라고 불렀다. 나는 다른 도시에 있는 보아인 학교로 시합하러 갔다가 이 용어를 처음 들었다. 세계적으로 탄압을 상징하는 용어가 그때 처음 나온 게 아닌가 하는 의심이 든다.

옥외에서 열리는 권투시합은 해가 지기 시작하는 오후 여섯 시에 시작해서 여덟 시에 끝났다. 고지대라서 그 시각에도 날이 밝아 링에 전등을 밝힐 필요는 없었다. 우리는 옥외 시합을 자주 하면서 그 유명한 '햇빛 장님 전술'을 고안했다. 시합 도중에 한 바퀴 빙글 돌아서 상대 선수로 하여금 햇빛을 정면으로 받아 순간적으로 눈을 멀게 한 다음에 연타를 날리는 전술이었다.

간단한 수법이라 몸놀림만 충분한 선수라면 한 시합에 여섯 번 정도 사용하며 점수를 따서 최소한 판정승으로 나아갈 수 있었다. 기독교 신사는 이 수법을 사용하면서 양심의 가책을 조금도 안 느꼈다.

우리는 현대판 보아 전쟁을 치르는 터라 조금도 양보할 수 없었다. 물론 그 전술을 만든 사람은 모리였다. 독일 전투기가 태양을 등진 상태로 대영제국 항공모함을 기습하는 영화를 보고 아이디어를 떠올렸다.

흑인은 계속 침묵하며 관전하다 내 차례가 되면 간신히 들릴 정도로 조그맣게 콧노래를 불렀다. 그러다 소리를 점차 키우면서 아프리카 특유의 아름다운 화음을 만들어 냈다. 완벽한 화음이었다. 선창자가 노래하면 나머지는 '올챙이 천사!'라고 후렴을 불렀다.

> 영광스러운 시대에 오실 추장이여! 전지전능한 주술사, 지혜로운 이여!
> 올챙이 천사!
> 이슬에서 춤을 추어도 발자취를 안 남기네. 바람처럼 천하를 떠도네.
> 올챙이 천사!
> 천둥 같은 주먹을 번개같이 날리네!
> 올챙이 천사!
> 날카롭기는 초승달 같고, 지혜롭기는 보름달 같네. 바로 저분이 밝음과 어둠을 통치하는 제왕, 낮과 밤을 통치하는 제왕이 아니면 누구겠는가?
> 올챙이 천사! 올챙이 천사!
> 우리를 위해 승리하리라. 모든 흑인을 위해 승리하리라. 모든 종

족은, 모든 흑인은 저분의 승리를 찬양하리라!
승리하리라. 승리하리라. 우리를 위해 승리하리라. 올챙이 천사!
올챙이 천사!

시합을 시작하면 흑인 관중석에선 아무런 소리도 안 났다. 그러다 승리하면 학교 체육관에서 처음 본 커다란 흑인이 주먹을 높이 들어 경의를 표하면서 '올챙이 천사!'라고 외쳤다. 그러면 모든 흑인이 조용히 일어나서 시합장을 떠나곤 했다.

시합하는 동안 그들이 쥐죽은 듯 침묵한 이유는 나를 성원했다는 핑곗거리를 안 주려는 거였다. 상대편 사람들이 눈치채면 앞으로 시합을 보지 못할 게 뻔하기 때문이다. 하지만 흑인 관중석에서 쥐죽은 듯 침묵하는 자체는 정말 섬뜩했다. 상대편 선수가 겁먹고 움츠릴 정도였다.

모리는 흑인 관중이 지닌 잠재력을 재빨리 간파했다. 그들에게 웨일스 황태자 학교에서 열리는 권투시합을 관람토록 허용하는 대신 노래를 부르라고 요구했다. 어려운 건 아니었다. 아프리카 흑인은 대부분 노래하는 걸 좋아하기 때문이다. 그래서 전통처럼 되었다. 모리는 다비 화이트를 설득해서 내 시합을 제일 뒤로 미뤘다. 그래서 흑인 관중이 9시 통행금지 시간 안에 집으로 돌아가는 선에서 경기장에 최대한 오래 머물게 했다.

이윽고 여름날 저녁 시합을 구경하려고 학부모와 공무원을 비롯해 많은 사람이 몰려들기 시작했다. 보아인 학교도 똑같이 하지 않을 수 없었다. 우리가 흑인 관중을 끌어들였기 때문이다. 시합은 인기 있는 행사가 되었다. 아프리카 노래는 많은 인기를 누렸다. 그건 내 시합을 예고하는 전매특허였다.

처음 3년은 그 노래가 무슨 뜻인지 해석해 달라고 요청하는 백인이 한 명도 없었다. 백인과 흑인 사이에 벽이 그만큼 높았다. 수많은 흑인이 조그만 백인 소년을 찬양한다는 사실을 많은 사람이 신기하게 여긴 것 같았다. 그러나 권투 실력이 뛰어나서 그럴 거라고 단정할 뿐이었다. 백인은 추측만 할 뿐 아프리카 원주민에 대해 정확히 아는 건 없었다. 노래에 담긴 뜻을 파악한 적도 없다. 하지만 '올챙이 천사'라는 말은 우연히 깨달았다.

백인도 나를 '올챙이 천사'라는 별명으로 부르기 시작했다. 보아인 학생도 그렇게 불렀다. 진짜 분통이 터질 일이었다. 영어에서 '올챙이 천사'는 바보란 뜻이다. 그것도 모자라서 나를 적대시하는 보아인은 '꼬맹이 천사'나 '엄마 젖꼭지만 빠는 꼬맹이 천사'라며 놀려댔다.

보아인 역시 흑인과 마찬가지로 모든 시합에 참석했다. 그래서 '엄마 젖꼭지만 빠는 꼬맹이 천사', '카피르 애인'이 자기편 선수에게 뼈아픈 패배를 맛보기만 기대했다. 숫자는 안 많으나 신경에 거슬렸다.

이에 반해 흑인은 나를 끊임없이 환호했다. 나는 그들을 위해 보아인과 싸우는 존재였다. 보아인이 나를 적으로 규정한다는 사실은 그 열정을 더욱 부추길 뿐이었다. 시합을 거듭할수록 그들이 참석하는 숫자도 늘었다. 노래도 그만큼 크고 아름답게 흘러나왔다. 그러나 나를 지지하는 백인도 많다는 사실을 덧붙여야겠다. 내가 루이넥이란 사실에 개의치 않고 권투 실력을 높이 평가하는 보아 어른도 많았다.

내가 한 번도 안 졌다는 건 뛰어난 업적이 아니다. 다른 학교에도 무패 기록을 가진 선수는 몇 명 있었다. 재능 있는 선수가 150번 연승하는 건 흔했다.

나는 언제나 한 가지 목표만 생각했다. 웰터급 세계 챔피언. 이걸 거듭 떠올리면서 결심을 다지고 또 다졌다. 목표를 잊은 적은 한 번도 없었다. 시합에서 진다는 건 목표와 그만큼 멀어지는 것, 의지를 갉아먹는 것으로 여겼다. 물론 실력이 나보다 뛰어난 선수와 싸우면 질 수밖에 없을 터였다. 재능도 뛰어나고 환경도 훨씬 좋은 곳에서 훈련받은 선수와 싸우면 질 게 뻔했다.

특정 시합에서 이기려고 특별히 노력한 적은 없었다. 어느덧 이긴다는 자체에 적응했다. 이긴다는 건 평소에 자발적으로 열심히 훈련했다는 걸 의미할 뿐이었다. 그래서 모든 시합에 이길 수 있었다.

나는 승리할 때마다 웰터급 세계 챔피언을 차지한다는 목표에 조금 다가갔다고 마음을 다졌다. 하지만 이겨야 한다는 엄청난 욕구를 마음속에 품은 건 열네 살짜리로서는 해결할 수 없는 문제가 다양하게 누적된 결과였다.

하느님을 거부한 것, 어머니, 판사, 부잣집 출신 녀석들 사이에서 지내는 것, 심지어 까진 불알도 모종의 관계가 있었다. 당시에는 그걸 가면으로 여기지 않았다. 하지만 지금 생각하니, 그건 결국 가면이었다. 계속 이겨서 다른 사람이 나를 못 건드리게 하려는 가면이었다. 하지만 연승을 올린다는 사실 때문에 결국엔 다른 사람의 공격 목표가 되고 말았다.

박사와 박스웰 부인은 나에게 생각하는 법을 가르쳤다. 특히 박사는 사물을 관찰하도록 집중적으로 훈련했다. 현상 뒤에 숨은 본질을 언제나 바라보게 했다. 현상에 치우치면 본질을 밝힐 수 없다는 사실을, 치밀한 관찰은 문제를 제기하는 습관에서 나온다는 사실을 늘 강조했다.

"질문하다 보면 해답을 조금씩 찾을 수 있어. 그래, 두 눈과 마음을 활짝 열고 관찰하다 보면 언젠가 해답이 보일 거야."

기엘 피트는 문제가 일어날 상황을 예측하고 적절한 방법을 모색하다, 화가 닥치기 전에 피하라고 가르쳐주었다. 그는 비상 대책이 마음 속에 가득했다. 언제나 최악에 대비했다. 사태가 벌어질 때는 피할 방법을 이미 만든 다음이었다. 어린아이는 사물을 비관적으로 보지 않는다. 그러나 그는 습관적인 행동이 중요하단 사실을 나에게 가르쳐 주었다. 소방훈련 같은 걸 꾸준히 되풀이하다 보면 화재가 일어날 때 어렵지 않게 대피하는 것과 마찬가지로 습관적으로 행동하다 보면 위기가 닥쳐도 쉽게 피한다는 것이다.

다른 무엇보다, 나에겐 호피가 말한 '처음엔 머리로, 다음엔 가슴으로'라는 원칙이 있었다. 이긴다는 건 지능과 상관관계가 많다. 감정은 마음을 혼탁하게 하는 천적이다. 감정은 외로움을 낳아 다른 사람에게 위안을 받게 한다. 그때 드러난 약점이 나중에 화살로 변해서 내 심장으로 날아들지 않을까 두려워하게 한다. 그래서 나는 오로지 박사 한 사람에게만 나 자신을 숨김없이 드러냈다.

하지만 성적 욕구에 눈뜨자 박사조차 생각이 안 났다. 사춘기엔 파도처럼 몰려드는 욕망을 누구나 느낀다. 여러 은인에게 배운 재능이, 나 자신을 완벽하게 위장하는 데 사용한 재능이 갑자기 물거품처럼 사라졌다. 단정하게 다져온 감정이 거들을 걸친 뚱뚱한 아주머니처럼 보기 싫게 변했다.

성적 욕구가 터져 나올 때 어떻게 추슬러야 하는지 그때까지 아무것도 못 배웠다. 갑자기 외로움이 사정없이 몰려들었다. 어느 것보다 견디기 힘들었다. 하지만 꾹 억누르면서 하루하루를 아슬아슬하게 보냈다. 언제 폭발해서 나 자신을 무너뜨릴지 몰랐다.

아침에 깨어나면 텐트가 늘 탄탄하게 일어섰다. 꺼질 줄 모르는 물건을 샤워할 때 수건걸이로 사용했다. 남학생 기숙사는 프라이버시를 보장받을 수 없다. 그래서 아침에 샤워하러 갈 때마다 서로를 놀려대기 일쑤였다. 물론 나도 성에 눈뜬 아이들과 함께 남을 놀려댔다.

하지만 철저하게 위장했다. 까진 불알이 드러나면 어떻게 한단 말인가? 상상조차 할 수 없었다. 웨일스 황태자 학교에 다니는 아이는 포경수술을 받아서 대부분 까진 불알이나, 나는 그 사실을 몰랐다. 그래서 내 불알이 까졌다는 사실이 드러나면 어릴 때 겪은 곤욕을 다시 치를 것만 같았다. 설상가상으로 아무 때나 불뚝불뚝 일어서니 진짜 곤란하지 않겠는가!

집에서 성을 주제로 토론한 적은 없다. 권투부 아이들은 그냥 '그것을 한다'고 말했다. 콧물코가 토요일 연극 때 어둠 속에서 스미트 주임 딸 소피 스미트 젖꼭지를 몰래 만지다 그걸 거의 할 뻔했다는 얘기도 들었다. '아래'를 만졌다는 암시도 풍겼다. 보키 드 비어가 집게손가락을 내 코에 대고 흔들면서 "수상한 냄새가 난다"고 알려주었다. 그래서 나는 콧물코가 '바로 전 단계'까지 경험했다는 걸 의심하지 않았다.

크리스마스 연휴를 맞아 집에 갔을 때, 소피가 불룩 튀어나온 가슴을 출렁이며 뛰어가는 걸 보키 드 비어가 알려주었다. 정말 신기했다. 우리는 가슴이 볼록 나온 건 그걸 갈구한다는 신호며 은혜를 베풀 사람은 우리밖에 없다는 결론을 내렸다.

내가 소피에게 '그것'을 하는 행운의 주인공이 된다면 하느님은 즉각 알아채고 나를 지옥에 떨어뜨릴 게 분명했다. 콧물코가 그곳을 만진 데에 힘입어 우리는 소피라는 이름을 '소파'로 바꾸었다. 우리 모두 소피가 바닥에 눕길 기대하며 붙인 이름이었다.

그러나 사실, 사춘기에 빠져서 머리가 썩는다 해도 나는 소피를 반듯이 눕힐 기회가 조금도 없다는 사실을 인정하지 않을 수 없다. 게다가 어머니가 강력하게 추종하는 하느님이 용납하지 않으리란 사실도 확실히 알았다. 실제로 죄를 지으나 상상으로 죄를 지으나 죄짓는 건 마찬가지다. 이제 나는 구제 불능이었다. 머릿속으로 죄를 짓지 않는 날이 하루도 없었다. 그게 전부가 아니다. 화장실에 들어가서 손가락으로 죄를 저지르기도 했다. 그곳에서 소피 스미트와 그 짓에 몰두하는 환상에 빠지곤 했다.

나는 거듭난 기독교인이 아니라서 그만큼 더 자제해야 마땅했다. 하지만 환한 대낮에 한 번씩 매일 실패했다. 어떤 날은 대낮에 두 번이나 실패하기도 했다. 물론 밤에는 말할 것도 없었다. 다시는 안 그러겠다고, 또 그러면 손가락에 장을 지지겠다고 매번 다짐하면서 최소한으로 줄이려고 애쓸 뿐이었다.

다음에는 꼭 이겨내겠다! 하지만 어떤 때는 다짐하고 한 시간도 안 돼서 화장실로 뛰어갔다. 다른 생각에 몰두해서 사악한 상상을 몰아내려고 노력해도 허사였다. 대낮에, 그것도 많은 사람이 있는 데서 바지에 텐트를 치곤 했다. 그럴 때마다 슬그머니 빠져나와 마음을 가라앉혀야 했다.

문제는 모리가 성욕을 조금도 안 느끼는 것 같다는 점이다. 나는 추잡한 상상이 떠올라서 끔찍한 양심의 가책에, 죄책감에, 매일 시달리는데 모리는 그런 징후를 조금도 안 보였다. 다른 아이들처럼 음담패설은 해도, 호색가 아이들처럼 노골적으로 표현하진 않았다.

나는 호색가 그룹에 안 끼었다. 성생활은 남이 안 보는 곳에서 은밀하게 해결했다. 그러나 다른 아이들이 '에스콰이어' 잡지에 나오는 아가씨들과 한번 하고 싶다고 말하는 소리가 가슴속에서 메아리쳤다. 민첩한 거미와 폴 아더톤, 오줌싸개 존슨도 괴로워하는 건 마찬가지였다. 그러나 나만큼 심하지 않은 게 확실했다. 특히, 모리는 거세된 남자처럼 사춘기를 넘기는 것 같았다.

이걸 계속 말하고 싶진 않다. 당시를 떠올리면 정말 당혹스러울 뿐이다. 오랫동안 조심스럽게 쌓아온 존재를 무너뜨려 인생을 다른 각도에서 바라보도록 강제했기 때문이다.

사춘기는 고통스럽게 넘어갔다. 하지만 성숙한 신체 역시 사고방식에 영향을 끼친다는 걸 깨달았다. 예전에는 주변 어른들이 보이는 행동에, 그리고 어른들이 나에게 가르친 전통적인 지혜에 의문을 제기한 적이 없었다.

그런데 어른들과 맺어온 관계에 의문이 끊임없이 일어났다. 내가 살아갈 미래를 다른 사람이 만들어간다는 생각도 떠올랐다. 권투에 대한 꿈을 허락받은 대신, 내 미래를 다른 사람이 설정하는 걸 받아들였다는 생각이 들었다. 내 앞에 놓인 길은 모두 다른 사람이 제시한 것이었다.

박사는 괴짜로 사는 게 왜 중요한지 알려주었다. 괴짜는 인간의 본질이 건전하다고 여긴다. 고결한 영혼으로 고독하게 사색하며 특권층과 권력자를 꾸짖는다. 그럴싸한 주장이나 관습에 넘어가지 않고 자신을 용감하게 지켜나가야 괴짜가 될 수 있다.

열네 살 때는 사물을 지금처럼 또렷하게 못 보았다. 하지만 권력은 기만이며, 권력자는 그걸 쉽게 포기하지 않는다는 걸 본능으로 느꼈다. 권력을 유지하는데 필요하다면 자신의 내면에 존재하는 진정한 가치를 외면하고 진실을 왜곡할 터였다. 나는 아프리카의 아들이다. 백인 아이면서 아프리카의 아들이다. 내가 젖을 빨아 먹은 건 까만 가슴이고 목욕을 시키고 요람에서 흔들어준 것도 까만 손이란 사실은 내가 백인 권력에 저항할 의무감을 주었다.

모리도 나와 마찬가지로 고독감을 느꼈다. 유대인이라는 소외감이 엿보였다. 염세주의적 지성도 번뜩였다. 그는 천성적으로 외로움을 타고났다. 그는 내가 필요한데도 궁극적으로 자신은 혼자일 수밖에 없다고 여겼다. 이런 말을 서로 나눈 적은 없지만, 우리는 그런 공감대에서 우정을 쌓아나갔다. 우리는 본능적으로 다른 아이와 생각과 행동이 달랐다. 서로를 통해서 그걸 무의식적으로 깨달았다.

이긴다는 것 역시 새로운 각도에서 바라보았다. 웰터급 세계 챔피언을 향한 단호한 의지라는 건 여전했다. 하지만 해를 거듭할수록 승리한다는 자체가 궁극적인 위장이라는 걸 깨달았다. 새로 막연하게 떠오른 목표를 달성하려면 약간의 고통을 감수하고 모든 일을 완벽하게 처리하는 모습을 보여주어야 했다.

모리는 권투부 매니저로 높은 기량을 발휘했다. 3학년 때 나무 주걱을 다른 학교로 넘기자마자 수준을 새롭게 끌어올릴 준비에 들어갔다.

박사와 박스웰 부인, 본스타인 선생님은 편지를 매주 보냈다. 그러면 나도 답장을 썼다. 집에도 정기적으로 편지를 보냈으나, 어머니는 재봉 일이 너무 바빠서 답장을 자주 보낼 수 없었다. 박사가 보낸 편지 끝에 엄지손가락 지문 두 개가 이따금 찍혔다. 박사는 그 밑에 단정한 글씨로 '디와 덤이 묻는 것. 옷은 누가 빨고, 아침에 커피랑 비스킷은 누가 굽지?'라고 적곤 했다.

디와 덤은 박사 오두막에 매주 가서 청소 놀이를 계속했다. 박사 역시 그들을 소중하게 여겼다. 산과 사랑스러운 선인장 이야기도 편지에 가득했다. 하지만 내가 학교 음악 선생님에게 피아노를 계속 배우는데도 박사는 음악 얘기를 안 했다. 내가 다른 일을 할 운명이라고 생각한 것 같다.

박스웰 부인은 마을에서 벌어지는 일을 편지로 잡다하게 옮겼다. 하느님 선교회가 교도소 편지쓰기 작업을 계속하도록 아프리카어 네 개를 아는 젊은 선교사 두 명을 보냈다는 소식도 알려주었다. 박스웰 부인은 확고한 신념을 가지고 사업을 계속했다. 사랑하는 사람에게 보내도록 편지를 대신 써주는 너무나 아름다운 사업을 하느님이 방해할 순 없다고 했다. 그러나 내가 떠나면서 조지 왕을 그리워하는 흑인도 사라져, 편지쓰기가 대폭 줄었다는 내용도 알려주었다.

샌드위치 백작기금은 늘어났다. 다른 지역에도 흑인 죄수를 자발적으로 도우려는 그룹이 여섯 개나 생겼다. 7개 그룹으로 확대된 샌드위치 기금 의장으로 박스웰 부인이 뽑혔다. 이때 활동한 샌드위치 기금 초기 회원 대부분은 나중에 '흑인 어깨띠 운동'을 선도했다.

'흑인 어깨띠 운동'이란 40년대 말경에 남아프리카 백인 부녀자들이 시작한 운동으로, 흑인에 대한 차별과 탄압에 항의하는 게 목표였다. 이 운동은 지금도 슬픔이 가득한 땅에서 자유를 추구하는 몇 안 되는 목소리 가운데 하나로 존재한다. 이 목소리는 흑인의 성난 울부짖음과 정의를 외면하는 정권에 대항해서 지금도 울려 퍼진다.

19

본스타인 선생님은 우리가 무슨 책을 읽고 어떤 수학을 배우는지 구체적으로 적어 보내게 했다. 나는 편지로 모리를 소개했다. 그래서 선생님은 모리에게 보내는 편지도 동봉했다. 편지에는 문제를 제기하고 토론할 사항으로 가득했다. 마지막엔 본스타인 노인이 둔 체스를 실었다. 학교에 다니는 6년 동안 우리는 본스타인 노인을 한 번도 못 이겼다.

문제 제기로 가득한 편지가 매주 날아올 때마다 모리는 끙끙 앓는 소리를 냈다. 두 손으로 얼굴을 감싸고는 몸을 일부러 크게 흔들면서 할머니 목소리로 '오, 맙소사!'라고 한탄하면서 투덜댔다.

"내가 기독교 신사 학교에 오기로 작정한 이유는 유대인 여자한테 벗어나는 거였어. 그런데 유대인 여자한테 이렇게 잔인무도한 통신 교육을 받아야 한다니!"

그러나 본스타인 선생님은 멀리서나마 자존심을 자극하는 방법을 알았다. 편지 덕분에 모리와 나는 A등급에 속한 다른 아이들보다 훨씬 앞서나갈 수 있었다.

모리는 유행어를 능수능란하게 구사했다. 우리는 '망고' 코벱트에게 역사 수업을 들었다. 지식인의 편견이 지나친 고집불통으로 사람을 지독하게 깔보는 속물이었다. '망고'는 별명이다. 타원형 머리통에 금발 머리칼이 주렁주렁 매달리고 얼굴엔 금발 콧수염이 뾰족하게 달려서 물이 잘 오른 망고 씨처럼 생겼기 때문이다. 남아프리카 태생인데도 영국 출신으로 자처하길 좋아했다. 한번은 크림 전쟁과 나팔 부대 여단에 대해 강의하며 나팔 부대 여단장 카디건 경이 정말 용감했다며 천진난만한 표정으로 설명할 때, 모리가 뒷자리에서 불쑥 말했다.

"본스타인 선생님 말씀에 따르면, 그 사람은 프랑스군과 싸울 때 비참할 정도로 무능했습니다. 상식이 부족할 뿐 아니라 부하에 대한 책임감도 없었습니다, 선생님."

갑자기 침묵이 흘렀다. 망고가 자기 귀를 못 믿겠다는 표정으로 반쯤 열린 입을 못 다문 채 어리벙벙한 표정으로 쳐다보았다.

"본스타인 선생님 말씀에 따르면, 라글랜 경 또한 깊이가 전혀 없는 사람입니다. 거드름 피우기만 좋아하는 바보 영감태기에 불과했지요."

모리가 덧붙이자, '망고' 코벱트가 자기 목소리를 되찾았다.

"누가 한 말에 따르면, 레비?"

"유대인 통신 학교에 계시는 본스타인 선생님이요, 선생님."

내가 대신 답변하자, 폭소가 터져 나왔다.

"조용히 해! 다들 입 다물라고!"

'망고' 코벱트가 소리쳤다. 교실 전체가 웅성대다 점차 가라앉았다. 모리와 나는 천재로 알려진 터라, 망고로선 먼저 자신이 우리보다 역사에 심오하다는 증명부터 해야 벌을 내려도 체면이 설 터였다.

"크림 전쟁 때 유대인이 참전했다는 건 금시초문이군. 너희 본스타인 선생님이 탁월한 역사 학자라는 건 알겠다. A. W. 킹글래이크가 쓴 『크림 침공』보다 더 많은 자료를 조사했나 보지?"

망고가 제목을 곁눈질로 슬쩍 읽고선, 책상에서 책 한 권을 높이 치켜들며 다시 말했다.

"윌리엄 블랙우드와 아들들, 에딘버그와 런던, 1864년. 그럼 이 책은 엉터리겠구나, 응?"

"똥 같은 책이라는 게 더 적당하겠지요, 선생님."

모리가 비꼬았다. 폭소가 또다시 터져 나왔다.

킹글래이크의 『크림 침공』은 우리 할아버지가 찰스 디킨스 전집과 함께 소장한 책이다. 나는 여덟 살 때 그 책을 읽었다. 본스타인 선생님은 킹글래이크가 쓴 책도 훌륭하지만 러시아인과 프랑스인이 쓴 책을 읽으니, 킹글래이크 주장은 주전론이 지나치며 프랑스와 터키를 책망하는 경향이 강하다고 했다. 게다가 당시 영국군 총사령관 라글랜 경을 경험이 부족해도 능력은 탁월한 사람으로 묘사하고 카디건 경을 총명하고 지도력이 뛰어난 사람으로 억지로 추켜세운다는 느낌을 받았다고 했다. 본스타인 선생님과 모리와 나는 망고가 인용한 바로 그 책과 관련된 내용을 편지로 주고받았던 거다.

모리가 다시 말했다.

"본스타인 선생님 말씀에 따르면, A. W. 킹글래이크는 영국 육군성에 부탁받고 그 책을 썼습니다. 계기가 바람직하지 않지요. 그 책은 재판을 여러 번 찍었는데, 1864년에 약간 수정해서 네 번째 판을 찍었지요. 트랜스발에서 금광을 우연히 발견하고 영국에 굴욕적으로 합병되었다 1차 보아 전쟁 직후에 독립을 되찾을 때, 그 책이 많이 나돌았습니다. 영국의 화려한 과거를 강조해서 영국군이 전투 대형조차 못 갖춘 소수 농민군한테 졌다는 사실에 집착하지 않도록 하려던 거였어요. 본스타인 선생님 말씀에 따르면, 그 책은 영광스럽다는 내용만 길게 늘어놓을 뿐 구체적인 사실은 외면했어요. 그런데도 2차 보아 전쟁을 선포하기 2년 전에 그 책이 다시 돌아다니고요. 여왕과 제국의 이름으로 더 많은 영토를 강탈해야 한다는 여론을 영국 국민 사이에 조성하려는 목적이었지요."

본스타인 선생님이 쓴 편지 구절을 단어 하나, 쉼표 하나 안 틀리고 그대로 인용하자, 평소에 백지장처럼 하얗던 '망고' 코벱트 얼굴이 시뻘겋게 변했다.

"네 말은 영국에서 배출한 뛰어난 역사가 한 분이 거짓말만 늘어놓았다는 거니, 레비?"

"제가 그런 건 아닙니다, 선생님. 본스타인 선생님이 그러신 겁니다."

폭소가 또다시 터져 나오고, 망고는 소리쳤다.

"시끄러워! 조용히 해! 이제 됐어!"

웃음소리가 가라앉았다. '망고' 코벱트가 시뻘건 얼굴로 이리저리 서성이면서 다시 말했다.

"크림에 처음 벌어진 알마 전투에서 영국군은 러시아 멘시코프 장군의 목을 잘랐다. 러시아군이 9천 명이나 전사했지. 하지만 영국군 전사자는 2천 명밖에 안 돼! 제군들, 그건 사실이다."

내가 반론을 제기했다.

"본스타인 선생님 말씀에 따르면, 라글랜 경은 알마 전투가 시작되자마자 주도권을 잃었습니다. 영국군은 정면에서 공격했으나, 프랑스군이 강 입구에서 가파른 절벽을 타고 올라와 멘시코프 장군을 측면에서 공격해 러시아군을 섬멸했지요."

"러시아군은 9천 명, 영국군은 2천 명이다!"

망고가 커다랗게 반박하자, 내가 대꾸했다.

"영국군은 3시간 만에 2천 명이 전사했습니다! 프랑스군은 전사자가 2백 명도 안 되고요."

모리가 다시 끼어들었다.

"러시아군은 훈련을 못 받은 농부 출신인데도 밀집 대형으로 싸웠지요. 멘시코프 머리가 똥통이었어요."

아이들이 다시 폭소를 터뜨렸다.

"인커만 전투, 러시아 1만 1천 명 전사, 영국군 2천 6백 사아십 명!"

'망고' 코벱트가 말했다. 숫자를 정확히 기억한다는 걸 강조하려고 '사십'을 길게 늘어뜨렸다.

모리가 대꾸했다.

"본스타인 선생님 말씀에 따르면, 라글랜 경은 전투에 아무런 영향도 못 미쳤습니다. 인커만 전투는 '병사들의 전투'라고 불렸습니다. 지휘 체계가 산산이 깨져나가 병사들 스스로 판단해서 싸웠기 때문입니다."

"반면에 러시아군은 똥통 장군이 지휘했지요."

내가 점잔 빼며 말하자, 아이들이 또다시 웃었다.

"좋다, 피케이. 아직 하나 더 남았다. 레덴 전투."

망고가 말했다. 두 명과 논쟁하는 게 곤혹스러운 표정이었다.

"아, 레덴 전투요! 본스타인 선생님 말씀에 따르면……"

"닥쳐, 레비! 러시아군 사망자 수는 정확히 모르지만 영국보다 배가 많을 거로 판단된다."

나는 망고가 영국군 전사 숫자를 은폐하는 걸 방관할 수 없다는 어조로 단호하게 말했다.

"영국군은 레덴에서 5천 명 죽었습니다. 라글랜 경은 이번에도 주도권을 빼앗겼지요."

"라글랜 경은 중병을 앓았기 때문에 레덴 전투가 끝나고 10일째 되는 날에 콜레라로 사망했다. 전사자가 많다고 해서 그분 책임이라고 할 순 없다."

망고가 응수하자, 모리가 웃으면서 말했다.

"나팔 부대 여단은 잊었습니까, 선생님?"

"아, 그래. 카디건 경의 나팔 부대 여단이 있었지. 깜빡했군."

"머리가 돼지 발바닥만도 못한 카디건 경 지휘로 산악 부대 700명이 죽음의 계곡으로 진격해서 400명이 전사했습니다!"

"태도가 마음에 안 든다, 레비. 카디건 경은 영국 귀족이다. 너희 같은 꼬맹이가 조롱할 대상이 아니란 말이다. 말이 나왔으니 말인데, 피케이, 멘시코프는 존경받는 러시아 장군이야. 너희 놀림감이 아니라고. 두 사람은 수업 후에 교무실 밖에서 기다리도록. 역사 수업 태도가 불성실하기 그지없어."

그때 수업을 끝내는 종이 울렸다. '망고' 코벱트 얼굴이 다시 창백하게 변하더니, 우리가 교실을 나가려 할 때, 마지막으로 덧붙였다.

"영국이 이 나라를 포함해 세계 절반을 정복한 건 멍텅구리 지휘관을 전장에 내세워서가 아니란 사실을 명심하기 바란다."

"본스타인 선생님 말씀에 따르면……"

우리 두 사람이 동시에 말하다, 모리가 마무리했다.

"……그건 사실이 아닙니다."

그래서 유행어가 생겼다. 웨일스 황태자 학교에 다니는 학생은 선생님 말씀에 동의할 수 없으면 누구나 서두에 '본스타인 선생님 말씀에 따르면'이라고 붙인 다음에 이견을 제시했다. 이윽고 그 말투에 교사진은 격앙하고, 급기야 교장 선생님 귀까지 들어갔다.

'구운 햄버거'라고 불리는 존 번함 교장 선생님은 옥스퍼드에서 문학 박사 학위를 받은 분으로, 자유주의 교육자라는 사실에 자부심이 컸다. 그래서 '이견을 나타내는데 딱 어울리는 표현'이라고 선언했다. '본스타인 선생님 말씀에 따르면'이라는 표현은 학교 사전에도 실렸다. 선생님들로선, 특히 하급생 영어를 담당하는 허닝 선생님으로선 정말 억울하지 않을 수 없었다.

우리는 본스타인 선생님이 크림 전쟁을 논한 편지 두 통을 들고 세 시쯤 교무실로 갔다. 그러나 망고는 논쟁을 거부한 채, 두 시간 안에 크림 전쟁에 대해 2천 단어 이내로 글을 쓰라는 벌을 내렸다. 수업 태도가 또 불성실하면 가만두지 않겠다는 협박도 안 잊었다. 나중에 모리가 넌더리 치며 말할 정도였다.

"역사는 모조리 엉터리라고 내가 예전에 말했지? 기독교 신사 학생은 나팔 부대가 돌격한 시점을 영국이 가장 영광스러운 시절이라고 계속 배울 거야."

"하지만 그건 사실이야."

"뭐라고?"

모리가 반문했다. 무슨 말인지 못 들었다는 투였다.

"영국은 당시에 가장 화려한 영광을 누렸어. 중요한 건 이겼느냐, 졌느냐가 아냐. 얼마나 공명정대하게 행동했느냐는 거야."

"제기랄! 유대인이 공명정대하게 행동했다면 천오백 년 전에 지구에서 사라졌을 거야."

"그걸 알아줄 사람은 기독교 신자밖에 없을 거고."

내가 약을 올리자, 모리가 말했다.

"부탁한다, 피케이. 역사를 읽는 거로 끝내지 말고 마음으로 느껴 봐. 굶주린 말에 올라탄 병사라고, 함께 고생하던 부대원이 콜레라로 죽어간다고 상상해 보라고. 보론스토프 산등성이를 지키는 러시아 포병부대를 발라크라바에서 한 손에 창을 들고 바라본다고 상상해 보라고. 영국인이 지구 절반을 정복한 이유가 무언지 아니? 그건 영국인이 어리석기 때문이야! 얼빠진 귀족이 장군 제복을 걸치고 앞으로 진군하면서 수많은 부하를 희생시킨 대가라고. 장군은 부하를 걱정하지 않았어. 총알받이에 불과한 농민이나 빈민가 쓰레기로 여겼어. 장군은 부하를 사지에 몰아넣어서 승리한 것에 불과해. 과연 그게 용감한 걸까? 그건 어리석은 살인 행위에 불과해. 장군은 자기 부하를 살해하고, 부하는 너무 어리석어서 저항할 수 없었던 거야."

"그리고 너무 용감했지. 어리석기만 한 건 아냐."

모리가 내 말을 무시하고 계속 말했다.

"역사는 모든 걸 정당화해. 말은 배가 찢어져서 피를 뿜어대고 병사는 피를 흘리고 비명을 내지르며 몸부림친다는 사실을 똥오줌같이 더럽게 외면하지. 나팔 부대가 진격한 건 기념할 만해. 병사가 두드러지게 어리석고, 눈부시게 어리석고, 엄청나게 어리석게 희생당한 게 바로 그때거든. 플랑드르 참호에서, 갈리폴리 절벽에서 차갑게 식은 시체를 밟고 영광을 노래한 사람들은 약삭빠른 장군들이었어."

모리가 갑자기 말머리를 돌렸다.

"히틀러는 유대인을 600만이나 학살했어. 유대인을 잡아서 죽음의 수용소로 보냈지. 전 세계 사람들은 인간이 인간에게 어떻게 그럴 수 있느냐며 슬퍼했어. 하지만 속으로는 유대인이 싸워야 했다고, 저항해야 했다고, 일가친척을 지키다 죽어야 했다고, 사람답게 죽어야 했다고 생각해. 자신을 독일인으로 폴란드인으로 헝가리인으로 여기는 여자와 어린애, 재봉사와 구멍가게 주인 모두가, 법과 질서를 열정적으로 주장한 사람들이, 칸트와 스피노자를 추구하는 사람들이, 사업에 몰두할 뿐 혼란을 원치 않는 사람들이, 바보가 되길 바라지 않는 사람들이, 모든 사람들이 유대인 모두 싸우는 기계로 자랑스럽게 죽어가길 바란 거야. 싸우다 죽지 않았다는 이유로 역사는 유대인을 겁쟁이라고 단정하지."

모리가 손등으로 눈물을 훔쳤다. 그렇게 격분하며 우는 모습은 처음이었다.

"18세기와 19세기, 그리고 세계 대전 당시에 영국군 장군이 훈장을 타려고 부하를 전장으로 내몰 때, 병사들은 기꺼이 무기를 들고 나섰어. 자신을 장군한테 전적으로 맡겼어. 하지만 장군은 철저한 무관심으로 대응했어. 유대인 학살자들이 아우슈비츠와 다카우, 트레블린카, 벨슨 등, 곳곳에 깔린 죽음의 수용소에서 우리 동족을 학살한 것과 마찬가지로 장군이란 작자들은 자기를 믿고 따르는 부하를 죽음의 구렁텅이로 수없이 몰아넣었어. 그런 일이 벌어질 때마다 영어권 사람들은 기독교 신사들 머리가 목에서 떨어지는 걸 환호했어. 그럴 때마다 성 바울 성당과 웨스트민스터 성당에는 더 많은 연대 휘장을 내걸었지. 진짜 구역질 나."

모리가 다시 훌쩍이며 내 어깨를 부여잡았다.

"피케이, 이제 좀 알겠니? 역사는 구역질 나. 너무 더러워. 그런데도 '망고' 코벱트 같은 새끼는 거짓말을 그대로 가르치니, 정말 환장할 노릇이야. 장담하건대, 앞으로 30년만 지나면 독일인은 극소수 SS특전대만 유대인을 학살했으며, 자신들은 선량한 시민으로 유대인 전범한테 주려고 집에서 양말을 짰을 뿐, 그런 일이 일어나는지는 꿈에도 몰랐다고 주장할 거야."

그때 모리와 내가 크림 전쟁을 주제로 쓴 수필은 '그해의 역사상'을 받았다. 본스타인 선생님에게 배운 내용이 결정적으로 작용했다.

본스타인 선생님이 매주 보내는 편지 가운데는 20쪽에 달하는 것도 있었다. 본스타인 선생님은 우리 두 사람의 지적 욕구를 편지로 끊임없이 자극했다. 선생님 편지를 받은 날이면 우리는 학교 도서관으로 돌진했다. 3학년 때 우리는 상당히 숙달된 조사원으로 인정받아, 수요일 오후를 요하네스버그 시립도서관에서 보내도 좋다고 허락받았다.

3학년은 우리에게 뜻깊은 한 해였다. 권투부가 나무 주걱을 다른 학교로 넘긴 해며, 우리가 '본스타인 통신 학교 노트. 내용 보장함. 아니면 돈을 돌려드림. 피케이와 M. 레비 편'을 출판한 해였다. 두 권짜리 책이었다. 한 권은 1학년, 한 권은 2학년용이었다.

모리와 나는 가격을 둘러싸고 격렬하게 논쟁했다. 과학 교과서 한 권이 2실링인데, 5실링은 당치도 않았다. 하지만 모리 생각은 달랐다.

"우리가 가치에 따라 가격을 매긴다면, 기껏해야 6펜스를 넘길 순 없어. 하지만 장사가 잘되려면 사람들한테 그럴싸하게 보여야 돼."

"얼토당토않은 가격을 책정하면 그럴싸하게 보이냐?"

"잠깐, 피케이. 그 말은 옳지 않아. 중요한 건 소비자가 어떤 물건을 얼마나 적절하게 구매해서 얼마나 만족하는가 하는 거야. 동의하지 않니?"

나는 동의할 수밖에 없었다. 그러자 모리가 계속 말했다.

"좋아, 자, 우리가 1, 2학년용 '본스타인 통신 학교 노트'로 소비자한테 무얼 약속했지?"

"표지에 적은 그대로지. 하지만 그건 6펜스나 1실링 가격일 때나 유효해."

"그렇지 않아. 5실링이라는 가격표는 최소한 두 가지 의미가 있어. 첫 번째는 노트에 담은 정보는 아주 귀하며 따라서 열심히 읽으면 아주 유용하다는 의미야. 두 번째는 편리함이야. 필요한 정보를 두 권에 다 담아서 소비자는 책 수십 권을 일일이 뒤질 필요가 없어. 저자가 대신 모두 정리했으니 말이야. 우리가 6펜스를 받으면, 소비자는 별 볼 일 없다고 판단할 거야. 그럼 소비자한테 아무런 도움도 줄 수 없다고."

"표지를 약간 치장하면 안 될까? 한 권에 2실링이면 가죽을 씌울 수 있어. 그러면 그럴싸하게 보이지 않을까?"

모리가 어이없다는 표정으로 말했다.

"피케이, 너 미쳤니? 1년도 안 돼서 쫄딱 망하려고 그래?"

"무슨 소리야?"

모리는 우리가 쓴 책을 집어서 끄트머리를 잡고 마구 흔들었다. 책을 엮은 철사가 떨어지면서 종이가 뿔뿔이 흩어졌다. 그래서 내가 말했다.

"그것 보란 말이야! 엉망이잖아! 그런 걸 어떻게 파니?"

"제기랄, 이건 진짜 완벽한 상품이라고. 1년이 지나면 모두 이렇게 될 테니 말이야. 네 말대로 인쇄도 잘하고 장정도 그럴싸하게 꾸미면 아이들은 학기가 끝날 즈음에 아래 학년 아이들한테 팔 거라고. 그럼 우리 사업은 어떻게 되겠니?"

모리 말이 맞았다. 터무니없는 가격인데도 우리 책을 안 사는 아이는 1, 2학년 가운데 한 명도 없었다. 돈을 돌려달라는 아이도 없었다.

멋진 사업에 멋진 동업이었다. 학교에서 우리는 천재라는 소문이 돌았다. 게다가 나는 권투 시합장과 럭비 경기장에서 훌륭한 솜씨까지 보여서 많은 동급생이 따랐다.

통학생이나 기숙생이나 돈이 떨어지면 당연히 우리 은행을 이용했다. 우리가 새로운 사업을 할 때마다 아이들 반응이 좋았다. 우리는 그렇게 쌓인 신용을 '이미지'라고 불렀다. 미국에서 나온 상업 관련 서적에서 발견한 용어인데, 오늘날과 달리 당시는 그 용어를 사용하는 사람이 별로 없었다.

'망고' 코벱트는 잘난 척하는 속물에 익살 광대나, '구운 햄버거' 교장 선생님은 강사진을 자유주의 사상가로 채우려고 애쓰는 사람이었다. 교장 선생님은 소위 '사립학교 상품'을 만드는 것보다 각 개인의 개성을 발현하는 데 더 많은 관심을 기울였다. 교장 선생님이 추구하는 가장 이상적인 인간형은 르네상스 인간형이었다. 늘 이렇게 말하곤 했다.

"여러분은 배움 자체를 좋아하는 소년, 정신과 육체가 건강하고 열정적인 아마추어가 되어야 합니다. 완벽한 인간, 즉 왕성한 호기심으로 의문점을 갈고닦아서 결실을 수확하는 사람이 되어야 합니다. 잘난 척하지 않고 겸손하면서도, 굳이 다른 사람한테 인정받으려 애쓰지 않으면서도, 자신이 살아가는 원칙이나 이상을 떳떳하게 밝힐 수 있어야 합니다."

'구운 햄버거' 교장 선생님은 황혼기를 맞이한 영국인이었다. 윈체스터에서 공립학교 사감 주임으로 활동한 방식 그대로 웨일스 황태자 학교를 운영해서 학부모에게 영국 공립학교 제도가 지닌 장점을 모두 보여주었다. 명예 제도를 도입해서 간사회를 만들고, 간사회에 들어간 학부모는 대단한 자부심을 품고 교장 선생님이 학사행정을 최대한 성실하게 펼쳐나가도록 독려했다.

'구운 햄버거' 교장 선생님은 웨일스 황태자 학교 교장으로 재직하던 지난 20년 동안 부잣집 학생과 친하게 지낸 적이 한 번도 없었다. 우리 학교 학생은 질적 차이가 뚜렷한데도 영국 공립학교 같은 우월감을 느꼈다.

한 사례로, 우리 학교 학생은 영국계와 보아계를 막론한 모든 남아프리카 백인과 마찬가지로 하느님이 백인을 우월한 인간으로 선택했다고 확고하게 믿었다. 여기에다 영국계라는 우월감과 재물과 명예를 타고났다는 믿음까지 있었다. 그 점에 관한 한, 진짜 영국인과 크게 다르지 않았다.

우리 학교 학생은 입학하기 전부터 보아인을 혐오하고 불신하는 편협한 사고를 지녔다. 자신이 보아인보다 지적, 문화적으로 우월하다고 확신하는 아이도 있었다. 자신이 천성적으로 흑인보다 우월하다는 확신도 있었다. 태어나면서부터 형성된 사고였다.

인종차별주의를 벗겨내려는 노력은 소용이 없었다. 존 번함 교장 선생님은 이처럼 얄팍한 아이들에게 지식을 충분히 넣어서 대학 입학 자격시험에 합격시켜야 했다. 오호, 통제라! 잡스러운 의식이 난무하는 곳에서 르네상스 인간형이 나타날 가능성은 애당초 한계가 있을 수밖에 없었다.

그러나 교장 선생님은 지난 20년 동안 당신의 꿈을 꾸준히 키워왔다. 웨일스 황태자 학교 학생은 재물과 사회적 지위를 중시하는 다른 사립학교 학생과 똑같은 교육을 받는 한편, 매년 선출한 학생 여섯 명은 교장 선생님에게 특별 교육을 받았다. 르네상스 인간형으로 다시 태어날 재목이었다.

몇 안 되는 총명한 학생을 '세인트 존 학생'이라 하고, 발음상 '세존 학생'이라 불렀다. 3학년 때 선발해서 특별히 교육했다. '세존 학생'은 잡초 사이에서 자라는 장미꽃이었다. 어린 장미 여섯 송이가 지식 정원에서 영양분을 빨아들이며 성장한다는 이미지 때문에 우리 학교는 미래의 지도자를 키우는 산실이란 명성이 높았다. 지적 능력이 세존 정원에서 훈련을 받는 데 가장 중요한 역할을 하지만, 두뇌를 기준으로 선발하진 않았다. '구운 햄버거'는 매년 초 교장단 회의가 열릴 때마다 이렇게 설명했다.

"중요한 건 소년의 기상입니다. 대담한 성격으로 자신의 신념에 따라 의견을 정직하게 발표하고 행동할 수 있어야 합니다."

3학년이 되면 생각할 게 많아지는 법이다. 부활제 방학을 앞두고 3학년에서 '세존 학생'을 선발하기 때문에 특히 더했다. 나는 오랜 습관대로 실망스러운 결과가 나올 때를 대비해서 마음을 단단히 준비했다. 여섯 명 가운데에 안 뽑히면 자존심을 크게 다치리라. 하지만 그렇다 해서 세상이 끝나는 건 아니다.

나는 그 안에 들어야 한다. 권투 때문에라도 꼭 들어야 한다. 권투부가 새롭게 떠오르긴 했으나, 크리켓이나 럭비에 비하면 보잘것없었다. 선생님 가운데는 우리 학교에 권투부가 있는 자체를 적절치 않다고 여기는 사람도 있었다. 다비 코치와 교관이 노력한 덕에 그런 생각을 많이 잠재울 뿐이었다.

나는 학교에서 천재라는 평판을 들었다. 하지만 권투가 최고 목표라는 생각을 의심한 적은 한 번도 없었다. 나에게 불리하게 작용할 게 확실했다. 교장 선생님은 최종 면담 때, 내가 음악가나 학자보다는 권투선수가 되고 싶은 이유에 주목하며 이렇게 물었다.

"권투? 그렇게 권투를 하고 싶은가, 피케이? 어디에 써먹을 거지? 장담컨대, 신사가 그런 목표를 품는다는 건 적절하지 않아. 바이런

경이 재능있는 권투선수였다는 말이 있기는 하지만 말이야."

나는 웰터급 세계 챔피언이 되고 싶다고 대답했다. 그러자 교장 선생님은 눈썹을 곧추세우더니, 금테 안경 너머로 물끄러미 바라보면서 '으으음' 할 뿐이었다.

모리도 교장 선생님과 면담한 후보 열다섯 명 가운데 하나였다. 모리는 지능이 뛰어나지만 너무 건방지다는 평을 받았다. 그래서 선발될 가능성이 희박하다고 모두 생각했다. 구운 햄버거랑 무슨 얘기를 나눴냐고 내가 묻자, 모리는 말하길 꺼렸다. 그래서 더 안 물었다.

'세존 학생'은 장점이 많은 순서로 선발하는 게 전통이다. 여기에 착안해서 모리는 새로운 사업을 또 추진하고, 우리는 크게 성공했다. 나는 별다른 역할을 못 했는데도 많은 이익금을 배당받았다. 우리 두 사람은 그 사업을 '레비의 놀라운 100배수'라 불렀다.

돈을 낸 사람은 두 가지 방식으로 내기를 걸 수 있다. 첫 번째로, 1실링을 내면 후보자 15명 가운데서 세 명을 지명할 수 있다. 그래서 지명한 사람이 모두 선발되면 내기를 건 사람은 30파운드에서 자기 비율을 받는다. 두 번째는, 내기를 두 개 이상 걸면 '레비의 놀라운 100배수'에 들어갈 자격이 생긴다. 그러면 내기에 이기는 사람끼리 100파운드를 분배한다. 단, 이번에는 '세존 학생'에 선발될 학생 가운데 1등과 2등을 맞혀야 한다.

기발한 사업이었다. 아이들은 최소한 세 명은 맞힐 수 있으니 상금 30파운드를 나눠 가질 절호의 기회로 여겼다. 거액이 걸린 '100배수' 내기에 군침을 흘리는 학생도 많았다. 맞은 사람이 자기 혼자면 100파운드, 여러 사람이 맞혔다 해도 20파운드는 보장될 터였다.

많은 아이가, 특히 집에서 통학하는 아이들이 다양한 조합을 만들면서 1파운드 10실링까지 걸었다. 통학하는 부잣집 아이들에게도 100

파운드는 커다란 액수였다. 우리 학교 학생 가운데 최소한 두 개 이상 안 건 아이는 한 명도 없었다.

우리는 '세존 학생' 최종 선발 1주일 전부터 수업 시작 전과 점심 휴식시간에 학교 운동장 화장실을 사무실로 사용하며 매일 1시간씩 접수했다. 줄이 화장실을 나가 운동장으로 길게 늘어섰다. 그걸 본 사람이라면 아이들이 한꺼번에 설사병에 걸린 줄 알고 걱정했을 것이다.

모리는 돈을 받고 나는 연필을 들고 내기 내용을 공책에 적었다. '세존 학생' 선발자를 공표하기 하루 전날 밤에 긴장은 최고조에 달했다. 밤이 지나고 아침 해가 뜨면 조회 때 명단을 발표할 예정이었다. 우리 두 사람은 잔뜩 긴장한 나머지 '세존 학생' 선발에 대한 걱정을 간신히 가라앉히고, 모리는 자신이 선발자 명단에 없을 거라면서 이렇게 말했다.

"제기랄, 피케이, 분명해. 난 악당 역할을 너무 많이 한 데다 시적 감수성도 부족해서 구운 햄버거가 좋게 안 볼 거야."

나도 개인적으로 동감했다. 모리는 책략가로 평판이 높다는 게 문제고, 나는 권투를 제일 좋아한다는 게 문제였다. 내기에서도 그대로 나타났다. 1등과 2등을 맞히는 내기에 모리 이름이 하나도 없었다. 반면에 내 이름은 많이 나왔다.

우리가 내기로 받은 돈은 190파운드라는 어마어마한 액수였다. 결과와 상관없이 최소한 60파운드는 벌 터였다. '레비의 놀라운 100배수'를 받을 사람이 나올 확률도 계산했다. 확률은 낮지만 불가능한 건 아니었다. 상금 30파운드를 나눠 가질 사람이 나올 확률은 꽤 높았다. 완벽한 사기로 많은 수입을 올렸다. 이익을 보장하고, 내기에 이겨서 좋아할 사람도 적절하게 나올 뿐 아니라 '레비의 놀라운 100배수'를 지급하지 않아도 될 경우에는 수익이 정말 대단했다.

이튿날 나는 조회에 참석해서 모리와 나란히 섰다. 가슴이 쿵쿵 뛰는 게 들렸다. 아침 기도를 하면서 부른 찬송가는 '오, 하나님, 우리를 도우소서'로 자주 부르던 노래였다. 그러나 오늘은 20분이나 부른 것 같았다. 영광을 누려도 겸손할 줄 알고, 실망스럽더라도 꿋꿋할 줄 알라는 기도도 길게 늘어졌다.

구운 햄버거가 신중하게 선택한 기도임이 틀림없었다. 다음엔 학교에서 일상적으로 지켜야 할 사항을 늘어놓았다. 수영장 근처에 가지 말라는 지시사항도 있었다. 부활절 방학 때 페인트칠을 다시 하려고 물을 다 뺐다는 것이다. 초보자가 구명 자격증을 따려고 많이 등록했다는 얘기도 있었다.

마침내 구운 햄버거가 그날의 관심사를 발표하려고 연단에 올라서 목청을 가다듬었다. 검정 가운에 보라색 천을 늘어뜨린 복장이었다. 사각모는 벗었다. 그래서 눈같이 하얀 백발을 햇살이 비추었다. 당시엔 짧은 머리가 유행이나, 머리칼이 어깨 근처까지 내려왔다. 기다란 코에 금테 안경도 걸쳤다. 지금까지 여러 교장 선생님을 보았지만, 교장 선생님다운 풍모는 존 번함 박사가 최고였다. 빌리 번터 만화에 나오는 이상이었다.

전체가 쥐죽은 듯 조용했다. 잠시 뒤에 발표할 내용에 돈을 안 건 아이는 한 명도 없었다. 구운 햄버거가 다시 헛기침하더니, 말을 시작했다.

"매년, 학교 평의회는 본인한테 특별한 권한을 부여합니다. 3학년 학생 가운데서 여섯 명을 '세존 학생'으로 선발하는 권한입니다."

교장 선생님이 말을 멈추고 강당 끝 착색유리 창문을 올려다보았다. 하느님에게 길잡이를 간청하는 것 같았다.

"여러분은 이제 내가 그 임무를 경솔하게 처리하지 않았다는 걸 알게 될 것입니다. 한쪽에서 슬퍼하는 학생도 있을 거고 다른 쪽에서 기뻐하는 학생도 있을 겁니다. 여섯 명은 선발되고 아홉 명은 탈락할 수밖에 없으니까요. 하나같이 훌륭한 학생이라 선발하는 자체가 정말 힘들었습니다. 내가 적절하게 골랐다고 장담할 사람도 없습니다. 다른 사람이 내 자리에 있었다면 다른 학생을 선발했을 거라는 생각도 듭니다. 그만큼 모두가 훌륭한 학생입니다. 이들은 선발될 자격을 모두 충분히 지녔습니다. 하지만 애석하게도 자리는 여섯 명밖에 없습니다. 선발된 후보자 모두를 축하합니다. 그리고 선발이 안 된 후보자한텐 위로하는 말을 전하고자 합니다."

교장 선생님이 말을 다시 멈추고 강당 왼쪽 벽 중앙에 걸린 액자를 가리켰다. 우리 모두 그곳을 바라보았다. 액자에는 금박 글씨로 1926년 우등생 명단이 있었다.

"1926년 우등생 명단 맨 위에 있는 사람은 현재, 런던 주재 남아프리카 고등 판무관으로 재직합니다. 훌륭한 외교관이자 학자로, 제일 어린 나이로 저 자리에 올랐지요. 나중에 수상이 될 수도 있습니다."

교장이 말을 잠시 중단해서 시선을 끌더니, 다시 말했다.

"저 사람은 '세존 학생'으로 뽑히지 않았습니다."

그리곤 안경 너머로 우리를 한 줄 한 줄 찬찬히 내려다보았다.

"원래 나는 여러분한테 러드야드 커플링이 지은 위대한 시 '만약에'를 낭독하려고 했습니다. 그러나 이번 학기 영어 수업을 들어서 모두 잘 알겠다는 생각이 들었습니다. 그러니 다시 읽는 수고는 여러분한테 넘기겠습니다. 지금까지 겪어온 경험에 비추어 볼 때, 재능을 너무 과신한 나머지 특별한 노력 없이 성공을 추구하는 사람보다는 패배와 실망에도 굴하지 않고 계속 전진하는 사람에게 더 많은 보답이 있다는 사실을 여러분한테 말하고 싶습니다."

다시 말을 멈추더니 가운에서 종이 한 장을 꺼냈다.

"이제 호명할 3학년 학생은 '세존 학생'에 선발되었습니다. 선발된 학생 모두 축하하는 바입니다."

교장 선생님이 종이를 내려다보면서 읽어나갔다.

"레비 M., 라이엘 H. R., 킹글리 B. J., 미네르 J. R."

모리 이름이 처음에 나오자 나는 모리 옆구리를 쿡쿡 찔렀다. 하지만 내 얼굴은 점차 달아오르는 걸 느꼈다. 목이 콱콱 막혔다. 질식할 것 같았다.

"엘리아스템 P. J."

교장 선생님이 말을 멈추고 헛기침하더니, 학생을 쭉 훑어보았다. 시간이 거미줄처럼 허공에 매달렸다. 교장 선생님이 든 종이가 공중에 떠오른 하얀 묘비처럼 보였다. 그러다 마침내 입을 열었다.

"피케이."

다리에 힘이 빠지는 걸 느꼈다. 울음을 안 터뜨리려고 사력을 다했다. 드디어 해냈다. 나는 '세존 학생'에 여섯 번째로 선발되었다.

모리와 나는 아더톤과 민첩한 거미와 오줌싸개 존슨과 함께 퍼크 파이와 크림빵과 펩시콜라를 차려놓고 오후 내내 축하 잔치를 벌였다. 그러다 아더톤과 민첩한 거미와 오줌싸개 존슨이 4시 정각 점호를 받으러 떠날 시간이 되었다. '세존 학생'은 점호받을 필요가 없다. 그들은 농담조로 우리 두 사람을 욕하며 떠나고, 우리는 화내는 척했다. 그러나 막대한 특권 의식을 마음속으로 즐겼다.

첫 번째 내기에 아홉 명이 이겼다. 그래서 상금 30파운드를 나눠 가졌다. 두 번째 내기에 이긴 사람은 한 명도 없었다. 모리가 변수였다. 첫 번째 내기에 모리를 적은 학생은 몇 명 있으나, 두 번째 내기에 가담한 학생은 모리가 1등이나 2등을 차지하리라곤 상상도 못 했다.

1등이나 2등 칸에 내 이름이 제일 많이 나왔다는 건 두 번째 내기를 이긴 아이가 한 명도 없다는 의미였다. 우리 수입이 160파운드로 치솟았다.

다른 아이들이 점호받으러 떠난 뒤, 나는 옆으로 삐져나온 크림을 맛있게 핥으면서 물었다.

"이봐, 모사꾼 선생. 어떻게 그럴 수 있었지?"

"뭘 말이야?"

모리가 펩시콜라를 입에 문 채 터져 나오는 웃음을 억누르면서 애매한 어조로 반문했다.

"무슨 말인지 알잖아! 너도 알다시피, 내기 건 걸 보면 네가 1등으로 뽑힐 가능성은 제로였어. 나조차 네가 1등으로 선발되리란 예상은 못 했으니까. 그런데 네가 1등으로 선발된 덕에 우린 큰돈을 벌었다고. 도대체 무슨 수를 쓴 거지?"

모리가 펩시콜라를 마룻바닥에 내려놓으며 대답했다.

"운이 따른 것도 있지만, 예리한 판단력이 맞아떨어졌다고 볼 수도 있겠지."

겸손한 어투였다.

"맙소사, 이젠 겸손까지 떠는군! 그래, 우선 그 예리한 판단력부터 한번 들어보자."

"60파운드를 안전하게 버는 것도 좋지만, 더 많은 돈을 벌면 더 좋겠다고 생각했어. 물론 행운이 따라야 했지만 말이야. 어쨌든 나한테는 내기를 정직하게 진행하면서 동시에 내기에 이기는 사람을 줄이고 우리 이익을 늘릴 방법이 필요했어."

"진짜 탐욕스러운 놈이군, 레비."

"아냐, 그건 탐욕이 아니야. 도박하는 건 싫지만 일단 붙으면 이겨야 하는 거 아냐? 이기려면 질 가능성을 최소한으로 줄여야 하고. 경마를 예로 들자고. 경마에 참가하는 말은 대강 15마리야. 지난 1년 동안 터폰테인 경마장에서 벌어진 시합 결과를 자세히 분석하니, 1등과 2등을 제일 많이 한 말이 모두 832번 시합해서 104번을 이겼더군. 확률상 마권업자는 내기에서 한 번 이기고 여덟 번 진다는 거지. 그 정도면 괜찮은 편이지만 썩 좋은 편은 아니야."

"물론이지. 하지만 애당초 이윤 60파운드가 떨어지는 거라면 1주일 작업으론 좋은 편이잖아."

"맞아. 하지만 단순 작업만 하면 지적 흥미가 떨어지잖아. 머리를 쓸 필요가 없으니깐."

"모리, 두 마리 다 쫓을 수는 없어. 안전하게 사기를 치면서 동시에 지적으로 만족스러운 승리를 바랄 순 없다고."

"새삼스럽게 왜 그래? 유대인한테는 돈을 번다는 자체가 지적 생존의 문제야."

"좋아, 인정하겠어. 도대체 어떻게 꾸몄는지나 말해 봐."

"꾸몄다고! 지금 날 사기꾼으로 모는 거야?"

모리가 분노했다. 예상 밖이었다. 나는 충격을 받고 당혹감을 감추려고 재빨리 말했다.

"제기랄, 모리, 내 말이 무슨 뜻인지 알잖아?"

모리가 한숨을 내쉬며 말했다.

"결론은 늘 똑같아. 이교도는 더러운 유대인이 속임수를 썼다고 늘 생각하지. 그렇지 않아?"

"왜 그래, 모리? 내 말은 그게 아니잖아. 그런 뜻으로 들렸다면 미안해. 하지만 내가 널 어떻게 생각하는지 잘 알잖아?"

모리가 나를 뚫어지게 보더니 싱긋 웃으며 말했다.

"그래, 알아. 그렇게 말해서 고마워."

"그럼, 말해 봐."

내가 안도의 한숨을 내쉬며 말했다. 정말 궁금했다.

"물론 꾸민 것처럼 보일 수도 있어. 하지만 내가 한 일은 인간의 속성을 살짝 건든 게 전부야."

"무슨 말이야?"

"네가 구운 햄버거와 면담한 내용을 얘기했잖아. 너한테 권투 얘기를 물어봤다고."

"이해가 안 가. 그게 '레비의 놀라운 100배수'와 무슨 상관이지?"

"내가 언젠가 승리자 이론을 말했는데, 기억나니? 승리자를 찾아라. 그리고 그 주변에서 기회를 잡아라. 그래, 내가 찾은 승리자는 바로 너야. 언제나 그랬지. 너는 1등으로 '세존 학생'에 선발될 가능성이 컸어. '레비의 놀라운 100배수'도 위험 부담이 그만큼 컸지. 아이들이 네 이름을 적고 한 명만 더 정확하게 써넣으면 내기에 이길 테니 말이야."

"하지만 권투 얘기 때문에 탈락할 가능성이 컸잖아."

"그건 애초에 말도 안 되는 가능성이었어! 그럴 위험은 조금도 없었다고. 하지만 나는 구운 햄버거가 너를 처음 징계하고 싶은 유혹을 강하게 느낄 거라고 판단했지."

"징계라니?"

"맙소사, 넌 가끔 둔한 구석이 있어. 구운 햄버거는 자칭 자유주의 사상가야. 그래서 집요한 사람을 보면 미심쩍어해. 바로 그게 르네상스 인간형의 특징이야. 매사에 중용을 취하지. 중용 가운데서도 중용을 취하는 거. 교장 선생님이 널 6등으로 선발한 건 그만큼 불만이 있다는 거야."

"맙소사, 아니, 도대체 얼마나 많이 생각했길래 그런 것까지 떠올렸지, 모리?"

"생각하는 건 재미있어. 너도 가끔 해보면 좋을 거야."

모리가 갑자기 싱글벙글 웃으며 말을 이었다.

"하지만 내가 틀릴 수도 있었어. 구운 햄버거가 널 1등으로 뽑을 가능성도 컸다고. 그러면 우리 수입이 줄겠지. 나는 그럴 가능성을 완전히 없애야 했어. 그러려면 나 자신이 뽑히는 수밖에 없었지. 1등으로 말이야. 그러면 설사 네가 2등으로 선발되었다 해도 순위 경쟁에서 제외된 내가 1등으로 선발되면 모든 학생이 내기에서 지니까."

"으음, 기가 막히는군. 그래서 어떻게 했지?"

"음, 구운 햄버거가 너한테 보일 반응을 미리 생각했어. 행동 방식을 파악하면 사고를 펼치는 과정도 파악할 수 있거든. 집요한 성격을 싫어하는 사람은 일반적으로 조화를 중시하는 경향이 있어. 이런 사람은 전체의 이익을 위해 자신의 야심을 기꺼이 희생하는 겸허한 성격도 있지. 그리스도가 말했잖아. '친구를 위해 자신의 생명을 바치는 것보다 더 큰 사랑은 없느니라.'"

모리가 다시 빙긋 웃었다.

"그래서 구운 햄버거가 면담할 때 관용과 희생정신이 뛰어난 것처럼 행동했어. 고개를 끄덕이는 모습을 보고 내가 1등으로 선발될 거라 직감했지."

"어떻게 했길래 그렇게 보였지? 넌 그런 성격이 아니잖아."

내가 약간 빈정거리는 투로 묻자, 모리 얼굴에 당황한 기색이 떠올랐다.

"네가 들으면 기분이 약간 언짢을 수도 있어. 나는 우정을 중요하게 여긴다고 말하면서 너와 내 우정을 사례로 들었거든. 그랬더니 구운 햄버거는 네가 권투에 얼마나 집착하느냐고 묻더군."

모리가 말을 멈추며 물었다.

"계속할까?"

"이제 대강 알겠어. 하지만 이렇게 끝낼 순 없어. 계속해."

"흐음, 나는 네가 보낸 어린 시절과 기숙학교에서 치른 곤욕, 감옥에서 겪은 일 등을 설명했어. 물론 약속대로 올챙이 천사 얘긴 빼고. 기엘 피트와 권투 얘기만 했어."

"맙소사, 모리, 그걸 말하면 어떻게 해!"

"그래, 나도 말하면 안 된다고 생각했어. 하지만 네가 하지 말라고 구체적으로 말한 적은 없잖아."

모리가 잠시 입을 다물다 다시 말했다.

"부끄러워할 것 없어, 피케이."

"난 지금까지 부끄럽게 생각한 적 없어. 어릴 때 기숙학교에서 느낀 것만 빼고. 하지만 엄마가 동전 한 푼 없는 빈털터리라는 이유로 기독교 신사한테 동정받고 싶진 않다고."

모리가 벌떡 일어나더니, 내 옷깃을 거머쥐며 소리쳤다.

"멍청한 녀석! 사람들은 너처럼 될 수 있다면 무슨 짓이든 할 거야. 나도 마찬가지야. 그런 식으로 성장하는 게 얼마나 좋은 건데! 내 말 명심하라고. 부자라는 건, 최소한 유대인 가정에서는, 바람직하지 않아. 모든 게 지나쳐. 사랑도, 돈도, 음식도, 과잉보호도. 난 다섯 살도 안 돼서 완벽하게 질렸다고. 부유한 유대인 가정에서 태어나는 건 생각하기도 싫어. 침실이 열두 개, 화장실이 다섯 개나 되는 집에서 살아 보라고. 2주일이라도 나랑 바꿔서 살아 보자고. 나는 박사와 오두막에서 살고 넌 승용차 5대와 운전사 3명이 있는 집에서 살고."

모리가 과거를 언급한 것에 내가 과민하게 반응했다는 생각이 들었다. 내 과거를 사기 치는 데 이용한 건 아니지 않나! 나는 얼굴에 웃음을 머금고 말했다.

“좋아, 그건 넘어가자, 세 치 혀로 세상을 말아먹을 녀석아. 이제 그 얘기나 해봐. 도대체 어떻게 얘기했길래 교장 선생이 너를 1등으로 선발했지?”

“충분히 짐작하겠지만 아주 담백하게, 나는 유대인이다, 우리 아버지는 부자다, 나는 지금까지 특권을 누렸고 앞으로도 계속 누리겠다, 나는 옥스퍼드에 갈 거다, 거기서 법을 공부할 거다, 이렇게 저렇게 해서 이런저런 사람이 될 거다, 나는 미래가 이미 결정 났다. 뭐, 이런 얘기.”

“그래서?”

“여기가 제일 사악한 대목이야. 난 나만 ‘세존 학생’에 뽑고 너를 안 뽑는다면, 너한테 내 자리를 양보하겠다고 했어.”

모리는 내가 화내리라고 생각한 듯, 걱정스러운 눈으로 바라보았다. 나는 침묵했다. 내가 구운 햄버거와 면담한 내용을 듣고, 내가 권투에 집착한 나머지 ‘세존 학생’에 떨어질지 모른다고 많이 걱정한 게 분명했다. 그래서 나를 떨어뜨리면 안 된다는 뜻으로 얘기하다 구운 햄버거가 감동하는 표정을 재빨리 읽고 멋지게 이용한 거다.

“아무튼 해냈잖아, 그렇지 않니? 너는 결국 나를 위해서 그렇게 한 거야.”

“무슨 소리야! 그렇지 않아! 세상이 얼마나 험한지 알아? 우리가 잔혹한 기독교인을 위해 희생했다면 지금 이렇게 살아갈 수 있겠어?”

“고마워, 모리.”

“나를 바보로 보지 마, 피케이. 너는 내가 돈 벌려고 그런 게 아니라고 말하려는 것 같은데, 그렇지 않아. 그 정도 음모는 얼마든지 꾸밀

수 있어."

"아니야, 넌 어떻게 해서든 내가 뽑히도록 애쓴 거야."

모리가 얼굴을 붉혔다. 예전엔 그런 적이 없었다.

"너무 위험한 모험이었어."

"어쨌건 늘 성공했잖아."

"네 말이 맞아. 이것 봐, 이번 방학 때 10파운드씩 쓰는 게 어때?"

모리가 큼지막한 돈뭉치에서 10파운드 지폐 두 장을 꺼냈다. 절반이 내 것이라는 게 믿기지 않았다.

"5파운드만 더 쓰자. 디와 덤한테 재봉틀을 사주고 싶어."

재봉틀이 있으면 독립심이 생길 것 같았다. 그러자 모리가 5파운드 지폐 한 장을 더 빼서 건네며 말했다.

"나머지는 은행에 넣겠어. 멋진 계획이 있는데, 다음 학기에 할 거야. 방학이 끝나면 검토하자고."

20

학기를 마치고 집으로 돌아갈 때마다 허물을 벗는 기분이 들었다. 작은 마을은 변한 게 없었다. 그래서 정말 기뻤다. 박사와 박스웰 부인, 본스타인 선생님, 본스타인 노인, 교도소 사람들, 우리 어머니와 할아버지, 마리, 디와 덤 등을 제외한 사람들은 나를 볼 때마다 이것저것 캐물었다. 가게 문을 들어서면 가게주인이 이렇게 묻는 식이다.

"야, 방학인가 보구나, 피케이? 대도시 생활은 어때? 부활제 콘서트에서 연주하니? 그런데 뭘 사러 왔지?"

사람들이 이렇게 묻는 건 억지로 친절한 척하려는 게 아니었다. 작은 마을은 생활 자체가 너무 단조로워서 오가는 사람을 하나같이 정겹게 느끼기 때문이었다.

나는 변하지 않는 바버톤이 좋았다. 고향에 돌아온 것 같았다. 전쟁이 끝나서 군인이 마을 경제에 차지하는 비중 역시 사라진 터라, 마을 전체가 닳아빠진 안락의자에 앉아서 예전처럼 느긋한 잠에 빠져들었다. 심지어 교도관도 공동체 생활에 예전보다 쉽게 적응하는 것 같았다. 연주회가 끝날 때 '신이여! 우리 왕을 구하소서!'를 불러도 밖으로 안 나간다고 했다. 하지만 박스웰 부인에 의하면, 자리에서 안 일어나는 식으로 항의하고, 그래서 '골드필드' 한킨 편집장이 광분하지만, 간단한 기삿거리로 끝날 뿐, 예전처럼 논설이나 사설란을 가득 메우지는 않았다.

박스웰 부인은 교도소에서 확고한 명성을 얻었다. 박사가 연주회를 연 덕택에 존경받기 시작한 소장은 교도소 개혁의 기수가 되겠노라 결심하고 박스웰 부인이 죄수에게 주일학교를 개설하는 걸 허락했다. 박스웰 부인은 성적이 좋은 죄수 학생에게 상으로 '조지 왕(담배)'을 준다는 약속까지 소장에게 받아냈다.

일요일마다 15분 설교하는 조건으로 죄수를 가르치는 일에 동의한 펜터코스탈 선교사들은 죄수 학생에게 상으로 담배 주는 걸 격렬히 반대했다. 그들이 추종하는 하느님은 술꾼도 애연가도 아니었다. 하지만 '조지 왕'을 주는 방식으로 죄수 학생을 자극해서 적극적으로 참가하도록 유도해야 한다는 걸, 이 또한 하느님의 신비한 역사라는 걸 인정하지 않을 수 없었다.

죄수는 담배 한 개비를 받으려고 일주일 내내 틈날 때마다 열심히 공부했다. 그래서 교도소를 나설 즈음엔 많은 흑인이 읽고, 쓰고, 계산하는 능력을 갖추었다. 본스타인 선생님과 본스타인 노인은 '샌드위치 백작기금'을 샌드위치 재단으로 전환했다. 어떤 노부인이 2천 파운드도 기증했다.

편지 쓰는 일은 꾸준히 진행했다. 나는 방학 동안 그 임무를 선교사 대신 맡았다. 마리 아버지가 재배한 담뱃잎도 잘라서 전도 팸플릿에 끼워 넣어, 편지를 쓰러 온 죄수에게 나누어 주었다. 사실, 방학만 되면 조지 왕에게 보내는 편지가 산더미같이 쌓였다. 올챙이 천사가 마을로 돌아온 것이다. 물론 조지 왕에게 편지를 진짜로 보냈다는 건 아니다. 거트가 말한 바에 따르면, 이 기간에는 교도소에서 문제가 거의 안 일어났다.

거트는 박스웰 부인에게 도움받으며 영어에 매달렸다. 그래서 상당 수준에 도달했다. 박스웰 부인과 박사하고도 가까이 지냈다. 그래서 박사 오두막과 박스웰 부인 주변을 말끔하게 고쳐주곤 했다. 박스웰 부인이 모는 찰리 자동차가 고장 날 때마다 수리도 했다. 그래서 내가 집에 갈 때마다 거트는 항상 똑같이 말했다.

"찰리는 정말 심해. 고장이 안 날 때가 없어. 언젠가는 절벽 꼭대기로 끌고 가서 기도한 다음에 밑으로 밀어버릴 거야. 그러면 절벽 위로 다시는 못 끌어올리겠지!"

그러나 거트가 보살핀 덕택에 찰리는 여전히 잘 굴러갔다.

돌머리는 프리토리아로 전근을 갔다. 거트가 스미트 주임 보좌역을 맡았다. 그래서 하사 견장까지 달았다. 거트는 대단히 좋아했다. 이제 바버톤 교도소 헤비급 대표라서 공석이 된 챔피언 쟁탈전에 참가할 예정이었다. 거구를 자랑하던 포트지에터가 넬스푸르트 결승전에서 거트를 물리치고 챔피언에 두 번 연속으로 오르더니, 드디어 프로선수로 전향했기 때문이다.

저지대 챔피언전은 동부 트랜스발 챔피언전으로 규모가 커졌다. 개최하는 도시도 대도시로 바뀐 터라 바버톤 부르스로선 어려움이 많았다. 챔피언전은 겨울 방학 중인 12월에 늘 열렸다. 따라서 스미트 주임은 팀원으로 나를 계속 참가시켰다.

나는 학기 중에 학교 대항전에 정기적으로 참가한 덕택에 실력이 많이 늘었다. 그러나 개인적으로는 기엘 피트의 마력이 늘 그리웠다. 그는 언제나 더 훌륭하게 싸우는 방법을 가르쳤다. 스미트 주임과 다비 화이트와 교관이 정직한 목수라면, 기엘 피트는 예술가였다. 그는 링에서 근성을 어떻게 드러내는지 알았다. 정말 그리웠다.

나는 권투선수로 성장하지 못했다는 기분이 들었다. 예허디 메누힌은 언젠가 바이올린을 연주하는 건 손발로 노래하는 거라고 말했다. 기엘 피트는 권투로 그렇게 할 능력이 있었다. 감성과 지성을 조절하다 완벽한 기회에 적시타를 날리고 연타를 퍼붓게 하는 능력이 있었다.

웰터급 세계 챔피언이 되려면 학생 권투 코치 이상을 빨리 찾아야 한다는 생각이 들었다. 그동안 벌어들인 돈 일부를 투자해서 교습도 받았다. 하지만 충분하지 않았다. 급한 마음에 솔리 골드먼 아래로 들어갔으나, 마음에 안 들어서 그만두었다. 단순한 아마추어로 취급하는 건 정말 참을 수 없었다.

방학인데도 하루하루가 바빴다. 새벽 5시 30분에 교도소에 가서 권투를 했다. 스미트 주임은 두 아이와 번갈아 3라운드를 뛰게 했다. 주로 콧물코와 재피였다. 둘 다 체중이 나보다 무거웠다. 권투 실력도 괜찮아서 그런대로 한바탕 어울릴 수 있었다. 둘 다 매우 전투적이었다. 스미트가 볼 땐 전형적인 파이터였다.

나는 모든 기술을 동원해서 공격을 피했다. 스미트 주임은 2라운드 중반에 호각을 불었다. 그러면 둘 가운데 한 명이 내려가고 다른 아이가 올라왔다. 한 사람이 1라운드 반씩 뛰는 셈이다. 그들은 그만큼 쉽게 지쳤다. 더 스파링해야 몸으로 펀치를 받아내는 정도에 불과했다. 스미트 주임은 내가 두 사람과 스파링해서 속도를 늘리고 펀치도 날카롭게 다질 수 있다고 확신했다.

교도소 체육관에서 한 시간 반 동안 연습한 다음에는 오두막으로 박사를 찾아갔다. 그러면 디와 덤 가운데 한 명이 아침을 가져왔다. 7시쯤에 오두막에 도착하면 따뜻한 커피와 신선한 빵이 식탁에서 기다렸다. 난로에선 베이컨과 달걀을 굽는 냄새가 났다. 박사는 영락없는 독일인으로 내가 도착할 즈음이면 달걀과 베이컨이 익었다. 디와 덤은 내가 있는 걸 좋아했다. 나에게 먹이려고 온갖 요리를 했다. 대소동이었다. 오죽하면 박사가 나 때문에 살이 찐다고 하겠는가?

박사와 나는 베란다에서 아침을 먹으며 주말 하이킹 계획을 세우곤 했다. 옛날처럼 산과 언덕을 돌아다니는 거였다. 그러다 박사는 노트를 가져오고, 우리는 오 년 전에 한 도보여행을 떠올렸다. 당시에 발견한 표본을 하나씩 검토했다. 자리를 옮겨, 당시에 채집했다 까마득하게 잊어버린 식물도 살펴보았다.

박사는 평일엔 꼬맹이 아가씨들에게 피아노를 가르치느라 충분히 여행할 시간은 주말밖에 없었다. 그래서 노트에 적으며 토론하고 계획을 짜는 것도 여행만큼이나 중요했다. 9시에는 피아노를 가르쳤다. 박사는 웨일스 황태자 학교에서 밀로프 음악 선생님에게 배우면서 나쁜 습관이 든 걸 볼 때마다 머리를 저으며 말했다.

"정말 엉터리 선생이군. 피아노를 전공한 게 확실하니? 내 생각엔 벤조를 전공한 것 같구나."

그리곤 자세를 교정하는 데 남은 시간을 보냈다.

나는 '성 루이스 블루스'를 장난삼아 연주했다. 박사가 깜짝 놀랄 줄 알았다. 하지만 고개를 끄덕이며 "그래, 괜찮구나"라고 말할 뿐이었다. 내가 어이없다는 얼굴로 쳐다보자, 박사가 다시 말했다.

"흑인 영가는 머리가 아닌 영혼으로 연주해야 한다, 피케이."

박사가 의자에서 일어나라더니, 자리에 직접 앉아서 연주했다. 모리가 에럴 가너 곡을 연주하는 것처럼 음률이 뇌리에서 떠나질 않았다.

"진짜 놀랄 노자예요! 도대체 그걸 어디서 배웠나요, 박사?"

내가 박사 앞에서 상스럽게 말한 건 그때가 처음이다. 그러나 박사는 못 들은 것 같았다.

"괜찮지, 속물 지식인 선생? 그런데 W. C. 핸디라는 사람이 누군지 알아?"

"화장실 청소부 같은 이름을 내가 어떻게 알겠어요?"

내가 경박하게 대꾸했다.

"W. C. 핸디는 이 곡을 작곡한 사람이야. 결국 넌 아무 감정 없이, 작곡가가 누군지도 모른 채 연주한 거야! 베토벤이나 바흐를 연주할 때도 그렇게 하겠니? 아니야, 안 그럴 거야. 하지만 속물 지식인 선생께선 흑인 음악을 가볍게 여기고 연주하시더군."

"죄송해요, 박사. 장난으로 친 거예요. 놀래 주고 싶어서요."

"날 놀라게 하려면 진짜 나쁜 곡을 연주해야지. 좋은 곡을 나쁘게 연주하면 누가 놀라겠니?"

박사가 부드럽게 말했다. 충격을 받은 건 나였다. 판단하기 전에 충분히 조사하고 사고하라는 교훈을 그 순간조차 가르쳐 주는 거였다.

"그 곡을 어디서 배웠나요, 박사?"

박사가 웃으면서 대답했다.

"아주 오래됐지. 그래, 내가 뉴올리언스에서 북미 지역 선인장에 관한 책을 처음 쓸 때니깐. 돈이 없었어. 그래서 '골든 슬리퍼'라는 고급 술집에서 클래식을 매일 밤 15분씩 연주했단다. 그래, '골든 슬리퍼'였어. 다음 차례는 재즈 밴드였어. 그래서 그들과 이런저런 얘기를 주고받았지. 그들이 내 음악은 좋아하지 않지만, 독일 교수는 재미있는 사람이라고 여기더군. 술집을 찾는 부자들은 베토벤이나 쇼팽, 브람스를 이해하지 못했어. 하지만 흑인들은 이해했어. 난 그들에게 이런저런 음악을 조금씩 가르쳐주었어. 그들도 자기네 음악을 나한테 조금씩 가르쳐주고."

박사가 건반을 만지더니 블루스 화음을 눌렀다.

"거기에서 W. C. 핸디를 만났지. 나중에 에럴 가너도 만나고."

"에럴 가너를 만났다고요? 바로 그 에럴 가너요?"

내가 깜짝 놀라며 소리쳤다.

"그래, 에럴 가너가 한 사람밖에 없다면."

"박사, 제발, 재즈 피아노를 가르쳐주세요, 네?"

박사가 웃는 목소리로 미국 억양을 흉내 내며 대답했다.

"장난치길 좋아하는 성격으론 안 돼, 피케이."

"제발, 박사!"

박사는 고개를 저었다.

"나는 내가 못 느끼는 걸 너한테 가르칠 수 없어. 내 말을 명심하렴, 피케이. 손가락으로 영혼을 느끼기 전까진 흑인 음악의 진수를 이해할 수 없단다."

박사는 나에게 음악 자질이 부족하다고 여겼다. 기엘 피트가 나에게 권투 자질을 발견했다면, 박사는 나에게 음악가 자질이 부족하다는 걸 발견했다.

나는 박사 집을 11시에 떠났다. 15분 뒤에는 본스타인 선생님 집에 도착했다. 전에도 말했지만 선생님 오빠 본스타인 씨는 앤드루 씨와 함께 변호사 사무실에서 일했다. 이들은 네덜란드식으로 지은 하얀 이층집에서 살았다. 거대한 부겐빌레아 넝쿨이 자줏빛 봉우리 줄기를 한쪽 담 너머로 폭포수처럼 떨어뜨렸다. 햇살을 받아 하얗게 반짝이는 담과 자줏빛 꽃이 잘 어울렸다.

풀 냄새를 풍기는 파란 잔디도 눈에 띄었다. 가지런히 깎은 잔디는 이슬을 머금은 녹색으로 언제나 빛나는 것 같았다. 다른 잔디들이 더위에 지치고 시드는 늦여름에도 그 잔디는 푸르른 빛을 안 잃었다.

정원에는 다른 식물도 많았다. 정원수와 열대성 관목, 빨간색이 짙은 칸나 화단이 있었다. 장미를 비롯한 잡동사니도 있었다. 내가 기억하는 건 하얀 집을 배경으로 짙은 자줏빛을 멋있게 뿜어대는 부겐빌레아, 가지런하게 다듬은 녹색 잔디, 정원 어디에선가 호스로 물을 가늘게 뿜어대는 칫-칫-칫 소리가 전부였다.

나는 본스타인 노인과 30분 정도 체스 게임을 했다. 그 시간은 내가 얼마나 오랫동안 버티느냐에 달리고, 본스타인 노인은 늘 이런 말로 끝맺었다.

"부끄러워할 건 없다. 하느님이 보살펴서 내일은 이길 수도 있으니 말이다."

하느님은 우리를 보살폈다. 하지만 내가 이긴 적은 없었다.

그러면 하얀 코트를 입은 심부름 소년이 내가 제일 좋아하는 초콜릿 과자 두 개와 우유 한 컵을 가져다주었다. 그걸 다 먹으면 공부를 시작했다. 오후 2시까지 공부하면 심부름 소년이 오렌지 주스 한 잔과 돼지고기 소시지 한 접시, 내가 좋아하는 토마토 샌드위치를 가져왔다.

본스타인 선생님은 내가 로데스 장학생으로 옥스퍼드 대학에 가야 한다고 말했다. 그래서 우리는 대학 입학시험에 필요한 이상을 공부했다. 본스타인 선생님은 학기 중에는 편지로, 방학 동안에는 개인 지도로 라틴어와 그리스어를 가르쳤다. '세존 학생'으로 특별 교육까지 받으니, 또래 아이 가운데 가장 많은 교육을 받은 것 같다.

오렌지 주스와 샌드위치를 먹으면 자유였다. 어떤 날은 오후 시간을 박스웰 부인과 보내고, 어떤 날은 정원에서 할아버지를 도왔다. 어떤 날은 존 홉킨스와 조프레이 스크루비를 비롯한 친구들과 어울려 임팔라 호텔에서 당구를 치며 놀았다. 그들도 나처럼 기숙학교에 다니는데, 맥주도 마시고 담배도 조금씩 태웠다. 대체로 우리는 서로를 약간 거칠게 대했다. 하지만 나는 체력 단련 때문에 술과 담배는 금물이었다.

나는 지식이 사람들을 어떻게 가르는지 서서히 깨달았다. 우리에게 남은 공감대는 럭비와 크리켓과 여자 얘기가 전부였다. 어릴 때 초등학교에 함께 다니던 여자아이들 얘기를 매일 했다. 그들하고 성교했다는 그렇고 그런 얘기였다. 하지만 폴 에버링햄과 보브 굿헤드처럼 나이가 많은 아이들하고는 안 어울렸다. 이들은 재피 고등학교 6학년으로, 럭비복이나 크리켓 옷을 늘 입고 다녔다.

사춘기는 우리 모두에게 맹렬하게 몰아쳤다. 섹스에 대한 환상이 우리를 끊임없이 괴롭혔다. 하지만 성에 관한 얘기를 안 할 때는 괜찮았다. 늘 그랬던 것 같다. 그렇지만 이제 차이가 조금씩 보였다. 나는 우월성을 못 느꼈다. 우월하다고 여길만한 게 없었다. 그들과 차원이 다른 지평선을 바라볼 뿐이었다. 감히 말하자면 내가 권투나 럭비를 안 했다면, 권투선수로 명성을 안 떨쳤다면, 바버톤 아이들은 나를 괴팍한 천재로 규정하고 함께 안 어울릴 게 분명했다.

나는 박사와 박스웰 부인, 본스타인 선생님, 본스타인 노인에게 좋은 자극을 받았다. 하지만 정열과 익살은 누구도 없었다. 학교에서 모리와 매일 논쟁하던 시간이 그리웠다. 말이 났으니 말인데, 방학이 끝나고 학교생활을 다시 하면, 상대편 말을 재치있게 받아치는 데 이틀이 꼬박 걸렸다. 모리가 이렇게 놀려댈 정도였다.

"맙소사, 피케이, 날씨와 곡식 문제로, 행여나 메뚜기 떼가 나타날까 심각하게 고민하면서 논쟁하느라 머리가 정말 복잡한가 보구나!"

아더톤과 오줌싸개, 민첩한 거미도 지식이 상당한 터라, 추상적인 주제를 놓고 논쟁하며 말싸움할 준비를 늘 한 상태니, 모리는 특히 더할 수밖에 없었다. 그래서 한번은 러시아 유대인 마을에 살던 꼬마 신기료장수 이야기를 꺼냈다.

꼬마 신기료장수가 빵에 꿀을 바르다 마룻바닥에 떨어뜨렸다. 꿀을 바른 부분이 놀랍게도 바닥이 아니라 하늘을 향했다. 신기료장수는 너무 신기해서 빵을 들고 랍비를 비롯한 마을 노인이 모인 곳으로 달려가서 말했다.

"나는 유대인입니다. 빵에 꿀을 바르다 마루에 떨어뜨렸는데, 희한하게도 꿀 바른 부분이 하늘을 향했습니다. 어떻게 이럴 수 있습니까? 유대인한테 이런 행운이 따른 적이 있습니까?"

랍비를 비롯한 노인은 율법 서적을 며칠 동안 뒤적이며 궁리하고 토론하다, 어린 신기료장수를 회당으로 불렀다. 랍비가 평결 내용을 발표했다.

"소년아, 그 문젠 간단하게 해결할 수 있단다. 다음부턴 꿀을 반대쪽에 바르렴."

우리는 배꼽을 잡으며 웃었다. 그러나 모리는 여느 때와 마찬가지로 요점을 정리해서 자기주장을 관철했다. 멋진 논쟁은 그 자체가 목적이며, 우리는 논쟁을 위한 논쟁을 통해 성숙한다는 거였다.

21

박사와 나는 부활절 연휴 때 안장처럼 생긴 바위 턱에서 약 20킬로 떨어진 폭포로 야간 산행을 계획했다. 폭포라고는 해도 커나랗진 않았다. 하지만 강우림 지역을 꿰뚫고 떨어지는 폭포였다. 그곳에 한 번 갔지만, 시간이 부족해서 충분한 조사를 못 했다. 강우림 위로 솟은 절벽이 흥미롭게 보였다.

박사는 울퉁불퉁 튀어나온 바위 턱이나 주변에서 꼬마 알로에가 여러 종류 나올 거라고 확신했다. 박사가 제안할 때 나는 걱정이 앞섰다. 산길을 30킬로는 족히 걸어야 하는데, 박사는 여든 살이 넘었다. 비틀린 감초처럼 날씬한 데다 산양처럼 강단이 있다 해도 하루에 걷기는 힘든 거리였다. 그곳에 처음 간 게 8년 전인데, 오두막에 도착해서 박사가 여행 내용을 정리할 때 아주 힘든 도보여행이었다고 적을 정도였다.

내가 문제를 제기하자, 박사는 전형적인 논리를 내세웠다.

"피케이, 지금이 아니면 다시는 못 갈 거야. 우리 작업은 안 끝났어. 노트에 그린 지형을 보면 절벽은 석회암 성분이 분명해. 내 추측이 맞는다면 아주 진귀한 곳이라고. 그런 곳이 있다는 게 신기할 정도야. 지질학적으로 변형이 일어난 게 확실해."

가슴에서 모험심이 갑자기 솟구쳤다. 뭔가 그럴싸한 걸 찾을 수도 있겠다는 생각이 들어, 나는 걱정을 털어내고 하이킹에 동의했다.

박사는 꼬맹이 아가씨들 피아노 교습을 금요일로 미뤘다. 우리는 둘둘 만 담요, 양철 주전자, 이틀 먹을 식량, 내풍 램프와 건전지를 8개 넣는 야간용 전등, 밧줄, 휴대용 망치, 필요할 경우에 밧줄을 안전하게 잡아줄 금속성 스파이크 10개를 배낭에 넣고 새벽에 출발했다.

금속성 스파이크는 박사가 교도소를 나올 때, 거트가 교도소 철공소에서 만들어 선물한 것이다. 박사가 아무리 감추어도 산을 옛날처럼 오를 수 없는 터라, 암석을 기어오를 때 도움이 많이 됐다.

우리는 태양이 가파른 경사지로 솟아올라 카프 계곡에 밝은 햇살을 가득 채울 즈음에 산기슭을 기어올라서 산속에 본격적으로 들어섰다. 알로에와 가시덤불이 많던 지역도 자갈과 거친 풀이 많은 지역으로 변했다. 자갈이 정말 많았다. 날씨가 더운데도 찬 바람이 불었다. 높은 하늘에서 독수리 한 마리가 기류에 몸을 맡긴 채 한가롭게 날았다.

등반을 잠시 멈추었다. 치즈와 크림 과자로 점심을 때우고 주전자에 담아온 홍차를 달콤하게 마셨다. 그리고 안장처럼 생긴 바위 턱을 넘어 반대편으로 내려갔다. 박사가 기록한 대로 강우림이 짙은 협곡으로 불쑥 솟아오른 절벽에 도착한 건 늦은 오후였다.

우리는 폭포수가 흘러내리는 개천 옆에 캠프를 설치했다. 신부가 얼굴에 쓴 베일처럼 폭포수가 절벽 아래로 떨어졌다. 캠프를 설치한 곳은 강우림 가장자리였다. 불쑥 삐져나온 바위가 바람을 막았다. 산은 밤에 지독하게 춥다. 그래서 주변이 환할 때, 모닥불로 쓸 땔나무를 모았다. 우리 머리 위 높은 곳에서 무슨 소리가 들렸다. 비비 무리가 기묘하게 생긴 절벽을 기어올라, 바위가 침식해 들어간 하얀 바위 턱을 따라 뛰어가는 모습이 보였다. 비비 무리가 급하게 짖어대는 소리가 캠프를 설치한 계곡으로 메아리쳤다.

박사가 쌍안경으로 절벽을 살피며 말했다.

"너무 어두워. 하지만 내일이면 저 위에서 무언가 확실히 찾아낼 거야."

산에는 어둠도 빨리 찾아왔다. 도착하고 한 시간도 안 되어 해가 산 너머로 내려가더니, 깊은 협곡에 어둠이 깔리기 시작했다. 햇빛이 조금 남았지만, 나는 저녁을 지으려고 마른 가지에 불을 지폈다. 나뭇가지가 탁탁거리고 펑펑거리며 타들어 갔다. 연기가 많이 났다. 해만 지면 갑자기 몰려드는 모기떼를 물리칠 정도였다.

내가 저녁을 짓는 동안 박사는 계곡물에 몸을 씻었다. 나는 양파 한 개와 토마토 두 개를 잘라서 주전자에 넣고 사냥 칼로 통조림을 뜯어서 쇠고기도 같이 넣은 다음, 모닥불을 줄여서 음식이 천천히 익게 했다. 불을 처음 지필 때 커다란 고구마 두 개를 넣었으니, 나중에 후식으로 먹을 수 있을 터였다.

강우림 전체가 점차 어두워졌다. 거대한 나무들이 얼룩으로 바뀌다 어둠에 잠겨 까맣게 보였다. 하지만 절벽에 걸린 나무가 음울한 빛을 내뿜었다. 지나가는 하루를 잡으려고 몸부림치는 것 같았다.

이윽고 우리가 캠프를 설치한 강우림 계곡이 빛을 포기하면서 바위와 덤불과 나무가 어둠에 완전히 잠겼다. 높은 산마루 위로 보이던 하늘도 까맣게 변하면서 여기저기에 별을 촘촘히 수놓았다. 폭포에서 떨어지는 물소리가 멀리서 들렸다. 주변에 깔린 정적을 한층 강조하는 것 같았다. 어두운 밤을 배경으로 박사가 조용히 말했다.

"아프리카를 주제로 위대한 교향곡이나 협주곡을 작곡한 사람이 한 명도 없어. 왜 그럴까?"

대답을 바란 말이 아니라, 나는 박사가 계속 말하기만 기다렸다.

"아프리카 음악은 너무 야성적이고, 너무 자유분방하고, 죽음마저 너무 낭만적으로 다뤄. 너무 원색적이라 바이올린에서 나는 조그만 소리에 담을 수도 없어. 너무 장엄해서 피아노에 담을 수도 없고. 북소리로 담아내는 게 맞아. 하지만 북은 리듬을 전달할 뿐, 아프리카 선율을 담아낼 순 없어. 팀파니는 배경음에 불과해. 아프리카 음악은 민중의 목소리로 담을 수밖에 없는 거야. 민중의 목소리는 그 자체로 매우 훌륭한 악기야. 긁고, 치고, 두드리고, 나팔을 부는 것보다 예민하고 아름답고 고상한 악기."

"그럼 '기엘 피트를 위한 진혼곡'은 뭐죠?"

내가 묻자, 박사가 껄껄 웃으며 대답했다.

"난 지난 20년 동안 위대한 남부를 10분짜리, 아니, 5분이라도 음악으로 담아내려고 애썼어. 20년 동안 실패하다, 마침내 죄수한테서 발견했지. 땀이 밴 몸뚱어리로 내려치는 곡괭이 소리에서, 채찍으로 사정없이 때리는 소리에서, 몽둥이가 내리꽂히는 소리에서 그런 음악을 발견했지. 그들이 부르는 노래는 절망이 아니라 아프리카는 영원하며, 아프리카의 혼이 생생하게 살아남을 거라는 확신으로 가득했어. 아프리카 음악에는 영혼이 있어. 그 곡을 연주하는 악기는 민중의 소리야. '기엘 피트를 위한 진혼곡'은 내 음악이 아니야. 그건 민중의 음악이야. 내가 한 일은 그걸 정리해서 악보로 옮긴 것에 불과해."

나는 김이 모락모락 나는 쇠고기를 접시에 담아서 박사에게 건넸다. 그런 다음엔 짧은 막대기로 잿불을 뒤져서 고구마 두 개를 빼냈다. 나중에 먹기 좋게 식히려는 거였다. 우리는 저녁을 조용히 먹었다. 박사는 음식을 서둘러 먹는 법이 없다. 언제나 충분히 씹다가 삼켰다. 나는 불을 다시 지피려고 두꺼운 나무 두 개를 넣었다. 그리고 개천으로 가서 접시를 닦고 주전자에 물을 담았다.

커피를 끓였다. 박사 기호에 맞게 양철 잔에 커피를 따른 다음, 우유를 한 숟갈 가득 넣었다. 그리곤 김이 모락모락 올라오는 양철 잔을 박사 옆에다 놓고 박사가 편하게 먹도록 군고구마 껍질을 깠다. 군고구마에서도 김이 모락모락 올라왔다. 나는 껍질을 깐 군고구마에도 우유를 뿌렸다. 모닥불 연기 때문에 가까이 못 오던 모기들이 다시 달려들었다. 팔과 다리에 시트로넬라 기름을 바르고 박사에게 건넸다. 냄새가 고약했다. 하지만 모기에게 정신없이 뜯기는 편보단 바람직했다.

아침 4시 15분부터 계속 걸은 터라 많이 피곤했다. 잔을 씻을 기력조차 없었다. 담요를 몸에 둘둘 말았다. 박사가 불이 안 닿는 자리에 잘 누웠는지 살핀 다음, 담요가 아침 이슬에 안 젖도록 깎아지른 바위 밑에 웅크리고 누웠다.

새벽에 깨어났다. 담요를 그대로 감싼 채 불을 다시 지폈다. 계곡은 안개로 자욱했다. 약 2킬로 떨어진 강우림 역시 안개에 가려서 조금도 안 보였다. 안개는 아침 햇살이 계곡에 깔리면서 걷혔다. 하지만 냉기는 여전했다. 개울가로 가서 주전자에 커피 물을 담을 때는 손이 얼어붙는 것 같았다. 박사는 담요를 꼭 덮고는 코를 골았다.

박사를 안 깨웠다. 커피를 다시 끓여서 박사가 먹을 잔에 따르고 우유를 한 숟갈 가득 넣고 휘저었다. 내 커피도 똑같이 했다. 김이 모락모락 올라오는 컵을 들고 있으니 손이 따뜻했다. 하지만 박사를 깨우진 않았다. 그윽한 커피 향기가 깨울 터였다. 내가 보기에 박사는 선인장 정원보다 커피를 더 사랑하는 것 같았다. 베토벤이나 바흐를 사랑하는 정도에 견줄 만했다.

이윽고 박사가 코를 씰룩대더니, 뭐라고 웅얼대며 담요를 뒤집어쓴 채 일어나 앉아서 졸린 눈을 억지로 떴다. 안개 저편 높은 곳에서 짖어대는 비비 소리가 들렸다. 햇살이 비추기 시작한 게 분명했다. 이제 그들도 하루를 새롭게 시작할 터였다.

박사는 내가 건넨 잔을 두 손에 거머쥐었다. 그리고 안개에 가린 절벽을 올려다보면서 말했다.

"오늘은 다를 거야, 피케이."

비비가 짖어대는 소리가 안개 낀 계곡 아래로 메아리쳤다.

"그래, 오늘은 뭔가 찾아낼 거야."

박사가 다시 말하더니, 커피 한 모금을 조심스레 마셨다.

"잠은 잘 잤니, 피케이?"

나는 소시지 두 개와 베이컨 두 장을 익혔다. 소시지를 옆으로 길게 잘라서 빵 두 조각에 하나씩 올리고 그 위에 베이컨을 한 장씩 올렸다. 거기에 빵을 하나씩 다시 올려서 샌드위치를 만들었다. 어리숙하게 만든 샌드위치를 박사에게 하나 건네고 나머지 하나는 두 손으로 잡고서 먹었다.

커피를 두 잔째 마시는 사이에 햇살이 안개를 뚫고 눈부시게 빛났다. 이윽고 햇살이 계곡으로 가득 들어찼다. 강우림 바닥에 남은 안개 몇 가닥이 눈에 들어왔다. 하지만 그것도 금방 사라졌다. 기묘하게 생긴 절벽이 아침 햇살을 받아 그런대로 괜찮게 보였다. 나는 올라갈 길을 파악하려고 절벽을 살폈다.

안개가 자욱한 대지는 모든 게 생기를 잃은 것처럼 보이는 법이다. 하지만 안개가 걷힌 지금, 모든 생명체가 기지개를 켜고 일어나며 생기를 번뜩였다. 새가 지저귀는 소리와 물이 졸졸졸 흐르는 소리, 메뚜기가 급하게 윙윙대는 소리 등, 생명력 가득한 소리가 사방에 맴돌았다.

나는 작은 덤불로 들어가서 바지를 발목까지 내리고 웅크린 자세로 앉았다. 옆 덤불에서 부스럭대는 소리가 나더니 메추리 두 마리가 후두두 날아올랐다. 나는 바지를 발목에 걸친 채 일어나서 한쪽 눈을 감고 메추리에게 엽총 쏘는 흉내를 냈다. 왼쪽 메추리를 먼저 겨냥하고, 오른쪽 메추리에게도 방아쇠를 당겼다. 메추리 한 쌍이 조그만 산등성이 너머로 도망치는 광경을 지켜보며 깔깔 웃었다.

설거지하고 캠프를 정리해서 깎아지른 바위 밑에 물건을 넣고는 둘둘 만 담요로 덮고 주변에 시트로넬라 기름을 조금씩 뿌렸다. 전갈

같은 게 편히 쉴 곳을 찾아서 다가오다 괴상한 기름 냄새에 재빨리 도망갈 터였다.

박사는 밧줄을 목에 걸고, 건전지를 8개 넣은 야간용 회중전등을 허리에 찼다. 나는 발 디딜 곳을 파는 흙손, 망치, 긴 못, 양초, 쌍안경을 넣은 조그만 등반용 배낭에 물병을 넣고 어깨에 멨다. 등반은 어렵지 않았다. 기다란 등마루로 이어진 버팀벽이 침식해서 모두 편편한 바위로 변했다. 절벽 경사면 전체가 단단하고 부드러운 바위 같았다.

박사가 관심을 처음 보인 건 바위에 하얀색으로 부드럽게 틀어박힌 줄무늬였다. 백운석이나 석회석의 일종 같다고 했다. 낭만적인 성격이 강한 사람답게 박사는 절벽 중간에 동굴이 있기를 갈망했다. 그건 나 역시 간절하게 바라는 사항이었다.

우리는 한 시간 동안 올랐다. 힘들지 않았다. 박사는 여든이라는 나이에도 흠잡을 데 없이 노련한 등반가였다. 지금까지 걸린 시간에서 절반만 더 오르면 바위가 부식해서 편편한 첫 번째 등마루에 올라설 것 같았다. 30m 높이였다. 앞길은 또렷했다. 돌아가는 길 역시 마음속으로 자세히 새겼다. 가파른 경사면은 내려가는 게 올라가는 것보다 어려울 때가 많기 때문이다.

바위가 부식한 첫 번째 산등성 바위 턱에 올라서니 박사 판단이 옳다는 걸 알 수 있었다. 비바람에 수십만 년 깎여나간 백운석이 깊은 산등성 바위 턱을 이뤘다. 우리는 산등성 바위 턱을 따라 계속 걸었다. 절벽이 다시 나타났다. 그래서 절벽을 타고 다시 올라갔다.

절벽을 한 시간 열심히 타며 20m 정도를 더 올라가니 또 다른 산등성 바위 턱이 나타났다. 이번에는 바람에 깊숙이 패였다. 비비가 밤새 머물던 냄새를 맡을 수 있었다. 절벽을 15m 더 오르니, 세 번째 산등성 바위 턱이 나타나는데, 두 번째 산등성 바위 턱보다 깊이 파였다. 산등성 바위 턱을 따라 계속 걸었다. 동그랗게 파인 홈이 점차 깊어지더니 절벽이 다시 나오면서 끝났다. 막다른 길이었다. 더 높이 올라가는 길은 없는 것 같았다.

지금까지 세 시간이나 걸었다. 절벽으로 내리쬐는 햇볕이 따가웠다. 박사가 입은 카키색 셔츠가 땀으로 흠뻑 젖었다. 나는 물도 마실 겸 잠시 앉아서 쉬자고 제안했다. 대략 보면 우리가 앉은 산등성 바위 턱에서 약 30m 위에 절벽 꼭대기가 있는 것 같았다. 그러나 더 올라갈 수 없었다.

아래쪽으로 강우림 천장이 보였다. 외롭게 선 나무도 보였다. 나뭇가지가 강우림 천장을 뚫고 하늘로 15m나 솟아올랐다. 우리가 앉은 곳에서 밑으로 30m 거리였다. 박사는 족히 천 년은 되었을 거라고 말했다. 절벽은 널따란 원호 모양이었다. 오른편 약 30m 밑에서 폭포가 용솟음치며 떨어졌다. 아니, 용솟음친다기보다 안개를 뿌린다는 게 더 정확한 표현 같다. 하지만 우리가 캠프를 친 옆으로 개울을 이루며 흐를 정도로 많은 양이었다.

박사는 배낭에서 공책을 꺼내 어제 오후에 밑에서 절벽을 올려보며 대충 그린 부분을 펼쳤다.

"그래, 우리가 앉은 곳이 가장 깊은 산등성 바위 턱이야. 저 위는 단단한 바위가 분명한데, 발 디딜 틈이 없구나."

박사가 한숨을 쉬었다. 한계에 부닥친 것 같았다. 박사는 관찰한 내용이 실제와 다른 걸 힘들어했다. 그래서 무얼 판단하기 전에 늘 충분히 관찰하고 입을 열지 않았던가!

"백운석도 있고 폭포도 있는데 동굴이 없어, 피케이. 정말 이상한 노릇이야. 저길 봐. 절벽 안에서 폭포수를 뿜잖아. 절벽 안 깊숙한 곳에 물줄기가 흐르는 게 틀림없어. 동굴이 있을 수밖에 없다고. 야호,

그래, 내 말이 맞을 거야."

끝에 가로막힌 벽 가장자리를 살폈다. 거기에 조그만 산등성 바위 턱이 있으면 얼마나 좋을까? 내가 선 곳에서 약 1m 밑에 조그만 산등성 바위 턱이 있으나 너비가 7㎝도 안 됐다. 약 3미터쯤 뻗어 나가다 방향을 살짝 틀어서 얼마나 길게 이어지는지도 알 수 없었다. 나는 두 손으로 산등성 바위 턱 끝을 잡고 절벽에 배를 붙인 채, 밑에 있는 좁다란 산등성 바위 턱으로 천천히 내려갔다.

그래서 1m 정도 나아가자 눈앞에 구멍이 나타났다. 너비는 약 60센티에 높이는 약 1m나 되는 구멍이었다. 약 3m 안까지 눈에 들어왔으나, 그 이상은 캄캄해서 안 보였다. 바위가 침식한 구멍이 아니라 동굴로 이어진 입구가 분명했다. 입구 오른편 바위틈에서 덤불이 자라, 밑에서 안 보였다. 동굴 안에서 박쥐 한 마리가 갑자기 후두두 날았다. 동굴 깊숙한 곳에서 박쥐 울음소리가 또렷하게 들렸다. 동굴이 분명했다.

"찾았어요! 동굴을 찾았어요!"

내가 소리쳤다. 메아리가 일며 계곡을 흔들었다. 몸을 올려서 구멍으로 들어가는 건 어렵지 않을 것 같았다. 하지만 구멍 안에 박쥐 수백 마리는 물론, 어떤 위험이 기다릴지 몰랐다. 나는 절벽을 타고 박사가 기다리는 곳으로 올라갔다. 산등성 바위 턱에 오르는 걸 박사가 상기된 얼굴로 거들었다.

"그래, 내 말이 맞았어, 피케이."

승리감이 깃든 목소리였다. 나는 밧줄을 설치하면 박사도 동굴로 어렵지 않게 들어갈 거라고 말했다.

우리는 어떻게 하는 게 좋을지 논의했다. 그래서 스파이크 두 개를 바위 턱에 박고 밧줄을 스파이크 양쪽에 묶었다. 밧줄을 당겨서 단단히 박혔는지 확인했다. 그리곤 밧줄을 허리에 묶고, 스파이크 세 개와 망치, 회중전등을 언제든 꺼내도록 허리띠에 끼웠다.

내가 내려가는 정도에 따라 박사가 줄을 조금씩 풀었다. 이윽고 가느다란 바위 틈새에 발이 닿았다. 내가 떨어진다면 박사가 끌어올릴 수 없을 것 같았다. 그러나 나는 내 발을 믿었다. 높이 같은 건 무섭지 않았다.

나는 30초도 안 돼서 동굴 입구에 내려섰다. 구멍으로 어렵지 않게 들어가서 좁은 동굴을 따라 기어갔다. 살짝 위쪽으로 6m가량 뻗어 나가다 점차 넓어졌다. 허리에 묶은 밧줄을 풀고 허리띠에서 기다란 은색 회중전등을 꺼냈다. 동굴 끝까지 기어갈 즈음에 햇빛이 사라졌다. 회중전등을 켰다. 길이와 너비가 450㎝ 정도에 달하는 공간이 보였다. 높이도 괜찮았다. 똑바로 서서 충분히 움직일 수 있었다.

비비와 박쥐 냄새가 심했다. 전등을 여기저기 비추니, 천장과 벽에 거꾸로 매달린 박쥐가 수백 마리였다. 조그만 굴을 기어서 입구로 내려와, 머리를 쑥 내밀고 커다란 동굴을 찾았다고 소리쳤다. 내 목소리가 어제저녁과 오늘 아침, 비비가 짖어대던 소리처럼 계곡으로 메아리쳤다.

"힘들진 않아요, 박사. 동굴 벽에 스파이크 두 개를 박고서 밧줄을 묶을 테니, 그걸 잡고 내려오세요."

나는 재빨리 움직였다. 밧줄을 팽팽하게 끌어당겨, 바위 턱에서 동굴 입구까지 튼튼하게 이었다. 박사는 조금도 안 두려운 듯, 몸을 뒤로 해서 밧줄을 잡고 동굴 입구로 재빨리 내려왔다. 내가 손을 잡아서 안으로 끌어당기자, 박사는 배를 바닥에 대고 어두운 동굴을 들여다보았다. 그러다 숨을 헐떡이며 말했다.

"대단해, 피케이. 동굴이야. 얼마나 크지? 아주 클 거야, 그치?"

"기어가다 보면 커다란 통로가 나와요. 전등을 따라오세요. 육 미터만 기어가면 돼요."

동굴은 박사가 똑바로 설 만큼 높지 않았다. 그래서 몸을 웅크린 채 전등을 잡았다. 나는 박사가 배낭에 넣어온 램프를 켜서 바닥에 내려놓았다. 램프가 희미한 불빛을 내뿜자, 박사는 회중전등을 비추며 주변을 조사했다. 바닥엔 박쥐 똥이 뒤덮었다.

"이 정도면 냄새가 심해야 하는데."

박사가 딱성냥을 꺼내서 바지에 대고 긁었다. 성냥불이 켜지는 순간에 박사 얼굴이 환해졌다.

"바람이다! 여기에 바람이 있어! 다른 곳에서 들어오는 거야."

그 말이 옳았다. 성냥불이 흔들리다 꺼졌다. 박사가 전등으로 동굴 왼편을 비췄다. 벽마다 날카로운 바위가 울퉁불퉁해, 전등 불빛에 춤추었다. 한쪽 벽에서 불빛이 허공으로 사라졌다. 그 너머에서 물 떨어지는 소리가 들렸다. 우리는 그 벽을 끼고 돌아갔다. 약 120센티 높이에 구멍이 보였다. 박사는 내가 안으로 기어가도록 전등을 비춰주었다. 그런 다음에 전등과 램프를 건네고 박사가 들어왔다. 나는 깜깜한 암흑을 전등으로 비추었다.

"야, 진짜 대단하군!"

커다란 공간이 눈에 들어왔다. 천장과 바닥에서 종유석과 석순이 자랐다. 천장이 최소한 12m 높이였다. 눈처럼 새하얀 종유석도 매달렸다. 몇 개는 바닥까지 닿았다. 동화에 나오는 그림 같았다. 동굴 한쪽에 물웅덩이가 고여서 괴이한 형상을 비추었다. 수정으로 조각한 것처럼 황홀한 세계가 눈앞에 가득했다.

나는 전등을 넘겨주고 램프를 집어 든 다음에 박사와 함께 앞으로 나아갔다. 박사는 아름다운 종유석 결정체를 이리저리 비추면서 끊임없이 감탄했다.

"어버부부버브, 어버부부버브. 진짜 대단해, 어버부부버브!"

정말 놀라운 자연 현상이었다. 박사는 앞으로 계속 걸었다. 나도 뒤를 따랐다. 벽면에 갈라진 틈 몇 개가 눈에 들어왔다. 그러나 우리가 들어갈 정도로 넓은 구멍은 없었다. 우리는 물이 들어오는 지점을 찾아 물방울이 끊임없이 떨어지는 천장으로 나아갔다.

박사는 종유석이 맺히기에 물 떨어지는 속도가 너무 빠르다고 지적했다. 물이 칼슘 탄산염을 녹여서 바위 사이를 뚫고 흐르다 동굴 천장에서 공기와 만나며 떨어지면, 물방울에 있던 칼슘 탄산염이 조금씩 쌓이면서 변하는 게 종유석이다. 박사는 오른편에 있는 거대한 종유석을 가리키며 말했다.

"대략 30만 년, 혹은 그 이상 되었을 거야."

경이로움이 가득한 목소리였다. 약 18m 떨어진 천장에 약 4m가량 튀어나온 바위가 보였다. 거기에 거대한 종유석과 반짝이는 수정이 매달려서 무리를 이루었다. 그 밑으로는 석순이 거대한 책상을 받치는 괴상한 다리 모양으로 자라났다. 바닥 한쪽으로 석순 결정체가 부벽을 이루는데, 위로 올라가는 계단과 비슷한 형상이었다. 거대한 석순 기둥이 웅장한 석판을 받치고 옆에 계단을 설치해서 석판으로 올라가는 것 같았다.

"저것 보세요, 박사. 수정 동굴에 있는 멀린 마법사 제단 같아요!"

박사가 숨을 훅 들이마시며 대답했다.

"그래, 멀린 마법사도 이런 곳에서 살았지."

박사가 석판을 가리키며 덧붙였다.

"저런 제단에 누워서 15만 년을 보내면, 몸뚱이가 동굴 일부로 변할 거야. 아프리카 수정 동굴의 일부로. 정말 멋있지 않니, 피케이?"

내가 싱글거리며 대답했다.

"지금은 그러지 마세요, 박사. 전 아직 박사가 필요해요."

나는 박사가 죽는다는 생각을 조금도 못했다. 박사가 많이 늙고 그래서 과거와 다르다는 생각은 가끔 해도 박사가 사라진다는 건, 세상을 뜬다는 건, 내 곁에서 떠난다는 건 생각조차 할 수 없었다. 나는 죽음을 이해한다. 사람은 언제든 죽을 수 있다. 병아리 할아버지와 기엘 피트, 빅 헤티 아줌마가 사랑한 플라이급 남편이 그런 것처럼 죽음은 갑자기 잔인하게 다가온다. 빅 헤티 아줌마가 죽은 것도 그런 관점에서 이해했다. 기형적으로 커다란 몸뚱이 때문에 누구도 예상치 못하게 죽은 사례였다.

하지만 박사는 내가 죽음을 마음속으로 정리한 기준에 안 맞았다. 누구보다 침착하고 이성적이며 질서정연하게 살아왔다. 죽음은 우리 두 사람에게 아무런 영향도 미칠 수 없었다.

박사가 수정 같은 석순 계단을 딛고 석판으로 올라갔다. 구두가 딱딱한 칼슘 침전물을 때리는 소리가 났다. 이윽고 박사가 석판에 올라서더니, 갑자기 웅크려 앉다 쭉 누웠다. 박사가 시야에서 사라졌다.

"아, 박사, 그러지 마세요! 뭐하는 거예요."

갑자기 두려운 마음이 일었다. 박사가 든 회중전등이 천장에서 내려오는 종유석을 비추었다. 수정 번개가 석판을 내리치는 것 같았다. 지금까지 본 것 가운데 가장 무서우면서도 장엄한 장면이었다.

박사 목소리가 잔잔하게 일어났다.

"진짜 아름답구나, 피케이. 아프리카 수정 동굴을 아무한테도 얘기하면 안 된다, 피케이."

"그만 하세요, 박사. 소름 끼친다고요."

박사가 일어나서 전등으로 나를 비추었다. 빛 때문에 앞이 안 보였다.

"약속해, 피케이. 아주 중요한 거야. 부탁이다, 피케이."

박사가 회중전등을 거두었다. 순간적으로 눈이 멀어, 박사가 멀린 마법사처럼 보였다. 멀린 마법사가 3m 위 석판에서 거대한 수정 기둥 사이에 있는 것 같았다.

"박사, 제발 내려오세요. 약속할 테니, 빨리 내려오세요."

"그래, 약속한 걸 절대로 잊지 말렴, 피케이."

박사가 밑으로 조심스럽게 내려왔다. 내가 서둘러 달려가서 박사를 도왔다. 숨소리가 거칠었다. 너무 흥분해서 연로한 체구가 덜덜 떨렸다. 아래로 내려오는 걸 도우면서 또렷하게 느낄 정도였다.

우리는 박쥐 동굴 입구로 다시 걸었다. 수정 동굴을 벗어나기 전에 박사가 내부를 다시 비추며 말했다.

"피케이, 우린 아무도 못 본 장소를 지금 막 찾아냈어. 마법의 기운이 가득한, 너무나 순수한 수정 동굴."

"박사, 빨리 가야 해요. 지금 몇 시예요?"

박사가 바지 주머니에서 회중시계를 꺼내 전등으로 비추었다.

"반, 10시."

박사는 시간을 늘 이렇게 우스꽝스럽게 말했다.

"빨리 가야 해요. 정오까지 캠프로 못 돌아가면, 집에 도착하기 전에 어두워져요."

집으로 가는 길은 다행히도 대체로 내리막이었다. 올 때 걸린 시간에 비해서 두 시간 정도는 줄어들 터였다. 대충 계산하니 저녁 8시가 넘어야 집에 도착할 것 같았다. 어두운 산길을 걷는 건 쉽지 않다. 박사도 금방 지칠 터였다. 나는 집으로 돌아갈 걱정 때문에 흥분이 가라앉았다.

박사가 내 팔을 잡았다. 아직도 덜덜 떨었다.

"명심해라, 피케이. 여긴 우리 동굴이다. 수정 동굴은 오로지 너와 내 것이다."

"그래요, 박사. 약속했잖아요. 그러니 제발 빨리 가요."

계속 강요하는 게 박사답지 않았다. 나를 신뢰해도 된다는 걸 알지 않는가? 동굴은 박사에게 커다란 영향을 끼쳤다. 또 오자고 할 게 분명했다. 하지만 이렇게 험한 길을 박사가 또 올 수 있을지 의문이었다. 나는 박사가 나오도록 스파이크 두 개와 밧줄을 그냥 두었다. 그래서 바위 턱에 올라선 다음에 스파이크 두 개를 뽑으려 했다. 터널 벽에 있는 걸 그대로 놔뒀으니 벌써 두 개를 잃은 셈이었다. 그때 박사가 갑자기 말했다.

"아니다, 그냥 두렴, 피케이. 시간이 없다."

예전과 달랐다. 평소엔 장비를 용의주도하게 챙겼다. 캠프를 걷거나 표본을 채취한 다음에는 다른 곳으로 옮기기 전에 장비를 하나도 안 빠뜨리도록 주변을 상세히 점검했다. 이런 태도를 보인 건 처음이었다. 수정 동굴을 보고 크게 감동해서 다시 오기로 단단히 마음먹은 게 분명했다.

우리가 마을로 돌아온 건 둥근 달이 떠올라 카프 계곡을 은빛으로 가득 채울 무렵이었다. 이번에도 보름달이었다. 힘든 일이 생길 때는 늘 그랬다. 병아리 할아버지가 살해된 날에도 보름달이 떴다. 병아리 할아버지에 대한 기억은 희미하지만, 보름달이 떠오르면 당시 기억이 은빛 하늘을 뚫고 구슬프게 다가왔다. 기엘 피트가 죽은 날도 보름달이었다.

내 예감이 맞았다. 박사와 장기 산행에 나서는 건 이번이 마지막인 게 분명했다. 마침내 오두막에 도착할 즈음엔 기진맥진해서 쓰러지기 일보 직전이었다. 나는 박사를 침대에 눕히고 구두를 벗겼다. 양쪽

발꿈치 밑으로 커다란 물집이 하나씩 잡혔다. 바늘에 무명실을 꿰서 물집을 묶은 다음에 물집을 뚫고 무명실을 넣었다.

아침에 일어나면 액체가 무명실을 타고 모두 빠져나올 것이다. 박사가 몇 년 전에 알려준 기술이다. 그렇게 하면 아침에 물집이 사라져, 조금도 안 아팠다. 나는 박사 얼굴을 씻어주고 눈 밑으로 약간 긁힌 곳에 바셀린을 바르고 군용 담요를 덮어주었다. 강단 있는 노인이니 아침이면 회복할 게 분명했다.

"우리 거야. 수정 동굴. 아프리카. 너, 나, 피케이."

박사가 웅얼대더니 잠 속으로 빨려드는 것 같았다. 나는 숨소리가 깊어질 때까지 지켜보다, 문을 나설 때 마지막으로 다시 한번 확인했다. 보름달이 정말 밝았다. 집으로 오는 도중에 자카란다 나무에 핀 자줏빛 꽃잎이 보일 정도였다. 박사와 함께 높은 산에 다시는 못 오르겠다고 생각하니 마음이 울적했다.

방학해서 집에 올 때마다 박사가 조금씩 쇠약해지는 걸 확연히 느꼈다. 박사와 함께 수정 동굴을 찾았지만, 그곳에 다시 갈 수 있을까? 갈 수도 있고, 안 갈 수도 있다. 박사와 함께 그곳을 찾고 다른 사람에겐 절대 안 알리기로 했으니, 그곳에 혼자 찾아가는 건 비밀을 어기는 거란 느낌마저 들었다.

밧줄이 썩어 문드러지는 걸 떠올렸다. 100년쯤 지나면 스파이크가 녹슬어 없어지고 녹슨 구멍만 남을 터였다. 사람들이 찾아낸다면, 아주 조그만 금속 파편을 발견하고 세밀하게 분석해서 190센티 독일인 음악 교수와 미래의 웰터급 세계 챔피언하고 아무런 상관도 없는 이론을 다양하게 발표할 것 같았다.

22

3학년 2학기가 되면서 학교생활은 새롭게 변했다. 구운 햄버거는 학교 수업과 다른 방식으로 우리를 1주일에 세 번씩 가르쳤다. 1시간 토론하고, 책을 3시간 읽으며 다음에 할 개인지도 수업을 예습했다. 교장 선생님은 아는 게 많았다. 그래서 아이들이 어떤 과목에 재능이 있는지 파악해서 정성스레 개발했다. 신통치 않은 과목 역시 매진해서 정신적인 균형을 유지하도록 했다.

교장 선생님은 흥미를 못 느끼는 과목이라도 그만큼 더 열심히 공부해서 폭넓은 지식을 습득해야 한다고 여겼다. '세존 학생'은 집단으로 만나는 법이 거의 없었다. 한 번 뽑히면 학교에서 누구도 두 번 다시 거론하지 않았다. 우리 가운데 특별히 중요하게 보이려는 아이는 한 명도 없었다. 정상적인 학교 수업에서는 여섯 명 모두 치열하게 경쟁했다. 각자 우등생이 되고자 피나게 노력했다. 나는 권투와 럭비까지 하느라 24시간이 모자랄 정도였다.

그런 판에 모리가 커다란 계획까지 밝혔다. 3학년 1학기까지 친구며 권투 매니저로 나와 친하게 지내던 모리였다. 2년이 약간 넘는 기간에 권투에 대해 괄목할 만한 식견도 쌓았다. 내가 다비 화이트와 교관에게 더 배울 게 없으며 따라서 뭔가 새로운 훈련을 받아야 한다고 느낀 것이다. 그래서 학교로 돌아오고 얼마 안 되는 날 오후에 모리가 물었다.

"남아프리카에서 가장 훌륭한 권투 트레이너가 누구지?"

"너도 알잖아. 솔리 골드먼."

"그래, 방학 때 그 사람을 만났어. 6주 뒤에 영국 여행에서 돌아오면 그 사람 앞에서 권투를 하는 거야. 실력이 마음에 들면 그 사람이 널 훈련하기로 했어."

"야, 모리, 정말 잘 됐다! 그런 약속을 어떻게 받아냈니? 솔리 골드먼은 프로만 훈련하는데 말이야."

모리는 대답을 선뜻 안 하더니 자기 손등을 내려다보면서 말했다.

"돈을 내기로 했어. 은행에 있는 돈이면 1년 동안 충분히 훈련받을 거야. 그럼, 다른 얘기를 하자."

모리가 나를 쳐다보다 다시 말했다.

"그래, 네가 무슨 말을 할지 알아. 하지만 내 돈은 네 돈이기도 해. 너도 날 위해서 그 정도는 할 거야."

"그렇지 않아, 모리. 고맙긴 하지만 그렇게 단순한 문제가 아니야. 두 가지 이유 때문이야. 첫째, 이미 짐작하겠지만, 적선은 싫어. 어떤 일이 있더라도 그건 안 돼. 우정이라 할지라도. 두 번째는 좀 더 실질적인 문제야. 그 돈은 사업 자본이야. 사업의 첫째 원칙은 자본을 안 까먹는 거야. 네가 누구보다 잘 알잖아!"

"이봐, '은행'은 아직 튼튼해. 난 아버지한테 부동 자본으로 굴릴 돈을 받을 수 있어. 넌 적선을 받는 게 아니야. 이윤으로 부동 자본에 대한 권리를 사면 되잖아. 용돈은 월급으로 하면 되고. 너도 알다시피 그렇게 어려운 문제가 아니야."

"모리, 물론 나는 솔리 골드먼의 전문적인 식견이 간절하게 필요해. 하지만 그럴 순 없어. 나는 다섯 살 때 어떤 사건을 겪고서 내 힘으로 세상을 살아가겠다고 맹세했어. 다시는 누구한테 기대서 살아가지 않겠다고 말이야."

모리는 언짢은 표정을 지었다. 당연했다. 내가 우정과 진심을 거부했다고 볼 수도 있었다. 그러나 판사와 나치 돌격대가 가한 상처는 마음 깊숙이 틀어박혔다. 내 발로 우뚝 서는 걸 절대로 포기할 수 없었다.

"좋아, 피케이. 정 그러겠다면 그렇게 해."

모리가 얼굴에 미소를 갑자기 떠올렸다.

"내가 멋있는 사업을 구상해서 골드먼한테 지급할 정도로 네 몫이 많아지면 훈련받을 거지?"

내가 빙긋 웃었다. 모리가 내 의견을 받아들여서 다행이었다.

"사업이라면 당연히 다르겠지! 하지만 내가 역할을 그만큼 해서 정당하게 받는 거야 해."

"됐어, 동업자. 악수나 하자. 이번 사업은 최대의 지성을 동원한 멋진 걸작이 될 거야!"

모리가 빙긋 웃었다.

아더톤과 민첩한 거미는 1학년 때부터 럭비 경기할 때 나와 콤비였다. 나는 타고난 스크럼 하프였다. 아더톤은 유명한 사촌 형을 뒤이어 훌륭한 플라이 하프로 성장했다. 반면에 민첩한 거미는 스타일이 다양한 센터였다. '세존 학생' 진 만나와 허프 라이엘도 같은 팀이었다. 나는 열네 살이지만 팀워크를 맞추려고 열다섯 살 이하 팀에서 뛰었다. 오줌싸개 존슨은 학기마다 키가 불쑥불쑥 자라더니, 맨 앞에서 포워드를 맡았다. 물론 모리도 관심을 보였다. 나무 주걱 패거리 대부분이 그 팀이기 때문이다. 어떤 학교든 열다섯 살 이하 팀은 주전 15명을 키우는 양성소 역할을 하는 터라, 럭비 코치는 열다섯 살 이하 팀을 늘 눈여겨보며 자질이 뛰어난 선수를 발굴했다.

모리는 평소와 마찬가지로 우리와 경기하는 상대 팀을 분석했다. 권투를 할 때도 모리가 작성한 노트를 참고하듯, 럭비를 할 때도 모리가 작성한 노트를 통해 상대편이 경기하는 방식과 능력을 미리 충분히 파악했다.

모리는 권투 매니저를 할 때와 마찬가지로 우리가 승리자처럼 생각하고 행동하도록 만들었다. "승리자는 행운을 엮어내기도 하지만 행운이 저절로 따르기도 한다"는 것이다.

우리는 열세 살 이하 팀과 열네 살 이하 팀에 있을 때 헬프미카와 경기한 적이 있다. 헬프미카는 내가 첫 번째 권투시합에서 KO 시킨 겔든하이스가 다니는 보아인 학교였다. 당시에는 헬프미카 공격수들이 커다란 덩치로 우리를 꼼짝 못 하게 깔아뭉갰다. 수비수는 훨씬 강한 힘과 커다란 덩치로 우리 공격을 철저하게 봉쇄했다. 헬프미카에서 스크럼 하프를 맡은 겔든하이스는 연속 네 번을 이겨서 설욕하는 기쁨을 만끽했다. 열네 살 이하 팀 마지막 시합에서 그들은 우리를 근소한 차로 이겼다. 경기장을 떠날 때, 겔든하이스는 선심을 쓰듯 내 등을 두드리면서 말했다.

"권투는 권투고 럭비는 럭비지. 하지만 럭비가 권투보다 중요하다고, 친구."

우리는 링에서 다섯 번 만났다. 언제나 다루기 힘든 상대였으나, 항상 내가 이겼다. 겔든하이스에겐 설욕할 권리가 있는 셈이다. 우리는 한 시즌에 각 학교와 두 번씩 경기했다. 권투에서 내가 다섯 번 이기고, 럭비에서 헬프미카가 네 번 이겼다. 모리는 열다섯 살 이하 팀에서 승률을 올리려고 특히 애썼다. 열다섯 살 이하 팀에서도 헬프미카 선수들 덩치가 큰 건 똑같으나, 형세는 약간 나았다. 모리는 우리에게 이긴다는 확신을 심어주면서 말했다.

"통계를 보란 말이야, 피케이. 열세 살 때는 그들이 우리를 20대 0, 그리고 15대 0으로 이겼어. 그런데 작년에는 9대 0과 10대 3이었어. 마지막 시합에서는 우리도 '프리킥' 두 개와 '드롭골' 한 개를 기록하고. 통계적으로 볼 때, 올해는 그들을 이길 수 있어."

믿기 힘든 얘기였다. 2년 연속으로 우리를 4번이나 완패시킨 헬프미카를 이긴다는 건 불가능했다.

"모리, 그들은 보아인이야. 영국인 학교에 지느니 차라리 죽는 걸 선택할 아이들이라고. 그건 단순한 통계 문제가 아니야!"

"그래, 나도 알아. 하지만 우리가 바꿔야 할 건 바로 그거야."

시합을 2주 앞둔 수요일 오후에 요하네스버그 시립도서관에서 한창 공부할 때였다. 모리가 옆구리를 쿡쿡 찔렀다.

"오늘 오후에 나랑 겔든하이스를 만나러 헬프미카에 갈래? 이유는 묻지 말고, 싫다, 좋다만 얘기해. 중요한 일이야."

모리는 파크타운 버스 앞자리에 앉아서 계획을 대충 설명했다.

"헬프미카는 학생이 1,200명에 가깝지만 우리 학교는 600명에 불과해. 헬프미카가 우리 팀을 이긴다는 쪽에 그 학교 아이들 대부분이 내기를 걸면, 완전히 싹쓸이해서 솔리 골드먼한테 줄 돈을 벌 수 있어."

"하느님 맙소사! 그건 도박이야! 미쳤어. 이건 권투시합과 달라. 시합 전에 화장실에서 내기를 받는 것하고 다르단 말이야. 헬프미카랑 처음 시합할 때 그 학교 아이들은 내 실력이 어느 정도인지 몰랐잖아. 하지만 지금은 정반대야. 그 애들은 우리 실력을 뻔히 알아. 우리는 그들을 이긴 적이 없어! 사업 정신에 안 맞는다고."

"피케이, 너는 문제가 뭔지 아니? 걱정이 너무 많아."

"너 같은 아이를 친구로 사귀니, 당연히 그럴 수밖에. 계획은 있는 거야?"

모리가 두 손을 쫙 폈다.

"당연하지. 지금은 말할 수 없어. 미안해. 하지만 우리 사업 정신에 맞는다는 건 약속하지."

"모리, 내 말 들어! 보아인 학교 학생 모두한테 내기를 받는 건 화장실에서 12명한테 내기를 받는 것과 달라. 넌 그 자식들을 몰라. 도박을 안 한다고. 너도 알다시피, 보아인은 신앙심이 깊어."

"탐욕은 종교를 초월한다네, 친구. 로마 병사도 골고다 언덕에서 예수가 입던 옷을 걸고 도박하지 않았나? 헬프미카 녀석들은 내가 제시하는 비율을 들으면 돼지 저금통을 뜯으려고 정신없이 달려갈 거야."

"모리, 율법 정신에 어긋나지 않길 바라. 사기행각으로 끝나면 우린 죽은 목숨이라고!"

언젠가 모리는 '율법'이라는 단어가 유대인에게 무슨 의미가 있는지 얘기했다. 그때부터 이 단어는 정당한 걸 나타내는 총칭이었다.

모리가 빙그레 웃었다.

"지금까지 충분히 생각했어. 사실, 창피한 얘기지만, 아무리 생각해도 결과를 확신할 방법은 없어. 계획대로 안된다면 돈을 내야 하겠지. 불가능하지만 말이야. 결국, 우리가 그들을 이겨야 하는 거야. 율법에 비추어서 하자가 조금도 없는 계획이니깐 걱정하지 마."

모리가 순박하게 웃으며 다시 말했다.

"피케이, 난 네가 보아인을 신의로 대한다는 걸 알아. 무슨 일이 있어도 그걸 엉망으로 만들진 않겠어. 그들이 신뢰하는 루이넥 기독교 신사는 너 하나니까."

모리가 말을 멈추다 다시 이었다.

"그러니 우리가 그놈들을 이기는 생각만 하라고!"

"필요할 경우, 설마 다른 방식으로 돈을 내겠다는 얘기는 아니겠지?"

"그럼, 아니고말고. 그건 농담이야. 사업에서 가장 중요한 건 두뇌야. 사기 치는 건 누구나 배울 수 있어."

우리는 언덕 꼭대기로 올라가 헬프미카 학교 정문에 도착했다. 학교가 막 파해서 학생들이 몰려나왔다. 우리는 테를 노랗게 두른 갈색 교복에 파묻혔다. 여기저기에서 왁자지껄하는 소리가 요란했다. 너무 당혹스러워, 모리에게 조그맣게 물었다.

"이제 어떻게 하지?"

"그냥 기다리면 돼."

이윽고 인산인해를 이루는 갈색 교복 사이에서 목소리 하나가 불쑥 튀어나왔다.

"피케이, 안녕?"

재니 겔든하이스였다.

"늦어서 미안해. 코치가 불렀거든. 어쨌든 만나서 반가워."

겔든하이스가 보아 식으로 손을 내밀며 말했다. 우리는 차례로 악수하고 그를 따라 교문으로 들어섰다.

"굉장하구나. 집단 폭행을 당하는 줄 알았어."

내가 겔든하이스에게 보아어로 말했다.

"그럴 일은 없어. 우리 학교 학생은 널 좋아해. 영웅으로 생각하지."

우리는 학교 화장실로 다가갔다. 우리 또래 녀석 두 명이 담배를 몰래 피우고 있었다. 겔든하이스가 다른 데로 가면 좋겠다고 정중하게 부탁하자, 그들은 구두코로 땅바닥을 툭툭 차더니 부탁을 들어주기로 마음을 먹었는지 담뱃불을 비벼 끄고 나중에 피우려고 꽁초를 교복 주머니에 넣었다.

모리는 웨일스 황태자 학교가 이기는 쪽에 3 대 1 비율로 내기를 걸겠다 하고, 겔든하이스는 숨을 훅 들이마시며 말했다.

"미쳤구나! 우리는 네 번 연속이나 제로 게임으로 이겼다고!"

"그래도 내긴 내기니까."

모리가 조용히 말했다.

"내기 거는 애들이 굉장하겠군. 하지만 대가가 있어야 하는 거 아니야? 너희 학교에선 아무도 내기에 안 걸 테니! 아무것도 없는 거에서 33%씩 나눌 순 없잖아. 그러면 헬프미카에 내기를 건 아이들 1,200명 모두 나를 욕할 테니까."

겔든하이스 표정이 안 좋았다. 말도 안 되는 소리였다! 헬프미카가 이긴다는 건 의심할 여지가 없었다. 3 대 1 비율은 자살 행위나 마찬가지였다.

"좋아, 겔든하이스. 웨일스 황태자 학교가 지면 우리 두 사람이 채무를 책임지겠다고 서약서를 쓰겠어."

모리가 교복 안주머니에서 접은 종이 한 장을 꺼내 나에게 건넸다. 종이를 폈다. 헬프미카가 이기면 '은행'이 돈을 주겠다는 서약이었다. 밑에는 서명란 두 개가 있었다. 모리가 한 군데에 이미 서명했다.

"서명해서 겔든하이스한테 줘."

모리가 무심한 어조로 말했다.

나는 머릿속으로 대충 계산했다. 내기를 거는 학생 가운데 3분의 2가 평균 2실링씩 우리가 지는 쪽에 건다면 우리는 대략 370파운드에 달하는 액수를 내야 한다. '은행' 주식을 모두 팔고 '본스타인 통신학교 노트'에 대한 권리도 팔고, 저축한 돈을 톡톡 털면 370파운드를 간신히 만들 수 있었다. 나는 안도의 한숨을 내쉬었다. 그 액수가 우리 자산을 합친 것보다 많다면 나는 겔든하이스 앞에서 모리 제안을 거절할 수밖에 없고, 그러면 모리와 나는 끝없는 좌절감을 맛보아야 했으리라. 나는 모리에게 만년필을 빌려서 화장실 벽에 대고 서명했다. 즐거운 기분은 아니었다.

겔든하이스가 서약서를 받아서 읽더니, 호주머니에서 작은 가죽 지갑을 꺼내 서약서를 넣었다. 지갑에는 돈이 한 푼도 없었다.

"좋아, 겔든하이스. 우리가 이긴 다음에 20%를 받겠어, 아니면 지금 50파운드를 받겠어? 마음대로 선택해."

모리가 말했다. 겔든하이스는 내가 모리를 사귀기 전에 그런 것처럼 50파운드는 물론, 단돈 10파운드도 본 적이 없으리라. 당시 백인 노동자 평균 임금은 주당 8파운드였다. 헬프미카는 사립학교가 아니다. 겔든하이스 부모는 가족을 먹여 살리려고 죽도록 고생할 터였다.

모리는 상대 마음을 정확히 읽고, 겔든하이스는 대답했다.

"지금 50파운드를 받겠어."

겔든하이스는 우리가 이길 수 없다고 확신하는 게 분명했다. 그래서 20% 받을 가능성을 우리에게 50파운드에 판 것이다. 모리가 지갑을 열었다.

"잠깐!"

겔든하이스가 갑자기 중단시키더니, 지갑을 빼고 서약서를 꺼내서 모리에게 내밀며 말했다.

"나도 조건이 있어. 안 받아들이면 거래하지 않겠어."

우리는 깜짝 놀란 얼굴로 쳐다보다, 내가 물었다.

"무슨 조건인데, 겔든하이스?"

"음, 무엇보다, 내가 헬프미카 쪽에서 내기를 받는 데 동의한 이유는 너희 학교에서 내기를 받는 사람이 바로 너라서야, 피케이."

겔든하이스가 손가락으로 모리를 가리키며 덧붙였다.

"유대인 아이하고는 거래하지 않겠어!"

갑자기 화가 머리끝까지 솟구쳤다.

"그게 무슨 소리야! 모리와 난 동업자야. 모리가 빠지면 나도 빠지겠어."

나는 모리에게 몸을 홱 틀면서 말했다.

"그냥 가자, 모리."

모리가 진정하라는 듯 손을 치켜들며 말했다.

"잠깐만 기다려. 진정하라고. 우린 동업자야. 겔든하이스가 너랑 거래하겠다면 그렇게 해."

재니 겔든하이스가 못 보도록 모리가 몸을 돌려 의미심장하게 눈을 찡끗하더니, 겔든하이스가 보도록 몸을 돌려 지갑에서 10파운드 지폐 다섯 장을 꺼냈다.

"여기 있어, 피케이. 네가 저 친구한테 줘."

내가 미처 받기도 전에 겔든하이스가 다시 입을 열었다.

"그게 전부는 아니야."

겔든하이스 입가에 미소가 떠올랐다.

"또 뭐야, 겔든하이스?"

"나랑 한 판 붙자."

내가 깜짝 놀란 얼굴로 물었다.

"뭐, 여기서? 지금?"

"나는 조금 전에 페더급으로 바꿨어. 넌 아직도 밴텀급이고. 마지막으로 만회할 기회를 얻고 싶어."

"싫다면?"

모리가 묻고, 겔든하이스는 여전히 나를 바라보며 말했다.

"거래도 없어! 50파운드는 유대인 친구 엉덩이에 쑤셔 박아야 할 거야! 어때, 피케이? 체육관에서 3라운드 뛰겠어?"

"그래도 널 좋아했는데, 정나미가 떨어지는군! 좋아, 하지만 장비가 없는데 어떻게 하지?"

"준비했으니까 걱정하지 마."

겔든하이스가 어깨를 으쓱하며 덧붙였다.

"나쁜 감정은 없어, 친구. 넌 루이넥이고 난 보아인이야. 널 꼭 이겨야 행복할 것 같아."

"앞으로 행복하게 지낼 순 없겠군! 어디로 가지?"

"누가 심판을 보지?"

모리가 물었다. 손은 10파운드 지폐 다섯 장을 쥔 상태 그대로였다.

재니 겔든하이스가 워터스랜드 대학교를 가리켰다. 약 200m 거리였다.

"네가 승낙할 걸 대비해서 대학생한테 부탁했어."

겔든하이스가 서약서를 지갑에 다시 넣었다. 나는 그를 따라 화장실에서 나왔다. 그러나 모리가 미동도 하지 않은 채 소리쳤다.

"잠깐, 겔든하이스!"

돌아서서 쳐다보니, 모리가 한 손에 10파운드짜리 지폐 다섯 장을 치켜들었다. 얼굴에서 장난기 어린 미소가 스며 나왔다.

"피케이가 이기는 쪽에 50파운드를 걸겠어!"

겔든하이스가 제자리에 차려자세로 섰다. 얼굴엔 분노하는 기색이 가득했다. 모리가 멋지게 복수하자, 겔든하이스가 침을 뱉듯 말을 뱉어냈다.

"좋아, 유대인!"

그리곤 우리를 샤워실로 안내해, 벤치에 있는 갈색 종이 가방을 가리켰다.

"저기에 장비가 있어. 저걸 입고 체육관으로 와."

겔든하이스가 몸을 돌려서 밖으로 나갔다. 옷을 갈아입으러 가는 것 같았다.

장비는 잘 맞았다. 경기화도 꼭 맞았다. 우리는 샤워실을 나와서 체육관으로 기다랗게 이어진 복도를 따라갔다. 내가 모리보다 먼저 체육관에 들어섰다. 손뼉 치는 소리와 휘파람 소리가 갑자기 일어났다. 헬프미카 녀석들이 떼거리로 모여든 것이다.

"제기랄!"

내가 한탄하며 돌아보자, 모리가 아이들이 싱글벙글거리며 쳐다보는 광경을 힐끗 바라보면서 말했다.

"침착해. 놀란 티 내지 마. 상대한테 심리적으로 자신감을 줄 필요는 없으니까."

모리는 평소처럼 걸으면서 빈틈없는 계획을 떠올렸다. 링으로 올라갔다. 모리가 글러브를 끼워주었다. 겔든하이스는 자기 코너에서 허공에 펀치를 날렸다. 나는 평소와 마찬가지로 의자에 앉아서 기다렸다. 20대 중반으로 보이는 심판이 우리를 링 중앙으로 불렀다.

"좋아, 악수하도록! '시작' 하고 말하면 시작해. 다운이 되면 카운트를 여덟까지 센다. 카운트는 다운시킨 선수가 중립 코너로 간 다음부터 시작한다. 반칙 경고 세 번을 받으면 진다."

겔든하이스도 나도 그 얘기를 안 들었다.

"이번엔 꼭 이기겠어, 루이넥."

겔든하이스가 조그맣게 뱉어내자, 내가 받아쳤다.

"이번에도 이겨서 유대인 친구한테 바치겠다, 보아 자식아!"

"준비됐나, 시간 기록원? 시작!"

공이 울렸다. 우리는 서로에게 달려들었다. 겔든하이스는 이번 시합을 단단히 준비한 게 분명했다. 지금까지 모두 다섯 번 졌다. 첫 시합을 빼면 나머지는 격렬한 시합 끝에 내가 근소한 차이로 이겼다. 적진에서 싸우는 시합이지만 그래도 질 순 없었다.

겔든하이스는 천성적으로 공격적인 파이터였다. 처음부터 펀치를 멋지게 날릴 기회를 줄 수는 없었다. 그래서 1라운드 중반까지 뒷걸음

질 치면서 로프에서 떨어져 링 한가운데를 빙빙 돌았다. 나중에 모리가 말한 바에 따르면, 그걸 보고 헬프미카 아이들이 엄청나게 야유했다. 하지만 나는 진공상태에서 싸우는 듯 아무런 소리도 안 들렸다. 완벽한 정신 집중이었다. 겔든하이스가 펀치를 계속 날려도 나는 팔과 장갑으로 모두 막았다. 그러나 펀치 두 개가 적중해서 점수로 이어졌다. 나를 로프로 밀어붙이며 어퍼컷 한 방과 라이트 한 방을 가슴에 깨끗하게 날린 거다.

펀치가 꽂힐 때마다 엄청난 고통이 밀려왔다. 점심을 거른 게 그나마 다행이었다. 세존에서 개인 지도를 30분 넘게 받느라 먹을 시간이 없었다. 겔든하이스는 아침부터 굶었을 게 불을 보듯 뻔했다.

내가 겔든하이스 턱에 펀치를 한 방 멋지게 날렸다. 상대가 잠시 주춤했다. 레프트를 무심코 던지며 들어오다 라이트로 한 방 맞은 거다. 상대는 실수를 되풀이하는 풋내기였다. 1라운드 후반전에 레프트를 다시 부주의하게 던지며 들어와, 나는 그 밑으로 파고들며 복부에 연타를 날렸다.

상대가 겁에 질린 눈으로 비틀거리며 물러나서 로프에 등을 기댔다. 나는 복부에 레프트 라이트를 연타했다. 상대가 커버를 내리면 턱에 어퍼컷을 먹일 계획이었다. 하지만 상대는 어퍼컷을 예상했는지, 복부를 드러낸 채 안면 커버를 안 내렸다. 기엘 피트가 가르쳐 준 연타 콤비네이션을 퍼붓자 상대가 로프를 잡았다. 그때 공이 울렸다. 1라운드는 내가 이겼다.

모리와 나는 겔든하이스 약점을 일찌감치 간파했다. 습관이 특이했다. 레프트 훅을 뻗으려 할 때면 오른쪽 눈썹을 추켜세우면서 오른쪽 팔꿈치를 높이 들었다. 나는 그 순간을 안 놓치고 오른쪽 복부에 연타를 재빨리 날리곤 했다. 연타 콤비네이션을 맞으면 상대는 늘 녹초가 되었다. 기엘 피트가 “가슴과 허리 사이에 연타 콤비네이션을 날리면 상대편은 두 다리가 풀릴 겁니다요”라고 말한 그대로였다.

2라운드를 시작했다. 놀랍게도 겔든하이스는 계속 공세로 나왔다. 당시까지 싸운 시합 가운데 가장 멋진 솜씨였다. 날카로운 펀치가 위협적이었다. 나는 점수를 여러 번 허용했다. 그래서 중간에 왼손잡이로 바꿨다. 겔든하이스가 당황하는 걸 느낄 수 있었다. 덕분에 점수를 더 허용하지 않고 2라운드를 끝냈다.

상대 몸에 펀치를 많이 꽂았어도 2라운드는 내가 확실히 졌다. 파이터가 열심히 공격해서 상대를 코너로 몰아붙이면 많은 펀치로 많은 점수를 얻는 법이다.

2라운드에서 졌다는 게 마음 아팠다. 이제 상대방은 심리적으로 자신감을 가지고 마지막 라운드를 멋지게 장식하려 들 터였다. 마지막 라운드에서 우열을 가릴 수 없으면 주심은 무승부를 선언할 가능성이 컸다. 상대는 체중이 붙은 만큼 맷집과 파괴력이 좋아졌다. 그래서 내가 강타를 먹여도 큰 충격을 안 받는 것 같았다.

상대가 마지막 라운드를 멋지게 장식하려 든다면, 나는 더 멋지게 맞서야 했다. 겔든하이스는 권투선수 이상으로 힘이 좋은 파이터다. 관중은 호전적으로 무자비하게 돌진하는 선수를 좋아한다. 그래서 깨끗한 펀치를 많이 날린 사람이 이긴다는 사실을 잊는 경향이 있다. 나는 주심이 시합을 정확히 판정하길 바랐다. 그러나 근소한 차이로 나에게 판정승을 선언하다간 흥분한 홈 관중에게 집단 폭행을 면치 못하리라.

마지막 라운드를 시작했다. 겔든하이스는 빙빙 돌면서 신중하게 나왔다. 나는 왼손잡이 자세에서 본래 자세로 돌아왔다. 권투선수로 겔든하이스는 나와 상대가 안 됐다. 나는 로프 쪽으로 안 밀리고 링 중앙을 맴돌았다. 상대가 밀고 들어와도 쉽게 피했다.

상대가 파고들면서 안면에 레프트 훅을 날리려 했다. 그 펀치로 끝장내려는 것 같았다. 물론 나는 잽과 라이트 스트레이트를 날려서 상대가 파고드는 걸 물리치며 점수를 올릴 수도 있었다. 하지만 오른쪽 팔꿈치를 들면서 레프트 훅을 힘껏 날릴 때 안으로 재빨리 파고들며 복부에 레프트 어퍼컷을 날리는 편이 더 좋을 것 같았다. 그건 점수 중심으로 경기하는 나 같은 선수에겐 은행에 있는 돈과 같았다.

겔든하이스가 힘껏 내뻗은 레프트 훅이 안면을 살짝 스치고 지나갔다. 확인할 필요도 없었다. 오른쪽 팔꿈치가 허공으로 올라갔으리라. 나는 안으로 파고들며 있는 힘을 다해 레프트 훅을 날렸다. 상대편 눈에서 갑자기 생기가 사라졌다. 기엘 피트가 말하던 대로 골로 간 것이다.

나는 방향을 바꿔서 공격하고, 겔든하이스는 속수무책으로 당했다. 틈이 곳곳에 생겼다. 뒷걸음질만 치는 권투선수라고 생각했는데, 내가 갑자기 전투적으로 변해서 마음대로 치고 들어오니 속수무책일 수밖에 없었다. 그래서 커버를 완전히 내린 채 황급히 껴안으려 했다.

나는 허점을 안 놓치고 라이트 크로스를 턱에 정통으로 먹였다. 상대가 로프로 고꾸라지면서 두 손을 허공으로 뻗었다. 횡격막이 드러났다. 나는 재빨리 파고들어 기엘 피트가 가르쳐 준 연타 콤비네이션을 날렸다. 거리는 짧아도 모두 강하고 정확했다. 상대가 클린치하자, 심판이 떼어놓았다. 상대는 두 다리가 풀린 채 허우적대면서도 두 주먹을 번갈아 뻗었다. 나는 재빨리 피하면서 내 생애 최고의 펀치를 날렸다. 체중이 가득 실린 라이트 어퍼컷을 턱에 다시 한번 제대로 꽂은 것이다.

그렇게 완전무결한 다운은 처음이었다. 겔든하이스가 감자 자루처럼 쓰러져서 캔버스에 큰대자로 누웠다. 나는 중립 코너를 재빨리 물러났다. 상대는 미동도 안 했다. 일어서기 전에 카운트가 끝날 게 확실했다. 주심이 바라보면서 카운트를 시작했다. 일곱을 셀 때 겔든하이스가 눈썹을 치켜뜨고 일어나려 했으나 그게 전부였다. 열을 세는 순간에 캔버스에 다시 쭉 뻗었다.

심판이 다가와서 내 손을 치켜들었다. 관중은 어이가 없다는 표정으로 멍하니 쳐다보았다. 겔든하이스가 일어섰다. 관중도 충격에서 깨어났는지, 일제히 일어나서 나에게 힘찬 박수갈채를 보냈다. 모리가 링으로 들어와서 내 팔을 다시 한번 높이 치켜들었다. 겔든하이스는 세컨드에게 부축받으며 로프 사이로 빠져나가고, 나는 빙긋 웃으며 말했다.

"맙소사, 럭비 시합으로 내기하려다 진짜 힘든 전초전을 치렀어, 모리."

"정말 훌륭했어, 피케이."

우리는 링에서 내려와 문가로 걸어갔다. 헬프미카 녀석들이 길을 만들어 주었다.

"한 가지 다짐받을 게 있어, 모리."

"그래, 뭔데?"

"네가 꾸민 일이 아니라고 다짐할 수 있어?"

"미쳤니? 유대인 배척주의자가 이런 일을 나하고 어떻게 모의하겠니?"

"내가 너 대신 앙갚음했어. 50파운드를 이렇게 빨리 번 건 처음일 거야."

샤워장에 들어서니, 우리 두 사람 말고 아무도 없었다. 모리가 갑자기 낄낄거렸다. 이윽고 우리는 서로 등을 때리면서 깔깔대고 웃었다.

돌아오는 버스에서 내가 말했다.

"헬프미카에 도착하기 전까지 아무 말도 안 했으니까 너도 한 방 맞아야 해."

"말했으면 안 갔을 거야, 그치?"

"그래, 안 갔겠지. 어쨌든 내가 물은 말에 아직 대답하지 않았어."

"무슨 말?"

"네가 꾸민 일이지?"

모리는 손을 내려다보며 대답했다.

"기술적인 측면에선 아니야. 하지만 여러 요소를 고려할 때 이런 일이 벌어질 가능성은 충분했지. 지성적으로 차분히 생각하면 뻔한 일 아니겠어?"

"이놈의 이빨을 결딴내야지! 지금이라도 당장 박살 내겠어!"

우리는 학교에서도 매혹적인 비율을 제시했다. 예상대로 기독교 신사들은 헬프미카가 이기는 쪽에 많은 돈을 걸었다. 애교심과 돈은 완전히 다른 문제였다. 오로지 웰링턴 하우스 기숙생과 다비 코치와 교관, 열다섯 살 이하 팀 구성원만 우리 학교에 걸었다. 모리 말대로 내기는 열다섯 살 이하 팀에 엄청난 사기를 불러일으켰다. 다윗과 골리앗 증후군이 작용했다. 모리의 심리학은 완벽했다. 게임이 다가오자 우리는 정말 이길 수 있다는 자신감이 생겼다.

우린 헬프미카에서 정반대 현상이 나오길 바랐다. 보아 아이들은 자기 팀에 내기를 많이 건 반면, 팀 자체는 일말의 불안감을 못 떨칠 게 분명했다. 웨일스 황태자 학교에서 내기를 걸자고 한 이유부터 이상할 터였다. 연속 네 번이나 진 팀에서 내기를 걸자고 하니, 무슨 꿍꿍이인지 궁금한 건 너무나 당연했다. 게다가 우리 팀과 마찬가지로 상대 팀에도 권투선수가 몇 명 있는데, 그들은 우리 권투 실력이 눈부시게 발전한 과정을 몸으로 직접 겪어보지 않았는가? 최근에 벌어진 대항전이 무승부로 끝날 정도니 말이다. 럭비도 권투와 마찬가지로 발전했다면? 더구나 모리와 내가 바보가 아닌 건 분명하지 않은가? 우리는 모리의 독약 처방이 효력을 발휘하기만 간절하게 기도했다.

열다섯 살 이하 팀 시합인데도 그해 최대의 관중이 몰렸다. 양쪽 학교에서 내기에 참가한 아이는 경기장에 모두 나타났다. 모리는 양 팀이 경기장에 줄 설 때까지 내기를 받았다. 경기를 시작하기 전에 파이프 연주자에게 운동장 한가운데서 '스코틀랜드의 용감한 병사'를 연주하게도 했다. 우리 팀은 사기가 끓어올랐다.

심판이 호각을 불었다. 아더톤이 공을 찼다. 상대편 포워드 한가운데로 떨어지는 짧은 킥이었다. 오줌싸개 존슨이 그 자리로 달려가서 헬프미카 포워드를 넘어뜨렸다. 기적이었다. 헬프미카 포워드가 공을 잡았다. 스크럼이 느슨했다. 하지만 공은 안 빠져나왔다. 심판이 호각을 불었다. 스크럼을 다시 짰다.

헬프미카 쪽 스크럼이 세차게 밀어붙이는데도 공이 나에게 정확히 날아왔다. 중간 지점이었다. 중간선에 상대편 25번 선수와 아더톤이 있었다. 바로 내 뒤였다. 나는 아더톤이 드롭킥을 차려고 준비하는 걸 보았다. 욕심이 너무 심한 것 같았다. 상대편 좌우익을 맡은 선수들이 달려왔다. 나는 뒤에 있는 아더톤에게 패스했다. 아더톤이 단숨에 차서 포스트로 넣었다. 4점이었다. 아더톤이 찬 드롭킥 가운데 최고였다. 우리 팀은 사기가 최고조로 치솟았다.

우리는 콘버티드 트라이를 다시 기록하고, 하프타임 직전에 상대 팀이 프리킥을 넣었다. 하프타임이 되었다. 점수는 9 대 3이었다. 하지만 덩치가 커다란 상대 팀은 힘이 아직 많이 남고 우리는 모두 지친 상태였다.

후반전에 들어오면서 헬프미카가 계속 밀어붙여 근소한 차이로 쫓아왔다. 시합 종료 10분을 남겨두고 9 대 8이 되었다. 우리 팀 포워드가 계속 밀렸다. 헬프미카가 점수를 내는 건 시간문제였다. 우리는 모든 힘을 다해 상대 팀을 막았다.

모리는 파이프 연주자에게 사이드에서 파이프를 불도록 하고서 소리를 계속 질러댔다. 그러나 우리는 너무 지쳐서 음악 소리에 신경 쓸 여유가 없었다. 겔든하이스가 나를 악착같이 따라다니며 마크했다. 상대 팀이 우리 라인에 진을 칠 때 나는 스크럼에서 공을 받는 척했다. 겔든하이스가 나를 과도하게 마크하려다 두 번이나 오프사이드를 범해서 우리는 프리킥을 두 번 얻었다. 경기 종료가 몇 분 안 남은 때였다. 우리는 프리킥 두 개를 넣고서 충분히 안심할 수 있었다.

경기 종료 2분을 남기고 우리 진영 5야드에서 스크럼을 짰다. 상대 팀이 우리를 세차게 밀어붙였다. 우리 팀이 공을 간신히 빼냈다. 내가 풀백에게 패스하는 척하자, 겔든하이스가 잠시 머뭇거렸다. 그 정도면 빈자리로 충분히 빠져나갈 수 있었다. 나는 상대편 윙을 제치고 근처에 있는 아더톤에게 패스했다. 아더톤은 공을 받아 적진으로 달리다 상대편 플라이 하프를 제치고 멀리 떨어진 포스트를 향해 장거리 킥을 날렸다. 우리 편 오른쪽 날개, 라이엘이 풀백을 제치고 공을 받아서 터치다운을 했다. 황태자 학교 학생은 돈을 잃고도 모두 열광했다. 결국 우리가 12대 8로 이겼다.

내기를 정산했다. 우리 팀에 건 몇 안 되는 충직한 학생에게 상금을 비율대로 나누어 주니, 우리 수중에 487파운드 15실링 6펜스가 떨어졌다. 두 학교를 합쳐서 1,800명에 달하는 학생이 내기를 전부 건 셈이다. 정말 대단한 사업이었다. 동시에 가장 큰 이익을 남겼다. 내가 받을 몫만 해도 앞으로 2년 반 동안 솔리 골드먼에게 돈을 내고 남을 정도였다.

모리는 50파운드를 들여 우리 팀 탈의실에서 파티를 열었다. 그리고 크림빵 60개가 든 상자에서 크림빵 하나를 집어 가운데를 잘랐다. 거기에 10파운드 지폐를 한 장 넣어서 빵 더미 맨 위에 올려놓곤, 그 상자와 펩시콜라 한 상자를 헬프미카 팀 탈의실로 보냈다.

사우어 거리에 있는 솔리 골드먼 체육관은 어디서나 볼 수 있는 평범한 체육관이었다. 땀과 초크와 바셀린, 희망의 냄새가 진동했다. 솔리는 피부색을 가리지 않고 체육관을 운영했다. 세계와 함께 호흡한다는 의미였다. 유색인용 라커룸이 따로 있다는 게 아파르트헤이트를 적용한 유일한 사례였다.

체육관에서 제일 중요한 건 권투선수로 얼마나 훌륭한 자질이 있느냐였다. 요하네스버그 경찰은 솔리가 피부색을 무시하고 체육관을 운영하는 걸 모르는 척했다. 크루거 경찰국장이 권투를 아주 좋아했다. 권투를 좋아하는 사람에게 링에 올라선 흑인은 흑인이 아니었다. 위대한 흑인 선수가 전 세계에 얼마나 많은가? 12온스 글로브를 끼고 얼굴에 잽을 먹이는 사람은 더러운 카피르가 아니라 권투선수였다. 적어도 시합하는 동안에는.

체육관에서는 수많은 아마추어 선수가 연습했다. 하지만 솔리는 그들 누구도 코치하지 않았다. 오직 프로선수에게 관심을 집중했다. 요하네스버그 주변 아프리카 마을에서는 권투가 중요한 운동으로 자리를 잡고, 솔리는 수익금을 일부 챙기는 조건으로 흑인 선수를 여러 명 키웠다. 흑인과 백인이 타이틀을 놓고 공개적으로 시합할 순 없었다. 그러나 스파링은 함께 했다. 백인 측이든 흑인 측이든 한쪽이 단단히 결심하고 치열하게 스파링하는 경우도 많았다. 물론 먼저 치열하게 나오는 건 대체로 백인 측이었다.

모리와 내가 처음 찾아갔을 때, 솔리는 나에게 아마추어를 막 벗어난 밴텀급 프로선수와 스파링하라고 했다. 2라운드가 끝나자 솔리가 스파링을 중단했다.

"권투를 누구한테 배웠지, 피케이?"

나는 기엘 피트에 대해 대충 얘기했다.

"다음에 만나면, 얘야, 내가 찬사를 아끼지 않더라고 전해주거라."

"죽었어요, 솔리."

솔리가 대머리를 한쪽으로 갸우뚱하며 말했다.

"그래? 아깝군. 기초 실력이 거의 완벽해. 링에서 뛰는 솜씨가 마법사 같아."

"감사합니다."

당혹감에 휩싸여 어설프게 나온 대답이었다. 솔리 골드먼은 최고다. 그런 그가 그렇게 칭찬하니 몸 둘 바를 몰랐다.

"그런 말을 하기엔 일러. 아직 넘어설 관문이 많아. 왼손으로 쥐는 힘이 약해. 오른손을 더 많이 움직여야 하고. 아마추어가 흔히 그러듯 너도 점수 올릴 기회만 노리면서 두 손을 너무 높이 치켜들어. 넌 속도가 충분하니까 두 손을 약간 떨어뜨리는 게 좋아. 그러면 펀치력이 좋아질 거야. 그리고 체중을 늘려야 해. 상체도 단련하고. 라이트 레프트 콤비네이션은 아주 훌륭해. 마음에 들어. 나한테 배우면 남아프리카에서 13번 연타 콤비네이션을 구사하는 유일한 아마추어 선수가 될 거야. 황홀한 콤비네이션. 오르간으로 시작해서 커다란 베이스 드럼으로 끝나는, 홀로 연주하는 밴드."

솔리 골드먼에게 놀라지 않을 수 없었다. 기껏해야 두 라운드 스파링한 것에 불과한데, 그걸 보고 장단점을 지적하다니, 기가 막힐 지경이었다. 하지만 그 말은 모두 옳았다. 크리스마스 방학을 시작할 즈음에 나는 실력이 눈부시게 좋아졌다. 라이트와 레프트 펀치도 훨씬 강해졌다.

나는 평상시와 마찬가지로 그해도 바버톤 소속으로 동부 트랜스발 챔피언전에 출전했다. 스미트 주임은 못 믿겠다는 듯 어이없는 표정으로 지켜보았다. 챔피언전은 바버톤에서 열렸다. 내가 시합하는 광경을 보려고 마을 사람 전체가 참석한 것 같았다. 어머니는 안 왔다. 하지만 할아버지는 박사와 박스웰 부인과 본스타인 선생님, 본스타인 노인과 함께 앞자리에 앉았다. 본스타인 선생님이 나중에 말한 바에 따르면, 본스타인 노인은 내가 펀치를 던질 때마다 움찔움찔한 반면, 박사는 침착한 모습이 노련한 권투 팬이라도 되는 것 같았다.

나는 토너먼트 시합에서 승승장구하다 최우수 선수상을 받았다. 경기를 마치고 나는 할아버지와 함께 집으로 걸어가고 박사는 박스웰 부인이 모는 자동차를 타고 오두막으로 갔다. 대문 앞에서 할아버지가 어깨를 두드리며 말했다.

"내 평생 이렇게 자랑스러운 적이 없단다, 얘야."

그러더니 어색한 기색을 감추려고 하얀 리넨 재킷을 뒤지며 파이프를 찾았다.

집에 오고 벌써 1주일이 지났다. 요하네스버그에서 기차를 타고 1주일 전 토요일 오전 9시에 넬스프루트에 도착했다. 평상시와 마찬가지로 기차를 갈아타고 카프무이덴으로 가서 정오까지 기다리다, 바버톤 행 커피포트 엔진 열차를 타고 털털거리며 저녁 10시쯤에 도착할 예정이었다. 그런데 놀랍게도 거트가 넬스프루트 역에서 나를 기다렸다.

"백인 한 명이 곤드레만드레 되어서 삽으로 교도소 작업반을 공격하는 사건이 벌어졌어. 그에 대한 보고서를 제출하러 여기로 오려고 하니까, 스미트 주임이 이왕이면 피케이를 기다리다 차에 태워서 오라더군."

거트가 자초지종을 설명하곤 손을 내밀었다.

"잘 지냈어, 친구?"

바버톤으로 돌아오는 길에 거트는 박사가 산에 올라갔다 폭풍을 만나서 폐렴에 걸렸다는 소식을 알려주었다. 1주일간 병원에 입원했다며 이렇게 말했다.

"이제 너무 연로하셔. 두 눈을 감을 날이 얼마 안 남은 게 분명해, 피케이."

나는 그렇지 않다는 투로 말했다.

"박사는 아직 튼튼하니 금방 회복할 거예요. 장담해요."

하지만 그건 나 자신을 위로하는 말에 불과했다.

"그래, 정말 건강하시지. 하지만 연세가 벌써 여든다섯이야. 아니, 더 많을지도 몰라. 사람은 누구나 저세상으로 떠날 수밖에 없어, 친구."

"하지만 박사는 아직도 산에 오르잖아요. 힘이 충분하다는 뜻이라고요."

"물론 병에 걸리기 전까진 그랬지. 그분은 네가 오는 날만 기다리셨어. 확실히 모르겠지만 이제 얼마 안 남으신 것 같아. 하기야 내가 작업반을 보내서 선인장 정원을 돌보겠다고 하니까 아직 직접 돌볼 수 있다며 거절하시더군. 하지만 모를 일이야……."

나는 입을 꽉 다물었다. 목에서 뭔가 울컥했다. 도로가 흐릿하게 보였다. 박사라는 존재가 사라질 수도 있다는 생각 자체가 너무 고통스러웠다.

"너희 집에 있는 카피르 여자애 두 명이 극진하게 돌보고 있어. 시간만 나면 오두막으로 달려가더군. 음식도 매일매일 갖다 드리고 심지어 면도까지 해주니깐."

박사는 내가 아는 사람 가운데 독립심이 누구보다 강했다. 거트가 우려하는 게 단순한 추측이 아니라는 걸 피부로 느낄 수 있었다. 디와 덤에게 면도를 맡길 정도라면 손이 심하게 떨리는 게 분명했다.

예전에 디와 덤에게 싱어 재봉틀을 사주었다. 그들은 그걸로 조그만 사업을 시작했다. 다른 집 하인에게 옷을 만들어 주는 일이었다. 어머니와 마리가 옷감 자르는 법과 단추 구멍 뚫는 법, 가두리 치는 법을 가르쳐 주고, 쌍둥이 자매는 모든 기술을 순식간에 배웠다.

디와 덤이 바느질로 얻는 자그마한 수입을 박사를 돌보는 데 쓴다는 사실은 나중에 우연히 알았다. 여자애들에게 피아노를 가르칠 수 없어, 박사 수입이 사라진 것이다. 나는 박사에게 돈을 정기적으로 보냈다. '은행'에서 받는 수입은 1주일에 1파운드 정도였다. 여기에다 모리와 함께 가끔 특별 사업을 벌여서 목돈을 만졌다. 나와 디와 덤이 버는 수입으로 박사는 그런대로 살아갈 수 있었다.

어머니가 기다린다는 걸 알면서도 거트에게 박사 오두막 입구에서 내려달라고 부탁했다. 입구에 내려서 옷 가방을 덤불에 감추고 오두막으로 올라갔다. 박사는 베란다 밑에 놓은 생가죽 의자에 앉아 있었다. 잠자는 것 같았다. 그러다 갑자기 눈을 뜨더니, 가까이 다가서는 나를 보곤 한 손으로 의자를 짚고 억지로 일어섰다. 190㎝ 되는 커다란 키가 베란다 서까래에 거의 닿을 정도였다. 나에게 팔을 벌렸다. 몸이 흔들리는 것 같았다. 나는 정신없이 달려들었다. 박사가 두 팔로 안았다. 이제 더 억누를 수 없었다. 나는 박사를 꼭 끌어안으며 흐느꼈다.

"제발, 박사, 제발 죽지 마세요, 박사."

박사와 나는 말로 형용할 수 없을 정도로 서로를 사랑했다. 우리 가슴에서 뜨거운 사랑이 불꽃처럼 용솟음쳤다. 하지만 겉으로 드러낸 적은 없었다. 그러나 지금은 도저히 주체할 수 없었다. 거트에게 들은 말이 뇌리를 스쳤다. 나를 꼭 껴안은 박사에게서 아무런 힘도 느낄 수 없었다. 한 줄기 담배 연기 같은 힘이 전부였다.

박사가 등을 툭툭 두드리며 달랬다.

"어버부부버브! 벌써 죽을 순 없단다, 피케이. 저 산이 푸르른 자태를 자랑하며 우리한테 손짓하잖아. 수정 동굴에 못 갔는데 내가 어떻게 눈을 감겠니?"

나는 품에서 나오고, 박사는 의자에 다시 앉았다. 내가 손등으로 눈물을 훔치면서 훌쩍거리는 목소리로 말했다.

"아팠다면서요, 박사. 거트한테 들었어요."

"별거 아니야. 감기가 심했을 뿐이야, 피케이. 걱정할 필요 없어."

"폐렴이었어요!"

"그래, 사실이야. 하지만 폐렴에도 지독한 게 있고 시시한 게 있는데, 내가 걸린 건 아주 시시한 거였어. 시시해서 언급할 가치도 없는 거. 그럼 그렇고말고. 어버부부버브!"

박사가 의자에서 다시 일어났다.

"이리 오너라. 커피를 준비해 두었다, 피케이."

"마리한테 들으면 다 알 수 있어요."

박사가 갑자기 두 손을 치켜들었다.

"마리! 진짜 대단하더군! '교수님, 예수님께 생명을 바쳐야 해요. 시간이 안 많아요. 지옥 불의 저주를 영원히 받을 것인지, 예수 그리스도의 사랑을 받을 것인지 선택해야 해요.' 그래서 나는 '여기에 더 머물러야 한다오, 아가씨'라고 대답했지. 아마 크게 실망했을 거야. 틀림없어."

박사가 말하면서 두 손이 떨리는 걸 막으려고 커피포트를 꼭 쥔 채,

진한 블랙커피를 따르면서 껄껄 웃었다. 내가 먹을 커피는 커다란 양철 잔에 가득 따르고 당신이 마실 잔에는 절반만 따랐다. 커피를 안 흘리려는 조치였다. 연약한 체력을 감추려고 애쓰는 것 같았다.

우리는 베란다에 앉아서 커다란 양철 잔으로 커피를 홀짝홀짝 마셨다. 아무도 입을 안 열었다. 박사는 내가 돌아온 걸 크게 기뻐했다. 나는 나 자신이 박사에게 힘이 된다는 걸 느낄 수 있었다. 그러다 수정 동굴 이야기가 나왔다. 박사에게 가장 위대한 발견은 바로 그거였다.

"이렇게 다시 만나서 기쁘구나, 피케이. 크리스마스를 보내면 여든일곱 살이야."

"박사, 내가 웰터급 세계 챔피언이 될 때까지 사세요. 최소한 아흔네 살이나 다섯 살까지 사세요!"

내가 절박하게 말하는 걸 듣고 박사가 껄껄 웃더니 의자에서 천천히 일어서며 말했다.

"이리 오너라. '파치포디움 나마쿠아늄'을 보여주마. 많이 자랐어. 아마 그놈도 세계 챔피언일 거야."

우리는 선인장 정원으로 걸어갔다. 박사는 아직도 '파치포디움 나마쿠아늄'만큼이나 컸다. 걸음걸이에도 탄력이 생긴 것 같았다.

"다음 주엔 산에 가자꾸나, 피케이. 너무 오랫동안 못 갔어."

결국 다음 주에 산에 올랐다. 쉬운 길을 주로 걸었다. 박사가 많이 좋아진 것 같았다. 1월 중순에 학교로 돌아갈 즈음에는 눈에 띄게 좋아졌다.

23

1948년은 남아프리카 역사상 가장 위대한 해였다. 영국에서 엘리자베스 공주가 방문했다. 우리는 큰길에 나가서 미래의 여왕이 새까만 롤스로이스를 타고 멋지게 지나는 모습을 바라보며 깃발을 흔들었다. 이 해는 우리가 흰 빵을 먹기 시작한 해기도 하다. 미래의 영국 여왕을 얼핏 본 것보다 대단한 일이었다.

역사는 그 해를 다니엘 후랑소와즈 말랑 박사가 이끄는 국민당이 선거에 이기면서 아프리카너가 주류로 다시 등장한, 커다란 전환점이 되는 해로 기록할 터였다. 그러면서 아프리카 두 백인 세력의 투쟁이 정점에 도달한 시점으로 거창하게 해석할 터였다.

하지만 전환점에 도달한 건 백인과 백인의 이데올로기 충돌이 아니라 국민당이 전쟁 기간에 주식으로 삼던 통밀빵 대신 하얀 밀가루로 만든 흰 빵을 다시 먹도록 하겠다고 공약한 결과였다. 먹을 게 충분한 소수 백인이 더 맛있는 걸 주겠다고 공약한 쪽에 표를 던진 것이다.

국민당은 승리하고 1주일 만에 공약을 지켰다. 남아프리카 백인은 약속을 지키는 정부가 처음 등장했다며 크게 만족했다. 반면에 남아프리카 흑인은 스잠복이라는 가죽 채찍에 더 많이 시달려야 했다. 모리는 국민당을 집권당으로 만든 선거는 인류 역사상 가장 지저분한 선거였다며 비웃었다.

1948년은 남아프리카가 인류애에 동참하려는 희망을 통째로 포기한 해도 된다. 흑인은 궁지에 몰려서 굴욕감과 분노를 억눌러야 했다. 4년이 지난 1952년에 비로소 아프리카 민족회의 의장 루툴리는 인디아 회의 의장 몬티 나이커 박사와 손잡고 흑인을 비롯한 모든 유색인에게 저항할 것을 처음으로 선언했다. 이들은 “아프리카여, 돌아오라!"는 구호를 외쳤다. 흑인에게 정의와 인간 존엄을 보장하라는 절규였다.

사립학교는 사회적 정치적 변화와 무관하게 움직이는 경향이 강하다. 아프리카 흑인에게 토요일 야간 학교를 보장한 권투 사건이 없었다면, 웨일스 황태자 학교 역시 백인 우월주의와 특권이라는 껍질에 갇혀서 독선적인 형태를 여전히 못 벗어던졌을 것이다.

권투 사건은 1949년 부활절 연휴 기간 열흘 사이에 일어났다. 모리 부모는 연휴를 두르반에서 친척과 지내기로 정해, 모리는 집에 혼자 남게 되었으니 연휴를 함께 지내자며 나를 집으로 초대했다. 박스웰 부인에게 편지해서 박사는 잘 지낸다는 답장을 받았다. 그래서 나는 초대를 받아들였다. 요리사를 비롯한 하인들이 우리를 시중들었다. 운전사 한 명은 프리토리아에서 요하네스버그 솔리 골드먼 체육관까지 50㎞나 되는 길을 매일 태워다 주었다.

솔리가 싫어했지만 우리는 특별 수고료를 지급할 테니 연휴에도 계속 가르쳐 달라고 고집부렸다. 모리는 모든 분야에서 사업 감각을 발휘했다. 매주 토요일 아침에 바클레이 은행 예오빌 지점에 가서 새로 나온 5파운드짜리 지폐 한 장을 청구했다. 그래서 빳빳한 지폐를 안 접은 채, 가죽으로 장정한 커다란 장부 주간 수입란에 넣어서 보관했다. 그러다 일요일 아침에 내가 훈련을 마치면 삐걱거리는 솔리 사무실로 나와 함께 들어가서 단정하고 꼼꼼한 글씨로 '수고비 5파운드, 솔리 골드먼에게 지급함'이라고 적은 장부를 펼치고는, 솔리에게 서명을 받고 5파운드 지폐를 준다. 그런 다음에 두 사람은 애늙은이처럼 진지하게 악수한다. 악수가 끝나면 솔리는 빳빳한 5파운드 지폐를 더러운 회색 바지 뒷주머니에 아무렇게 쑤셔 넣는다. 일종의 앙갚음이었다.

솔리는 외출할 때 말쑥하게 차려입었다. 그러나 체육관에서는 헐렁

한 셔츠에 낡은 회색 바지를 입고 갈색 줄무늬 넥타이로 허리춤을 질끈 동여맨 게 전부였다. 그래서 한번은 모리에게 물었다.

"솔리는 뒷주머니에 아무렇게나 찔러넣는데 빳빳한 돈을 굳이 힘들게 준비하는 이유가 뭐니?"

"그래, 솔리는 앞으로도 뒷주머니에 아무렇게나 쑤셔 넣겠지. 솔리가 무시하는 투로 돈을 찔러넣는 걸 보면서도 내가 바보 같은 짓을 매주 하는 건 솔리한테 우리를 가볍게 여기면 안 된다는 사실을 확인시키는 거야. 돈을 뒷주머니에 매번 쑤셔 넣는다는 자체가 우리를 가볍게 여기지 않는다는 증거기도 하고."

부활절 연휴 3일째 되는 날, 솔리는 모리와 나를 사무실로 들어오라고 정중하게 부탁했다. 그러더니 등나무로 만든 낡은 의자 두 개를 가리키곤, 산더미같이 쌓인 서류 더미를 밀치고 책상에 걸터앉았다. 책상에는 권투시합 프로그램이나 안 뜯은 편지를 비롯해 온갖 종이 뭉치와 녹슨 은제 컵이 어수선하게 널렸다.

거기에 전화기 한 대와 일일 기록부가 있었다. 전화기는 일일 기록부에 올려놓는데, 일일 기록부에는 커피숍 전화번호를 비롯해 수백 명에 달하는 이름과 전화번호가 있었다. 겉장을 누가 떼어간다면 솔리 체육관 자체를 더는 운영할 수 없을 것만 같았다.

"피케이한테 다음 주 토요일 밤에 소피아타운에서 싸우자는 요청이 왔어. 내가 추진한 건 아니지만 시합에 응하는 것도 나쁘진 않을 거야."

"소피아타운이라니! 흑인 마을이잖아요?"

"그래, 약간 의외라는 건 나도 인정해. 최근에 프로로 전향한 밴텀급 흑인 선수야."

"솔리, 정신 나갔어요? 피케이는 아마추어라서 프로랑 싸울 수 없다고요!"

"흑인 선수는 이곳 출신이 아니라서 트랜스발에 아직 등록을 안 했어. 행정적인 관점에서 보면 이곳에선 여전히 아마추어인 셈이지. 게다가 원주민 마을에서 경기하는데 누가 알겠어?"

"그러면 안 된다는 건 당신이 잘 알잖아요, 솔리!"

솔리가 모리 말을 무시한 채 나에게 직접 말했다.

"이번 경기는 좋은 경험이 될 거야. 장단점을 파악해서 실력을 끌어올릴 좋은 기회."

"하느님 맙소사! 정신 나갔군요, 솔리! 밴텀급 프로선수라면 스무 살이 넘을 텐데, 이제 열다섯 살밖에 안 된 피케이한테 그런 놈하고 싸우라니요?"

"그래, 좋은 지적이야, 모리. 흑인 아이는 이제 열여섯 살이야. 좋은 상대가 될 거야. 프로 경기도 세 번밖에 안 치르고. 게다가, 모리, 내가 피케이를 엉뚱한 시합으로 내몰 것 같아? 내 판단력을 무시하지 말라고."

"잠깐, 두 사람 모두 그만 하세요."

내가 솔리를 쳐다보며 물었다.

"뭔가 흑막이 있어요, 그죠? 흑인 마을에서 흑인과 싸우자는 얘긴데 애당초 그럴 수 없는 거잖아요. 그런 데다 아마추어가 프로와 시합하면……"

"등록 안 된 프로."

솔리가 중간에 덧붙였다.

"내가 묻는 건 그게 아니에요, 솔리."

"네가 생각하는 그런 것도 아니야, 피케이. 돈 때문에 하는 시합이 아니라고. 상금은 없으니까."

"그럼 내기는요?"

모리가 묻자, 솔리가 책상에 두 손을 포갠 채 어수선한 장부를 보며 대답했다.

"내기 같은 것도 없어!"

"그러지 말고 솔직하게 말하세요, 솔리."

모리가 재촉했다.

"뉴니 때문이야. 그 사람이 시합을 원해. 뉴니가."

"뭐 하는 사람인데요? 여기엔 언제 왔죠?"

내가 물었다.

"흑인 프로모터야. 흑인 마을에서 벌어지는 시합을 독점하지."

"그게 우리랑 무슨 상관이지요?"

내가 다시 묻자, 솔리가 쳐다보면서 말했다.

"그 사람은 네가 기드온 만도마와 붙으면 아주 굉장한 시합이 되리라 생각해. 그게 전부야."

"당신이 시합을 권하는 진짜 이유를 밝힌다면 나도 진지하게 검토하겠어요. 진짜 이유가 뭐지요, 솔리?"

내가 재차 묻자, 솔리가 두 손을 추켜들었다.

"좋아, 사업 때문이야, 뉴니가 흑인 선수를 보내면 내가 키우고 수익금은 반씩 나누지. 그러니 뉴니 요구를 들어주는 게 좋을 것 같아. 솔직히 말해서 그들이 이 시합을 왜 하자는 건지는 나도 정말 모르겠어. 내가 보기에도 어처구니가 없거든."

모리가 곰곰이 생각하는 어투로 끼어들었다.

"그 사람이 골탕 먹이려고 말한 걸 가지고 지금 당신이 말도 안 되는 소리를 하는 거예요. 누가 봐도 뻔하잖아요. 당신이 뭐라고 하든, 그리고 뉴니가 내기를 걸든 안 걸든, 그건 이유가 될 수 없어요. 이번 시합이 외부에 알려지면 권투 프로모터 자격증을 빼앗길 테니까요."

"모리 말이 옳아요, 솔리. 뭔가 다른 이유가 있어요. 뉴니가 바보거나, 우리가 모르는 이유로 커다란 모험을 하는 게 분명해요. 우리는 말려들고 싶지 않아요. 그런데 만도마란 친구는 줄루족인가요? 만도마란 이름을 가진 보모가 있었거든요."

"내가 어떻게 알겠어? 그들은 글러브를 끼우고 싸워서 돈 버는 깜둥이에 지나지 않아."

모리네 운전사는 승용차에서 기다렸다. 한 블록 떨어진 공터였다. 모리는 차가 있는 곳으로 걸어가면서 머리를 계속 내저었다.

"이해가 안 돼. 흑인 마을에서 깜둥이 프로선수와 백인 아마추어 선수를 맞붙게 하다니, 뉴니라는 사람은 머리가 돈 게 분명해. 카운트 열을 세기도 전에 경찰이 달려와서 체포할 텐데 말이야. 도대체 무슨 속셈일까? 아무리 흑인 마을이라지만, 열다섯 살짜리 아마추어 권투선수가 열여섯 살짜리 흑인 밴텀급 프로선수와 싸워봤자 별다른 성공을 못 거둘 텐데."

"이유를 추측하기 힘들지, 그치?"

내가 조용히 물었다.

"그래, 아직은. 하지만 알아내고 말겠어."

"그럴 필요 없어. 흑인 민중이 원해서 그러는 거니까."

모리가 몸을 돌려서 내 팔을 잡으며 감탄했다.

"그래, 맞아, 피케이. 올챙이 천사!"

공터 쪽으로 접어들자 딱정벌레처럼 까맣게 반짝이는 승용차가 눈에 들어왔다. 주변에는 고체 타르를 반쯤 채운 44갤런짜리 드럼 여러 개와 여느 공터가 그렇듯 벽돌 더미와 쓰레기가 쌓였다. 운전사는 키가 크고 옷차림새도 깨끗한 흑인과 이야기하다 우리를 발견하곤 우리 쪽으로 몇 걸음 다가왔다.

"으흠, 이제 무슨 일이 어떻게 돌아가는지 30초면 파악하겠군, 저기에 있는 사람 좀 보라고, 모리."

우리가 다가가자 흑인이 커다란 키를 똑바로 세웠다. 흑인 사이에서 올챙이 천사 노래를 선창하던 흑인이었다.

"이 사람이 이야기하고 싶대요, 나으리."

운전사가 나에게 말했다.

"안녕하세요?"

내가 키 큰 흑인에게 줄루 말로 인사했다. 옆에 서니 높다란 전망대 같았다.

"안녕하세요, 인코시(성인)?"

상대가 대답하며 내가 내민 손을 잡아서 가볍게 흔들었다. 우리는 본론에 들어가기 전에 인사치레로 다른 이야기를 나누었다. 줄루식 예절이었다.

"날씨가 더운데 비는 안 오는군요. 이러다 고향에 가뭄이 들겠어요."

"내 고향도 마찬가지예요. 목동이 가축을 몰고 풀을 찾아 먼 곳까지 돌아다녀야겠어요. 강도 웅덩이만 몇 군데 남고 거의 말랐겠지요."

그때 모리가 끼어들었다.

"저 사람이 뭐라고 그러니?"

"아직 별다른 건 없어. 지금까지 날씨 이야기만 나누었어."

내가 대답하고 다시 말했다.

"당신은 고향이 여기에서 먼가요?"

"멀답니다, 인코시. 줄루 땅 울룬디 근처랍니다."

위대한 줄루 왕 네 명 가운데 세 명, 딩간과 므판데와 세쯔와요가 울룬디 근처에 살았다. 앞에 있는 커다란 사내는 귀한 가문 출신일 가능성이 컸다.

"부인과 아이들이랑 멀리 떨어졌군요. 가족과 멀리 떨어져서 지내는 건 별로 좋은 일이 아니지요."

"그건 전통이랍니다, 인코시. 백인한테서 돈을 벌려면 가족과 떨어져서 지낼 수밖에 없지요. 지금은 몹시 어려운 시기니까요. 게다가 나는 가축이나 땅이 거의 없고요."

이제 나를 소개할 때가 되었다.

"나는 피케이입니다."

내가 부드럽게 말하면서 손을 다시 내밀었다.

"예, 잘 압니다, 인코시. 나는 뉴니입니다."

우리는 두 번째로 악수했다. 이번에는 백인 방식대로 악수한 다음에 손바닥으로 상대편 엄지손가락을 잡았다. 아프리카 전통 악수다.

"안녕하세요, 뉴니?"

"안녕하세요, 피케이?"

뉴니가 이름을 부르는 건 무례한 태도나 나는 개의치 않았다. 나를 오래전부터 안다는 기분이 들었다.

"소피아타운 권투시합 때문에 왔나요?"

"그렇습니다."

뉴니가 부드럽게 대답했다.

"이제 영어로 대화할까요? 내 친구도 대화에 참여시키고 싶거든요."

뉴니가 활짝 웃으면서 영어로 대답했다.

"제 영어가 형편없어요."

뉴니는 영어 실력이 뛰어났다. 모리는 자기도 대화에 낄 수 있어서 다행스럽게 여기는 것 같았다.

"소피아타운 때문에 왔대."

내가 모리에게 말하고 정식으로 소개했다.

"모리, 이쪽은 뉴니 씨."

그리곤 뉴니를 쳐다보며 다시 말했다.

"이쪽은 제일 친한 친구, 모리 레비."

"안녕하세요?"

뉴니가 모리에게 인사했다. 손은 일부러 안 내밀었다. 그 대신 머리를 조금 숙였다.

"안녕?"

모리가 대답했다. 흑인과 동등한 자격으로 대화한다는 자체가 아직 익숙하지 않은 것 같았다.

"피케이가 시합하도록 솔리 골드먼 씨한테 부탁한 이유는 뭔가요?"

모리가 묻자, 뉴니가 깜짝 놀란 표정으로 반문했다.

"트레이너한테 부탁하는 게 관례 아닙니까?"

"나는 매니저요. 그런 부탁은 나한테 해야 돼요."

뉴니가 고개를 젖히고 크게 웃었다.

"예, 알겠습니다. 트레이너인 솔리 씨가 좋다고 한 터라, 당신한테 얘기해야 한다는 생각을 미처 못했습니다."

"솔리 씨가 동의한 대가로 당신은 무엇을 제공하지요?"

"없어요. 그 사람도 나처럼 권투 사업을 하니까요."

"당신은 선수를 얼마나 많이 거느리나요, 뉴니 씨?"

"모두."

뉴니가 짤막하게 대답하자, 모리가 반발했다.

"아니, 당신이 흑인 선수를 모두 다 거느린다니, 지금 우리한테 허풍 떠는 거요?"

뉴니가 나에게 줄루어로 말했다.

"친구분이 예의가 없군요, 인코시."

"내가 대신 사과하겠습니다, 뉴니. 다른 백인과 똑같이 행동하는 것에 불과하니까요."

내가 모리를 쳐다보면서 말했다.

"그렇게 말하지 마."

모리가 머리를 흔들며 사과했다.

"미안합니다, 뉴니 씨. 다른 뜻은 없어요. 당신이 제안한 시합 자체가 도무지 말이 안 돼서 그런 거요."

뉴니가 줄루어로 다시 말했다.

"줄루 말로 설명하는 게 좋겠어요. 내 생각에 이 친구는 흑인 방식을 모르는 것 같아요."

내가 모리에게 말했다.

"뉴니 씨가 지금부터 줄루어로 이유를 설명할 거야. 복잡한 문제가 있나 봐."

뉴니가 설명했다.

"당신은 올챙이 천사입니다. 흑인한테 영향력이 막강하지요. 게다가 당신은 보아인하고만 시합합니다. 그래서 항상 이깁니다. 흑인은 당신이 자기네를 이끌 위대한 추장이라고 생각합니다. 소쏘도 그러고 샹간도 그러고 줄루도 그렇습니다. 흑인 종족 모두 그렇게 생각합니다."

뉴니가 말을 멈추더니 다시 이었다.

"나, 뉴니도 그렇게 생각합니다. 당신이 하늘에서 별을 떨어뜨리는 걸 많은 사람이 목격했습니다."

"그건 사실이 아닙니다, 뉴니. 나는 흑인을 이끌 추장이 아닙니다."

"무엇이 진실이고 아닌지 누가 장담할 수 있겠습니까? 중요한 건 흑인이 누구나 그렇다고 생각한다는 겁니다. 그걸 결정할 사람은 당신이 아닙니다, 인코시."

"결국 올챙이 천사 문제야, 우리 추측이 옳았어."

나는 모리에게 말하고, 뉴니는 말을 재빨리 이었다.

"한 여인이 뼈를 불에 던져서 연기를 읽었습니다. 뼈가 말하길, 올챙이 천사는 흑인 추장과 싸워야 한답니다."

"주술사? 주술사가 그랬습니까?"

"그렇습니다, 인코시."

"추장은? 내가 싸워야 할 추장은 누굽니까?"

"세쯔와요 손자의 손자입니다."

"맙소사! 그런 줄루인이 얼마나 많은데요? 세쯔와요 손자의 손자는 무수하게 많아요."

"그는 유일한 직계 후손으로 언젠가 우리 추장이 될 사람입니다."

뉴니가 조그맣게 말했다. 줄루인은 이름을 물려주지 않는다. 그러나 혈통은 정확하게 이어간다.

"나중에 추장이 될 사람과 왜 싸워야 합니까?"

"신령이 여전히 당신한테 깃들었는지 알아야 합니다. 사람들은 위대한 추장의 영혼이 당신한테 깃들었다고 생각합니다. 하지만 아직도 그런지 확인해야 합니다."

"당신 말은 내가 추장이 될 사람한테 지면, 올챙이 천사가 아니란 말입니까?"

"그렇습니다, 인코시. 주술사가 말하길 뼈와 연기에 그렇게 나왔다고 합니다."

나는 재빨리 대답했다.

"그러면 기꺼이 지겠습니다. 그렇게 되면 전설도 사라질 테니까요."

뉴니가 어깨를 움츠렸다.

"내가 말한 건 그게 아닙니다, 인코시. 당신은 올챙이 천사가 아닐 때만 질 것입니다."

"그러나 이런 시합을 주선하면 프로모터 자격을 빼앗기는 거 아닙니까?"

뉴니가 손바닥을 내려다보았다. 노란색에 가까웠다.

"그렇습니다. 그러나 꼭 해야 한다고 느꼈습니다. 그래서 당신이 시합할 때마다 위험을 무릅쓰고 흑인을 끌어모았습니다."

"그래요, 맞는 말이에요."

내가 대답했다. 부끄러웠다.

"그렇다면 싸우겠습니까?"

"먼저 모리와 상의해야 합니다. 나와 모든 일을 함께하는 동업자니까요."

"예, 이해합니다. 그렇게 하는 게 옳아요."

모리는 통역을 초조하게 기다리다, 내가 설명을 끝내자 머리를 저으며 말했다.

"맙소사, 주술사라니, 무슨 소리야, 피케이. 지금은 1949년이라고!"

"그래, 나도 알아. 그러나 1849년이라 해도 마찬가지야. 시간이 흘러도 변하지 않는 건 있으니까."

"그래서 어떻게 하겠다는 거야?"

"시합해야지, 뭐. 선택할 여지가 없잖아."

"이해가 안 돼. 이유가 뭐지?"

"물론 이해하기 어려울 거야. 하지만 흑인은 올챙이 천사를 믿어. 전에 이야기한 적은 없지만 올챙이 천사는 하나의 상징이야. 희망의 상징. 모든 흑인 종족 사이에는 외부에서 추장이 나타나 모든 흑인 종족을 이끌고 압제의 사슬을 끊어낼 거라는 전설이 있어."

"그렇습니다, 레비 씨."

뉴니가 말했다.

"그러면 이번 시합을 통해서 바로 네가 그 추장인지 아닌지 시험하자는 거야?"

나도 모르게 웃음이 터져 나왔다.

"모리, 이건 내가 원한 일이 아니야. 어느 날 갑자기 찾아온 것뿐이야. 나도 너처럼 이런 시합을 바라지 않아. 줄루족 추장 만도마가 한 번 후려치면 그것으로 끝날 테니까. 그래도 어쩔 수 없어. 그러지 않으면 지금까지 흑인을 우롱한 셈이 된다고."

"말도 안 되는 얘기야. 하지만 시합에서 일부러 지는 것도 안 돼."

"날 알잖아, 모리."

내가 고개를 돌려 뉴니에게 손을 내밀며 말했다.

"뉴니 씨. 사람들한테 내가 추장이 될 사내와 싸우겠다고 하세요."

"네, 그렇게 하겠습니다."

나는 줄루족 밴텀급 프로선수 만도마와 싸울 준비에 모든 열정을 다했다. 올챙이 천사라는 신화를 몰아내고 싶으나, 시합에서 진다는 것 역시 용납할 수 없었다. 링에서 한 번이라도 지면 웰터급 세계 챔피언이 될 수 없다는 생각으로 여태껏 끊임없이 혹독하게 단련하지 않았던가!

어설픈 선입관이지만 나는 그런 생각으로 결의를 확고하게 다졌다. 시합에 지는 건 생각도 하지 말자고 자기 최면을 걸기도 했다. 안 좋은 결과가 나올까 불안하면 승리에 대한 의지가 줄어들기 때문이다. 하지만 절대로 안 진다며 광적인 결의를 다지는 거 역시 성숙하지 못하다는 증거기도 했다.

그러나 나중에 깨달은 바에 따르면, 꼭 이겨야 한다는 궤변은 스포츠에서 세계적으로 가장 중요하게 여기는 정신 훈련이었다. 올림픽 경기를 비롯해 온갖 명목으로 끊임없이 벌이는 냉전에 이기려고 하나같이 정신을 단련시켰다. '철의 장막' 뒤에서 제일 먼저 채택한 방법을 나는 어린 나이에 스스로 터득한 것이다.

시합을 준비하면서 맞닥뜨린 제일 큰 어려움은 만도마를 조금도 모른다는 것이다. 줄루족 밴텀급 선수에 대해 아는 것이 하나도 없었다. 전혀 모르는 상대와 시합하는 건 정말 당혹스럽지 않을 수 없다. 함정을 조심하라는 경고만 듣고서 깜깜한 공간으로 들어서는 꼴이었다. 상대방을 충분히 알면 거기에 정신 상태를 무의식적으로 맞추면서 육체적인 신체 리듬을 한 박자 앞서게 하는 법이며, 바로 이 한 박자 차이에서 승리와 패배가 갈리기 때문이다.

한 인간이 얼마나 강한 힘을 발휘하는가는 자신을 어느 만큼 믿느냐에 달렸다. 그 믿음은 과거에 드러난 한계를 뛰어넘게 하는 경우가 잦다. 무엇보다 중요한 건 바로 자신을 믿는 거다. 신체는 더 빨리 더 멀리 더 높이 뛰거나, 과녁을 더 정확하게 맞히거나, 더 멋지게 차고 더 빠르게 헤엄치고 더 멀리 때리고 더 멋있게 때려눕히는 수단에 불과하다.

나는 호피가 '처음에는 머리로 다음엔 가슴으로'라고 말한 격언을 두뇌와 열정을 혼합하는 의미 이상으로 받아들였다. 이 말은 정신을 집중해서 깊이 생각하고 엄청난 용기를 발휘하며 최선을 다하라는 의미였다.

토요일이 되었다. 시합은 소피아타운 흑인 학교 축구 경기장에 설치한 링에서 열릴 예정이었다. 우리는 4시 30분경에 뉴니가 기다리는 마을 변두리에 도착했다.

매우 더운 날씨였다. 길에는 먼지가 자욱했다. 회반죽을 칠한 오두막과 상점은 물론, '황금 종자유', '파란 파라핀유', '으뜸 난로', '드럼 담배', '태양 비누'라는 광고판마다 먼지가 가득했다. 트럭 몇 대가 지나다녔다. 택시 한 대와 사람을 짐짝처럼 태운 버스 몇 대도 눈에 띄었다. 수많은 사람이 자전거를 타고 다니는 게 인상적이었다. 자가용 운전사는 손을 경적에 올려놓고 계속 빵빵거리며 운전했다. 그 소리 때문에 정신이 더 없었다.

학교가 가까워지면서 먼지 낀 좁은 도로에 줄지어 선 사람들이 눈에 들어오기 시작했다. 좁고 꾸불꾸불한 도로 양옆에는 아무거나 되는대로 갖다 붙여서 만든 판잣집이 따닥따닥 달라붙었다. 뉴니는 사람들이 나를 보도록 창문을 열어두면 좋겠다고 부탁했다. 부끄럽지만 어쩔 수 없었다.

"여기에서 당신은 매우 유명합니다, 피케이. 아주 멀리서도 사람들이 당신을 보려고 왔습니다."

"왜 여자나 어린아이만 보이나요?"

모리가 물었다.

"남자는 시합장에 들어갔기 때문입니다. 여자들이 올챙이 천사를 보러 온 겁니다."

"맙소사, 이렇게 대단하리라고는 상상조차 못했어, 피케이. 조니 랄프보다 유명해."

조니 랄프는 남아프리카 헤비급 챔피언으로 백인 사회에 오랫동안 군림한 인물이었다.

뉴니가 웃으면서 말했다.

"조니 랄프요? 소피아타운에서는 그 사람이 뭘 하는 사람인지도 모릅니다."

내가 입을 열었다.

"뉴니 씨, 당신은 사람들한테 내가 추장이 아니라고 말해야 합니다.

나한테 깃든 신령도 없습니다. 올챙이 천사란 바버톤 감옥에서 붙인 이름에 불과하다고 사람들한테 알리세요. 그건 별명 이상도 이하도 아닙니다."

뉴니가 충격을 받은 듯, 내가 있는 뒷좌석으로 몸을 돌리면서 대답했다.

"그럴 순 없습니다, 인코시. 올챙이 천사를 규정할 사람은 내가 아닙니다. 오늘 밤에 알게 될 겁니다. 우리 마음대로 바꿀 수 없습니다. 뼈와 연기가 그렇게 말했습니다."

그리곤 몸을 돌려서 운전사에게 방향을 일러주자, 모리가 중얼거렸다.

"제기랄! 저 사람 스스로 굳세게 믿는구먼!"

드디어 학교 운동장으로 들어섰다. 흑인이 구름떼처럼 모여들었다. 승용차가 군중을 뚫고 조금씩 나아가야 했다. 경기를 시작하려면 아직 한 시간 반이나 남았는데, 중앙에 설치한 링으로 가는 통로만 빼고 운동장 전역에 사람이 가득했다. 그런데도 여전히 물밀 듯 몰려드니 만 명에 달하는 관중이 시합을 구경할 것 같았다.

모리가 입을 열었다.

"학교에서 시합한다고 해서 일반적인 학교 시합과 마찬가지로 축구장에 이삼백 명 정도 모일 거로 예상했는데, 그게 아니군요. 아프리카 흑인이 모두 구경하려고 몰려들다니! 이러다 폭동이라도 일어나면 어쩌지요?"

"아, 걱정하지 마세요! 그럴 일은 없습니다, 모리 씨. 여인이 사람들한테 말할 겁니다."

내가 물었다.

"주술사 말인가요?"

"그렇습니다, 피케이. 여인이 사람들한테 말할 겁니다."

모리가 냉소를 머금으면서 말했다.

"사상 최초로 여자 주술사가 선언하는 권투시합이 되겠군! 피케이, 지금까지 너 자신에 대해서 나한테 모두 숨김없이 말한 거 맞아?"

내가 모리 셔츠 자락을 잡으면서 말했다.

"인제 그만해, 모리!"

우리는 탈의실로 안내받았다. 솔리 골드먼이 기다리고 있었다.

"준비를 잘했어. 대단해. 심판도 두르반에서 초청한 인도 심판 나트킨 파텔이야. 정말 엄청나! 얼마나 많은 사람이 몰려드는지 봤지?"

나는 옷을 갈아입고 체중을 재려고 모리와 함께 강당으로 갔다. 모리가 체중계를 살폈다. 마을 상인에게 빌려온 것으로 옥수수 포대 같은 걸 주로 올리는 저울이었다. 모리가 투덜댔다.

"이런 걸 재는 게 무슨 소용이겠어! 상대편 체중이 넘어가더라도 어차피 싸워야 할 텐데 말이야!"

"이 일은 매우 중요합니다, 레비 씨. 사람들이 모든 걸 정확히 알아야 합니다."

뉴니가 말했다. 체중계 옆에서 흑인 열 명 정도가 기다렸다. 모두 양복과 넥타이를 맨 정장 차림이었다. 윗도리와 바지를 짝짝이로 입은 사람도 있지만 모두 깨끗하게 다림질했다. 한쪽에는 기드욘 만도마가 있었다. 나와 시합할 줄루족 밴텀급 프로선수였다.

나는 만도마가 있는 곳으로 혼자 다가가서 손을 내밀며 줄루 말로 인사했다.

"안녕하시오, 기드욘 만도마?"

기드욘 만도마가 내 손을 잡고 가볍게 흔들면서 고개를 숙인 채 인사를 받았다.

"안녕하세요, 피케이?"

"투겔라 강 유역 출신이라지요? 우리 보모가 태어난 고향이랍니다. 이름은 메리 만도마입니다. 혹시 아는 사람인지 궁금하군요."

기드욘 만도마가 고개를 들었다. 눈이 동그랬다. 깜짝 놀란 표정이었다.

"우리 어머니입니다. 5년 전에 돌아가셨어요."

만도마가 손가락 다섯 개를 펴더니, 이렇게 물었다.

"당신이 밤에 오줌을 싼 사람입니까?"

이번엔 내가 놀랄 차례였다. 머리가 텅 비는 것 같았다. 내가 싸울 상대는 보모가 나를 돌보려고 고향에 남겨두었다는 바로 그 아들 아닌가! 그가 먹을 젖을 내가 모두 빼앗아 먹은 셈이 아닌가!

만도마가 충격에서 먼저 벗어났다.

"사람들은 당신이 추장이라면서 과연 올챙이 천사의 영혼이 깃든 게 사실인지 증명해야 한다고 합니다. 나는 세쯔와요 므판데, 딩안, 심지어 왕 중 왕인 샤카 대왕의 영혼을 이어받은 추장입니다."

만도마가 갑자기 강렬하게 눈빛을 번뜩였다. 이 순간을 얼마나 오랫동안 기다렸던가! 그런데 자기랑 싸울 상대는 바로 자기 어머니를 빼앗아서 여섯 살이 되도록 못 보게 한 자가 아닌가! 이렇게 되리라 예상한 사람은 아무도 없지만 반드시 이겨야 할 또 다른 이유가 생긴 것이다.

줄루족 사고방식으로 볼 때 이건 우연이 아니었다. 만도마 역시 또렷하고 강력한 암시로 받아들일 게 분명했다. 이제 기드욘 만도마는 승리하려는 의지를 나보다 강하게 다질 터였다. 권투를 시작하고 그렇게 두려운 건 처음이었다. 상대가 이길 가능성이 그만큼 커졌다는 사실을 인정하지 않을 수 없었다.

우리는 솔리와 뉴니, 인도 심판 나트킨 파텔, 정장을 입은 여러 흑인 앞에서 체중을 쟀다. 두 사람 다 밴텀급 한계 체중을 안 넘어갔다. 나는 한계 체중에서 2㎏이나 여유가 있지만 만도마는 한계 체중에 간신히 들었다.

우리는 링을 설치한 곳으로 걸어갔다. 해가 서쪽으로 기울었다. 석탄 타는 냄새와 나무 연기 냄새가 공기에 가득했다. 여전히 찌는 듯이 더웠다. 나는 그날 하루 내내 많은 물을 마셨다. 만도마는 어땠는지 궁금했다. 한계 체중을 간신히 유지할 정도니, 물을 한 모금도 못 마셨으리란 생각이 들었다.

시합은 6라운드로 정했다. 나로선 처음이었다. 솔리와 뉴니가 타협한 결과였다. 아마추어 경기 3라운드와 프로 경기 10라운드를 절충해서 6라운드로 정한 것이다. 상대를 계속 움직이게 한다면 마지막 두 라운드에서 탈수 현상으로 기진맥진할 수도 있겠다는 생각이 들었다.

볼품없는 의상에 낡은 모피 코트를 걸친 늙은 여자가 링에서 청중에게 장광설을 늘어놓았다. 높은 목소리가 학교 건물 계단에 올라선 우리 귀까지 들렸다. 여인이 말을 마치자 청중이 우레와 같은 박수를 보냈다. 두 남자가 링으로 올라와서 여인을 들어 링 밖으로 넘기자, 링 밖에서 다른 두 사람이 받았다.

"우리 차례입니다. 이제 나갈까요?"

뉴니는 마이크가 연결된 전선을 따라 사람들이 둘러싼 좁은 통로를 내려갔다. 기드욘 만도마가 자기 세컨드들과 함께 우리보다 몇 미터 앞에서 걸었다. 군중이 환호했다. 축구장이 떠나갈 것 같았다. 거의 동시에 우리가 링으로 올라서자 환호성은 한층 더 높아졌다.

모리와 솔리가 세컨드를 보았다. 모리가 규칙대로 상대방 코너로 가서 글러브를 검사했다. 그쪽에서는 갈색 단추 하나를 채운 윗도리와 어울리지 않는 바지를 입은 커다란 줄루인 한 명이 우리 코너로 와서 글러브를 검사했다. 솔리가 붕대를 감아서 글러브를 묶었다. 내 겨드랑이에서 땀이 나는 걸 느꼈다.

뉴니가 팔을 들어 올렸다. 환호성이 점차 가라앉더니, 이윽고 조용하게 변했다. 링에는 계단으로 연결한 마이크가 있었다. 뉴니가 안내 방송을 시작했다. 목소리가 운동장 전역으로 울려 퍼졌다. 인도인으로 특별히 경기를 진행하려고 두르반에서 온 주심을 소개했다. 군중은 주심이 중립을 지키겠다 판단하곤 우레와 같은 박수를 보냈다.

이윽고 뉴니는 군중에게 이번에 시합하는 이유를 잘 알 거라고 말했다. 그 이유를 설명하는 건 뉴니 담당이 아니었다. 두 영혼이 대화해서 더 강한 영혼이 이길 것이며 그다음엔 사람들 스스로 알아서 판단할 터였다. 모두 쥐죽은 듯 조용히 들었다. 이윽고 뉴니가 기드욘 만도마를 소개했다. 만도마가 팔을 높이 쳐들고 링 가운데로 나가며 엄청난 환호에 답례했다. 뉴니가 두 손을 치켜들어 진정시킨 다음에 군중에게 아프리카 국가, '영원해라, 아프리카'를 부르자고 제안했다.

모인 사람들 목소리가 완벽한 화음으로 어우러졌다. 너무나 아름다운 순간을 영원히 못 잊을 것 같았다. 아프리카 흑인의 소망과 사랑이 노래를 통해 지극히 감동적으로 다가왔다. 승리를 확신하기 힘들었다. 기드욘 만도마에겐 시합에서 이겨야 할 완벽한 이유와 함께, 노래를 통해 권투 선수로선 그 누구도 못 느낄 위대한 영감까지 받았다.

나는 마음속에 간직한 의지를 단호하게 유지하는 게 힘들었다. 보모와 지내던 추억이 눈앞에 어른거렸다. 나에게 무한한 사랑을 베풀던 정겨운 흑인 여인, 가슴에 젖이 넘쳐흘러도 고향에 남겨놓은 아기 얘기를 한마디도 안 하던 여인. 기드욘 만도마는 나를 증오할 권리가 충분했다. 증오는 싸움에서 이기는데 필요한 의지를 북돋아 주는 친구가 아니던가!

이윽고 뉴니가 나를 링 가운데로 불렀다. 그러자 놀랍게도 환호성이 천둥처럼 일어났다. 내가 가운데에 서자 뉴니가 올챙이 천사를 찬양하는 노래를 불렀다. 잠자코 듣는 군중 사이로 노래가 퍼져나갔다. 후렴을 부를 때는 수많은 목소리가 천둥처럼 '올챙이 천사. 올챙이. 올챙이 천사' 하며 일제히 울려 퍼졌다.

나는 링 가운데에 가만히 있었다. 두 뺨을 타고 눈물이 흘러내렸다. 내 생애 최고의 순간은 바로 그때인 것 같다. 이번 싸움은 흑인과 백인의 싸움이 아니라 아프리카 영혼을 시험하는 거였다. 아직 어른이 안 된 두 소년이, 무더위와 나무 연기와 땀 냄새로 가득한 여름날 저녁에, 위대한 남아프리카 군중 앞에서 백인과 흑인과 유색인에게 희망이 있는가 없는가를 판가름하는 시합이었다.

뉴니가 소리쳤다.

"돌아오라, 아프리카!"

"돌아오라, 아프리카! 아프리카! 아프리카!"

사람들이 외치는 소리가 장엄하게 울려 퍼졌다.

뉴니가 마이크를 링 밖으로 조심스레 넘겨주고 링에서 내려갔다. 나트킨 파텔 심판이 우리를 중앙으로 불렀다. 심판은 얼굴이 카레 색깔과 비슷하고 곰보 자국이 심해서 우스꽝스러운 대조를 이루었다. 푸른빛이 감도는 회색 머리칼은 머리에 납작하게 달라붙었다. 위로 뻗은 머리칼은 한 가닥도 없었다. 하얀 셔츠에 크림색 면바지 차림으로 하얀 운동화까지 신어서 권투 심판이라기보다 크리켓 선수에 가깝게 보였다. 우리 둘 다 아래만 보면서 심판이 하는 소리에 귀를 기울였다.

"내 말 잘 들도록. '떨어져' 하고 소리치면 즉시 떨어져야 한다. 다운되면 여덟까지 카운트한 다음에 글러브를 닦아주면 다시 경기한다. 머리나 팔꿈치는 안 쓰고 깨끗하게 싸운다. 그러지 않으면 벌점을 부가한다. 두 사람한테 행운을 빈다."

심판이 우리 어깨를 가볍게 두드리며 마무리했다.

"글러브로 인사하도록. 공이 울리면 중앙으로 나와서 시작한다."

우리는 글러브를 가볍게 댔다. 하지만 상대편을 아무도 안 쳐다보았다.

내 코너로 돌아와서 앉았다. 공이 울렸다.

"피케이, 꼼짝 못 하게 몰아붙여!"

모리가 의자를 링 밖으로 가지고 나가면서 외치는 소리가 들렸다. 갈색 점 하나가 링을 가로지르며 나에게 달려왔다. 나도 그에게 달려들었다.

만도마가 재빨리 달려오면서 소나기 펀치를 퍼부었다. 나는 팔과 글러브로 막았다. 너무 빨리 달려온 터라 나는 내 코너에서 미처 벗어나지 못한 채 공격받아야 했다. 결국엔 클린치할 수밖에 없었다. 심판이 떨어지라고 소리쳤다. 나는 뒤로 간신히 빠져나갔다.

해가 낮게 깔리며 저물어 갔다. 완벽한 위치였다. 만도마는 나를 쫓느라 해가 있는 쪽으로 몸을 돌리다 순간적으로 눈이 멀었다. 나는 레프트 스트레이트를 콧잔등에 재빨리 날렸다. 괜찮은 펀치였다. 한쪽 코에서 조금씩 떨어지는 핏방울이 보였다.

그런 기회는 다시 만들 수 없을 터였다. 다음 라운드가 끝나기 전에 태양은 사라질 게 뻔한 데다 만도마 역시 '햇빛 장님 전술'을 충분히 파악한 것 같았다. 만도마는 적극적으로 공격했다. 내가 방어벽으로 모두 막아내도 아랑곳하지 않고 펀치를 끊임없이 날렸다.

1라운드가 끝날 즈음엔 가슴 밑에 펀치 한 방을 맞았다. 죽는 줄 알았다. 순식간에 날아온 레프트 훅이었다. 나는 레프트 잽을 여러 번 꽂으면서 사정권을 벗어났다. 점수로 연결했지만 별다른 충격을 가한 건 아니었다. 상대는 아주 강했다. 1라운드를 진행하는 동안 약점을 찾으려 했으나, 상대편이 주먹을 계속 날리는 통에 뒷걸음질 치면서 싸우면 안 되겠다는 생각만 들 뿐, 아무런 약점도 못 찾았다. 1라운드가 끝나는 공이 울렸다. 온몸이 땀으로 흠뻑 젖었다.

"만도마를 봐. 땀이 비 오듯 흘러."

모리가 말했다.

"어휴, 진짜 강펀치야. 계속 움직이게 해서 힘을 빼야겠어."

"4라운드까지 그렇게 하라고. 저놈을 봐."

모리 말이 맞았다. 만도마는 온몸이 땀투성이였다. 해까지 낮게 기울어서 그만큼 더 무더운 것 같았다. 2라운드 공이 울리자 나는 자리에서 일어나며 솔리에게 부탁했다.

"4라운드에서 저놈이 물을 마시는지 지켜보세요."

솔리가 조그맣게 말했다.

"열심히 싸우기나 하라고. 상대편이 너를 계속 쫓아다니면서 움직이게 만들어."

만도마는 2라운드에도 저돌적으로 나왔다. 나는 계속 퍼부어 대는 펀치를 글러브나 팔로 막았다. 그러다, 상대편이 이런 식으로 집중 공격해서 내가 팔로 막을 수 없도록 하려는 거란 생각이 뇌리에 스쳤다. 펀치를 헛치도록 유도할 필요가 있었다.

그러나 만도마는 면도날처럼 날카로웠다. 나는 공격을 막아내는데 급급할 수밖에 없었다. 2라운드가 끝날 즈음에 점수로 연결되는 펀치를 몇 방 날렸으나 충격은 못 주었다. 반격에서 벗어나려고 내가 아는 기술을 총동원하는 정도였다.

3라운드가 시작되었다. 상대가 여전히 주먹을 던지면서 달려들더니 턱 옆으로 갑자기 라이트 훅을 꽂았다. 몸뚱이가 일순간에 바닥으로 쭉 뻗었다. 만도마가 둘로 보이더니 중립 코너로 물러나는 게 눈에 들어왔다. 심판이 카운트를 세기 시작했다. 심하게 얻어맞은 것 같은데 통증은 조금도 없었다. 머리가 윙윙거렸다.

나는 정신을 집중해서 카운트 세는 소리에 귀를 기울였다. 여섯을 셀 때 눈이 갑자기 맑아졌다. 여덟이 되었을 때 다시 일어났다. 대단한 펀치였다. 더 맞으면 안 되겠다고 생각했다. 파텔이 글러브를 닦아주고 손가락 세 개를 펴서 몇 개냐고 물었다. 여섯 개를 펼치며 또 물었다. 아주 유용한 시간이었다. 머리에서 윙윙대던 소리도 그쳤다. 이윽고 심판이 시합을 재개하라고 소리쳤다.

만도마가 승리를 확신한 듯 마구잡이로 달려들었다. 그래서 위기를 간신히 넘겼다. 상대가 멋진 펀치를 조심스럽게 날렸다면 확실히 승리할 터였다. 하지만 KO 시키려고 급하게 달려들 뿐이었다. 두 눈을 살피면 상대가 어떤 펀치를 날릴지 예상할 수 있었다. 3라운드 중반에 다다르자 힘이 다시 솟는 걸 느꼈다. 그래서 오랜 전술을 써먹었다.

나는 상대편 얼굴을 외면한 채 갈비뼈 바로 밑 부드러운 부분과 명치 끝만 집중 공격했다. 상대편이 레프트 훅과 라이트 어퍼컷을 휫치는 틈을 파고들어 목표지점에 강타를 두세 방 먹였다. 주먹이 깊숙이 꽂히는 걸 뚜렷하게 느꼈다. 내가 강펀치에 안 맞았다면, 상대 눈에서 펀치를 날리는 징후를 안 보았더라면, 나는 그때 시합을 끝냈으리라.

하지만 상대는 몸놀림이 빠르고 펀치는 강했다. 당시까지 수많은 파이터와 싸웠지만 만도마처럼 펀치가 강하고 속도가 빠른 선수는 처음이었다. 하지만 나는 이제 만도마를 다른 파이터처럼 읽어낼 자신이 충분했다.

시합이 평소대로 3라운드에 끝났다면 만도마가 판정승으로 이길 터였다. 하지만 그는 4라운드에 들어서면서 몸놀림이 떨어지기 시작했다. 3라운드까지 계속 쫓아다니면서 너무 많은 펀치를 날린 데다 날씨가 더워서 지친 것이다. 하지만 그는 물을 안 마시고 헹구어서 뱉어내기만 했다. 나는 복부를 집요하게 공격했다.

4라운드가 끝날 무렵엔 강펀치 세 방을 맞고서 끙하는 소리를 입 밖으로 뱉어내기도 했다. 나는 복부에 펀치를 계속 퍼부었다. 만도마가 나를 잡고서 클린치하더니 떨어지면서 레프트 한 방을 날렸다. 정신이 아찔했다. 뒤로 펄썩 주저앉으며 엉덩방아를 찧었다. 믿을 수 없었다. 머리를 흔들어도 멍한 기운이 안 풀렸다. 카운트 여덟을 외칠 때 간신히 일어섰다. 그렇게 간단하게 다운되다니, 이런 건 처음이었다.

심판이 나에게 괜찮은지 묻고 내가 고개를 끄덕이자, 글러브를 닦아 주곤 다시 싸우라 했다. 이번에는 손가락으로 숫자를 안 물었다. 어떻게 해서든 라운드를 끝까지 견뎌야 했다. 한 번 더 다운되면 그것으로 끝이다.

"빠르게 움직이세요, 꼬마 나으리. 발을 빠르게 움직여야 곤경에서 벗어날 수 있어요."

기엘 피트 목소리가 들렸다. 다행히도 바로 그때 공이 울려서 4라운드가 끝났다.

"저놈은 양 펀치가 다 끔찍해. 하지만 동작이 느려졌어. 펀치를 크게 못 휘두르도록 바짝 붙어서 복부를 계속 공격하라고. 그러면 저놈을 곤경에 몰아넣을 거야."

솔리 말에 내가 숨을 헐떡이며 대답했다.

"농담하지 마세요."

그러나 힘이 다시 솟아났다. 물로 입을 헹구고 뱉어냈다. 입안에서 물맛이 시원하고 맛 좋게 느껴졌다. 바로 그때 모리가 말했다.

"야, 저놈이 물을 마셔! 저놈이 물을 마신다고!"

5라운드를 시작하고 처음 20초는 정말 힘들었다. 만도마가 주먹을 계속 날려서 나는 상체를 흔들며 뒷걸음질로 피했다. 만도마가 마구 달려들어, 나는 물러서거나 몸을 구부려서 피하는 게 전부였다.

그러다 상대의 레프트를 파고들면서 라이트로 눈 아래를 강타했다. 만도마는 코에서 피가 계속 흘렀다. 안면 공격은 별로 안 했으나 잽을 가끔 넣어서 코피가 흘렀던 거다. 하지만 심판이 판단할 땐 대단한 상처가 아니었다. 만도마가 레프트 훅을 또다시 날렸다. 충분히 예상한 터라 어렵지 않게 피하면서 안으로 파고들었다. 안면에 라이트 스트레이트와 레프트 스트레이트가 적중하면서 상대를 로프로 밀어붙였다. 정확한 펀치 두 방이 적절한 순간에 터져서 충격이 클 터였다.

상대가 얼굴을 막으려고 두 손을 치켜들자, 나는 재빨리 파고들면서 기엘 피트가 가르쳐 준 8연타 콤비네이션을 복부에 퍼부었다. 조금 전에 삼킨 물이 바로 거기에 있을 터였다. 나는 상대편이 끔찍한 고통과 메스꺼움에 시달리는 걸 충분히 느낄 수 있었다. 질풍 같은 연타가 정확하게 작열하자, 상대는 가쁜 숨을 정신없이 몰아쉬면서 글러브로 막아내려고 했다. 나는 그 틈을 안 놓치고 라이트 훅을 턱에 명중시켰다. 체중이 가득 실린 펀치였다. 상대 펀치가 내 다리를 휘청거리게 했다면, 내 펀치는 상대가 로프에서 강하게 튕겨 나오다 양손을 바닥에 대고 무릎을 꿇게 만들었다. 나는 중립 코너로 재빨리 갔다. 상대가 코에서 흘린 피가 회색 바닥으로 떨어졌다.

여덟을 셀 때 상대가 일어섰다. 충격에서 못 벗어난 게 분명했다. 나는 안으로 조심스럽게 파고들면서 펀치를 정확하게 날렸다. 물론 펀치를 무작위로 퍼부어서 끝장낼 수도 있으나, 만도마 같은 파이터라면 마지막 펀치를 언제든 날릴 수 있으니 조심하는 게 상책이었다.

상대는 거의 모든 힘을 소모했다. 걸상에 앉아서 잠깐 쉬더라도 다음 라운드까지 기운을 회복할 수 없을 게 분명했다. 그렇다면 마지막 라운드에서 끝장내자! 5라운드를 끝내는 공이 울렸다. 모리와 솔리가 있는 코너로 돌아가자, 모리가 소리쳤다.

"아니, 왜 끝장을 안 냈어?"

이번엔 솔리가 소리쳤다.

"저놈이 기진맥진할 때 완전히 끝장낼 수 있었는데, 기운을 회복할 시간을 줄 필요가 없었잖아!"

"괜히 서두르다 받아치는 주먹에 맞으면 어떻게 해요? 한 방이면 끝날 텐데요!"

내가 항의했다. 난 솔리 골드먼 전략보다 기엘 피트 전략에 따랐다. 기엘 피트라면 상대에게서 진을 완전히 빼는 방식으로 시합하길 바랄 터였다. 모리에게도 말했다.

"안전이 제일 중요해요, 꼬마 나으리. 권투 하는 거지, 싸움질하는 게 아니라고요."

솔리가 냉정을 되찾으며 말했다.

"네 말이 맞아. 너라도 여전히 정확하게 판단할 수 있어서 다행이군."

솔리가 내 말에 진정으로 동감했는지 아닌지 모르겠지만, 너무 흥분한 나머지 멍청하게 소리쳐서 나를 혼란에 빠뜨릴 뻔했다는 사실은 최소한 깨달은 게 분명했다.

만도마가 원기를 회복할 속셈으로 물을 다시 마셨다. 드디어 마지막 라운드를 알리는 공이 울렸다. 상대는 처음부터 강하게 밀고 나왔다. 하지만 타이밍도 엉망이고 정확도도 형편없이 떨어졌다. 나는 사정권에서 벗어나 주변을 빙빙 돌며 찢어진 눈으로 잽을 가볍게 던지면서 안으로 파고들 기회만 노렸다.

라이트 크로스가 내 몸에 꽂혔다. 초반전에 그런 펀치를 맞았다면 영락없이 나뒹굴 터였다. 하지만 이번에는 파괴력이 없었다. 밀어붙일 기회였다. 그래서 코너로 몰며 복부에 주먹을 퍼부었다. 상대는 강펀치를 세 방 맞고서 간신히 클린치했다. 완전히 녹초가 된 상태라 곤경을 벗어날 힘조차 없었다. 클린치했다 떨어질 때마다 나는 코너로 다시 밀어붙이며 복부에 집중타를 날렸다.

상대가 계속 버틴다는 게 안 믿길 정도였다. 강펀치를 이렇게 많이 퍼부은 적은 없었다. 그런데도 저놈은 쓰러질 생각을 않다니! 무슨 일이 있어도 바닥에 쓰러뜨려야 해! 나는 콧잔등에 강펀치를 날렸다. 상대가 커버링을 올렸다. 복부가 다시 텅 비었다. 기엘 피트의 8연타 콤비네이션이 솔리 골드먼의 13연타 콤비네이션으로 나아갔다. 13연타 콤비네이션을 그렇게 완벽하게 구사한 건 그때가 처음이었다.

만도마가 꾸르륵 소리를 내더니 한숨 소리와 함께 허물어졌다. 완전히 탈진한 상태였다. 두 눈을 뜨고 나를 올려다보는데, 몸뚱이는 아무런 반응도 안 보였다. 머리를 들어 올릴 힘조차 없는 게 분명했다. 의지는 있으나, 지탱할 힘이 없었다. 몸 안에 있는 힘을 모조리 써버린 거다. 만도마는 그 어떤 선수보다 위대하고 천부적인 파이터였다.

나 자신도 그렇게 기진맥진한 건 그때가 처음이었다. 여섯 라운드를 싸운 것도 처음일뿐더러 그렇게 호되게 당한 것도 처음이었다. 나는 억지로 위엄있게 걸으며 중립 코너로 갔다. 나트긴 파텔이 카운트를 세기 시작했다. 그리고 끝났다.

시합을 시작한 이후 처음으로 환호성이 귀에 들어왔다.

"올챙이 천사. 올챙이. 올챙이. 올챙이 천사!"

우레와 같은 소리가 축구장 전체를 가로지르며 터져 나왔다. 세컨드들이 기드온 만도마를 코너로 데려갈 때까지 마냥 울려 퍼졌다. 나는 상대편 코너로 가서 만도마가 안 다쳤는지 살펴본 다음에 악수하며 위로했다.

"당신은 위대한 추장, 올챙이 천사입니다."

만도마가 말을 마치더니 후들거리는 다리로 일어나서 내 손을 잡고 높이 치켜들었다. 관중이 더욱 열광했다.

"추장은 당신이요. 위대한 영혼이 당신과 함께합니다. 우리는 형제가 될 것이오, 기드욘 만도마."

"그렇습니다, 피케이. 우리는 어머니 젖을 함께 먹고 자란 형제입니다."

내가 만도마 손을 잡고 높이 치켜들자 사람들이 동의하는 뜻으로 환호성을 보냈다.

뉴니가 마이크를 잡고 관중을 어렵게 진정시켰다. 나도 코너로 돌아가서 걸상에 앉았다. 솔리는 근육을 마사지하고 모리는 수건을 새로 감싸주었다.

"우리는 무슨 일이 벌어졌는지 똑똑히 보았습니다. 여러분 모두는 고향으로 돌아가서 올챙이 천사에 깃든 위대한 영혼이 저 사내한테도 깃들었다고 전해야 합니다. 여러분은 그 사실을 두 눈으로 똑똑히 보았습니다. 그것은 모두 진실입니다."

뉴니가 짧게 말하곤 기드욘 만도마와 나를 불렀다. 우리 두 사람은 링 가운데로 나가서 서로 어깨동무하고 뉴니 옆에 섰다.

"우리는 위대한 영혼이 함께 싸우는 걸 보았습니다. 그러나 결국 우리는 하나입니다."

뉴니가 말하자 흑인 관중이 환호성을 질러대며 피날레를 장식했다.

나는 만도마 어깨를 가볍게 쓰다듬고 자리로 돌아왔다. 어둠이 서서히 깔렸다. 나무 연기 냄새와 석탄 타는 냄새가 콧속으로 다시 파고들었다. 사람들이 운동장을 떠나면서 왁자지껄하는 소리를 꿰뚫고 멀리서 기적 소리가 들렸다.

흑인은 하나같이 얼굴에 미소를 가득 머금은 채 떠나갔다. 일부는 내가 부적이라도 되는 듯, 손을 살짝 내밀어서 내 몸을 가볍게 만지며 지나치기도 했다. 하지만 대부분은 그냥 쳐다보면서 지나갔다. 그들이 무얼 믿는지 이해할 수 있었다. 전설은 훨씬 뿌리 깊고 광범위하게 퍼져나갈 게 분명했다. 과연 그게 끝나는 날이 있을까 의심스러웠다. 갑자기 온몸에서 뼈가 부서지는 통증이 몰려들었다.

나는 모리에게 기댄 채 흑인들이 내준 길을 따라 건물로 걸어갔다. 까만 손이 나를 스치며 지나갔다. 몸에 나는 땀을 묻혀서 자기네 얼굴에 문지르기도 했다.

건물에 들어서면서 솔리가 말했다.

"그 봐, 내 말이 맞았지? 굉장한 시합이 될 거라고 했잖아. 진짜 굉장했어! 두 번이나 다운당할 땐 끝났다고 생각했어. 네가 맷집이 그렇게 좋다니, 다행이야! 말이 나왔으니 말인데 아마추어치고 그렇게 완벽하게 13연타 콤비네이션을 구사하는 선수는 네가 처음이야. 정말 대단한 실력이야!"

모리가 끼어들었다.

"그만둬요, 솔리. 다친 거 안 보여요?"

솔리가 대꾸했다.

"가벼운 상처니까 걱정하지 마."

나는 탈의실에 도착하자마자 바닥에 앉아서 엉엉 울었다. 몇 년 뒤에 벌어질 일을 미리 본 것 같았다. 온몸으로 몰려드는 고통이 정신을 날카롭게 갈았다. 나는 남아프리카를 보았다. 앞으로 몰아닥칠 일을 보았다. 내 몸속에서 무언가 변했다. 모리가 뭐라고 계속 말하는 게 메아리처럼 울려 퍼졌다. 아니, 수정 동굴에서 울려 퍼지는 소리였다. 모리 목소리가 강우림 천장을 뚫고 계곡으로 메아리쳤다. 비비가 울부짖는 소리도 그런 식으로 울려 퍼졌다.

"드디어 찾아냈어요, 박사. 내가 지닌 힘을 찾아냈어요!"

모리 목소리가 계속 울려 퍼졌다. 사방이 수정으로 빛났다. 그러다 고통으로 변하면서 온몸을 날카롭게 찔러댔다. 정신력이 한 점으로 모였다. 슬픔이, 위대한 남아프리카를 슬퍼하는 마음이 온몸을 휘감았다. 투명한 광선에서 소리가 일어났다. 광선과 소리가 하나로 모였다. 흑인들이 북을 치면서 외치는 소리였다. 모든 소리가 모여서 메아리로 울려 퍼졌다.

"돌아오라, 아프리카! 아프리카! 아프리카!"

돌아오라, 아프리카! 아프리카! 아프리카! 앞으로 내가 어떻게 살아가든, 그 소리는 나를 끊임없이 규정할 터였다. 빠져나갈 길은 없었다. 나는 아프리카 수정 동굴의 일부였다. 고통과 혼돈 속에서 나는 계속 울었다. 오로지 파괴와 혼돈이 보였다. 북을 둥, 둥, 둥, 치는 소리가 들렸다. 황혼이 질 때 박사가 동굴로 들어가는 광경이 보였다. 눈처럼 하얀 백발에 커다란 키였다.

"도전하렴, 피케이. 끝까지 도전해. 어버부부버브!"

모리가 내 어깨에 팔을 얹었다.

"올챙이 천사라는 개념에는 내가 아는 이상이 담겼어, 그렇지, 피케이?"

"나도 몰라, 정말 모른다고."

내가 흐느끼면서 대답했다.

"걱정하지 마, 피케이. 아무도 널 해칠 수 없어. 내 눈에 흙이 들어가기 전까진 어떤 놈도 너를 해칠 수 없어!"

"박사가 죽었다!"

내 목소리가 말하는 게 귓전에 들렸다. 내 몸을 완전히 벗어난 목소리 같았다.

그날 저녁, 프리토리아 모리네 집으로 돌아오니 박스웰 부인에게 전화를 달라는 전갈이 기다렸다.

"피케이, 슬픈 소식이다. 교수님이 사라지셨어! 거트를 비롯해 비번인 교도관 모두가 마을에 사는 남자들 절반과 함께 산을 뒤지며 찾아다녔는데, 이틀째 소식이 없어. 사람들이 말하길 이제 박사가 살아 있을 것 같지 않다는구나!"

박스웰 부인이 울먹거리다 울음을 터뜨렸다. 전화선에서 찍찍거리는 잡음이 일어서 소리가 멀어지다 가까워졌다. 박스웰 부인이 우는 소리도 커지다 작아졌다.

"빨리 오너라, 피케이. 제발 빨리 와. 너라면 박사를 찾을 거야. 함께 여러 곳을 다녔으니깐."

부인은 울음을 안 그치고, 모리는 잠을 자라고 강요하며 말했다.

"새벽 두 시에 깨울게. 우리 차를 타고 바버톤까지 가는 거야. 여기서 삼백 킬로 거리니까 해가 떠오를 즈음이면 도착할 거야."

나는 박사가 간 곳을 알았다. 불가사의한 힘으로 수정 동굴에 들어간 게 분명했다. 그래서 석판에 누워 두 팔로 가슴을 싸안을 터였다. 수만 년 뒤에 사람들은 동굴을 발견하고 신비로운 석판을 살펴본 다음에 이렇게 말할 터였다.

"정말 신기하군. 수정이 사람처럼 생겼어. 키가 크고 깡마른 사내."

나는 계속 울다 깊은 잠에 빠져들었다.

24

박사가 어떤 종교를 믿는지 아는 사람은 한 명도 없었다. 나도 마찬가지였다. 벌써 1주일이 지났다. 나는 여러 사람과 함께 박사와 가던 곳을 모두 뒤져보았다. 물론 수정 동굴은 예외였다. 결국 교회식 장례를 치르기로 했다. 마리가 나서서 박사가 폐렴 때문에 병원에 있는 동안 예수님을 영접했다고 주장했다. 우리 어머니도 아주 기뻐했다. 멀베리 목사는 비록 시신을 못 찾았지만, 자신에게는 장례 예배를 주관할 권리가 있다고 주장했다. 나는 반대하지 않았다.

마리는 박사가 예수님을 영접했다고 굳게 믿었다. 자신이 구원한 인물 가운데 박사를 가장 중요한 이로 간주했다. 박사도 크게 탓하진 않을 것 같았다. 박사 자신이 위대한 남아프리카에 대한 사랑을 영원으로 가장 아름답게 승화시켰다. 먼지와 흙으로 돌아가지 않고 당신께서 그리도 사랑하던 아프리카의 일부가 되려고 스스로 멋진 이교도 장례식까지 치렀으니 그런 건 아무래도 좋을 터였다. 그 영혼은 아프리카 수정 동굴에서 강우림을 가로질러 안개 낀 계곡을 굽어보거나 아이들이 크레용으로 그린 것처럼 파란 산을 바라볼 터였다.

박사의 죽음에 나는 모든 감각이 완벽하게 마비되었다. 아무리 노력해도 중심을 잡을 수 없었다. 모든 일이 뒤죽박죽으로 엉켰다. 사람들이 뭐라고 말하는 것 같으나 아무 소리도 안 들렸다. 어항 속 금붕어처럼 입을 뻐끔거리는 게 보일 뿐 소리는 안 들렸다.

움직이는 사람들이 커다랗게 확대되곤 했다. 다리를 안 움직이는데 몸뚱이가 만화 속 인물처럼 늘어나는 것 같았다. 고통이란 고통은 모두 몰려드는 것 같았다. 감각을 모두 마비시키는 것 같았다.

다시는 옛날로 돌아갈 수 없다. 다시는 그렇게 사랑할 수 없다. 나는 박사가 죽는다는 사실을 오래전부터 예상했다고, 박사 스스로 몇 개월 전에 그렇게 얘기했다고 나 자신을 끊임없이 다독였다. 하지만 이런 죽음을 조금도 이해할 수 없었다. 내가 아는 한, 죽음은 병아리 할아버지와 기엘 피트처럼 잔인한 폭력에서 나오거나, 헤티 아줌마처럼 섬뜩하게 다가오는 것이었다. 아프리카에서 죽음은 조용히 떠나는 것도 아니고 위엄도 없었다. 그래서 박사가 나를 속였다는 느낌이 들었다. 그냥 떠났다. 그냥 사라졌다. 죽음이 깃들도록 기다린 게 아니라 스스로 만들어 냈다. 사기당한 기분이었다. 분노가 치솟았다. 왜 나를 안 기다렸을까? 하지만 깊이 생각하니, 나로선 그 부탁을 들어줄 수 없었다. 오히려 박사의 생명을 연장하려고 집착했을 것이다. 박사도 그렇게 생각했을 것이다.

하지만 그렇게 생각하며 합리화하려 해도 무기력증을 벗어날 수 없었다. 상대편 선수를 기진맥진하게 만들려고 집중 공격하던 부위가 은은하게 아리더니, 도무지 사라질 생각을 안 했다. 공이 울렸으나 다음 라운드를 뛸 기력과 의지가 조금도 없을 때 바로 이런 심정일 것 같았다.

멜베리 목사는 박사가 고통과 눈물로 얼룩진 세상을 정리했다고 서두를 꺼냈다. 위대한 피아노 연주자며 정원사였다면서 이렇게 이어나갔다.

"우리 주 예수 그리스도께서는 하늘나라에 가신 사랑하는 교수님께 수많은 꽃이 향기를 내뿜는 정원을 주셨습니다. 이제 교수님은 천사들과 노래하며 피아노를 칠 것입니다."

교회 신자들은 멜베리 목사가 저세상에서 거듭 태어난 사람을 말할 때 그런 표현을 즐긴다는 걸 잘 안다. 그래서 그런 찬사가 나올 때마다 '주님을 찬양합니다' 혹은 '주님의 위대하신 이름을 찬양합니다'라고 말했다. 하지만 이치에 맞는 소리는 하나도 없었다. 박사하고 아무런 상관도 없었다. 단 한 마디도 없었다.

사도 모임 교회에 처음 참석해서 멀베리 목사가 하는 설교를 처음 듣고 박스웰 부인이 이렇게 말할 정도였다.

"어머나, 세상에 기가 막혀서. 꽃향기가 가득하고 천사가 합창하는 천상 정원에서 영원을 보내는 편보다 영원한 지옥 불에서 지내는 편을 택하실 분인데."

장미 정원 위 조그만 봉우리에 알로에가 꽃을 활짝 피웠다. 장례 예배가 있던 날 새벽, 나는 박사와 처음 만난 바위에 올라가서 해가 골짜기로 솟아오를 때까지 엉엉 울었다. 내려오는 길에는 꽃이 활짝 핀 칸델라브라를 몇 송이 꺾어서 교회 구석진 방 커다란 구리 꽃병에 꽂았다. 그런데 장례 예배에 참석하려고 나중에 교회에 들어서니, 알로에는 사라지고 분홍색 글라디올러스와 주황색 글라디올러스가 꽂혀 있었다.

본스타인 노인도 정장 차림으로 본스타인 선생님과 함께 장례 예배에 참석했다. 본스타인 선생님은 입술에 화려한 립스틱을 칠하고 기다랗게 기른 손톱은 매니큐어로 치장했다. 얼굴에 분을 바르는 것 말고는 화장은 모두 죄악이라고 가르치는 교회에서 볼 때 어울리지 않는 차림이었다.

언젠가 아줌마 한 분이 신앙을 간증하면서 매니큐어를 칠한 기다란 손톱을 죄인들의 피로 물들인 악마의 발톱이라고 말한 적이 있었다. 여자 신도는 아무것도 안 칠한 얼굴에 회색 머리칼을 뒤로 넘겨 싸구려 머리핀을 꽂은 차림이었다. 장식이라곤 천으로 만들어서 모자에 붙인 가짜 꽃이 전부였다.

그런 여자들과 함께하니 본스타인 선생님은 미모가 특히 돋보였다.

여인들이 본스타인 선생님의 완벽한 자태와 빛나는 미모를, 보랏빛 기운이 감도는 머리카락과 새파란 눈동자를, 화려하게 빛나는 사악한 입술과 손톱을 흘끔흘끔 훔쳐보는 걸 느낄 수 있었다.

장례 예배가 끝났다. 시신을 담은 관이 없어서 사람들은 밖으로 그냥 나왔다. 신도들은 마리가 박사를 개종시켰으니 정말 훌륭하다면서 칭찬했다. 심지어 우리 어머니도 상당한 칭찬을 받았다. 박사에게서 거듭 태어날 가능성을 처음으로 발견한 사람은 우리 어머니라는 것이다.

스미트 주임과 소장을 포함해, 박사를 아는 교도관도 애도하는 마음으로 모두 참석했다. 스미트 주임은 예배가 끝난 다음, 교도소에서 권투부가 준비한 피로연에 나를 초대했다. 흥겨운 분위기였다. 노래하면서 바비큐를 즐기는 파티보다 즐거웠다. 나도 재미있게 즐기는 척하려고 열심히 노력했다. 나를 북돋아 주려고 마련한 자리 같았기 때문이다. 박사도 위선적인 장례 예배보다는 이런 자리를 더 좋아할 터였다.

거트가 나를 한쪽으로 데려갔다. 내가 바버톤에 도착할 때까지 수색 작업을 도맡아 지휘한 사람이 바로 거트였다. 그래서 3일 동안 한숨도 못 자서 기진맥진한 상태였다. 그런 거트가 물었다.

"왜 박사를 못 찾을까, 피케이? 너는 박사가 간 곳을 다 알잖아."

"글쎄요? 진짜 이상해요. 어쩌면 박사만 아는 폐광에 들어갔을지도 모르지요. 나를 만나기 전에 발견한 곳이요."

거트가 나를 똑바로 보며 말했다.

"아니야, 절대 그렇지 않아. 너는 박사님과 정말 친하게 지냈어. 너는 아는 곳이 있을 게 분명해. 하지만, 그래, 네 말이 옳아. 나라도 말하지 않겠어."

거트는 원래 말이 적고 신중한 사람이었다. 모든 사람이 나중에 한자리할 거라며 칭찬했다. 관리자로 진급하고 얼마 안 됐을 때다.

박사는 스타인웨이를 포함해, 당신이 가진 모든 것을 나에게 넘겼다. 디와 덤에게는 20파운드에 달하는 보험증권을 남겼다. 어머니는 스타인웨이를 집안 응접실로 옮겼다. 자리를 많이 차지하는 바람에 소파에 딸린 의자 2개를 뒤쪽 베란다로 치워야 했다. 좋은 생각이었다. 그게 없더라도 손님이 앉을 곳은 충분했다.

우리 집에 찾아오는 사람은 교회 부인이나 옷을 가봉하러 오는 마을 사람이 전부였다. 응접실에 점잔빼며 앉을 사람이 온 적은 없었다. 지난 40년 동안 응접실에 있으면서 '속에 든 것'까지 밖으로 삐져나올 정도였다. 낡을 대로 낡은 의자 두 개를 놓을 자리론 뒤쪽 베란다가 적격이었다.

처음에는 의자를 베란다로 치운 걸 보고 할아버지가 약간 언짢게 여길 거로 생각했다. 할아버지가 장미 정원을 만들어서 바친 당신의 아름다운 부인이 직접 사들인 것이기 때문이다. 나중에 연휴가 돼서 집에 오니, 의자 한 개를 할아버지가 독차지했다. 즐겨 앉는 의자 커버에는 구멍이 뽕뽕 뚫렸다. 파이프 담뱃재가 떨어진 흔적이었다.

박사네 오두막은 마을 사람이 사는 곳에서 상당히 떨어진 조그만 언덕에 있었다. 본스타인 변호사가 낭독한 유언장에 따르면 조그만 언덕은 박사의 개인 재산이었다. 나는 디와 덤을 관리인 자격으로 오두막에 들어가서 살게 했다. 하지만 실제로는 쌍둥이 자매네 집으로 여겼다. 장미 정원에 딸린 조그만 벽돌집보다 작아도 방 3개에 부엌 하나가 딸린 아담한 맨션이었다.

박사가 죽었다는 사실에 디와 덤은 끔찍하게 슬퍼했다. 박사는 3일 치 식량을 준비해 달라면서 자신이 떠난 사실을 누구에게도 말하지 말라고 부탁했다. 4일째 되는 날에도 박사가 안 돌아오자, 디는 박스웰 부인을 찾아갔다. 박스웰 부인은 깜짝 놀라서 사람들에게 곧바로 알렸다. 디는 침대가 깨끗하고 난로에서 탄 재가 차디찬 걸 보면 박사가 산에서 안 돌아온 게 분명하다고 말했다. 디와 뎜이 나에게만 고백한 바에 따르면 박사는 3일분 식량을 요구하고, 박스웰 부인이 나에게 전화한 건 박사가 떠나고 4일째 되는 날이었다.

박사는 이틀 동안 걸어서 아프리카 수정 동굴로 갔을 것이다. 그래서 휴식을 취하다, 3일째 되는 날에 절벽을 탔을 것이다. 철두철미한 사람답게 탈진 상태로 마지막까지 낼 수 있는 힘을 정확하게 계산했을 게 분명하다.

마리는 박사가 입원했을 때 불면증을 매일같이 호소해서 수면제를 주었다고 말했다. 박사는 약을 절대로 안 먹는다. "혈액에 나쁜 화학물질이 생긴다"는 게 이유였다. 수정 동굴로 가져가려고 그런 게 분명했다. 언제나 세심하게 준비하는 사람이니, 죽음 역시 그렇게 준비했을 것이다.

디와 뎜이 박사와 한 약속을 지킨 덕분에 수색팀은 깊은 산으로 들어갈 생각을 못 했다. 폐렴을 털고 일어난 지 얼마 안 되는 노인네가 하루 만에 그렇게 멀리 간다는 자체를, 산등성이를 넘어가는 자체를 불가능하다고 판단했기 때문이다. 박사는 그런 것까지 계산에 넣었을 것이다. 몇 주, 몇 달 동안 체력을 다지면서 성공 가능성을 타진했을 것이다. 그래서 내가 전화할 때 박스웰 부인은 박사가 많이 좋아졌다고 대답한 것이다.

나는 학교로 돌아가기 전까지 박사가 죽은 충격이 가라앉기만 기다렸다. 혼자 산속으로 가고 싶었다. 산속으로 들어가기 전날 저녁 식사 때, 나는 박사와 함께 가던 곳을 마지막으로 돌아보겠다고 어머니에게 말했다.

다음 날에는 새벽녘이 터오기 전에 집을 나섰다. 박사가 필요로 하는 게 아직 뭔가 있을 것 같았다. 그렇지 않다면 나에게 어떤 형식으로든 메시지를 남길 터였다. 디와 덤과 함께 오두막과 선인장 정원을 뒤졌지만 어떤 메시지도 없었다. 박사는 내가 뭔가 마지막 의무를 다하길 바랐다. 분명했다. 설사 그렇지 않더라도, 박사가 지나간 궤적을 나 혼자 되밟으며 나름대로 의식을 치르고 싶었다.

배낭에는 정어리 깡통 하나와 오렌지 두 개, 어릴 때 쓰던 학교 도시락을 넣었다. 도시락에는 토마토 하나와 찐 달걀 두 알, 차가운 감자 두 알이 있었다. 물통과 전등도 준비했다. 의심을 피하려고 밧줄은 남겨두었다. 밧줄이 없어도 절벽을 탈 수 있었다.

해가 뜰 때 걸음을 잠시 멈추고 토마토 한 개를 먹고 물을 마셨을 뿐 쉬지 않고 걸었다. 아침 시간에 강우림 근처 캠프 자리에 도착했다. 머리 위로 절벽이 어슴푸레하게 보였다. 갑자기 절벽이 커다란 의미로 다가왔다.

예상대로 박사가 캠프장을 다시 이용한 흔적이 보였다. 지난 열흘 동안 비가 한 번도 안 왔다. 그래서 내가 파놓은 불구덩이에 태운 지 얼마 안 되는 재가 그대로 있었다. 다시 한번 확인하려고 예전에 쓰레기를 묻은 곳에 가서 땅을 팠다. 확실했다. 쇠고기 통조림 깡통과 프리티 크래커 포장지가 나왔다. 처음에 왔을 때 먹은 게 아니었다. 게다가 박사는 푸석푸석하고 담백한 크래커를 좋아해, 늘 프리티 크래커만 사 먹었다.

30분이 지난 후, 동굴로 이어지는 암반에 도착했다. 대충 살피니, 박사가 지난 흔적이 안 보였다. 심장이 쿵쾅거렸다. 이곳에 안 올라왔다면 어떻게 되었단 말인가? 절벽을 오르다 떨어져, 저 밑으로 무성하게 자라는 강우림 어딘가에 쓰러졌다면 어떻게 한단 말인가? 몰려드는 공포를 물리쳐야 했다. 박사를 찾아서 절벽 위로 어떻게든 끌어올려 동굴 석판에 눕혀야 했다. 이것 하나만 해도 이틀은 족히 걸릴 터였다.

그러나 박사가 수정 동굴에 있다면 내가 들어가는 걸 바라지 않을 것이다. 박사는 굉장히 예민한 사람이다. 그러니 내가 들어가서 석판에 누운 시신을 바라보는 걸 용납할 수 없을 터였다. 그렇다면 동굴 밖에 뭔가 지시사항을 남길 게 분명했다. 메시지가 있을 거다. 나는 암반을 샅샅이 조사했다. 박사가 관찰하는 법을 가르쳤으니, 은밀한 곳에 뭔가 메시지를 남겼다면 내 눈에 분명하게 드러날 터였다.

30분이 지났다. 하지만 석회석 암반은 비바람에 수십만 년 깎이고 침식당해서 매끈할 뿐 틈새는 어디에도 없었다. 의심이 떠올랐다. 뭔가 메시지를 남기려 했으나 암반에 간신히 오를 즈음에 기진맥진한 나머지, 석판으로 올라갈 힘을 비축하려고 다른 걸 포기할 가능성도 있었다.

바로 그때 눈에 보이는 게 있었다. 구석에 광물질 같은 게 가라앉아 시꺼멓게 말라붙은 흔적이었다. 손으로 훑으니 날카로운 것에 찔린 듯한 통증이 일었다. 손바닥을 살피니 조그만 핏방울이 맺혔다. 그 부분을 살짝 파니까 박사가 쓰던 요셉 로저스 주머니칼 끝이 나왔다.

박사는 움푹 파인 곳에 광물질이 쌓여서 주변 바위보다 물렁물렁한 걸 알고는 주머니칼로 구멍을 팠을 것이다. 그리곤 모래를 수통에 있는 물과 혼합해, 주머니칼 칼끝만 조금 보이도록 구멍에 넣은 뒤, 모래 반죽으로 마무리해서 다른 사람 눈에 안 띄게 한 것이다.

박사다운 행동이었다. 다른 사람 눈에 안 띄게 해도 나라면 찾아낼 거로 생각한 게 분명했다. 자신이 훈련한 내 능력을 신뢰한 것이다. 나는 칼날 주위를 파서 조그만 칼을 꺼냈다. 칼자루에 실로 묶은 쪽지가 있었다.

구멍은 처음 예상한 것보다 크고 깊었다. 칼 밑에 박사가 쓰던 금시계도 있었다. 칼끝으로 시곗줄을 잡아끌었다. 오래전에 금으로 만든 포켓용 회중시계가 나왔다. 아름다운 시계였다. 시계를 바지 주머니에 넣고, 상아로 만든 까만 칼자루에 묶인 실을 덜덜 떨리는 손으로 풀었다.

야외용 조그만 노트에서 찢어낸 쪽지였다. 꼭대기에서 맨 밑까지 음악 기호가 한쪽에 빽빽하게 적혔다. 조그맣긴 하나 악보가 확실했다. 종이를 뒤집었다. 깨끗한 박사 필체가 눈에 들어왔다.

사랑하는 피케이에게

이 세상을 다 뒤져도 자네 같은 친구를 사귄 사람은 없을 거야. 어젯밤 내 머리에 멋진 악상이 떠올랐어. 이제 떠날 때가 되었다는 걸 느꼈지. 아프리카에 바치는 음악이라 불러도 좋고, 자네에게 건네는 음악이라고 불러도 좋아. 물론 모차르트나 베토벤이나 브람스하고는 비교가 안 돼. 하지만 쇼팽 야상곡보다는 좋을 거야. 이렇게 긴 인생에 이렇게 짧은 음악이라니. 진짜 못난 놈이지. 그래도 자네를 친구로 사귀었으니, 아주 바보는 아니었어. 자네 덕분에 더 많은 인생을 누렸으니까. 이젠 아프리카 수정 동굴로 들어갈 때가 되었어. 자네도 차례가 되면 따라오게나. 오랜 시간이 지나서 다시 만나자고.

잘 있게, 웰터급 세계 챔피언.

네 친구

박사가

박사가 떠올라서 눈물이 났으나 편지를 보니 마음이 놓였다. 박사는 자신이 가고 싶은 곳으로 아무 탈 없이 갔다. 비밀을 영원히 지켜야 했다. 나는 동굴 입구로 갔다. 오래전에 설치한 밧줄이 튼튼했다. 좁은 입구를 지나는 데 별다른 어려움이 없었던 모양이다. 몇 분 동안 작업해서 터널 벽에 꽂은 스파이크를 뽑고 밧줄을 걷었다.

암반으로 다시 올라가 2번째 스파이크를 뽑아서 밧줄과 함께 배낭에 넣었다. 몇 해가 지나면 스파이크에 파인 구멍이 부식되어 인간이 다녀간 흔적을 지울 터였다. 비비 떼나 표범이 동굴 입구에 어슬렁거리겠지만, 어둡고 습기 찬 수정 동굴에는 안 들어갈 터였다. 박사는 수십만 년을 안전하게 머물다 결국엔 수정으로 변해서 아프리카 일부로 영원히 남을 수 있었다.

달이 골짜기 위로 떠오를 때 집으로 돌아왔다. 심장 밑 깊은 곳에서 은은하게 아리던 고통이 사라졌다. 슬픔은 남았으나, 박사가 바라던 일을 해냈다는 사실이 자랑스러웠다. 박사는 내 안에 있다. 우리는 언제나 함께 살아갈 것이다.

박사는 조그만 아이가 두려움과 혼란에 빠진 걸 알고, 자신감과 음악과 지식과 아프리카에 대한 애정을 심어주면서 두려워하지 않는 법을 가르쳐 주었다. 박사는 끝나고 아이는 새로운 인생을 시작하는 게 아니다. 박사는 자신이 지닌 모든 재능을 나에게 주었다. 박사는 내 몸에 깃들었다. 우리는 영원히 떨어질 수 없는 일심동체였다.

다음 날 오후 4시에 커피포트 기관차를 타고 카프무이덴에 도착해서 요하네스버그로 가는 야간열차로 갈아탈 예정이었다. 집에서 보내는 마지막 날 아침에 응접실에 들어가서 스타인웨이를 열고 박사가 작곡한 음악을 두들겼다.

한 시간쯤 연습하니, 선율이 조금씩 잡혔다. 절마다 후렴을 반복하는 야상곡이었다. 정말 아름다웠다. 누가 들어도 아프리카 음악이라는 걸 알 수 있었다. 아프리카 흑인 음악에 깃든 막연한 갈망과 슬픔이 가득했다. 절과 후렴이 왠지 친숙했다. 꿈속에서 들은 소리 같았다. 갑자기 뇌리를 스치는 게 있었다. 그건 바로 올챙이 천사에게 보내는 찬가였다.

연습을 멈추었다. 당혹스러웠다. 박사는 그 찬가를 들은 적이 없다. 내가 기숙학교로 들어간 다음에 처음 나온 찬가였다. 다시 연주하니, 우연의 일치가 아니었다. 찬가가 그 안에 확실하게 담겼다. 찬가가 다양하게 바뀌면서 야상곡 전체에 가득했다. 담백하고 야성적인 형태로 흐르다 아름다운 음률로 바뀌었다. 올챙이 천사. 천사. 천사. 올챙이. 흑인들 노랫소리가 피아노 음률로 또렷하게 나타났다.

이윽고 박스웰 부인과 본스타인 노인과 본스타인 선생님에게 작별 인사를 할 때가 되었다. 거트가 교도소에서 새로 산 자동차를 가져와서 역전까지 태워 주겠다고 약속했다. 그래서 어머니와 할아버지는 멀베리 목사에게 신세 질 필요가 없었다. 튀어나온 앞니로 거짓말만 늘어놓는 멀베리 목사가 의기소침한 표정으로 바라보았다. 떠날 때마다 항상 거북한 느낌이 들었는데, 멀베리 목사를 안 볼 수 있어서 다행이었다.

박사가 작곡한 악보는 박스웰 부인이 준 윌프레드 오웬 시집에 끼워 넣었다. 박스웰 부인이 “루베르트 부룩처럼 촉촉하진 않지만 전쟁 시인으로선 아주 훌륭한 사람”이라면서 준 시집이었다.

다시 돌아와도 박사는 없다고 생각하니 참을 수 없는 슬픔이 몰아쳤다. 어머니가 명랑하게 수다를 떨려고 애썼지만 뛰어난 수다쟁이는 아니었다. 할아버지는 헛기침하면서 고개를 돌려 산을 쳐다보고 “비구름이 몰려오는군. 프렌지맨 봉오리가 처지는 걸 보면 오늘 밤에 폭풍이 오겠어"라며 딴소리만 했다. 프렌지맨은 줄기가 기다란 진분홍빛 장미였다. 꽃잎을 단단하게 안 맺으면 세찬 비바람에 떨어지기 일쑤였다.

거트도 기분이 좋으면 입을 여는데, 오늘따라 입을 유난히 꽉 다물어서 커피포트 기관차를 기다리는 게 한층 길게 느껴졌다. 나는 본스타인 노인이 새로 만들어 준 회색 바지 주머니에 손을 넣어 박사의 회중시계를 꺼냈다. 뚜껑을 열려다 바보 같은 짓이라는 걸 깨닫곤 주머니에 다시 황급히 넣었다. 허둥지둥 집어넣는 건 속이 뻔히 들여다보이는 짓이었다. 알아챈 사람이 없다고 생각했는데, 몇 분 뒤에 어머니가 할아버지를 쳐다보며 말할 때, 거트가 조그만 목소리로 말했다.

"결국 찾아냈구나, 응? 잘했어, 피케이."

나는 못 들은 척 무시했다. 거트라면 더 안 물을 게 분명했다.

출발을 알리는 기적 소리가 울었다. 플랫폼에 있던 사람들이 술렁거리기 시작했다. 오래 끌어온 배웅이 끝날 때는 항상 그러는 법이다. 나를 배웅나온 사람들도 마찬가지였다. 마음속으로 각자 안도의 한숨을 내쉴 게 분명했다. 어머니가 분칠한 뺨을 갖다 대며 말했다.

"조심하거라, 아들."

할아버지가 파이프를 뻑뻑 빨더니, 내 손을 잡고 흔들며 말했다.

"우리 착한 아가."

할아버지 얼굴을 가만히 들여다보니, 파란 눈동자에 눈물이 고였다. 뺨과 입 주변에 주름살이 늘어난 것 같았다. 한층 더 늙으신 것 같았다.

거트가 보아인 전통방식으로 내 손을 꽉 쥐면서 "잘 지내, 피케이, 유월에 보자"더니, 권투를 하는 자세로 "손들어!" 하고 말했다. 어색함을 감추려는 장난이었다. 이윽고 씩 웃더니, 나만 듣도록 상체를 앞으로 숙이면서 말했다.

"이제는 깜둥이랑 싸우지 말라고, 알겠어? 걔들은 머리가 너무 단단해."

커피포트 기관차가 증기를 뿜었다. 그와 동시에 아주 커다란 기차에서나 나는 기적 소리를 걸맞지 않게 뿜어댔다. '흑인 전용' 삼등실에서 흑인들이 환호성을 질러댔다. 조그만 열차가 플랫폼을 서서히 빠져나갔다. 객차마다 대여섯 명에 달하는 사람이 머리를 내밀고 커다란 손수건을 흔들었다. 나도 똑같았다.

기차가 기다란 커브 길을 돌면서 플랫폼이 사라졌다. 나는 안도의 한숨을 내쉬며 녹색 가죽 의자에 등을 기댔다. 카프무이덴까지 객실을 혼자 쓸 터였다. 혼자 있어서 기분이 좋았다. 기드온 만도마와 시합한 게 일주일밖에 안 되는데 굉장히 오랜 시간이 지난 것 같았다.

학교로 돌아오니 모리가 다양한 소식을 알려주었다. 모리는 뉴니와 공식적인 사업 관계를 맺었다. 솔리 체육관에서는 흑인 선수 20명이 연습하고 흑인 3명이 코치 훈련을 받았다. 권투 심판 자격증을 따려는 사람들이었다.

매주 수요일 오후와 일요일 아침에는 기드온 만도마와 다른 흑인 선수 3명이 나와 함께 특별 훈련을 받았다. 만도마는 훌륭한 스파링 상대 그 이상이었다. 웃기도 잘하고 재치도 대단했다. 정말 재미있었다. 영어 실력이 좋은 편은 아니라서 처음에는 줄루어로 대화했다. 같이 연습하고 3주가 넘어가자, 만도마가 글러브를 낀 손으로 내 어깨를 툭툭 치면서 말했다.

"이제 줄루어는 그만하자, 피케이. 네가 사용하는 줄루어는 우리 엄마 가슴에서 나왔어. 이제 내 영어가 네 주먹에서 나올 차례야. 나한테 영어를 가르쳐 줘."

만도마는 딱 버티고 서서 모리가 그러는 것처럼 머리카락을 뒤로 천천히 쓸어넘겼다. 거울 앞에서 모양을 부리는 것 같았다.

"모리한테 멋진 단어를 배웠어. '더러운 깜둥이 놈!'"

만도마가 모리 특유의 뱉어내는 듯한 어투를 그대로 흉내 내며 말하더니, 머리를 뒤로 젖히며 웃어 재꼈다.

"이 단어는 귀에 잘 들어와."

바로 그때 멋진 생각이 뇌리를 스쳤다. 나는 연습을 마치고 학교로 돌아가는 전차에서 모리에게 그 생각을 말했다.

"야학을 열어서 솔리 체육관 흑인 선수들한테 공부를 가르치면 어떨까?"

"맙소사! 너무 깊이 빠지는 거 아냐, 피케이? 흑인을 가르치면 우리가 알아채기도 전에 이 나라를 전복하려 들 거야."

나는 모리가 그렇게 심하게 표현할 줄 몰라서 깜짝 놀라며 항의했다.

"그들도 이 나라 주인이야. 따지고 보면 우리보다 권리가 많다고."

"물론 네 말이 맞아. 하지만 시간이 좀 더 지난 다음에 권리를 찾게 하는 게 안 좋을까? 암흑 속에서 최대한 오랫동안 헤매게 놔두는 것도 좋을 것 같은데?"

"아니, 모리, 도대체 무슨 얘길 하는 거야? 난 네가 자유 사상가인 줄 알았는데 아니었군."

모리가 웃었다.

"나는 언제나 실리주의자야. 돈이 안 되는 일은 곤란해. 음, 웨일스 황태자 학교에 흑인을 입학시키는 건 어떨까?"

"왜 그래, 모리? 장난치지 마. 우리가 르네상스 정신으로 무장하고 구운 햄버거를 찾아가서 자유주의 운운하며 여차여차 얘기하면 교장도 동의할 게 확실해. 그러면 매주 토요일 오후에 교실 하나를 얻어서 흑인을 가르치는 거야."

"내가 말한 그대로군! 아프리카 대륙 남쪽 끝에서 흑인이 1주일에 한 번 공부한다고 백인한테 위협이 되는 건 아닐 테니 말이야."

"그래, 네 생각은 어때?"

"당장은 돈벌이가 안 될 것 같지만, 카를 마르크스와 예수가 일찍이 말했듯이 '인간은 빵만 먹고 사는 것이 아니'니깐, 좋아, 네 말대로 하지."

"좋았어! 그러면 네가 유대인으로서 억압당하는 사람이 겪는 고통을 절실하게 느낀다며 구운 햄버거한테 이 문제를 꺼내라고."

모리가 잠시 생각하다 입을 열었다.

"좋아, 좋은 생각이야. 교장실에 불쑥 들어가서 구운 햄버거한테 백인 특권층이 떼거리로 모여 사는 지역에 흑인 학교를 열게 해달라고 부탁하는 거야. 백만장자 아들이자 1900년 동안 억압받은 인종으로 그동안 얼마나 핍박을 받았는지 얘기하면서."

"훌륭해. 내일 방과 후로 접견 약속을 잡을게."

구운 햄버거는 우리가 예상한 이상으로 망설였다. 이 나라 최고의 영국계 사립학교가 흑인 어른을 가르치는 요람으로 되는 걸 국민당 정부가 어떻게 바라볼지 판단이 안 서는 모양이었다.

물론 흑인 학교는 여럿이었다. 꽤 괜찮은 학교도 있었다. 그러나 고등교육을 받은 흑인은 거의 없었다. 기초 교육을 이삼 년 받다 그만두기 일쑤였다. 대다수는 학교 근처에도 못 갔다. 그런데 어른이 되어서 쓰기와 읽기를 배우고 싶더라도 성인 교육기관이 없어서 배울 수 없었다.

막바지에 이른 것 같았다. 구운 햄버거가 학교 고문회의에 그 문제를 상정하겠다고 약속했다. 하지만 회의 결과는 뻔할 터였다. 기독교 신사들이 볼 때 유색 인종은 하느님이 창조한 인류가 아니었다.

논리는 정당하지만 관철하려는 방식이 어설펐다. 남아프리카에서는 흑인에게 정치적 사회적 정의가 아예 존재하지 않았다.

우리 두 사람은 방과 후에 아무도 없는 교실에 남아서 비밀 얘기를 나누었다. 모리가 먼저 말했다.

"구운 햄버거가 우리 말을 들어줄 거라고 여긴 우리가 바보였어. 그놈한테 죄책감을 느끼게 해야 돼. 르네상스 인간형엔 그게 제일 효과적이야."

"죄책감은 벌써 느끼는 것 같은데?"

"머리로 느끼는 지적인 죄책감이지, 내면세계를 건드리는 죄책감은 아니야. 영혼으로 죄책감을 느끼는 데는 유대인이 전문이지. 자세히 설명할 테니 들어보라고. 소피아타운에서 싸우기 전까진 내가 아는 흑인이라곤 우리 집 요리사 마리와 집사 제퍼슨이 전부였어. 물론, 여기저기서 일하는 이름조차 모르는 하인은 많았지. 하지만 아프리카 흑인을 가깝게 접한 건 그날 오후 소피아타운이 처음이야. 충실한 하인이나 심부름꾼이 아니라, 그들도 똑같은 인간이란 걸 경험한 건 그때가 처음이었어. 그들도 백인과 똑같이 나름대로 고통을 느끼며 살아가는 인간이란 걸 처음으로 느낀 거지. 얘기는 안 했지만 그때 정말 엄청난 충격을 받았어. 그들이 좋아지더라고. 아니, 그 이상이야. 유대인이 박해받으면서 느낀 고통을 피부로 이해한 건 그때가 처음인 것 같아. 그들이 만도마한테 찬가를 불러준 건 이해가 가. 하지만 너한테도 불러주다니, 진짜 감동이었어. 그들이 그렇게 관대한 걸 보니깐 하얀 피부라는 게 문뜩 부끄럽더군. 내가 말하는 죄책감이란 바로 이런 거야, 피케이."

"아니, 그런 얘기를 왜 이제 하는 거야, 모리?"

"굳이 얘기할 필요가 없잖아, 머리가 아닌 가슴으로 느끼는 건데. 어쨌든 구운 햄버거도 그런 게 필요해. 자신이 거부하는 게 동물이 아닌 인간이라는 걸 느끼게 해야 한다고. 만도마를 소개하는 거야."

"넌 아프리카 흑인 만 명이 '영원해라, 아프리카'를 부르는 소리를 들어서 그런 느낌을 받은 거야, 모리. 그런데 만도마 혼자 불러서 구운 햄버거가 감동하리라 생각해? 게다가 만도마는 줄루족이 낳은 유일한 음치라고."

사실이다. 만도마가 노래하면 딱딱한 나무에 강판 굴러가는 소리가 났다.

"아냐, 그게 아니라고. 하지만 우리가 그놈을 충분히 연습시키면 오셀로처럼 발음하게 만들 수 있을 거야."

모리와 나는 만도마가 말할 내용을 작성했다. 내가 봐도 멋들어진 내용이었다. 만도마가 줄루 말로 외워서 말하면 내가 처음 듣는 척하면서 영어로 통역하는 게 우리 계획이었다. 시적 감수성이 번뜩이는 내용을 듣고 구운 햄버거가 감동해, 흑인이 나무나 자르고 물이나 길어오는 도구가 아니라 르네상스형 인간으로 살아갈 잠재력이 무한한 존재라고 깨닫게 하는 것이다.

우리는 만도마에게 연설을 연습시킨 다음, 낡은 정복 바지를 헝겊으로 단정하게 기운 바지와 하얀 셔츠에 까만 구두를 깨끗이 닦은 차림으로 구운 햄버거 연구실에 함께 들어섰다. 구운 햄버거는 우리 모두를 자애롭게 맞아주었다.

우리가 오래된 가죽 소파에 앉자, 비서 퍼킨슨 양이 차와 마리 비스킷을 가지고 왔다. 차가 나올 것을 예상하고 무릎에 컵을 안정감 있게 놓는 방법을 충분히 연습한 터라, 만도마는 차를 무릎에 세련되게 올려놓고 편안한 자세를 취했다.

만도마가 영어에 유창하지 않으므로 내가 중간에서 통역하겠다고 구운 햄버거에게 양해를 구했다. 지금 생각하면, '세존 학생'이 줄루어로 통역한다는 사실이 늙은 교장 선생에게 깊은 인상을 심어준 것 같다.

만도마는 연습한 대로 영어로 말문을 열었다. 환한 웃음을 가득 머금으며 말하자 하얀 이가 아름답게 번뜩였다.

"영어를 못해서 죄송합니다, 선생님. 말씀드리고 싶은 내용은 많은데 영어 실력이 안 좋아서 영어로 전하지 못하는 점을 양해하십시오, 선생님."

교장 선생님이 이해한다는 표정으로 고개를 끄덕였다. 우리 계획이 벌써 효과를 발휘했다. 만도마는 목청을 가다듬고서 줄루어로 말하고, 나도 목청을 가다듬고서 극적인 목소리로 나지막하게, 여러 차례 연습한 문장을 차례대로 조심스럽게 통역했다.

"나는 노예의 나라에서 태어나지 않았습니다. 그러나 노예로 키워졌습니다. 나는 용감한 부족 출신이지만 울보가 되도록 강요받았습니다. 나는 추장이 될 사람이지만 인간이라고 여길 수 없는 존재로 키워졌습니다. 인간의 권리와 미래는 어디에도 없습니다."

여기에서 감동에 젖도록 약간 침묵하다 이어 말했다.

"나는 이번 여름에 열일곱 살이 됩니다. 사자를 잡아서 이제 최고 추장 자리에 앉았습니다. 그러나 내 권리는 어디에서도 찾을 수 없습니다. 내가 앉는 자리는 백인이 식탁에 앉는 자리보다 비천하며, 백인 앞에서는 한 마디도 제대로 말할 수 없습니다."

나는 구운 햄버거가 동요하는 걸 느꼈다. 불분명한 죄책감을 막연하게 느끼는 게 분명했다.

만도마가 원고와 다른 내용을 갑자기 말하기 시작했다. 당혹스러웠다.

"나를 묶은 굴레는 백인이 만들어 낸 게 아닙니다. 나를 얽어맨 굴레는 백인이 채찍으로 강요한 게 아닙니다. 내가 굴레에 얽매인 원인은 내 머리에 있습니다. 내 머리에는 조상이 물려준 자랑스러운 전통이 있습니다. 하지만 배움은 없습니다. 나를 굴레에 얽매는 건 바로 무지입니다. 무지는 흑인을 비참한 생활과 절망으로 몰아가는 원인입니다. 백인이 똑같은 권리와 발언권을 준다 해도 나는 그것을 사용할 수 없어, 굴레에 여전히 얽매일 겁니다. 하인으로, 깜둥이 카피르로, 열등한 인간으로 남을 겁니다. 권리를 어떻게 사용하는지, 의견을 어떻게 전달하는지 모르기 때문입니다. 제발 굽어보십시오, 선생님. 지금 제 마음은 배움을 갈망합니다. 시냇가에서 물을 마시듯, 내 손에 지식을 담아서 마시고 싶습니다. 배움이 없으면 벌거숭이나 같습니다. 배움이 없으면 벌레와 같습니다. 제발, 선생님. 저한테 지식을 주십시오. 저한테 배움을 주십시오. 그러면 저도 사람이 될 수 있습니다."

만도마가 쉽게 말해서 나는 거의 완벽하게 막힘없이 통역할 수 있었다. 눈물이 두 뺨을 타고 흘러내려도 만도마는 닦아내지 않았다. 줄루족은 눈물을 보이는 게 커다란 수치인데 이상하다고 여기며 자세히 살피니, 무릎에 있는 찻잔을 잡느라 눈물을 닦을 수 없었다. 나는 몸을 앞으로 기울여서 찻잔을 내려 준 다음에 모리를 보았다. 감히 구운 햄버거를 쳐다볼 순 없었다. 모리는 내 행동을 짜증스럽게 여기는 기색이 또렷했다. 만도마가 흘리는 눈물은 한 마디로 죽여주는 클라이맥스로, 오셀로 그 이상의 효과를 발휘했기 때문이다.

"이 눈물은 나 개인이 서글퍼서 흘리는 게 아니라, 우리 종족 전체가 서글퍼서 흘리는 눈물입니다, 인코시."

만도마가 부드럽게 말하면서 손등으로 눈물을 훔쳤다. 구운 햄버거를 몰래 훔쳐보니, 눈가에 물기가 가득했다. 교장 선생님 역시 내적 갈등과 열심히 싸우는 게 확실했다.

"놀랍군, 정말 놀라워."

구운 햄버거가 갑자기 감탄하더니 모리와 나를 돌아보면서 말을 이었다.

"이 젊은이가 공부하도록 돕겠어. 자네 두 사람이 수업을 책임져야 할 거야."

드디어 성공했다! 윈체스터 출신 교장이자 전통 있는 사립학교 이사며, 르네상스형 인간이자 자유 사상가인 구운 햄버거가 드디어 까만 아프리카의 영혼을 느끼고 가슴 깊이 감동한 것이다.

모리가 즉각 반응했다.

"학교에서 책과 문구류를 대주실 겁니까, 교장 선생님?"

구운 햄버거가 고개를 끄덕였다.

"문구류 공급은 퍼킨슨 양과 얘기하도록, 레비. 충분히 공급받아야 할 테니까."

"감사합니다, 교장 선생님."

나는 감사한 다음에 만도마를 쳐다보았다. 입이 찢어질 정도로 함박웃음을 머금은 표정이었다.

"저와 같은 많은 소년이 선생님께 감사드립니다, 인코시."

구운 햄버거가 고개를 끄덕이며 인사를 받았다. 젊은 줄루족 추장에게 홀딱 반한 게 분명했다.

우선 솔리 체육관 선수를 데리고 야학을 시작했다. 한 달이 되기도 전에 요리사와 운전사와 심부름꾼이 등록하러 왔다. 오줌싸개 존슨과 민첩한 거미와 아더톤이 합류했다. 소쏘어를 아는 기숙사 학생 2명도 강의를 자청했다.

우리는 구운 햄버거가 허락하기도 전에 본스타인 선생님에게 기다란 편지를 써서 흑인 어른에게 언어와 숫자를 어떻게 가르치는 게 가장 좋은지 물었다. 본스타인 선생님은 훌륭한 강의 노트 한 세트와 교과서 몇 권을 답장으로 보냈다. 나는 그것을 소쏘어, 줄루어, 샹간어, 파나갈로어로 번역했다. 모리는 그걸로 완벽한 커리큘럼을 짰다.

모리와 나는 그해 말에 대학에 입학할 예정이라, 우리가 없어도 토요일 야간 학교를 계속하도록 구운 햄버거에게 승낙받았다. 그래서 새로 선발한 '세존 학생'에게 우리가 준비한 커리큘럼을 알려주었다.

야학을 시작하고 2~3주밖에 안 지났는데 결과는 엄청났다. 학생은 토요일 오후에 4시간 수업받고 숙제를 산더미처럼 짊어진 채 떠났지만 다음 주에 올 때는 숙제를 모두 제출하더니, 수업이 끝날 때는 숙제를 더 많이 내달라고 아우성이었다. 웨일스 황태자 학교 학생 사이에서 야학이 소문나자 초보자용 독본과 다양한 교과서가 순식간에 쌓였다. 자원봉사자도 우리가 수습할 수 없을 정도로 몰려들었다.

그러자 공짜라면 무어든 좋아하는 모리는 흑인 학생 한 명당 백인 교사 한 명을 붙이는 일대일 교습 방법을 떠올렸다. 그래서 흑인 학생은 첫째 시간에 학교 강당에 모여서 수업받고 나머지 3시간은 각자 흩어져서 개인 교사와 단둘이 공부했다. 개인 교사는 누구든 본스타인 선생님이 내린 지침에 따라 우리가 정리한 강의 교본으로 수업해야 했다.

야학 학생은 틀에 박힌 교실 분위기에서 공부하는 백인 학생보다 발전 속도가 빨랐다. 첫 번째 커리큘럼이 성에 안 찬 모리는 강의 교본을 수없이 검토해서 약점을 보완하는 식으로 보다 완벽한 커리큘럼을 만들어갔다.

4개월쯤 지나자, '랜드 일간 우편 신문사'에서 리포터와 사진기자가 찾아왔다. 다음 주 수요일 아침 신문에는 우리 기사가 신문 한 면을 장식했다. 모리와 만도마와 내가 함께 찍은 사진도 실렸다.

기사에선 내가 만도마와 싸운 내용이랑 모리와 내가 권투선수를 가르치려고 만든 야학이 성장한 과정을 콜라 거품처럼 부풀려서 설명했다. 우리 야학이 커다란 흑인 교육기관으로 발전한 것 같은 느낌마저 들 정도였다. 꾸민 내용이 많은 기사인데도 학교에서 커다란 반향을 불러일으켰다. 구운 햄버거가 모리와 나를 연구실로 불러서 아무런 허락도 안 받고 기자와 함부로 인터뷰했다며 심하게 꾸짖었다. 백인이 거주하는 지역에서 흑인 학교를 금지하는 정치적 분위기로 볼 때 인터뷰를 한 건 정말 어리석은 짓이었다는 것이다.

모리가 교장실을 나오면서 어깨를 으쓱하며 말했다.

"어떤 내용이든 언론에 실려서 나쁠 게 있겠어?"

"네 말이 맞으면 좋겠는데 우리가 실수한 것 같아."

"그래, 내 생각도 그래."

모리가 조그맣게 말했다.

토요일 밤에 경찰이 급습했다. 카키색 유니폼을 입은 백인과 흑인 경찰이 강당 출입구를 모조리 봉쇄했다. 혁대에 권총을 찬 경찰 간부 한 명이 교단에 뛰어올라 호루라기를 불면서 소리쳤다.

"경찰이다. 모두 그 자리에 가만히 있도록. 안 그러면 다친다."

경찰 간부가 다리를 딱 벌리고 한 손을 권총에 댄 채 감히 움직일 사람이 있냐는 투로 교단에 서서 다시 소리쳤다.

"책임자가 누구지?"

"우립니다."

나는 모리와 나를 가리키면서 보아어로 대답하고, 간부는 영어로 계속 말했다.

"어른은 없나?"

내가 다시 대답했다.

"이 학급은 학생들이 운영합니다."

"그러니까 백인 아이들이 저 깜둥이 놈들을 가르친단 말인가?"

"네, 그렇습니다."

충격이 어느 정도 가라앉자, 용기가 생겼다.

"그러니까 네가 저 더러운 깜둥이한테 글씨를 가르친단 말인가? 토요일 저녁에 할 일이 그렇게 없나?"

"수색 영장은 있습니까?"

모리가 물었다.

"넌 누구야?"

간부가 반문하자, 모리가 냉정한 목소리로 요구했다.

"제 질문에 먼저 답하시지요."

"저놈, 상당히 건방지군그래."

"저 친구는 수색 영장이 있냐고 물어보는 것뿐입니다, 경관."

내가 말했다. 경찰 간부는 그때 비로소 우리가 겁먹지 않았다는 사실을 깨달았다. 사실 옳지 못한 건 경찰 간부였다.

"그래, 없으면 어쩔 셈인가?"

"그렇다면 불법 침입이니, 여기에서 당장 나가시길 부탁드리는 바입니다."

내가 말했다.

"건방진 놈이군. 내가 누군지 알기나 해, 엉?"

"수색 영장 없이 온 거라면, 당장 꺼지세요!"

모리가 날카롭게 요구하자, 간부가 씩 웃었다. 예상 밖이었다. 그는 집게손가락으로 자기 콧등을 톡톡 두드리다 말했다.

"넌 유대 놈이지, 그렇지?"

그러더니 나를 쳐다보며 말했다.

"너는 깜둥이랑 권투시합을 한 놈이고."

그가 우리 앞에 조용히 앉은 학생들을 가리키며 말했다.

"어디, 너랑 싸운 깜둥이 놈이 누군지 보자고."

만도마가 허락도 안 받고 의자에서 몸을 일으켰다.

"이리 와, 조 루이스. 저 유대 놈과 깜둥이 애인을 지키라고."

간부가 문가에 있는 흑인 경찰을 바라보며 소리쳤다. 흑인 경찰이 교단에 올라서서 명령에 따르자, 경찰 간부는 카키색 경찰복 상의 주머니에서 번쩍이는 놋쇠 단추를 풀어, 종이 한 장을 꺼내더니, 우리에게 내밀며 말했다.

"여기 있어, 유대인 소년. 직접 읽어 보시지."

모리가 앞으로 가서 종이를 받아들고 읽었다. 수색 영장이 분명했다. 간부가 옆에 있는 흑인 경찰에게 고개를 돌리며 말했다.

"저 깜둥이 자식들한테 고용주가 발급한 9시 통금 통행증이 있나 검사해!"

내가 경찰 간부를 쳐다보면서 항의했다.

"아직 아홉 시가 안 되었습니다, 경관. 야간 통행금지 조항을 어긴 사람은 한 명도 없습니다."

간부가 씩 웃었다.

"그래, 나도 알아. 그러나 수색을 마칠 때면 9시가 넘을 거야. 그러면 통행증이 없는 깜둥이는 모조리 체포한다."

그때 모리가 소리쳤다.

"이건 세인트 요한 대학 수색 영장이야. 이걸 봐, 휴이톤에 있는 세인트 요한 대학이라고 적혔어. 큰길 따라 일 킬로 정도 밑에 있는 학교."

"바보짓 말라고. 까딱하다간 너희 셋 모두 오늘 밤을 본부 지하실에서 보내야 할 테니깐."

경찰 간부 협박에 모리가 다가서서 말했다.

"그러면 직접 읽어 보세요. 휴이톤에 있는 세인트 요한 대학이라고 여기에 분명히 적혔으니까요. 우리 학교가 아니란 말이에요. 인제 그만 나가주시겠습니까?"

"아냐, 이 학교야. 신문에 난 학교는 바로 여기라고. 세인트 요한에서도 깜둥이를 가르치나?"

갑자기 당황하는 기색이 역력하고, 나는 재빨리 말했다.

"그건 직접 가서 알아보시지요, 경관."

경찰 간부가 수색 영장을 접어서 주머니에 넣으며 소리쳤다.

"업무 방해죄로 너희를 체포하겠어. 너희도 알겠지만 이건 업무상 착오에 불과해. 지도를 보고 잘못 적은 거라고. 이 학교가 맞아. 장난이 아니라고!"

모리가 상황을 적절하게 이용하며 말했다.

"그러나 수색 영장은 안 그렇습니다. 다시 한번 나가주시길 부탁드리는 바입니다, 경관."

"좋아, 유대인 소년. 그러나 다시 만나게 될 거야. 나는 빨갱이를 한눈에 알아보거든."

경찰 간부가 나를 가리키며 말을 이었다.

"너도 마찬가지야. 너랑 깜둥이 친구 놈. 아무리 멀리 떨어져도 나는 공산당 냄새를 기막히게 맡거든."

경찰 간부가 부하들을 데리고 철수했다. 군화가 학교 마당에 깔린 조약돌을 밟으며 지나는 소리가 들렸다.

"진짜 큰 탈 났어! 다 끝났어. 이제 어떻게 될까?"

내가 말하자, 만도마가 허탈한 웃음을 머금으며 말했다.

"이제 끝장이야. 야학은 이제 끝장이라고."

"그렇다고 종말이 오는 건 아냐! 또 이런 식으로 나오면, 그땐 아버지 변호사를 부르겠어."

모리가 소리치자, 만도마가 쓴웃음을 지으며 말했다.

"너희는 안전하겠지. 하지만 우린 감옥에 갈 거야. 늘 그래. 네가 똑똑하게 대응하고, 올챙이 천사가 마술을 부려서 수색 영장에 있는 학교 이름을 바꿔놔서 그나마 다행이야. 경찰은 나쁜 사람이야. 저들은 쉽게 포기하지 않아. 교장 선생님도 어쩔 수 없을 거야."

"목숨을 걸고 맹세하건대, 교장 선생님은 야학을 절대 포기하지 않아."

모리가 말했다. 그러나 만도마가 옳았다. 우리 두 사람은 다음 주 월요일, 구운 햄버거 사무실로 불려갔다. 남아프리카 경찰국 간부가 기다리고 있었다. 구운 햄버거가 엄한 어조로 입을 열었다.

"이분은 요하네스버그 중앙 경찰국에 계시는 스완폴 반장님이시다. 자네들한테 몇 가지 물어볼 말씀이 있어서 오셨다. 토요일 사건에 대해 자네들이 제출한 보고서와 그날 밤 야학을 방문한 간부 보고서 내용이 완전히 다른 것 같다. 그러니 스완폴 반장께 그때 있었던 사실 그대로 말씀드리도록."

"교장 선생님께 말씀드린 그대로입니다."

내가 대답하자, 반장이 입을 열었다.

"교장 선생님, 경찰은 모든 걸 항상 정확하게 보고하도록 훈련받았습니다. 제 말을 믿으시겠지요?"

"그렇다면 양쪽에서 보고한 내용이 다르지 않겠네요, 스완폴 반장님. 양쪽 모두 있는 그대로 진실을 썼다면 말입니다."

모리가 차분하게 말하자, 반장이 다시 물었다.

"진실? 진실이 뭔가요? 제가 경험한 바에 의하면, 감정이 끼어들면 진실을 기대할 순 없어요. 감정에 빠지면 얘기가 바뀌니까요. 제 말을 믿으시겠지요, 교장 선생님?"

"반장님, 두 학생도 상황을 냉정하게 관찰하도록 교육받았습니다. 설사 자신들이 깊숙이 관련되었더라도 말입니다."

"물론 그렇겠지요. 충분히 인정합니다. 그러나 경찰 간부가 쓴 보고서를 보면 지난 토요일에 두 학생이 상당히 흥분했다는 증거가 있습니다."

"그럼 반장님께서 어떤 점이 다른지 직접 얘기하실 수 있겠군요?"

내가 묻자, 교장 선생님이 목청을 가다듬으며 거들었다.

"그야 물론이지. 스완폴 반장님 말씀에 의하면 자네들이 공무 수행 중인 경찰에 협조를 안 하고 모욕적인 언사를 썼다는데?"

"협조할 기회도 없었습니다, 교장 선생님. 경찰 간부가 아주 무례하게 협박했습니다. 저는 깜둥이 애인이라고, 레비는 유대 놈이라고, 기드온 만도마를 더러운 깜둥이 놈이라고 불렀습니다."

스완폴 반장이 능글맞게 웃으며 말했다.

"말도 안 돼. 남아프리카 경찰은 국민을 존중하도록 훈련받았어."

반장이 구운 햄버거에게 몸을 돌리며 말을 이었다.

"사람은 늘 거짓말을 만들어 내지요. 경찰이 이렇게 말했다, 저렇게 말했다면서 말이에요."

"우리가 거짓말쟁이란 말입니까?"

내가 묻자, 스완폴 반장이 무시하고 다른 걸 물었다.

"보고서에 의하면 자네가 수색 중인 경찰한테 모욕적인 언사를 퍼부었다는데, 맞나?"

모리가 대답했다.

"맞습니다. 제가 꺼져달라고 했습니다. 그러나 반장님은 제 친구 질문에 아직 답하지 않았습니다."

반장이 되쏘았다.

"조금 뒤에 할 테니까 걱정하지 말게. 꺼지란 말은 무례한 표현이라고 생각지 않나?"

"그 당시 레비는 분노가 치밀어서 그랬습니다. 하지만 경찰 간부가 수색 영장도 없이 제멋대로 굴었기 때문이니, 부당하다고 볼 수 없습니다, 반장님."

내가 대답했다.

"난 자네한테 안 물었네. 자네 친구는 아직 대답하지 않고."

반장이 손가락으로 모리를 가리켰다.

"다시 묻겠네. 무례했다고 생각지 않나?"

"무례하다고 볼 수 있겠지요, 하지만……"

"하지만은 빼자고. 경찰한테 무례했다는 걸 인정하는가?"

"꺼지라고 말한 것은 인정합니다, 반장님."

"그렇다면 의견일치를 보았군. 보고서에 담긴 첫 번째 부분이 사실이라는 게 입증되었어. 보고서가 당시에 벌어진 일을 정확하게 적었다고 못 믿을 이유는 없겠군."

"그건 공정한 논쟁이 아닙니다, 스완폴 반장."

구운 햄버거가 끼어들자, 스완폴 반장이 쳐다보며 대답했다.

"저는 경찰이지 학교 선생이 아닙니다. 저는 증거를 찾는 중이지 게임을 하는 게 아닙니다."

"야학생 42명이 그 자리에 있었느니, 누구 말이 옳은지 물어보면 알 겁니다."

내가 항의했다. 언젠가 바버톤 감옥에서 교도관이 죄수를 심문하는 과정을 지켜본 적이 있다. 스완폴 반장이 우리에게 하는 방식은 교도관이 하던 방식 그대로였다.

"아, 그래! 적대적인 목격자가 42명이나 있었지! 아프리카 흑인은 진실을 바라보는 시각이 백인하고 달라. 다른 백인 학생도 있었다지만, 우리는 학생한테 굳이 증언하라고 요구하고 싶진 않네."

"반장님, 아직 우리 질문에 답하지 않으셨습니다."

모리가 이를 악물며 말했다.

"조만간 자네같이 생긴 젊은이가 경찰서에 올 거야. 자네 얼굴은 기억함세."

"대답부터 하세요, 반장님!"

모리가 소리치자, 스완폴이 껄껄 웃었다.

"다시 만나면 그때 자네들이 거짓말쟁이라는 사실을 밝히지. 지금까지 모든 사실을 밝혀냈으니 말이야."

"보고서는 어떻게 되는 겁니까, 스완폴 반장님?"

구운 햄버거가 묻자, 반장이 한숨을 내쉬며 말했다.

"수색 영장을 기록할 때 업무상 실수가 있어서 철회할 수밖에 없겠습니다."

"그러면 저한테 주시겠습니까, 반장님?"

내가 묻자, 스완폴 반장이 또 웃었다.

"남아프리카 경찰은 기념품을 나눠 주지 않아. 기념품을 받고 싶으면 '이스터 쇼'에나 가라고."

구운 햄버거가 안도의 한숨을 내쉬며 말했다.

"이제 다 끝나서 다행이군요."

"아닙니다, 이제 시작입니다. 수색 영장에 학교 이름을 잘못 기재한 데다 저도 친구로 찾아왔으니 이번엔 운이 좋은 셈입니다. 그러나 이번 토요일 밤에 다시 찾아와, 여기에 있는 훌륭한 학교가 흑인 공산당원을 교육하는 곳이란 사실을 밝혀낸다면 불행한 결말이 나겠지요."

"그 말에 정식으로 항의하는 바입니다."

구운 햄버거가 벌컥 화내자, 스완폴이 씩 웃었다.

"요즘에는 흑인 공산당원을 찾아내는 게 어려운 일이 아닙니다."

그가 모리를 쳐다보며 덧붙였다.

"백인 공산당원도 그렇고요."

이윽고 나를 쳐다보며 말했다.

"한 명 더 있을 수도 있고요. 장담컨대 흑인이 갑자기 교육을 받겠다는 건 뭔가 배경이 있을 수밖에 없답니다."

"그러니까 당신은 야간 학교를 닫으라는 거요, 반장?"

"교장 선생님, 아직 이 문제에 관한 법률이 확실하진 않습니다. 그러나 백인 학교에서 흑인을 가르치는 건 새로 제정한 주거 지역 법에 어긋나는 행위입니다. 이 문제에 대한 제 임무는 아주 명료합니다, 교장 선생님. 제 처지를 이해하실 겁니다. 다음에는 이번 같은 실수가 없을 겁니다. 다음에 오면 무어든 꼭 찾아낼 겁니다."

스완폴이 잠시 말을 멈추더니, 모리와 나를 쳐다보며 이어나갔다.

"뭔가 늘 찾아냈으니까요."

그리곤 일어나서 구운 햄버거에게 손을 내밀었다. 교장 선생님은 그 손을 잡는 대신 책상 모서리를 잡고 몸을 앞으로 약간 숙이면서 말했다.

"그렇다고 해서 겁먹지 않습니다, 스완폴 반장. 우리는 법을 어긴 적이 없습니다. 내가 아는 한 남아프리카는 아직 자유민주주의 국가입니다."

스완폴 반장이 어깨를 으쓱하고는 몸을 굽혀서 의자에 있는 모자를 주워들었다.

"경찰에 협조하지 않으시다니 유감이군요, 교장 선생님."

이윽고 모자를 바로 쓰더니 몸을 돌려서 교장 선생님을 쳐다보며 가볍게 경례했다.

"안녕히 계십시오, 교장 선생님."

그리곤 모리와 나에게 눈길조차 안 주고 사무실을 나가면서 문을 닫았다.

"빌어먹을, 어떻게 하지?"

모리가 혼잣소리로 중얼거렸다.

"뭐라고, 레비?"

"아무것도 아닙니다, 교장 선생님."

창에서 들어오는 햇살이 은발을 비추었다. 책상을 잡은 교장 선생님이 아주 연약해 보였다. 책상 모서리를 꽉 잡고 몸을 앞뒤로 흔드는 동작만이 교장 선생님으로 하여금 공기 중에 번뜩이는 먼지로 부서지지 않도록 지켜주는 것 같았다.

"대단하셨어요, 교장 선생님."

모리가 말하자, 구운 햄버거가 고개를 천천히 저었다.

"우리가 졌어."

"그렇지만, 방금 교장 선생님께선?"

"순전히 허세야. 우리가 토요일 야간 학교를 계속하면 스완폴 반장이 공식적으로 수색 영장을 가지고 들이닥칠 거야. 그러면 학교 이사회가 열리고, 결과는 뻔하겠지."

교장 선생님이 허공을 바라보며 덧붙였다.

"그렇지만 이번 토요일에도 야간 학교를 열자고. 많은 희생이 따르겠지만 원칙을 바꿀 순 없겠지."

우리는 울분을 삭이면서 교장실에서 나왔다. 안 들리는 곳까지 왔을 때 모리가 소리쳤다.

"많은 희생? 원칙? 엿이나 먹으라고 해! 교장도 엿이나 먹어!"

"됐어, 진정해. 이번 일은 내가 맡겠어. 나는 지금까지 스완폴 같은 사람을 수없이 겪었어. 경찰은 우리가 말려들기만 기다리는 거야. 만도마를 비롯해 모든 선수한테 알려야 해."

"맙소사, 피케이, 아직도 모르겠어? 모든 게 이렇게 시작했어. 독일에서도 유대인이 이렇게 당했다고. 일어나서 싸워야 돼. 이번 토요일 밤엔 아버지 변호사를 오라고 하겠어."

"잊어버려, 학생은 안 와. 지난 토요일로 충분했어. 그들한텐 원칙이 없어. 기회 하나가 사라진 것뿐이야. 출구가 막힌 거라고. 그들은 평생을 그렇게 당하면서 살았어. 체포당해서 감옥에 가고, 직장을 잃고, 공산당이라고 낙인 찍힐 게 뻔한데 너라면 오겠니?"

모리는 나보다 심각하게 받아들였다. "암흑 속에서 최대한 오랫동안 헤매게 놔두는 게 좋다"는 농담이 그대로 적용된 셈이었다. 나는 이런 위협을 여러 번 겪어서 스완폴 반장 같은 사람을 잘 안다. 자신이 원하는 이상으로 악독할 수 있는 사람이었다.

"그럼 이제 어떻게 하지, 피케이?"

내가 웃었다.

"네놈은 어쩔 수 없는 도시인이야. 넌 아직도 경찰이 너를 보호하려 존재한다고 생각해. 지난 토요일 사건 이래 모든 게 시나리오대로 진행되는 거라고. 국민당은 우리와 시각이 달라. 그들이 볼 때, 우리는 백인 특권층 심장부에서 흑인 혁명을 일으키려는 거야."

"좀 진지할 수 없니? 야학의 존폐가 걸린 문제야!"

"도토리나무가 적은 곳에는 떡갈나무가 무성한 법이야. 국민당은 바보가 아니야. 너도 알아야 해. 유대인은 나치당을 잘못 해석해서 크게 당한 거야. 유대인은 나치당을 돈만 주면 고용할 수 있는 깡패 집단 정도로 여겼다고. 국민당에서 정한 각료 수준이 어느 정도인 줄 알아? 교육 수준만 놓고 본다면 세계 최고겠지. 하지만 인종주의는 머리로 해결되는 게 아니야. 그건 질병이야. 무지해서 생겨난 것이지. 하지만 지혜가 많아졌다 해서 사라지는 것도 아니야."

"지금 인종주의가 생겨난 이유를 강의하자는 거니?"

"물론 아니야. 난 승산이 있다고 생각했는데, 애초에 네가 시큰둥하게 반응한 게 맞았어. 물론 한 번쯤 시도할 가치는 있었지만."

"그건 농담이었어, 피케이. 애당초 나도 너만큼이나 야학을 하고 싶었다고."

"제기랄, 모리, 나 역시 이런 일이 일어나길 기다렸다는 얘기가 아니잖아! 너무 화나고 맥이 빠져서 죽겠어. 내가 옳았다는 자체가 절망스러워."

"너는 정말 복잡한 놈이야, 피케이. 이번 일에 관한 한 나라도 현실주의자가 되겠어. 자, 다시 묻겠는데, 이제 어떻게 하지?"

"흐음, 토요 야학은 이걸로 만족해야 돼. 선수들을 위험에 몰아넣을 순 없어. '많은 희생' 같은 건 말도 안 돼."

"권투 연습이 끝난 다음에 가르치는 건 어떨까?"

"안 돼. 스완폴 새끼가 매부리 같은 눈을 번뜩일 거야."

"내가 이렇게 무기력하다는 걸 미처 몰랐어."

모리가 나를 보고 어깨를 으쓱하며 다시 말했다.

"너도 알다시피, 소피아타운에 가기 전까진 이런 일에 아무런 관심도 없었어. 그래, 맞아, 너와 함께 학교생활이나 열심히 했을 거야. 사업이나 궁리하면서. 그런데 그 시합에서 흑인들을 보고 뭔가 변했어. 민중이라는 개념에 대해서, 핍박받는다는 게 무엇을 의미하는지, 히틀러 치하에서 유대인으로 존재한다는 게 어떤 의미인지 떠오르기 시작했어."

나는 모리가 이렇게 혼란스러워하는 모습을 처음 보았다. 돈이나 영향력으로 해결할 수 없는 문제에 처음 부딪힌 것이다.

"그들이 바라는 소망은 아주 조그만데, 우리는 그것도 들어줄 수 없어. 불쌍한 흑인들이 읽기와 쓰기와 단순한 계산법을 배우려고 그렇게 안달하는데…… 우리가 할 수 있는 최대치는 그것인데……."

울먹이는 목소리였다.

"그래, 그 일을 계속하는 거야. 기엘 피트랑 무려 4년이란 세월을 지냈는데, 저런 빌어먹을 놈 하나 못 이기겠어?"

"무슨 소리야, 피케이?"

"통신 학교. 본스타인 통신 학교 노트!"

"피케이! 넌 진짜 천재야! 전 과정을 아프리카 3개어로 옮겨놓은 게 있어! 파나갈로어로 번역한 것도 있고! 가방에 다 있으니까 실비를 약간만 받고 전부 보내자고, 친구. 학교를 막 중단한 사람한테 폭넓게 공급하는 거야. 뉴니 씨 도움을 받으면 경비를 조금 받고 남아프리카 전역에 있는 흑인한테 통신 교육 과정을 제공할 수 있을 거야. 스완폴 반장한테도 하나 보내자고. 엉덩이로 깔고 앉아서 방귀 뀔 때 이왕이면 유식하게 뀌도록 말이야!"

본스타인 선생 통신 학교는 본스타인 선생님을 실질적인 교장으로 삼아 나중에 남반구에서 가장 커다란 통신 학교로 발돋움한다. 하지만 뉴니는 흑인에게 읽기와 쓰기와 계산하는 법을 익혀서 자부심을 기르도록 하려고 올챙이 천사가 통신 교육 과정을 개설하였다고 널리 퍼트렸다.

25

나는 1915년 남아프리카 전국 학생 권투대회에서 페더급 타이틀을 땄다. 웨일스 황태자 학교도 3년 동안 노력한 끝에 종합 우승을 따냈다. 다비 코치와 교관은 영웅이 됐다. 전교 학생이 우리를 열렬히 환영했다. 어떤 분야든 일단 성공하면 모든 장벽이 무너지는 법이다.

우리는 대학 입학시험도 쳤다. 물론 '세존 학생'은 모두 합격했다. 아더톤은 남아프리카 학생 럭비팀 대표 선수로 뽑혀서 아르헨티나로 날아가기도 했다. 그런데 어떤 교활한 기자가 트랜스발 크리켓팀으로 바꿔서 보도했다.

오줌싸개 존슨은 모리와 나에게 코치를 많이 받은 덕택에 의과대학 입학시험에 붙을 자신이 생겼다고 좋아했다. 우리가 시합하다 다칠 때마다 존슨 혼자 치료를 도맡아 하다, 의사가 되겠다는 희망을 마음속에 품은 것이다.

나는 반장과 학생회 간부로 활동하며 럭비와 권투에 뛰어난 실력을 발휘해서 많은 인기를 누렸다. 재학 기간을 아주 멋지게 보낸 셈이다. 반면에 음악은 별로 나아진 게 없었다. 그러나 음악 선생님이 볼 때는 가능성이 많은 음악도였다.

'세존 학생' 관점에서 보면, 나는 르네상스형 인간의 길을 훌륭하게 걸어갔다. 그러나 스스로 판단하면 부족한 점이 많았다. 화려한 상도 타고 친구들도 좋아했지만 스스로 통제할 능력은 줄고 개성은 사라진 것 같았다. 승리하려는 욕구는 정신을 지배하고, 마음 씀씀이보다는 머리로 너무 계산하면서 살았다. 호피가 한 말이 이러한 결과에 일조했다.

나는 모리와 함께 돈벌이에 너무 많은 시간을 낭비했다. 모리가 그런 일을 지적 유희로 여기는 게 괴롭기도 했다. 나는 먹고살려고, 품위를 유지하려고 돈벌이가 필요했는데 말이다.

모리와 나는 떨어질 수 없는 친구가 되었다. 박사가 죽은 뒤로는 특히 더했다. 내가 그를 선택한 이유는 어려운 환경을 버텨내는데 필요했기 때문이다. 나는 타성에 빠져들었다. 어느덧 승리자인 척하는 습성에 젖어 버렸다. 정신이 빈털터리 거지였다.

나는 주변 사람에게 너무 많은 은혜를 입었다. 모리와 본스타인 선생님, 박스웰 부인 등이 관심을 가지고 지켜보았다. 나는 무한한 격려와 애정에 보답해야 했다. 올챙이 천사에 관한 생각을 지우려고 무척 노력했다. 하지만 뇌리에서 한시도 안 벗어났다.

만도마와 경기한 이래, 내가 권투시합을 할 때마다 흑인 관중이 엄청나게 몰렸다. 남아프리카 학교 대항전에는 너무 많은 흑인 군중이 노래하는 바람에 경찰이 출동해서 요하네스버그 경기장 바깥으로 분산시켜야 했다. 그들은 내게 너무 많은 걸 기대했다. 그래서 나 자신을 너무나 왜곡했다. 어릴 때는 판사 때문에, 10대 초반은 하느님 때문에, 이제는 올챙이 천사라는 전설 때문에. 그러나 박사, 호피, 기엘피트를 만난 건 행운이었다. 이 모든 일이 어떻게 나에게 일어났을까? 어떤 인과 관계 때문일까? 이런 게 인생인가? 여하튼 나는 자신을 되찾겠다고 단단히 각오했다. 그러나 어떻게 해야 나 자신을 찾는단 말인가? 내가 겪는 문제는 결국, 나를 찾을 방법이 조금도 안 보인다는 거였다.

내 생활에 굴곡이 없는 부분은 웰터급 세계 챔피언이 되겠다는 꿈 하나였다. 그건 숨길 수 없는 욕구였다. 의식하느냐 못하느냐는 조금도 중요하지 않았다. 스미트 주임과 커트를 빼면 나를 사랑하는 사람 누구도 이해할 수 없는 꿈이었다. 하지만 그나마 내가 그럭저럭 살아온 건 바로 그 꿈을 포기하지 않았기 때문이다. 아무리 혼란스럽더라도 그 꿈을 떠올리면 마음을 차분하게 정리할 수 있었다.

학기가 끝나는 주에 나는 구운 햄버거와 함께 로데스 장학회 선발위원을 면담할 예정이었다. 두 군데에서 나에게 장학금을 제공하겠다고 제안했다. 하나는 워터스랜드 대학교고, 또 하나는 보아어를 사용하는, 법과 대학이 유명한 스테렌보쉬 대학교였다. 그러나 나는 옥스퍼드로 가고 싶었다. 어떻게 해서라도 가고 싶었다. 모리 아버지가 모든 비용을 제공하겠다는 제안도 했다. 그러나 나중에 갚는 조건이더라도 그런 제안을 받아들일 수는 없었다. 동정은 어떤 식으로도 받을 수 없었다.

그건 박사도 마찬가지였다. 나는 지금까지 박스웰 부인이나 본스타인 선생님, 스미트 주임, 거트, 호피 그룬월드, 헤티 아줌마, 기엘 피트 그 누구하고도 동정을 주고받지 않았다.

우리 어머니도 그런 걸 싫어했다. 어머니는 나에 관한 모든 문제를 하느님에게 전적으로 맡기고 새벽부터 밤늦도록 열심히 재봉틀을 돌려서 가족을 부양할 뿐이었다.

이제 나는 성인이 됐다. 무슨 일이든 할 수 있었다. 비록 지금 당장 어떤 길을 걸어갈지 모르지만, 최소한 다른 사람에게 도움을 안 받고, 내가 걸어갈 길을 내 힘으로 개척해야 했다.

모리는 뛰어난 도박사로 판단하건대, 남아프리카에서 뽑는 로데스 장학생 3명에 내가 포함될 가능성은 적다며 걱정했다. 인터뷰 예정 시간이 다가올 때는 안절부절못했다. 독립 의지가 너무 강한 나머지 내가 로데스 장학회에 선발이 안 되면 옥스퍼드 유학이란 꿈을 못 이룰 거라며 은근히 걱정하는 눈치였다. 물론 떨어질 때를 대비해서 위로할 말도 생각해 두었을 것이다. 고등학생이 로데스 장학생에 곧바로 선발되는 경우는 극히 드물었다.

로데스 장학생은 대학에서 첫 과정을 마친 학생들 사이에서 선발하는 게 관례였다. 로데스 장학생으로 뽑히려면 대학에서 스포츠와 문화 방면에 돋보이게 활동하면서 학교생활을 훌륭하게 꾸려나가야 했다.

"제길, 피케이. 우리 아버지가 그러는데, 옥스퍼드 대학 수업료는 상당히 비싸대. 그러니깐 같이 가서 지금처럼 돈 벌며 공부하자. 그리고 귀국해서 동업하자고. 너는 민중을 이끌고, 나는 많은 돈을 벌어서 자본을 대는 거야. 아주 쉬워. 그런데 굳이 어렵게 생각하는 이유가 뭐니?"

"흐음, 난 우선 웰터급 세계 챔피언에 도전할 생각이야. 그런데 너희 아버지 돈을 쓴다면 대학에 다니면서 그 돈을 버느라 모든 시간을 허비해야 할 거야."

"같이 벌면 되잖아! 너라면 둘 다 할 수 있어!"

모리가 소리쳤다.

"넌 나를 잘 알아, 모리. 바보 같은 소리 하나 하지. 웰터급 세계 챔피언이 되는 길과 옥스퍼드 대학 법률 학위를 따는 길을 놓고 하나를 선택하라면, 나는 전자를 선택할 거야."

모리가 어이없다는 표정으로 말했다.

"왜 그러는 거야? 넌 그런 식으로 유명해질 인간이 아니야. 정반대라고."

"아주 어릴 때 겪은 일 때문인 것 같아. 확실히 모르겠지만 세계 챔피언이 될 수 있을 것 같아."

"피케이, 세계 챔피언이 된다 해도 많은 돈을 벌 순 없어. 우리가 법률사무소를 함께 차려서 버는 돈에 비하면 새 발의 피야."

"이건 말로 설명할 수 없는, 뭔가 다른 거야. 나는 여섯 살부터 그 꿈을 키웠어. 웰터급 세계 챔피언 자체가 목적은 아니라고."

답답했다. 무슨 일이 있어도 꿈을 이루고 말겠다는 마음을 도대체 어떻게 설명한단 말인가?

"이봐, 피케이. 너는 지금 라이트급밖에 안 돼. 웰터급이 되려면 2, 3년은 걸릴 거야. 그러니깐 먼저 학위를 따. 아니면 필수 과목이라도 먼저 따는 거야. 그런 다음에 권투를 계속해. 내가 도울게. 틈틈이 시간 내서 많은 돈을 벌어놓으면 되잖아."

선정위원회는 까다롭게 심사했다. 나는 이들이 구운 햄버거와 대담하는 첫 시간 동안 대학 본관 대기실에서 기다려야 했다. 기다린다는 건 늘 어렵다. 선정위원회에는 나이 지긋한 교수 세 사람이 있었다. 이들은 단순한 잡담으로 면담을 시작했다. 여윈 얼굴에 동그란 쇠테 안경을 기다란 코끝에 걸치곤, 가르마를 가운데로 타고 머릿기름을 잔뜩 발라서 커다란 학처럼 보이는 교수도 있었다. 그 사람이 나를 안경 너머로 쳐다보면서 이비디우스의 3연시 첫 구절을 읊었다. 그리고 그 뒤를 완성하라고 했다. 웃음이 나오지 않을 수 없었다. 아홉 살 때 박사에게서 배운 시를 암송하라니, 정말 한심했다.

"흐음, 아주 좋아. 다만 한 군데가 틀렸군."

"죄송하지만 틀리지 않았습니다."

내가 정색하며 반박했다. 3연시는 박사가 제일 좋아하는 시라서 나 역시 완벽하게 기억했다. 한 구절도 틀릴 수 없었다.

커다란 학처럼 보이는 교수가 말했다.

"대단하군, 젊은 친구! 정확해. 자기 의견을 솔직하게 말하는 용기도 대단하고."

그리곤 코 위로 안경을 끌어올리더니, 줄을 친 노란색 종이판에 무언가 끄적거렸다.

선발위원 세 명은 꼼꼼한 학자 타입이지, 스포츠 타입은 전혀 아니었다. 그들은 이것저것 물어보다, 마침내 권투에 관심을 기울였다. 내가 권투에 집착하는 이유가 궁금한 것 같았다. 소개서에는 내가 매우 우수한 학생, 탁월한 음악가, 훌륭한 럭비선수, 뛰어난 권투선수라고 적혀 있었다. 셋 가운데 한 사람이 소개서를 읽었다.

"프로 권투선수가 되어 웰터급 세계 챔피언이 되려는 포부를 지니고 있음."

이해할 수 없다는 표정이 역력했다.

"이보게, 머리 좋은 학생. 교장 선생님도 자네더러 총명하다고 하는데, 프로 권투와 옥스퍼드 대학 법률 공부를 함께할 수 없다는 건 자네도 잘 알 테지?"

"바이런 경도 권투선수였습니다. 그러나 그분의 지적인 성실성을 의심하는 사람은 어디에도 없습니다."

내가 대답했다. 그가 뭐라고 중얼거리며 종이철에 뭐라고 썼다. 커다란 학이 얼굴에 가벼운 웃음을 띠며 말했다.

"바이런 경이 옥스퍼드 출신이었는지는 기억이 안 나는군!"

그러자 두 동료가 웃었다.

"자네 지적은 맞아, 피케이 군. 그러나 내가 기억하기에 바이런 경은 아마추어였어."

"그분이 내기를 걸고 싸웠다는 증거는 확실합니다. 오늘날로 말하면 프로 행위로 봐야 합니다."

"그래도 있는 그대로 봐야지. 친구끼리 모여서 한쪽에 내기를 걸고 싸운 걸 프로라고 할 순 없지 않을까?"

나는 그에 대한 의견을 밝히면서 나 역시 돈 때문에 권투를 하는 건 아니라고 강조했다.

면담이 끝나자 그들은 대기실에서 구운 햄버거와 함께 기다리라고 했다. 교장 선생님은 나보다 신경이 예민한 상태로, 면담에서 한 말을 하나하나 되풀이하게 했다. 내가 바이런 이야기를 꺼낼 때는 매우 기뻐했다. '대단해!' 라면서 손뼉까지 치며 즐거워할 정도였다. 하지만 바이런도 내기를 걸고 싸웠다고 말할 때는 다소 퉁명스런 대답을 들었다고 하자 교장 선생님이 인상을 찌푸리며 말했다.

"나탈 대학에서 온 레비스 교수야. 반박당하는 걸 좋아하지 않지."

내가 대충 설명하자 교장 선생님이 간단히 결론지었다.

"잘했어, 피케이. 아주 잘했어."

우리는 들어오란 얘기를 전달받고 안으로 다시 들어갔다. 커다란 학이 마지막 지원자 다섯 명 명단에 내가 포함됐다면서 옥스퍼드 대학 입학시험을 치르라고 했다.

"자네가 들어가려는 왕립 예일대학은 누구나 우러러보는 곳이야. 명성이 자자하지. 자네가 입학시험을 치를 때, 우리 동료에게 자네한테 받은 감명을 잘 이야기하겠네."

그들이 자리에서 일어나 우리와 악수했다. 구운 햄버거가 굉장히 기뻐했다. 드디어 첫 번째 관문을 넘었다. 이제 옥스퍼드 입학시험에 정식으로 지원할 수 있었다. 나는 며칠 뒤에 모리와 함께 옥스퍼드 대학 입학시험을 치렀다. 결과는 로데스 장학생보다 먼저 발표할 예정이었다.

크리스마스 방학에 집으로 돌아오니, 벌써 내 사진이 '골드필드 뉴스' 표지에 실렸다. 끝까지 변변찮은 편집장 한킨 씨가 장미 정원 언덕에서 바위에 앉은 나를 박사가 찍은 사진을 실었다. 이곳에서는 나를 모르는 사람이 없는데도 이런 표제까지 달았다.

'바위에 앉은 소년, 옥스퍼드로 향하다!'

어리석고 늙은 편집장이 바로 그 사진을 옛날에 일면 톱으로 실은 걸 생각하니 마음이 씁쓸했다. 당시에는 박사를 나치 간첩이며 어린 내 턱을 갈긴 파렴치한으로 보도하지 않았던가!

나는 마을에서 다시 영웅이 되었다. 마을 사람이 생각할 때, 로데스 장학생으로 선발되는 건 너무나 당연한 일이었다. 옥스퍼드 입학시험 결과는 한 달 뒤에 나왔다. 본스타인 선생님이 기다리다 못해 신경쇠약에 걸릴 정도였다.

교도소는 흑인 13명 탈출 공모 사건으로 난리를 치렀다. 이들에게 옥스퍼드 대학 장학생은 아무런 의미도 없었다. 교도소에서 탈출하는 게 유일한 꿈이었다.

나는 동부 트랜스발 페더급 타이틀전에 또 우승했다. 권투계에서 명실공히 최고 선수였다. 바버톤 선수로 네 번 연속 우승한 터라 트로피를 영원히 갖게 됐다. 나중에 들은 바에 따르면 스미트 주임은 그때가 생애 최고의 순간이었다 한다.

시험 결과는 1월 말에 도착했다. 나는 모든 과목에서 우수한 성적을 얻었다. 본스타인 선생님은 너무 좋아서 기절했다. 사방에 큰 뉴스로 퍼져나갔다. 본스타인 노인이 체스 시합에서 나한테 처음 지기도 했다. 석연치 않으나, 노인은 일부러 진 것이 아니라고 한사코 주장했다.

4일 뒤에는 로데스 장학회에서 편지가 도착했다.

피케이 씨 귀하

로데스 장학생 선발위원회는 귀하가 1952년 장학생으로 선발되지 못했음을 알려드리는 걸 유감스럽게 생각합니다.

본인은 면담 당시, 귀하가 훌륭한 태도를 보였으며 또한 입학시험에서 우수한 성적을 얻었다는 사실을 통보받았습니다. 학위를 이수한 뒤, 다시 응시하기를 간절히 바라는 바입니다.

선정위원장

L. J. 피셔 드림

사람들은 당시까지 내가 늘 승리하는 걸 당연하게 여겼다. 승리는 어느덧 일상사로 되었으며, 내가 그들에게 주는 선물이기도 했다. 따라서 이번에 날라온 편지는 청천벽력이었다. 사람들이 크게 실망하는 게 또렷하게 보였다. 본스타인 선생님과 박스웰 부인은 도저히 믿을 수 없다며 아우성이었다. 어머니는 눈물을 흘리며, 하나님께서 말씀하시길 그동안 내가 누린 승리는 하나님이 바라신 바가 아니라고, 내가 하나님을 진정으로 받아들이면 하나님 뜻을 정확히 깨달으리라고 말했다.

이틀 뒤 저녁 식탁에서 어머니는 내가 권투를 하는 건 바람직하지 않으니 이제 포기하는 게 좋겠다고 하나님께서 조용히 말씀하셨다 했다. 그러면 하나님께서 나를 특별히 인도하기로 약속했다는 말도 덧붙였다.

그러나 권투는 도저히 포기할 수 없다고 말하자 어머니가 눈물을 터뜨렸다.

"그건 네가 악마한테 기울기 때문이야. 하나님을 속이지 마!"

그러더니 식탁보로 얼굴을 감싼 채 울부짖으며 뛰쳐나갔다.

"괜찮아, 별일 없을 거야."

할아버지가 달랬다. 다음 날, 구운 햄버거에게서 편지가 왔다. 내가 크게 실망한 걸 이해한다면서 이번 경험을 통해 더 강하게 단련되기를 바란다는 내용이었다. 진정한 승리자는 칠전팔기 정신으로 패배를 딛고 일어나서 결국엔 승리하는 사람이라는 내용도 있었다.

그러면서 워터스랜드 대학 스톤하우스 교수가 보낸 편지 내용을 알렸다. 알고 보니 커다란 학이 바로 그 교수였다. 그는 스완폴 반장이 위원회를 찾아온 사실을 편지로 알렸다. 야학을 비롯한 여러 활동, 특히 내가 한 역할을 반장이 좋지 않게 평가했다는 것이다. 하지만 스톤하우스가 계속 써내려간 바로는, 교수 자신은 경찰이 얘기한 내용에 별다른 영향을 안 받고, 그건 자기 동료들도 마찬가지였다. 뒤이어 스톤하우스는 내가 워터스랜드 장학생으로 선발됐다고 전하면서, 내가 받아들이길 바란다고 당부했다.

다음 주에는 스텔렌보쉬 장학생으로 뽑혔다는 통보와 나탈 대학에 지원하라는 통보를 받았다. 그러나 나를 사랑하는 사람들은 그걸 부잣집 식탁에 떨어진 빵 부스러기 정도로 여기는 게 분명했다. 감성적으로 옥스퍼드에 온통 쏠린 상태였다. 아무리 훌륭한 대학도 옥스퍼드가 아닌 한, 그들은 기대감을 충족할 수도, 자신들이 쏟은 사랑을 보상받을 수도 없을 터였다.

그런 것에 전혀 개의치 않는 사람은 우리 할아버지뿐이었다. 위원회에서 편지가 왔을 때도 아무 말 안 했다. 여느 때처럼 10여 분 동안 재를 털어내고 담배를 다시 재서 불을 당겨, 파란 연기가 머리 위로 감돌게 할 뿐이었다. 요하네스버그에서 에린모어 담배 1통을 사서 할아버지에게 드린 적이 있다. 할아버지는 바로 그 담배를 파이프에 쟀는지, 꿀 발린 담배 연기가 머리 주위로 소용돌이치며 향긋한 냄새를 풍겼다.

“우리 형 아더도 옥스퍼드에 갔단다.”

할아버지가 연기를 내뿜으며 지붕을 쳐다보았다. 칠이 벗겨진 상태 그대로였다.

“그때도 문과 학생은 옥스퍼드나 케임브리지에 가는 게 꿈이었지.”

“그래서 어떻게 됐어요, 할아버지?”

할아버지가 파이프를 뻑뻑 빨더니 연기를 다시 내뿜으며 허공을 오랫동안 응시했다. 담배 연기가 계속 퍼져나갔다.

“뭐가 잘못됐는지 모르겠지만 우리 형은 고등법원 재판장을 하다가 마흔 살 즈음에 관절염에 걸려서 불구가 됐어. 그래서 불행하게 살다가 죽었어. 많은 돈을 벌었지만 그만큼 많은 고통을 맛보았지. 제시 누나 말로는 형이 세상을 아주 외롭게 떴다더군.”

할아버지가 파이프를 다시 뻑뻑 빨아서 연기를 길게 뿜어냈다.

“그렇게 똑똑한 아더 형이 세상 이치를 제대로 몰랐다는 게 정말 이상해.”

모리는 그동안 전보를 매주 보내서 결과를 궁금하게 여기며, 결과가 나오는 대로 수신자 부담으로 전화하라고 했다. 나는 도서관으로 가서 박스웰 부인 사무실에서 전화를 걸었다.

“제길, 피케이. 어떻게 된 거야, 답답해 미치겠어!”

전화에서 찰카닥 소리가 나더니 여자 목소리가 흘러나왔다.

“교환원입니다. 죄송하지만 전화로 욕하지 마세요.”

그러고 나서 찰칵 끊었다.

“제기랄, 도대체 누구야?”

모리가 말하자마자 전화가 철커덕 끊어졌다. 나는 교환원을 다시 불렀다.

“여보세요, 아가씨, 끊어졌어요.”

“피케이 씨, 도리스 엔겔브레흐트예요!”

도리스는 20대 중반 아가씨로 ‘사도 모임 교회’ 주일학교에서 가르치는 사람이었다.

“외설스런 말이 흘러나오면 끊을 수밖에 없어요. 주님은 그런 말을 좋아하지 않아요. 설사 수신자 부담이라 해도 전화로 그렇게 말하는 건 도저히 용납할 수 없어요.”

“미안해요, 도리스. 모리가 나쁜 의도로 말한 건 아니에요. 습관처럼 나온 말이에요.”

“기가 막히네요. 아니, 피케이 씨, 어떻게 그런 사람을 사귀지요? 당신은 모든 면에서 훌륭한, 아주 현명한 사람이잖아요? 어머니도 독실한 크리스천이고요!”

“도리스, 우리가 나누는 대화를 엿들으면 어떻게 합니까? 사생활 침해입니다.”

“나는 사람들이 전화로 외설스런 말을 못 하도록 노력할 뿐이에요. 그런 말을 안 쓰면 전화를 끊는 일도 없고요.”

뚜렷한 해결책이 안 떠올랐다.

“다시 연결하면 내 친구한테 그런 말을 하지 말라고 할게요.”

“우선 비누로 입을 깨끗이 씻어내라고 하세요!”

도리스가 핀잔을 주었다.

2분 뒤에 전화가 다시 울렸다. 전화기를 들고 모리가 말하기 전에 내가 재빨리 선수 쳤다.

“입을 조심해, 모리. 도리스라는 독실한 크리스천 아가씨가 감시하니까."

모리가 한숨 소리를 가볍게 뱉어내더니 뒤이어 물었다.

"도리스, 무슨 초콜릿을 제일 좋아하세요?"

모리가 물었다. 침묵이 흘렀다.

"블랙 매직인가요? 아니면 정원에 꽃이 만발한 농가 그림에 커다란 분홍빛 리본이 달린 3파운드짜리 박스 초콜릿인가요?"

침묵이 계속됐다.

"그렇게 말해서 정말 미안해요."

그때 날카로운 목소리가 흘러나왔다.

"그런 얘기는 인제 그만 하세요!"

"도리스. 내 친구가 초콜릿 공장을 해요. 사과하는 뜻으로 하는 말이에요."

내가 부드럽게 달래자 모리가 거들었다.

"도리스, 초콜릿 박스가 너무 커서 당신은 한 손으로 못 들 거예요."

"정원과 핑크 리본이 있는 초콜릿 박스라면."

도리스가 조그만 목소리로 말하고, 내가 다짐을 받았다.

"이제 됐어요, 도리스. 엿듣지 않겠다고 약속하는 거지요?"

"친구가 상스런 말을 안 하겠다고 하느님 이름으로 맹세한다면."

여전히 경계하는 목소리였다.

"고마워요, 도리스."

둘이 함께 대답했다. 철커덕 소리를 내며 도리스가 끊었다.

"초콜릿 보내는 걸 절대로 잊지 마라, 모리. 난 여기서 계속 살아야 하니까."

"이제 말해도 괜찮아?"

모리가 물었다.

"물론! 독실한 기독교인이 약속했잖아!"

"그래, 잊지 않을게. 양탄자가 깔린 널따란 상점에 엄청나게 큰 초콜릿 박스가 많아. 우리 아버진 그걸 '감미료'라고 불러. 판매원이 마감 시간이 됐다고 하면, 남아 있던 손님들이 한 상자씩 사. 아버지는 양탄자 왕국을 초콜릿으로 세웠다고 말씀하시지."

모리가 웃으며 말을 이었다.

"그래서 우리 아버진 판매원을 초콜릿 병사라고 불러!"

그러더니 갑자기 목소리가 변했다.

"야, 이 친구야, 우리 아버지 제안은 여전히 유효해. 그 돈은 그냥 주는 게 아니야. 빌려주는 거야. 옥스퍼드 대학 입학시험에 합격했으니 그것으로 다 된 거야."

모리도 나처럼 옥스퍼드 대학 입학시험에 우수한 성적을 얻었다.

"모리, 그럴 수 없어. 이왕 시작한 거 끝까지 도전하겠어!"

"아니, 그건 또 무슨 소리야, 피케이?"

나는 학위를 이수한 뒤 다시 응시하라는 통보를 받았다는 내용과 세 군데에서 장학금을 주겠다고 제안했다는 얘기를 알려주었다.

잠시 정적이 감돌더니 다시 흘러나왔다.

"좋아! 그럼 나도 네가 선택하는 대학에 들어가겠어. 그리고 마지막으로 옥스퍼드 대학에서 2년간 공부하자. 넌 아직 열일곱 살이고 나도 열여덟 살에 불과해. 우리는 아직 시간이 많아!"

이번엔 내가 말문을 닫았다, 잠시 후에 다시 입을 열었다.

"넌 하나를 잊었어."

그러자 모리가 곧바로 대답했다.

"천만에, 잊지 않았어. 우리가 워터스랜드에 가면 넌 솔리한테 계속 훈련받는 거야."

"모리, 근사한 얘기긴 한데, 넌 옥스퍼드에 합격했어. 그건 네 계획과 안 맞아."

"계획? 계획은 깨질 수 있는 거야. 이게 훨씬 더 좋은 계획이야."

그러나 난 그렇지 않다는 걸 알고 있었다.

"생각해 봐야겠어, 모리. 며칠 여유를 두고 생각하자."

수정 동굴로 가서 박사와 대화해야겠다는 생각이 갑자기 떠올랐다. 박사는 내 삶에서 여전히 제일 커다란 영역을 차지했다. 수정 동굴은 박사를 가장 가까이 접하는 장소였다.

"다시 전화해. 1주일 안에 수신자 부담으로, 약속하지? 안녕, 피케이."

다음 날 아침엔 배낭을 메고 동트기 전에 동굴로 향했다. 동굴 옆 바위 턱에 도착하니 오후 시간이었다. 동굴로 들어갈 생각은 없었다. 박사의 영혼은 사방에 가득했다.

바위 턱이 서향이라서 뜨거운 오후 햇살이 직통으로 쏟아졌다. 그늘로 옮기니 부드러운 백운암 표면이 빛을 못 받아 차가웠다. 나는 옛날에 위대한 인코시-인코시카지가 가르쳐 준 대로 눈을 감았다.

물 흐르는 소리가 갑자기 콸콸 일어났다. 눈을 뜨니 폭포 세 개가 보였다. 폭포 위로 높이 솟아오른 바위에 올랐다. 달빛이 비쳤다. 저 밑에서 강물이 흘러 좁은 골짜기로 휩쓸렸다. 골짜기 입구에 물거품이 가득했다. 조그만 아이가 강물을 거스르며 껑충껑충 뛰어갔다. 수면 위로 까맣게 살짝 솟아오른 디딤돌이 강물에 젖어서 반짝거렸다.

나는 숨을 깊게 들이쉬고 바위에서 뛰어내렸다. 물보라 섞인 시원한 공기가 얼굴을 휘감았다. 풍덩 소리와 함께 첫 번째 폭포에 떨어졌다. 풍덩 소리가 물살에 파묻혔다. 나는 소용돌이치는 물살을 헤엄쳐서 두 번째 폭포를 뛰어내리고, 곧바로 헤엄쳐서 세 번째 폭포로 뛰어내렸다. 이윽고 검은빛이 번쩍이는 첫 번째 디딤돌로 헤엄쳤다. 첫 번째 디딤돌에 올라선 다음, 숨을 들이켜고 다른 디딤돌로 뛰었다. 디딤돌 열 개를 모두 건너, 자갈이 깔린 강 맞은편에 마침내 올라섰다. 매끄럽고 동그란 자갈이 발가락과 발뒤꿈치에 느껴졌다. 주변을 둘러보니 어느새 수정 동굴이었다.

부드러운 햇살이 들어와서 주위를 살피는 데 아무런 지장이 없었다. 동굴은 상상 이상으로 웅장했다. 종유석이 다양한 색상을 뽐내며 사방에 매달렸다. 천장에서 9m나 뻗어내린 것도 있었다. 나는 기묘하고 아름다운 돌고드름을 거울처럼 반사하는 물웅덩이를 지나 석판으로 걸어갔다. 천국을 그린 라파엘 그림처럼 한 줄기 햇살이 동굴을 또렷하게 밝혔다.

고개를 들어, 바로 이날 이 시간에 천장에서 햇살을 비추는 둥근 구멍을 바라보았다. 햇살이 평평한 층계처럼 쌓인 수정 구조물에 부딪히며 사방으로 흩어졌다. 나는 자연이 빚은 험한 층계를 천천히 올라서 꼭대기에 도착했다. 발밑에는 박사가 누운 석판이 있었다.

박사는 예상대로 다리를 곧게 펴고 누워서 손가락을 펴고 팔꿈치를 구부려 가슴에 손목을 겹친 모습이었다. 대성당 구석 고딕형 무덤에 조용히 잠든 중세 기사 같았다. 부드러운 햇살을 온몸으로 반사해, 시신이 수정처럼 투명하게 어른거렸다. 박사 얼굴이 조각처럼 보였다.

나는 박사에게 운명이 내 뜻과 다르게 흘러가는 게 두렵다고 말했다. 그동안 본성을 완전히 잊은 채, 다른 사람이 요구하는 대로 이끌려 온 게 아닌가? 그들이 부도덕한 동기나 의도를 지닌 건 아니지만, 그로 인해 내 속에 깃든, 한 인간으로 자존할 힘을 완전히 잃은 건 아닌가? 사랑이 가득한 눈으로 나를 바라보고 도우려 했지만, 그런 은혜가 나에게 영혼을 약탈한 건 아닌가?

어떤 목소리가 내 속에서 위장하라고 소리치는 것 같았다. 나는 위장하는 능력이 뛰어난 전문가였다. 너무 조숙한 나머지, 주변에서 요구하는 대로 카멜레온처럼 순식간에 변신했다. 박사에게는 친구로, 박스웰 부인에게는 신비로운 능력가로, 군중에게는 챔피언으로, 스미트 주임에게는 성취감을 맛보게 하는 선수로, 본스타인 선생님에게는 헝클어진 실타래에서 찾아낸 실오라기로, 모리에게는 멋진 동업자로, 구운 햄버거에게는 창작품으로, 동료에게는 모범 학생, 승리자, 대단한 녀석으로, 순식간에 수많은 모습으로 변신했다.

가난한 아이가 부잣집 아이들 사이에서 공부하다 보니, 부잣집에서 태어났다는 이유 하나로 특권을 누리는 아이들에게 영향을 미칠 방법은 내가 모든 방면에서 뛰어난 능력을 보이는 길밖에 없다고 여겼다. 그러다 결국에는 가면을 진실보다 중요하게 여기면서 허위의식을 합리화시켰다. 이런 식으로 오랫동안 살다 보니 이제는 단단히 굳어서 자신을 돌이켜볼 여지조차 없었다.

그런데도 억누른 잠재의식 속에 그대로 남았다. 어릴 때, 나 자신을 숨기는 방법 두 가지를 깨우쳤다. 하잘것없는 사람이 되거나 특별한 사람이 되는 거였다. 평범한 서민으로 조용히 살거나, 다른 사람이 도저히 못 따라올 위치에 올라서는 거였다.

어릴 때 판사가 가하는 박해를 피하려고 가식을 몸에 익힌 게 이제 온전한 인간으로 성장하는 길을 아예 가로막았다. 이제 교묘하게 위장한 껍질을 벗어버릴 때가, 모든 위험을 감수하고 본연의 모습을 드러낼 때가, 다 자신을 온전하게 되찾을 때가 됐다. 이제는 본성을 찾을 때가 왔다.

나는 박사가 사물을 관찰할 땐 절대로 움직이지 말라고 가르친 그대로 앉아서 가만히 있었다. 그 순간만큼은 아무런 의구심도 안 떠올랐다. 명료하게 드러난 진실을 자세히 따져야 한다는 초조함도 없었다.

"바위처럼 움직이지 말고 가만히 관찰하거라, 피케이. 가려워도 참고 아파도 참으면서 지켜보거라. 그러면 다이아몬드처럼 선명하게 보이기 시작할 거다."

나는 박사가 한 말을 되새기면서 황홀경에 푹 빠져들다 서서히 깨어났다. 바위 턱에 다리를 꼬고 앉아서 시간 가는 줄 모르고 박사가 누운 석판에 드러나는 환상을 오랫동안 즐겼다. 제정신을 차리고 주위를 살피니, 서쪽 산으로 그늘이 부드럽게 어렸다. 저 밑으로 강우림에서 새들이 우는 소리가 들렸다. 다리가 뻣뻣했다. 발목이 아팠다. 해방감이 온몸으로 밀려들었다. 판사의 압제에서 벗어나, 커다란 기차를 타고 도망치던 기분이 바로 이랬다. 호피와 함께 신비로운 세계로 처음 뛰어들 때 느끼던 기분이 바로 이랬다.

나는 인간으로 자존할 힘을 갖추기 위해 새로운 세계로 다시 뛰어들 때가 됐다고 다짐했다. 그러다 보면 내 운명을 내 힘으로 결정할 때가 올 것 같았다.

바로 그때 먼지만큼이나 미세한 움직임이 느껴졌다. 검은 코브라가 내가 앉은 바위 턱에서 머리를 불쑥 내밀었다. 60㎝밖에 안 되는 거리였다. 코브라가 납작하고 시커먼 머리를 손바닥처럼 바위로 내민 채 꼼짝하지 않았다. 기다란 혀를 날름대며 자신의 삶은 자신이 결정한다고 자랑하는 것 같았다. 이윽고 거대한 몸체를 꾸불꾸불 움직이며 바위 턱을 내려왔다. 그러다 내 얼굴과 15㎝밖에 안 되는 거리에 머리를 들이밀었다.

독을 품은 턱 위로 두 눈이 까만 보석처럼 보였다. 그 눈이 나를 가만히 쳐다보았다. 뭔가 이상한지 내 머리를 살살 건드렸다. 그놈이

문다면 나는 15분 안에 죽을 터였다. 그 정도면 신경이 마비되기 전에 동굴로 들어가서 박사 옆에 누울 수 있을 것 같았다. 코브라가 바로 밑으로 기어서 구두에 잠시 머물더니, 다시 미끄러지며 내려갔다. 무게가 뭉툭하게 느껴졌다. 동굴에서 나온 게 분명했다. 박사가 내게 암시를 보낸 게 확실했다. 이제 무엇을 할지 확신할 수 있었다. 그건 박사가 보낸 계시였다.

나는 바위 턱에서 조심스럽게 움직여 절벽을 타고 내려왔다. 조그만 배낭이 흔들렸다. 내려가는 길목에 뱀이 있을 것 같지는 않았다. 이미 포식한 터라 방해를 안 받고 낮잠을 편히 즐길 바위를 찾아갈 게 분명했다.

긴장감이 풀리면서 박사가 뱀을 통해 계시했다는 확신이 다시 일었다. 검은 코브라는 세계에서 독이 제일 강한 뱀으로, 평생 한 짝과 산다. 그러다 자기 짝이 살해당하면 남은 뱀은 원수가 돌아오기만 기다리다 죽을 각오로 복수한다. 늘 공격적인 자세를 취하는 건 아니나, 새끼를 지킬 때는 꼬리 끝을 땅에 대고 채찍을 휘두르듯 온몸을 날리며 달려든다. 상대가 순간적으로 겁에 질려서 팔을 올려 얼굴을 막으면 그 팔목을 재빨리 물고, 독은 순식간에 심장을 파고들어 목숨을 빼앗는다.

26

대학에 들어가기 전에 북부 로데시아 구리 광산에서 1년 정도 일하겠다고 선언하자 모든 사람이 깜짝 놀랐다. 권투부 동료를 비롯해 나를 사랑하는 모든 사람이 삶의 일관성을 깨뜨린다면 서로를 엮는 끈이 끊어질지 모른다며 우려하는 것 같았다.

크리스마스 때 거트 형이 거트를 찾아와서 구리 광산 지대와 콩고 광산에 백인 노동자가 크게 부족한 실정이라고 말한 적이 있다. 한국전쟁 덕분에 구릿값이 엄청 뛰어, 착암기 기술자는 일주일에 2백 파운드를 벌고 철봉 기술자는 백 파운드를 버는데, 생산량이 많으면 보너스도 상당히 나온다고 했다.

북부 로데시아는 잠베지 강 건너편으로 영국 식민지였다. 나를 야망 속에 가두려는 사람들과 멀리 떨어진 곳이었다. 올챙이 천사 전설도 없었다. 심지어 권투마저 멀리할 수 있었다. 나 자신을 조용히 돌아보면서 웰터급에 걸맞은 체격을 단련할 기회 같았다.

지하에서 힘들게 노동하면 체력이 좋아질 터였다. 12개월 정도 링을 떠난다 해서 별다른 지장도 없을 터였다. 7살에 권투를 시작해서 벌써 116게임이나 치렀다. 이제 잠시 쉴 때도 되었다는 걸 본능으로 깨달았다. 본능으로 판단할 때 틀린 적은 없었다.

거트 형 대니는 착암기 기술자였다. 구리 지대 광부 사이에서 엘리트 계층에 속하는 셈이었다. 착암기 기술자는 대부분 요하네스버그 출신 보아인으로 엄청난 보수에 이끌려서 그곳까지 간 사람이었다. 바위를 뚫고 들어가도록 착암기 날에 공업용 다이아몬드를 붙인 터라, 다이아몬드 기술자라고 불렸다.

대니는 북부 로데시아 중심지 느돌라 근처 광산에서 일했다. 그는 나에게 론시아라는 조그만 마을에서 영국계 미국인이 운영하는 론안델로프 광산에 철봉 기술자 자리를 얻어 주겠다고 약속했다. 철봉 기술자는 고성능 폭약을 다루는 터라 광산에서 두 번째로 높은 월급을 받았다.

나는 남아프리카 베이트브리지에 가서 나흘 동안 쉬지 않고 달리는 기차를 타고 남부 로데시아를 거쳐 빅토리아 폭포에 도착한 다음, 그곳에서 잠베지 강을 건너 북부 로데시아로 들어갔다. 남부 로데시아는 동부 트랜스발이나 북부 트랜스발과 큰 차이가 없었다. 그러나 커다란 잠베지 강을 건너자, 드넓은 초원과 열대림이 펼쳐졌다. 광활한 열대림은 생전 처음 보는 나무로 가득했다. 모든 나무가 여름내 가을 빛깔을 띠었다. 눈부신 붉은색과 노란색 심지어 옅은 자주색과 보라색이 북반구 가을 날씨를 떠올렸다.

옆에 앉은 승객이 숲속에는 높이 60㎝에 너비 90㎝에 달하는 거대한 식용 버섯도 자란다고 했다. 버섯 하나가 1㎏ 무게에 달한다는 말까지 덧붙였다. 나는 상대편 말을 곧이곧대로 믿는 어린애가 아니었다. 하지만 그 말은 사실이었다. 몇 달 후, 길가에서 거대한 식용 버섯을 파는 아프리카 흑인을 보았다. 구매자가 원하는 만큼 잘라서 팔았다. 나뭇잎이 무성하게 떨어져서 축축한 숲속엔 화려한 나비들이 20㎝가 넘는 날개를 펄럭이며 날아다니기도 했다.

북부 로데시아는 정말 달랐다. 중앙아프리카 출신 흑인은 피부가 연한 초콜릿 빛깔인 줄루족이나 샹간족에 비해 정말 검었다. 얼굴도 밋밋하고 체격도 작았다. 언어도 알아들을 수 없었다. 난 아프리카 사람들과 생전 처음으로 단절감을 느꼈다. 당혹스러웠다. 광산에서는 '키스와힐리'라는, 파나갈로어와 비슷한 언어를 사용했다. 그러나 작업 목적으로 만든 언어가 그렇듯, 키스와힐리어도 표현력이 심하게 부족했다. 백인 관리는 숲에서 사는 부시맨을 일꾼으로 부려먹고 흑인끼리 소통하도록 이들에게 키스와힐리어를 가르쳐 주었다. 작업반을 구성하는 흑인 광부 자체가 서로 다른 언어를 사용하는 부족 출신이기 때문이다.

기차에 타고 4일째 되는 날 오후 4시쯤, 드디어 느돌라에 도착했다. 구리 광산지대 중심지로 정말 단조로운 도시였다. 아니, 도시가 아니라 손바닥만 한 마을이었다. 광석을 사고파는 무역업자와 광부 가족과 영국 식민지 관리국 직원과 그 가족이 살았다. 백인 사회는 철저하게 두 계층으로 구분했다. 광부 가족과 관리국 가족은 함께 어울리는 일이 거의 없었다. 관리국 가족은 마을 끝에 따로 모여서 살았다. 느돌라는 론시아에서 고작 30㎞ 떨어진 곳으로 철로가 끝나는 지점이었다.

대니가 역까지 마중을 나왔다. 주변에는 당혹감과 두려움에 휩싸여서 허둥대는 흑인들로 가득했다. 백인 광산 관리는 무관심한 표정으로 지켜보았다. 청색 유니폼을 입은 흑인 광산 경찰이 자부심 가득한 얼굴로 건방을 떨면서 수백 명에 달하는 흑인을 객차에서 잔혹하게 끌어내렸다. 숲속에서 열매를 따오듯, 무작정 데려온 흑인일 터였다. 하지만 숲속으로 돌아가기엔 이제 너무 늦었다.

기차는 조그만 비상 정거장을 여러 군데 거치며 이틀 밤낮을 달려왔다. 비상 정거장마다 조그만 공터와 양철 오두막이 하나씩 있어서 징집에 응한 흑인과 여전히 반항하는 흑인을 격리했다. 그래서 흑인 징집 요원이 담요로 둘러싼 흑인을 열 명 정도 관리하다가 기차에 실었다.

쉿쉿 소리 내며 증기를 뿜어대는 괴물 몸속으로 들어갈 때는 유난히 하얀 눈에 두려움과 당혹감이 가득했다. 다른 데서 타본 흑인은 엄청나게 커다란 뱀이 칙칙폭폭 대면서 철로를 달리는 데 익숙한지, 창턱에 팔을 느긋하게 기대곤 두려움에 질린 표정으로 촌닭처럼 올라타는 흑인을 바라보며 바보라고 놀려댔다.

이제 종착지에 거의 도착한 셈이었다. 흑인 광산 경찰이 흑인을 밀어붙이며 한 줄로 세웠다. 가뭄과 거대한 메뚜기떼로 가축과 작물이 모두 병들어 죽어서 광산으로 올 수밖에 없는 사람들이었다. 숲속 마을에서 계약하고 온 흑인은 1년 동안 노동하며 굶어 죽어가는 자식과 아내에게 돈을 보낼 터였다. 엄청난 두려움을 감수하고 생전 처음 땅속 깊숙이 들어가야 가족 모두 살 수 있다. 사실 그건 백인 광부도 마찬가지였다.

대니는 내가 그들을 바라보는 걸 알아채고 말했다.

"그래, 저놈들은 처음 올 땐 꼭 원숭이 같아. 사다리 타는 방법도 몰라. 거울을 보여주면 커다란 원숭이가 자기를 쳐다보는 줄 알고 깜짝 놀란다고. 진짜 재밌어."

그러면서 여행 가방을 받아들었다. 나는 그를 따라 초록색 베드포드 트럭으로 걸어갔다.

"이제 막 교대했어. 론시아까지 태워 줄게. 어제 그곳 친구한테 전화했으니까 네가 오는 줄 알 거야. 내일 광산 인력 사무소에 가서 건강진단을 받고 광산 학교에 3개월 다니겠다고 서명하면 돼. 미리 경고하겠는데, 광산 학교에 토마스라는 웨일스 출신 깡패가 있어. 조심하라고. 광산 학교에서 폭약 자격증만 따면 6개월 동안 일할 수 있어. 운만 좋으면 3개월도 가능하지. 하여간 돈은 좋은 거야."

"왜 6개월 아니면 3개월뿐이에요?"

역을 벗어나는 트럭에서 내가 물었다.

"미리 말해서 좋을 건 없겠지만, 오래 일할수록 가능성이 늘어나거든."

"가능성이요?"

"그래, 크게 다치거나 죽을 가능성."

대니가 웃으며 덧붙였다.

"아니면 그렇게 많은 돈을 주겠어?"

"다른 철봉 기술자도 있나요?"

대니가 폭소를 터뜨리며 대답했다.

"그래, 아주 젊은 애들. 22살을 넘으면 반응이 무디거든. 아주 젊은 놈이 아니고선 그 일을 할 정도로 빠르게 움직이거나 정신 나간 놈이 없을 거야."

"맙소사, 나도 선택할 여지가 없겠군요!"

대니가 또 웃었다.

"물론이지! 젊은 놈은 누구나 철봉 기술자로 일해. 나이를 먹은 놈은 아무도 안 하거든. 금광 지역에선 금지된 일이야. 물론 폭약으로 광석을 캐는 게 제일 간편하지만 그만큼 위험하거든. 그래서 남아프리카 전역에 철봉 폭약 작업을 금지했어. 금광 광부 노조는 특히 철저하게 관리하지. 하지만 이곳 북부 로데시아에서는 아무도 상관을 안 해. 광석을 많이 캐는 게 최고 관심사야."

대니는 마을을 빠져나가 먼지가 풀풀 날리는 길로 들어서려고 방향을 트느라 입을 잠시 다물다 다시 말했다.

"하지만 돈벌이는 아주 좋아. 조심하면 사고도 안 당하고."

내가 웃었다.

"걱정하지 마세요, 대니. 아주 조심할 테니까요."

대니가 나를 보았다. 도로에 울퉁불퉁한 게 깔렸는지 핸들을 잡은 손이 떨렸다.

"굉장히 힘든 일이야. 철봉 기술자는 야간에 일해. 밤 열한 시부터 아침 일곱 시까지. 광석을 갱 밖으로 내보내는 일. 나 같은 착암기 기술자가 낮에 종일 파면 너 같은 철봉 기술자가 낮에 판 바윗덩어리를 철봉에 통과시켜 밖으로 밤새도록 내보내는 거야. 착암기 기술자가 일하도록 깨끗이 비우는 거지. 몸을 사리다 바윗덩어리를 제대로 못 치우면 큰일 당할 테니 조심하라고, 친구!"

대니가 나를 보고 씩 웃으며 계속 말했다.

"그런 일이 몇 번 있으면 고향 가는 기차표를 사야 돼. 광산에선 착암기 기술자가 왕이야. 너 같은 기술자는 채광장을 재빨리 청소하는 게 제일 중요해. 못하면 광산에서 못 버텨."

나는 침묵했다. 대니가 무슨 말을 하는 건지 알아들을 수 없었다. 그러나 철봉 기술자가 이런저런 스트레스에 시달린다는 건 이해할 수 있었다. 스트레스는 사고를 낳기 마련이다.

"그래도 광산 학교에 토마스가 있어서 다행이야. 그렇게 무식한 놈한테 배워서 면허를 딸 정도면 위험에 빠질 가능성도 그만큼 적을 테니까."

대니가 광부 집단 숙소에 내려 주었다. 그곳에서 한 달간 묵다가 주변에 있는 독신자 오두막으로 옮길 예정이었다.

"나중에 다시 오도록 노력하지. 쉽진 않을 거야. 광산마다 일정이 다르니까. 게다가 넌 야간 작업조고 말이야. 나는 항상 낮에 일하니까 멀리서 와도 소용이 없을 거야. 하지만 무슨 일이 생기면 바로 연락하도록."

대니는 자신이 일하는 광산 이름과 전화번호를 종이에 휘갈기고 다시 말했다.

"광산 사무실에 메모만 남기라고. 그러면 최대한 신속하게 달려올 테니까."

대니가 손을 내밀었다. 덩치가 컸다. 키가 189㎝였다. 그런 덩치가 보아식으로 악수했다.

내가 도와주어서 고맙다고 했다.

"그래, 피케이. 동생 친구는 다 내 친구야. 거트가 너는 진짜 사나이라고 했어. 언젠가 세계 챔피언이 될 거래. 도울 수 있어서 기뻐."

대니가 잠시 말을 끊더니 다시 이었다.

"여기도 권투시합이 있어. 너처럼 잘하는 놈은 없지만. 깜둥이 가운데 괜찮게 하는 놈이 가끔 나와. 그런대로 붙어보기엔 괜찮을 거야. 하지만 그놈들은 머리가 하도 단단해서 다이아몬드 착암기가 아니면 못 부술 거야. 잘 있어, 피케이. 최선을 다하라고, 알겠지?"

트럭에서 부웅 소리가 나더니, 바퀴가 움직여서 뽀얀 먼지를 만들며 사라졌다.

조그마한 광산 마을 론시아는 광산 사무국과 제련소에서 멀리 떨어졌다. 마을은 두 부분으로 나뉘었다. 광산 관리와 가족, 학교 선생, 상점 주인, 경찰 업무를 보는 식민지 관리국 사람은 마을 중심가에 살았다. 거기서 꽤 먼 곳에 미혼 광부가 사는 오두막이 수백 채였다. 남아프리카 말로 론다벨이라고 하는 오두막이었다.

론다벨은 지붕과 벽이 물결 모양 양철이었다. 바닥은 시멘트였다. 오두막마다 너비 180㎝에 길이 450㎝나 되는 베란다도 딸렸다. 보잘것없는 베란다지만 정사각형 방충망이 있어 통풍을 하고 모기떼를 막았다. 현관문은 강철 금속으로 만들었는데 안에서 잠그면 다른 사람은 들어올 수 없었다.

벽 양쪽에는 철봉으로 막은 창이 하나씩 있었다. 집에 온 것 같은 포근한 느낌이라곤 조금도 없었다. 그나마 천장에 커다란 선풍기가 달려서 다행이었다. 그 덕에 야간 일을 끝내고 돌아온 철봉 기술자들이 찌는 듯 더운 오후에 시원한 낮잠을 즐길 수 있었다.

론다벨에는 침대 한 개에 매트리스 한 장, 옷장 하나, 테이블 하나, 의자 두 개가 있었다. 우중충하게 생긴 오두막 한가운데는 식당이 있었다. 한 달에 몇 파운드만 내면 식사를 해결할 수 있었다. 내가 지정받은 지역에는 42개국 사람이 모여 살았다. 자신이 태어난 나라에서 찢어지게 고생하다 불안한 미래를 못 떨쳐내고 여기까지 온 사람들이었다.

나처럼 철봉 기술자를 희망하는 사람은 몇 명 안 됐다. 철봉을 민첩하게 다뤄서 안 죽을 젊은이는 몇 명 없었다. 대부분이 30대로, 나이가 더 많은 사람도 있었다. 돈 때문에 광산촌에 발을 디딘, 한결같이 거친 사람이었다.

광부다운 광부는 드물고, 범죄자와 알코올 중독자가 많았다. 도망 다니는 나치당원 출신도 몇 명 있었다. 전쟁이 끝나자 몸을 단련하려고 온 용병도 일부 있었다. 전쟁이 또 터지기만 기다리는 사람들이었다. 하지만 한국전쟁같이 공개적인 전쟁에는 참가하지 않았다. 야바위꾼, 사기꾼, 도둑도 있었다. 이들에게 광산 일은 마을에 남으려는 명분에 불과했다. 광산 일은 부업이고, 주업은 작업 외 시간에 하는 셈이었다.

이곳에서는 정상적인 예절이 안 통했다. 어디서 왔는가, 무슨 일을 하다 왔는가 등을 묻는 건 금기였다. 술에 취해 감정이 격하게 일어나거나 감상에 깊이 빠질 때 스스로 털어놓는 사람도 있긴 했다. 그러나 대부분은 고주망태가 되어도 입을 굳게 다물었다. 읍내 사람들이 그들을 수용소에 갇힌 포로라고 부를 정도였다.

토요일 밤에는 오두막 문을 꼭 잠가야 한다는 걸 배웠다. 오두막을 할당받고 1주일 만에 하마터면 집단 강간을 당할 뻔했기 때문이다. 마을에 여자라곤 몇 명 안 되는 유부녀가 전부였다. 그런 상황에서 17살짜리 소년은 술 취한 러시아인과 독일인과 알제리계 프랑스인, 슬라브인 등에게 좋은 표적이었다. 러시아 출신 거인으로 말이 거의 없는 라스푸친이 안 구해줬더라면 나는 그놈들 밥이 되었을 것이다. 읍내는 치안을 철저하게 유지하나 광부들이 사는 지역은 칼부림이 일거나 술꾼들 싸움을 수습하지 못할 정도로 무법지대였다.

마을에서 2킬로미터쯤 떨어진 제9갱 근처에 가설 활주로가 있었다. 6주에 한 번씩 벨기에산 DC-3기가 착륙했다. 광부들이 환호성을 올리는 가운데 거기에서 25명이나 되는 창녀가 나왔다. 이들은 벨기에령 콩고 카탕가 구리 광산에서 1주일을 화려하게 보낸 후, 브루셀을 거쳐서 여기로 왔다. 1주일을 누워서 지내면 1년을 편히 지낼 돈이 생겼다.

대부분은 집안 살림을 도우려고 적금을 붓는 젊은 가정주부나 결혼 지참금을 벌려는 점원 아가씨였다. 유럽에는 남자가 부족했다. 여자가 결혼하려면 배경도 배경이지만 많은 지참금이 필요했다. 2주일 동안 다리를 남몰래 벌리면 남자가 결혼을 신청할 정도로 많은 돈을 마련할 수 있었다. 그러면 표면상 신부 부모가 지참금을 주는 거로 해서 앤트워프 교외에 작고 아담한 집을 마련할 수 있었다.

물론 진짜 창녀도 있었다. 왜냐하면 진짜를 원하는 광부들이 있기 때문이다. 훌륭한 창녀는 남자와 함께 술에 곯아떨어지는 방법을 알았다. 원하는 대로 해주는 방법도 알고, 동정심이나 감정에 호소해서 1주일 봉급을 털어가는 방법도 알았다. 도피 중인 사내는 연민이나 사랑, 순진무구한 척하는 모습에 특히 약했다.

비행기가 오는 날이면 광부들은 새벽부터 기다렸다. 그래서 가장 예쁘고 어린 여자를 차지하려고 서로 욕하며 싸웠다. 자기네보다 먼저 건드린 콩고 카탕가 광부를 개구리 같은 놈이라고 욕하기도 했다. 개구리 같은 놈은 불알이 작아서 여자들이 그곳부터 들르는 거라고 떠들며 낄낄거리는 사람도 있었다. 자기네부터 들렀다 가면, 그놈들이 위에서 아무리 애써도 창녀가 제대로 못 느낄 테니, 개구리 놈들은 아무런 재미도 못 볼 거라고도 했다.

그들은 창녀를 '프랑스 항공 우편'이라고 부르기도 했다. 개구리 광부들이 먼저 조그만 물건으로 끄적거리고 비행기에 태워서 국경 너머로 보냈기 때문이다. 콩고에서 일하는 광부도 구리 지대 광부처럼 다양한 인종이 뒤섞였다. 하지만 대다수는 프랑스어를 사용하는 벨기에인이라는 점이 달랐다. 그러나 구리 지대 광부들은 그런 특징을 외면한 채 이렇게 말하기 일쑤였다.

"어쨌든 프랑스 말을 하는 놈은 모두 개구리야. 그걸 부정할 놈은 어디에도 없어."

탄광 학교에서 새로운 인생을 시작했다. 낮에는 마을 끝 제9 갱도 지하에서 수업했다. 덩치 큰 웨일스 출신 2명이 수업을 맡았다. 들리는 바에 의하면, 두 사람은 전쟁이 터지기 전에 카디프 럭비팀에서 포드로 활약했다. 다이 토마스와 가레스 존이었다. 두 사람은 환상의 커플이었다.

전직 교사 출신 존이 이론을 2시간 가르치면, 토마스가 지하에서 8시간씩 실습 지도했다. 두 사람은 서로 장단을 맞추면서 3개월 동안 우리를 무자비하게 괴롭혔다. 존이 학생 개개인의 약점을 파악하면, 토마스가 지하 막장에서 최대한 활용했다. 이들은 그런 방식으로 우리에게 지하에서 살아남는 실질적인 방법을 가르친다고 생각했다. 우리로선 죽을 고생을 감수하지 않을 수 없었다.

광부가 되겠다고 온 학생 가운데, 내가 17살로 가장 어리고 몸집도 작았다. 이들은 돈을 벌려고 왔지 기술을 쌓으러 온 게 아니었다. 그러나 북부 로데시아 광산 사무소는 모든 광부에게 폭약 자격증을 따도록 요구했다. 자격증을 따려면 다이너마이트 취급법은 물론이고 광석 운반법, 목재 쌓는 법, 착암기 다루는 법까지 배워야 했다.

처음 두 달은 정말 힘들었다. 그렇게 힘든 건 생전 처음이었다. 59㎏에 불과한 체중으로는 정말 힘들 수밖에 없었다. 우리가 있는 곳은 남아프리카가 아니었다. 토마스는 우리에게 아프리카 흑인 광부와 똑같은 작업량을 부여했다. 허리가 끊어질 것 같은 착암기 작업과 폭파한 광석을 운반하는 작업을 하고 나면 아무리 건장한 어른이라도 탈진하지 않을 수 없었다. 그래서 반항하는 사람도 가끔 나왔다.

토마스는 무자비했다. 우리는 손이나 삽으로 바위 조각을 지하 트럭에 싣는 작업부터 시작했다. 처음 한 달 동안 매일 6시간씩 섭씨 38도나 되는 지하 300m 좁은 막장에서 작업했다. 8시간 작업하는 동안 점심시간 30분에 시간당 5분씩 쉬었다. 나는 권투 연습을 통해 팔과 상체를 충분히 단련한 터라 그런대로 버틸 수 있었다. 무딘 날에 손잡이가 기다란 막장용 삽을 다루는 방법도 금방 터득했다. 그러나 일이 끝날 무렵엔 온몸이 뻐근하고 지쳐서 말조차 안 나왔다.

토마스는 독설을 끊임없이 퍼부어서 우리가 이성을 잃고 달려들게 했다. 그래서 한두 사람이 달려들다 채찍질만 실컷 당하고 학교에서 쫓겨났다. 커다란 돈을 만질 기회가 영원히 사라진 셈이다. 나는 토마스에게 분풀이할 기회만 노렸다. 내가 권투선수라는 걸 아는 사람은 한 명도 없었다.

완전히 녹초가 안 된 상태에서 잠잘 때는, 토마스가 나에게 주먹을 휘두르다 번번이 빗나가 결국엔 바닥에 쓰러지고 사람들 앞에서 웃음거리가 되는 꿈을 꾸기도 했다. 기다란 삽을 가지고 운반 작업을 말없이 하면서 토마스를 땅에 쓰러뜨려 굴복시키는 공상도 했다. 토마스는 나를 늘 괴롭혔다. 한 시간 내내 졸졸 따라다니면서 괴롭힐 때도 있었다. 마음만 먹으면 언제라도 때려눕힐 수 있다는 자신감으로 분노를 달랠 뿐이었다.

"좋아, 돌대가리들아. 진짜 빌어먹을 정도로 똑똑하구먼. 360㎝ 구멍을 폭파하려면 젤리그나이트가 얼마나 필요하겠나?"

나는 가레스 존이 나눠준 책을 1주일 만에 처음부터 끝까지 외웠다. 그래서 토마스는 간단하게 묻는 건 내가 모두 안다는 걸 금방 알아차렸다. 토마스는 똑똑한 학생을 좋아하지 않았다. 그래서 나를 궁지에 몰아넣기로 작정했는지 몇 주 뒤에 배울 내용을 물어보기 시작했다. 하지만 나는 그것도 모두 알았다. 그러나 나머지 학생은 머리가 뛰어나질 못했다. 책을 읽는 게 익숙하지 않았다. 그렇다 해서 나로선 토마스가 바라는 대로 모르는 척해서 궁지에 몰릴 수 없었다. 그래서 정확하게 대답하면 광부들이 굉장히 기뻐했다. 마음속으로 토마스를 이겼다고 생각하는 모양이다. 언젠가 내가 이렇게 질문한 적도 있다.

"180센티 착암기입니까, 270센티 착암기입니까, 선생님?"

"아쭈, 또 똑똑한 척하는군그래."

"아닙니다, 선생님. 효과가 다르겠지요?"

"당연하지, 반푼아. 효과가 다르고말고."

"그래서 물어본 겁니다, 토마스 선생님."

토마스는 자신이 자기 꾀에 빠진 걸 알고는 화난 어투로 물었다.

"270센티 착암기는 별로 사용하지도 않잖아, 안 그래?"

"하지만 바위가 단단하면 그걸로 뚫어야 합니다."

그러면 토마스가 아주 기뻐하며 내뱉었다.

"우리 광산처럼 바위가 단단할 때는?"

"젤리그나이트 8㎏을 씁니다."

내가 여유만만하게 대답했다. 주위에 있는 광부들이 환하게 웃는 게 보였다.

그러자 토마스가 소리를 꽥 질렀다.

"맞아! 나한테 그렇게 잘난 체하지 말라고, 알았어? 팔이 떨어져 나가도록 광석을 운반하게 할 테니까. 콧구멍을 후비려 해도 어깨가 꿈쩍을 안 할 정도로 말이야."

"알겠습니다."

그가 복수를 시작했다. 돌조각이 너무 커서 삽으로 들 수 없는 곳을 배정한 것이다. 그곳에서 종일 커다란 돌조각을 조그맣게 부수며 운반 작업을 하다가 마침내 탈진 상태에 빠졌다.

"꾀병 부리지 마! 5분 안에 다시 작업하도록, 안 그러면 1파운드 벌금이야."

광산 학교에서는 노동한 대가를 전표로 지급했다. 그것으로 집세와 밥값을 내면 생필품 살 돈이 이삼 파운드밖에 안 남았다. 1파운드 벌금이면 생활 자체가 힘들었다.

토마스가 무슨 말을 하고 어떻게 나오든 나를 굴복시킬 수는 없을 거라고 스스로 다짐했다. 내가 바라는 게 바로 그렇게 힘든 노동이라고 생각하며 마음을 달래기도 했다. 광산 학교에서 2개월을 보내자 몸이 전보다 단단한 걸 느낄 수 있었다. 조금만 더 일하면 알통이 튀어나올 것 같았다. 나는 오두막에 스피드볼과 펀치백을 아무도 모르게 갖다 놓고 연습했다. 체육관에 매일 들러서 육체를 다지고 1주일에 세 번씩 9㎞를 달리며 몸을 단련했다. 그러나 권투 클럽에 들어갈 생각은 전혀 없었다.

자고로 어떤 사회든 스트레스를 푸는 공간은 있을 수밖에 없는 법이다. 광산에서 자금을 지원하는 클럽은 조그만 마을의 사교 중심지였다. 클럽은 영국식 전통과 예절을 따랐다. 여기는 본토에서 중하류층으로 살다 식민지 골짜기에 와서 졸지에 상류층으로 올라선 사람이 많았다. 다른 여러 나라에서 온 광부들에게는 선술집을 따로 하나 지어주었다. 클럽과 떨어진 건물이었다. 입구도 달라서 광부는 마을 지도층이나 광산 공무원이나 자기 가족에게 안 들키고 그곳을 드나들 수 있었다.

선술집에는 15m나 되는 계산대가 있었다. 바닥은 시멘트고 2m 벽에는 하얀 타일을 붙였다. 문은 서부 영화에 나오는 술집처럼 확 열어젖히는 식이고, 내부에는 아무것도 없어서 선 채로 술을 마셔야 했다. 하지만 바깥에는 녹색 페인트를 칠한 시멘트 바닥에 탁자가 백 개쯤 빽빽하게 있어, 거기에 앉아서 맥주를 마실 수 있었다.

탁자마다 철제 파라솔이 하나씩 있고, 탁자 다리는 시멘트 바닥에 볼트로 고정했다. 물론 의자도 철제고 다리는 시멘트에 꽉 붙였다. 탁자 하나에 의자가 여섯 개씩 있는데 색상이 모두 달라, 멀리서 보면 굉장히 화려해 보였다. 탁자 위에는 기다란 전선을 빨랫줄처럼 달고 형형색색인 전구를 걸어서 밤이면 여러 색깔이 어우러지며 화려하게 반짝였다.

선술집은 세 사람이 군수품 배급소 같은 분위기로 운영했다. 모두 독일인이고 이름도 모두 프리츠며 체구도 모두 뚱뚱했다. 프리츠 한 명이 선술집을 1/3씩 맡았다. 그들 뒤에는 커다란 술통과 자동 출납기가 있었다. 이들은 술을 따르거나 맥주를 나르거나 사람을 만나려고 그 자리를 떠나는 법이 없었다. 프리츠 세 명은 서로를 숫자로 구분했다. 프리츠 1, 프리츠 2, 프리츠 3이었다.

이들은 각자 단골이 있었다. 단골로 오는 사람은 선술집 안에 자기 구역을 정하고 정기적으로 찾아왔다. 프리츠 세 명은 세상에서 자기네가 구할 수 없는 술은 없다고 떠벌리곤 했다. 그러나 메뉴판에는 브랜디와 맥주, 럼주, 보드카가 고작이었다. 선술집 안에서 선 채로 마실 경우에는 독한 술이나 맥주를 한 잔씩 마실 수 있었다. 그러나 밖에 앉아서 마시면 한 병이 최소 단위였다. 그래서 한 잔 단위로 마시려는 사람은 안으로 들어가야 했다. 광부 선술집은 오전 일곱 시부터 자정까지 운영했다. 자정이 되면 프리츠 한 명이 흠뻑 취해서 몸을 못 가누는 광부들을 쫓아내고 문을 닫았다.

광부들이 교대하는 오후 세 시까지는 남편만큼이나 체격이 좋은 프리츠 부인 세 명이 선술집을 운영했다. 이들은 남편처럼 숫자로 구별하지 않고 통틀어서 프리츠 부인이라고 불렀다. 부부가 같이 지내는 시간은 없는 것 같았다. 프리츠 세 명에게 통통한 금발 자녀가 15명이나 있다고 자랑하는 자체가 신기할 정도였다. 언젠가는 프리츠 가족이 광부 선술집을 떠나 햄버그에 있는 홍등가 전체를 사들일 거라는 농담까지 떠돌았다.

3개월이 끝날 즈음엔 광부 학교에 등록한 학생 18명 가운데 11명이 남았다. 드디어 국제 자격증과 북부 로데시아 지역 자격증 두 가지 가운데 하나를 선택해서 폭약 취급 자격증을 따야 할 때가 되었다. 토마스가 평소와 달리 아주 친절한 어투로 지난 7년 동안 자기 학생 가운데 국제 자격증을 딴 학생이 한 명도 없다고 하소연하면서 국제 자격증에 응시하라고 권했다.

"합격한다면 네가 최연소 기록을 세우는 거야. 대단한 영광이지. 합격만 한다면 정말 신바람 날 거야."

럭비 시즌이 한창일 때 토마스가 내 실력이 괜찮다는 걸 알곤 테스트한 다음에 첫 번째 팀으로 뽑은 적이 있었다. 토마스와 존이 선발을 책임졌기 때문이다. 그래서 사이가 약간 좋아진 상태였다.

자격증 시험은 느돌라에 있는 광산 자원부 사무실에서 치렀다. 30분 논술과 한 시간 구술이었다. 쓰는 건 대부분 서투르지만 말로는 대답할 수 있기 때문이다.

나와 함께 간 응시자들 모두 잔뜩 긴장했다. 떨어지면 학교를 한 달 더 다녀야 했다. 또 떨어지면 아예 광산을 떠나야 했다. 그래서 마지막 한 달 동안 내가 많은 내용을 가르쳐 주었다. 어느덧 피케이 교수라는 별명까지 붙었다. 느돌라로 가는 버스에서도 나는 그들에게 끊임없이 질문했다.

결국 오렌지 자유주에서 온 커다란 보아인 한 명만 빼고 우리 모두 합격했다. 마호가니 나무처럼 둔해도 성격이 정말 좋은 보아인은 비록 자격증 시험에서 떨어졌지만 북부 로데시아 철도국에 화부로 취직되었다는 소식을 접하고 아주 기뻐했다. 토마스와 존은 승용차를 타고 느돌라까지 따라왔다. 아침에 시험을 마치고 우리는 느돌라에 하나뿐인 호텔로 몰려갔다. 우리 모두 호텔 바에서 흠뻑 취해 토마스는 진짜 괜찮은 놈이라며 떠들어댔다.

나는 국제 면허증 시험도 합격했다. 사람들이 토마스와 존과 국제 면허증을 딴 피케이 교수에게 건배한다며 연거푸 축배를 들었다. 나 역시 건배하다 보니 어느덧 레몬주스 한 병을 다 비웠다. 사람들은 취하면 취할수록 기쁨이 넘치는지, 어느덧 토마스를 성인으로 만들어 놓았다. 나를 보호해 줄 테니 귀찮게 구는 녀석이 있으면 아무 때나 말만 하라고 떵떵거리기도 했다.

다음 날부터 철봉 기술자라는 인생을 시작했다. 오후 11시부터 다음 날 오전 7시까지 지하에서 작업한 건 난생처음이었다.

철봉 기술자가 하는 일을 간단하게 설명하겠다. 가능하다면 독자 여러분은 지하로 들어가는 깔때기를 떠올리길 바란다. 깔때기는 밑으로 갈수록 좁아진다. 지하 깊숙이 내려가서 아주 좁아지기 직전에 있는 공간을 채광장이라고 부른다. 채광장은 지하에 판 커다란 구멍이라

할 수 있다. 구멍 양쪽을 폭파해서 허문 바위 조각은 수직 통로를 타고 밑으로 떨어진다. 수직 통로는 약 18m를 내려가다 수평 통로로 이어진다. 깔때기 끝, 즉, 수직 통로 끝에는 압축 공기로 작동하는 철문이 있다. 수평 통로에서 반쯤 내려가다 보면, 즉, 수직 통로를 9미터쯤 내려가다 보면 텅스텐으로 만든 철봉 여섯 개가 가로 놓인다. 옆으로 조그만 사잇길이 있다. 텅스텐 봉 여섯 개를 대체로 철봉이라 부른다. 캐나다 서북부 유콘 지방에서 사용하는 철봉 시스템을 처음 도입했기 때문이다.

착암기 기술자가 채광장 벽을 뚫고 폭파해서 얻은 광석은 채광장 바닥에서 깔때기처럼 내려간 수직 통로로 떨어진다. 커다란 광석은 중간에 있는 철봉에 걸리고 작은 광석은 그 사이를 지나서 밑바닥으로 떨어진다. 철봉에 걸린 커다란 광석을 적절한 크기로 다시 폭파해서 밑바닥으로 떨어뜨리면, 갱내 열차가 광석을 싣고 압축 공기 문까지 운반한다. 그러면 수평 통로에서 대기하던 작업자가 깔때기 끝에 있는 문을 열어서 광석을 트럭에 싣는다. 매우 간단하면서도 아주 위험한 과정이었다. 철봉 기술자는 수직 통로 중간에 있는 철봉에서 일하다 소형 승용차만 한 바윗덩이에 언제 맞을지 모르는 위험을 각오해야 했다.

철봉 기술자는 어둠 속에서 일한다. 질긴 혁대에 달린 배터리와 딱딱한 안전모에 달린 탐조등이 빛을 제공하는 전부였다. 철봉 기술자 한 명에겐 흑인 5명이 딸린다. 이들은 철봉에 걸린 바위를 부수는 작업과 폭약 설치 작업을 할 때 진흙 이기는 작업을 보조한다. 채광장에서 광석 더미가 계속 떨어질 때도 종종 있다. 그러면 기다란 쇠 지렛대를 갖고 철봉 작업을 밤새도록 해야 한다. 철봉에 걸리는 바위는 물론 끊임없이 폭파한다. 하룻밤에 40번에서 50번을 폭파할 때도 있다.

육체적인 피로는 차치하더라도, 젤리그나이트 냄새를 계속 맡다 보면 머리가 빠개지는 두통에 시달린다. 착암기 기술자는 철봉 기술자보다 젤리그나이트를 많이 사용한다. 따라서 착암기 기술자 가운데는 엄청난 두통에 정신 착란까지 일으키거나 완전히 미치는 사람도 가끔 있다.

지름 15㎝ 철봉은 각각 60㎝ 간격을 두고 설치한다. 철봉 기술자가 바로 거기에서 일한다. 안전수칙에 따르면 철봉 기술자는 혁대 뒤에 6m 체인을 달아야 한다. 그러나 안전수칙이 항상 그렇듯, 체인 때문에 위험에 빠지는 경우가 많았다. 체인에 매달린 철봉 기술자가 철봉에서 갱 밑으로 떨어지는 안전사고가 일어나면 5m 밑에서 허리가 힘없는 나무줄기마냥 똑 부러지곤 했다.

설사 허리가 무사하더라도 철봉을 통과한 광석에 온몸이 찢길 가능성도 있었다. 그래서 철봉 기술자는 안전 체인 없이 어둠 속에서 원숭이처럼 빠르게 움직이는 방법을 익혔다. 30㎝짜리 쇠 지레를 들고 어둠 속에서 철봉과 철봉 사이를 뛰어다니는 것이다.

철봉 기술자는 늘 똑같은 갱에서 일한다. 수직 통로와 채광장 성질을 자세히 아는 게 생명을 지키는데 중요하기 때문이다. 철봉은 각각 고유한 성질이 있다. 이것을 잘 파악해야 훌륭한 철봉 기술자가 될 수 있다. 자갈 하나가 떨어진다는 건 잠시 뒤에 수십 톤에 달하는 바위가 머리 위로 쏟아진다는 전조다. 채광장에서 소리가 울리는데도 철봉에 그냥 있으면 온몸이 찢어질 수밖에 없다. 철봉 기술자는 자동차 경주 이상으로 모든 상황에 민첩하게 반응해야 하므로, 신경 계통에서 아드레날린을 밤새 분비한다.

교대가 끝날 즈음엔 누구나 완전히 탈진해서 체중이 평균 2㎏씩 빠진다. 따라서 3개월 일한 철봉 기술자는 2개월 동안 쉬어야 한다. 2개월 쉬는 기간이 끝나면 엄청난 보수에도 다시 돌아오는 사람은 드물다. 보수가 낮더라도 조립공이나 목재 기술자나 막노동 같은 일을 찾아가는 거다.

아무리 용감한 사람이라도 철봉 기술자는 결국 신경마비 증상에 시달리게 된다. 작업 도중에 철봉 9m 위 채광장 입구, 즉, 수직 통로 꼭대기가 막힐 때도 있다. 어떨 때는 서너 번 연속으로 막히기도 한다. 광산 용어로 이것을 장애물 또는 포도송이라고 부른다.

입구를 막은 바위는 크기도 다양하다. 안전수칙에 따르면, 그럴 땐 젤리그나이트를 사용해서 막힌 걸 뚫어야 한다. 젤리그나이트를 9m 대나무 막대기 끝에 묶어서 하얀 전깃줄 같은 심지로 감는다. 그래서 입구를 막은 바위 사이에 젤리그나이트를 밀어 넣고 심지를 철봉 높이로 내려서 불을 당긴다. 운이 좋으면 바위가 단번에 깨져서 흐름이 다시 좋아진다.

그러나 간단하게 끝나는 경우는 많지 않다. 다이너마이트나 젤리그나이트를 진흙으로 안 막고 폭파하면 파괴력이 바깥으로 나가서 효과가 작다. 따라서 대나무 막대기에 매달아 장애물을 폭파하는 작업은 성공률이 매우 낮다.

그러면 철봉 기술자는 엄청난 압박감을 느낀다. 광석 더미를 밑으로 못 흘려보낸 채 대나무 막대기 기술 하나로 일하면 밤새 작업해도 임금이 절반만 나온다. 게다가 채광장을 못 비우면 다음 날 착암기 기술자가 오전 작업을 쉬어야 한다. 그러면 철봉 기술자는 위신이 땅에 떨어지고 몇 번 되풀이되면 일을 그만두어야 한다. 설사 쫓겨나지 않더라도 자존심이 걸린 문제였다. 광산에서는 장애물을 못 치우는 철봉 기술자만큼 비참한 사람도 없다.

대나무 막대기로 장애물을 내려보내는 데 실패하면, 두꺼운 모직으로 만든 광부 조끼에 심지를 연결한 젤리그나이트와 진흙을 넣고 장애물이 있는 지점까지 깎아지른 수직 통로를 타고 올라가야 한다. 이건 아주 위험하다. 작업 도중에 광석 더미가 떨어지면 치명상을 입는다. 철봉 사이를 지나 18m 밑으로 떨어지고 또 떨어지는 수많은 바위에 깔리는 것이다. 따라서 철봉 기술자는 이제 물러날 곳이 없다는 공포심과 싸우며 바위 사이에서 틈을 찾아 젤리그나이트 끼워 넣는다. 그래서 폭약에 심지를 감고 철봉까지 닿게 길게 늘어뜨린다. 그리고 바위 안쪽으로 터지도록 진흙으로 폭약을 잘 싸고 밑으로 내려온다. 장애물이 걸린 수직 통로를 위아래로 오르내리는 작업은 완전히 모험이다. 다행히 아무런 사고 없이 내려오면 조수에게 호각을 불어서 위험을 알린 다음, 두꺼운 연필만 한 조명탄을 쏘아서 심지에 불을 붙인다. 조명탄은 불이 붙으면 꺼지는 법이 없다. 폭발하기 전에 안전 갱으로 피할 시간은 30초에 불과하다.

폭발한 뒤에도 장애물이 안 내려오고 그대로 있으면 여진이 언제 일어날지 모르는 상황에서 다시 올라가야 한다. 장애물 표면에 폭약을 여러 개 설치하고 심지로 꿰어서 연결한다. 작업을 마치려면 장애물 앞에서 10분 내지 15분을 보내야 한다. 위험 역시 그만큼 늘어난다. 온몸에 긴장감이 흐른다. 이렇게 해서 폭약 네댓 개를 동시에 터트리면 결국 장애물이 제거된다.

이런 작업은 대단한 용기가 필요하다. 강심장이 아니고선 장애물 바로 밑에서 15분 내지 20분을 보내며 폭약을 설치하고 진흙으로 막는 작업을 할 수 없다. 내가 철봉 기술자로 1년을 일하는 동안 같이 배운 스무 명 가운데 다섯 명이 죽었다. 폭약을 설치하러 올라간 사이에 광석이 떨어진 것이다.

광산 규칙상 철봉 기술자가 수직 터널로 올라가는 건 금지 사항이다. 올라가다 들키면 그날로 해고다. 그러나 하루에 적어도 두 번은 올라가야 했다. 작업반장은 멀리 떨어진 곳에서 못 본 척 딴청만 부렸다. 철봉 기술자가 얼마나 많은 광석을 내려보내느냐에 따라 보너스 액수가 달라지기 때문이다. 대나무 막대기 기술이 안 먹혀서 장애물이 그대로 있을 때 규칙을 들먹일 반장은 아무도 없었다.

나는 나 자신에 짜증 날 때를 제외하곤, 훌륭한 철봉 기술자로 노동한다는 사실에 대단한 자긍심을 느꼈다. 나는 최연소 철봉 기술자로 광산에서 광석 유통량 신기록을 수립했다. 내가 맡은 철봉 위에서 일하는 착암기 기술자는 보싸라는 보아인이었다. 나는 밤에 그는 낮에 일하느라 서로 만난 적은 없다. 지하에서 착암기 기술자는 최고 엘리트다. 이들은 철봉 기술자에게 눈길도 안 주었다. 자기 작업장 밑에서 누가 일하다 사고를 당하더라도 책임감을 안 느끼려는 조치였다. 그러나 광석을 잘 흘려보내서 채광장을 잘 비우면 밑에서 일하는 우리에게 매월 말 브랜디 한 상자를 보내곤 했다.

철봉 기술자는 착암기 기술자에게 브랜디를 받는 게 최고의 명예였다. 중앙아프리카 구리 광산에서 일하는 광부에게 그런 브랜디 상자보다 귀중한 건 없다.

나 역시 브랜디를 한 상자 받아 옆에 사는 러시아 거인 라스푸친에게 주었다. 라스푸친은 제 7갱 목재 기술자로 나와 마찬가지로 야간 작업조에서 일했다. 우리는 마을에서 5킬로 떨어진 갱으로 자전거를 타고 함께 다녔다. 그가 나를 구한 날 밤부터 우리는 친구로 지냈다.

우리는 대화가 아니라 물건을 나누는 형태로 우정을 쌓아나갔다. 라스푸친은 영어 실력이 정말 부족했다. 배우려 하지도 않았다. 우리는 양쪽 오두막 베란다를 오가면서 체스를 두었다. 체스 실력이 그런대로 괜찮아서 재미있었다. 내가 정신이라도 팔면 라스푸친이 이기기도 했다. 나는 가만히 앉아서 책을 읽고 그는 새로 산 이동식 전축으로 차이콥스키 관현악과 협주곡을 들을 때도 있었다. 늘 차이콥스키만 틀었다. 그러면서 갓 잘라낸 커다란 나무토막과 도끼를 양손에 들고 3시간 동안 꼼짝 않고 앉아서 도끼로 나무토막을 깎아 멋진 공을 만들기도 했다.

라스푸친은 키가 박사만 한데 몸집은 2배였다. 심지어 보아인보다 컸다. 도끼도 2㎏은 족히 나갈 터였다. 나무를 깎아서 공으로 만들 정도니, 힘 또한 어마어마할 터였다. 공을 안 만들 때는 도끼를 갈았다. 차이콥스키에 정신이 홀려서 흠뻑 빠져들 때도 있었다. 눈물이 볼을 타고 흘러내려 턱수염으로 스며들었다. 하지만 굳이 닦아내지 않고 공만 계속 깎았다.

가끔 도끼를 내려놓고 깡통에 담긴 특상품 브랜디를 단숨에 들이켠 다음에 다시 가득 붓거나 레코드를 갈아 끼우곤 했다. 라스푸친이 피아노 협주곡 세 곡과 바이올린 협주곡 세 곡, 특히 G 마이너 1번과 C 마이너 2번을 감상하고 웅대한 비창까지 다 들었다는 건 보싸가 준 브랜디 한 병이 바닥났다는 것, 나무로 공을 다 만들었다는 것을 의미할 때가 잦았다.

그러면 라스푸친은 전축을 조심스레 들어서 다른 곳에 갖다 놓은 다음, 레코드에 묻은 먼지를 털어 레코드 집에 넣고서 낡은 옷 가방에 넣었다. 나무 공은 복도에 쌓았다. 6백 개나 7백 개, 아니 그 이상으로 보였다. 볼링공만 한 나무공이 100개씩 여러 곳에 쌓였다. 나무 공은 하루에 한 개씩 늘어났다. 오래된 건 은회색으로 은은하게 변하고 갓 만든 건 나무 무늿결이 선명했다. 크기는 하나같이 똑같은데, 아주 아름다웠다.

시간 차이가 커다란 공 두 개를 들고 비교해도 둥글기나 크기가 똑같아서 눈으로 보면 차이를 구분할 수 없을 정도였다. 공 하나하나는 라스푸친이 뛰어난 기술과 엄청난 힘을 지녔다는 걸 증명했다. 오두막에는 숲에서 나는 냄새와 다른 나무 냄새로 가득했다. 라스푸친은 일을 마치고 집에 돌아오면 언제나 숨을 깊이 마셔서 독특한 나무 향기부터 가득 들이켰다.

"루싸 냄새 같아, 피케이."

그럴 때마다 나는 라스푸친이 시베리아 침엽수림 지대에서 자란 건 아닌가 하는 호기심을 품었다. 하지만 물어볼 순 없었다.

나 역시 나무로 아름다운 공을 만들고 싶어서 여러 번 도전했다. 하지만 3분이 안 돼서 나무를 든 손이 제대로 움직이질 않았다. 도끼를 든 오른쪽은 손목이 시려서 도저히 견딜 수 없었다. 그러나 그런 작업을 계속하면 팔과 손목과 손에 힘이 생겨서 권투에 좋을 것 같았다. 그래서 가볍고 조그만 도끼를 샀다. 라스푸친이 기뻐하며 도끼를 면도날처럼 날카롭게 갈아주었다. 내가 흉내 내려 한다는 게 곰 같은 거인을 기쁘게 한 것이다. 우리는 라스푸친 베란다에 앉아서 나무 공을 깎으며 차이콥스키를 들었다. 라스푸친은 브랜디를 마시고, 은회색 눈물방울은 뺨을 타고 흐르다 덥수룩한 수염 속으로 사라졌다.

라스푸친이 나무 공을 매일 깎는 이유를 마침내 알아냈다. 그건 달력이었다. 공 하나가 광산에서 보낸 하루였다. 대략 세어보니 라스푸친이 광산에 오고 3년이 지났다.

우리는 야간 일이 끝나는 오전 7시에 갱 입구에서 만났다. 언제나 함께 자전거를 타고 아침을 먹으러 식당에 갔다. 작업은 라스푸친이 늘 먼저 끝났다. 그래서 먼저 샤워하고 지하에서 올라오는 운반차를 기다렸다. 운반차에서 내가 나올 때는 어김없이 이렇게 말했다.

"광석이 많이 나왔어, 피케이, 잘했어."

그리곤 내 탐조등을 집어서 배터리 충전기에 꽂았다. 덕분에 나는 사무실로 곧장 가서 그날 흘려보낸 광석을 조사하고 서명한 뒤, 샤워실로 재빨리 갈 수 있었다. 20분 뒤에 옷을 갈아입고 나오면 라스푸친은 내 자전거까지 끌고 와서 아침 햇살을 받으며 기다렸다.

3개월 동안 일하고 1주일 정도 쉴 때 광산 사장이 나를 불러서 다시 작업할 수 있냐고 물었다. 원래는 채광장에서 작업반 일부를 감독하며 쉬기로 한 상태였다. 하지만 철봉 작업자 세 명이 심하게 다친 데다 광부 학교에서 올라오는 기술자도 없어, 손이 많이 달린다는 거다. 철봉 작업을 다시 하면 보너스를 두 배로 준다는 제안도 했다.

착암기 기술자 보싸도 새로 온 파트너에게 불평을 심하게 털어놓으면서 나를 다시 불러달라고 요구한 모양이다. 돈과 칭찬이 많이 작용했다. 젊은이는 대개 영웅심이 많은 편이다. 나도 마찬가지였다. 결국 다시 3개월을 철봉 기술자로 일했다. 마지막 달 말에 보싸가 브랜디 두 상자를 보냈다. 그래서 라스푸친은 광부 선술집에 갈 필요가 없었다. 내가 너무 자랑스러워서 눈물을 터뜨릴 정도였다.

우리는 자전거 뒤에 한 상자씩 묶고 마을로 5㎞를 달렸다. 먼지가 가득한 길을 달릴 때는 상자에 담긴 병 24개가 서로 부딪치면서 짤랑거렸다. 숙소에 도착하자마자 라스푸친이 두 상자를 자기 오두막으로 가져가더니 이윽고 오래된 38구경 권총을 가지고 나오며 선언했다.

"오늘 밤은 러시아 스튜!"

라스푸친은 기쁜 일이 있을 때마다 러시아 스튜를 요리했다. 산속에서 토끼를 잡아다 숲속에서 채집한 갖은 약초로 향을 내고 조그만 양파와 감자를 통째로 넣어서 끓인 정말 맛있는 요리였다. 그는 아침 식사도 안 하고 숲속으로 곧장 달려갔다.

나는 평상시와 마찬가지로 아침 식사를 하고서 침대에 들어, 오후 4시에 일어났다. 라스푸친 오두막에서 맛있는 냄새가 풍겼다. 나는 5시 반 정도에 부를 거로 예상하며 성찬에 참석할 준비를 하려고 샤워실로 향했다. 저녁을 먹고 클럽으로 영화를 보러 갈 예정이었다. 수요일 저녁에는 서부 영화를 상영했다. 라스푸친은 서부 영화를 광적으로 좋아했다. 그래서 우리는 수요일만 되면 영화관에 가서 맨 앞줄에 앉곤 했다.

라스푸친은 언제나 브랜디 한 병과 술잔을 가져와서 술을 마시며 영화를 보았다. 악역이 나올 때는 주먹을 흔들면서 소리쳤다. 그러나 주인공이 인디언에게 잡혀서 화형을 당하려 하거나, 나쁜 놈에게 잡혀서 고문당하는 극적인 순간에는 슬피 울었다. 마침내 영화는 절정으로 치달아 주인공이 이기고 여자도 차지하면 라스푸친은 벌떡 일어나서 빈 브랜드 병에 술잔을 부딪치며 러시아말로 환호했다.

그러나 아무도 뭐라고 하지 않았다. 라스푸친 자체가 수요일마다 서부 영화에 등장하는 장면이었기 때문이다. 중간 휴식시간에는 주변 아이들에게 사탕과 아이스크림을 사주기도 했다. 그래서 라스푸친이 소리치고 고함지르고 울먹일 때마다 주변 사람도 함께 소리치고 울먹이는 게 어느덧 전통처럼 되었다. 모든 사람이 그 자체를 맘껏 즐겼다.

5시 30분이 되자 라스푸친이 소리쳤다.

"피케이, 이리 와!"

식탁에는 접시 두 장이 벌써 놓였다. 옆에 커다란 숟가락도 두 개였다. 식탁 중앙은 토끼를 사냥할 때 꺾어온 들꽃을 깡통에 담아서 장식했다. 꽃 옆에는 갓 구워낸 둥그런 빵도 있었다. 꽃은 화목한 가정을 떠올렸다. 전기풍로에 놓인 커다란 냄비에서 스튜가 끓었다. 맛있는 냄새가 흘러나왔다. 라스푸친이 냄비에 있는 스튜를 떠서 접시에 부었다. 맛있는 냄새와 함께 김이 모락모락 올라왔다. 그러더니 포크로 냄비를 휘저어 핑크빛이 선연한 토끼고기 덩어리를 찍어서 내 접시에 담았다. 마지막으로 레몬주스 한 잔을 건넨 다음, 자신은 술잔에 브랜디를 가득 따랐다. 성찬이었다.

나는 덩어리 빵을 뜯어 씹으면서 맛있는 스튜를 훌훌 마셨다. 아무 말 없이 열심히 먹어서 두 번째 접시를 말끔히 비운 다음엔 만족스럽다는 표시로 배를 두드리면서 말했다.

"러시아 스튜는 정말 맛있어요, 라스푸친."

라스푸친은 칭찬을 들으면 약간 부끄러워하면서도 즐거워했다. 그러더니 식탁에서 일어나 옷 가방으로 가서 낡은 38구경 권총을 꺼내 머나먼 토끼를 쏘는 흉내를 내면서 말했다.

"허허, 피케이, 토끼가 야옹야옹 운다. 내가 탕탕 쏜다. 토끼가 죽는다!"

그리곤 산이 무너지는 것처럼 웃다가 권총을 찬장에 넣었다.

아니! 야옹야옹이라니! 그럼 토끼가 아니라 고양이 고기란 말인가? 영어를 못하는 라스푸친이 고양이를 토끼로 표현할 가능성이 없지 않았다. 예전에 고양이 고기를 먹어본 적이 없어서 그 맛을 확인할 순 없었다. 게다가 라스푸친이 최고의 찬사를 나타내는 표시로 토끼를 잡겠다고 나서면 거절할 방법도 없었다. 나는 앞으로 라스푸친이 크게 기뻐하는 일이 없기를 마음속으로 기도했다. 우리가 스튜를 맛있게 먹을 때, 마을에서 어떤 사람이 고양이를 찾는 건 아닌지 궁금한 생각도 들었다.

27

젊은 나에겐 정말 엄청난 경험이었다. 모든 일이 상상을 뛰어넘어, 오랜 시간이 지난 다음에야 평범하게 받아들였다. 철봉 위에서 일하는 것도 대수롭지 않은 일 같았다.

많은 시간이 지나면 신경 계통이 새로운 환경에 적응하는 단계를 맞는다. 그러면 온몸에서 긴장이 사라지고 안정을 되찾는다. 아드레날린 분비도 정상으로 돌아오고 심장 박동도 정상으로 돌아왔다.

우수한 철봉 기술자 주변에는 뛰어난 흑인이 모이기 마련이다. 숲에서 원시 상태로 살아온 흑인은 어떤 지도자가 안전을 보장하는지 본능처럼 깨닫는다. 몇 달이 지나도록 나는 아무런 사고도 안 당했다. 찰과상 같은 간단한 상처도 안 입었다. 흑인들 사이에서 우리 작업반은 신이 지켜준다는 소문이 퍼졌다. 내 밑에서 일하는 흑인은 병 때문에 결근하는 일조차 없었다. 우리 작업반에 들어오기를 바라는 다른 흑인에게 자리를 빼앗기느니 말라리아에 걸려서 몸이 부들부들 떨리더라도 작업에 참여하는 편이 차라리 낫다고 생각한 것이다.

철봉 기술자가 위로 올라가서 폭발물을 설치할 때는 일반적으로 일급 조수도 함께 올라온다. 일급 조수는 작업 대원 가운데 경험이 가장 많은 흑인이 맡는다. 다른 대원보다 월급도 많아, 철봉 기술자 오른팔 역할을 하면서 흑인 지도자로 활약한다. 폭약과 진흙을 운반하는 역할도 이들 몫이며, 그래서 사고가 날 때 함께 당하는 경우가 많다. 따라서 훌륭한 철봉 기술자는 일급 조수를 대피소로 먼저 보내서 경고 사이렌을 울리게 한 다음에 심지에 불을 붙인다. 일급 조수 역시 다른 흑인 대원에게 철봉 기술자를 믿도록 하는 식으로 배려에 보답한다.

일단 작업반이 철봉에서 한 번이라도 사고당하면, 다른 사람에게 운이 없는 팀으로 낙인찍힌다. 원시 상태로 살다가 온 흑인이 생각할 때, 백인이 죽고 소모용에 불과한 흑인이 살아남는 건 상상할 수도 없었다. 신이 크게 실수하지 않는 한 말이다. 그들에게 총은 공포의 대상이다. 광산에 머무는 한, 죽음은 그들 머리 위를 그림자처럼 늘 맴돌 수밖에 없었다.

흑인 광부에게 나는 신비로운 대상이었다. 그러나 나도 철봉에서 오래 일할수록 사고당할 가능성이 커진다는 지극히 간단한 논리를 그들은 생각할 수 없었다. 하지만 나도 단순한 인간에 불과하다.

처음 3개월 동안 작업하고 1주일 쉰 걸 제외하면 나는 9개월 연속으로 작업한 셈이다. 계속 작업해 달라는 부탁을 영광으로 받아들이고 쉬는 기간 없이 작업한 것이다. 매월 말이면 보싸는 남아프리카산 특급 브랜디를 두 상자씩 보냈다. 그래서 라스푸친 오두막에는 브랜디가 늘 가득했다. 당시에는 인정하지 않으려 했지만, 내가 철봉으로 흘려보낸 광석 분량이 거의 매일 최대치를 기록한다는 사실에 나는 자만심이 최고조로 치솟았다.

그런 지옥에서도 최고가 되고 싶다는 욕구를 못 누른 것이다. 어쨌든 그런 어리석음 때문에 사고가 일어날 위험은 계속 커져만 갔다. 하지만 나 자신은 머리가 좋고, 판단력이 뛰어나며, 감정적으로 일하지 않으니 끔찍한 불행은 없을 거라고 확신했다. 정말 바보 같은 생각이었다.

결국엔 뚱뚱이 그리어가 보험 가입을 거절할 정도였다. 뚱뚱이 그리어는 제7 갱구에서 기중기를 운반하며 부업으로 광산 보험 대리인 업무를 하는 사람이었다. 그는 나를 보며 이렇게 말했다.

"아니, 도대체 무슨 미친 짓이야! 11개월 연속으로 작업한 전대미문의 기록을 세운 사람도 결국엔 뒈졌어! 바보짓 좀 그만해!"

하지만 나는 다른 사람이 뭐라 한다고 생각을 바꾸는 사람이 아니었다. 철봉에서 1년 작업하면 옥스퍼드에 입학할 돈을 마련할 수 있었다. 그러면 감상에 젖은 동정을 받을 필요도 없다. 내 힘으로 등록금을 버는 것이다! 당시까지 나는 주변 사람에게 너무 많은 도움을 받으며 살았다. 앞으로는 세상 살아가는 법을 배워서 다른 사람 도움 없이 살아가고 싶었다.

사실 인간이란 무인도에 있는 로빈슨 크루소처럼 고독하게 살 수밖에 없는 존재가 아닌가! 어떤 인간이든 자기 힘으로 자신을 보호할 수밖에 없지 않은가! 다섯 살 때 판사에게 온갖 고통을 받으며 지낸 시기가 나에게 정말 크게 작용했다. 그때 이래, 감정에 빠지지 말고 철저하게 위장해야 한다는 생각이 머리를 떠난 적은 한 번도 없었다. 당시엔 뚜렷하게 못 느꼈어도 지금 생각하면 광산에서 느낀 공포는 어린 시절에 기숙학교에서 느낀 공포와 비슷한 것 같다. 하지만 광산에서는 내가 승리자였다. 내가 일하는 철봉을 판사로 막연하게 규정하면서 절대로 안 지겠다고 다짐한 것이다. 따지고 보면 광산에 온 자체가 진정한 나 자신을 찾기 위한 것 아니던가!

아슬아슬한 사고를 당한 뒤, 그 과정을 돌이켜보면 신기하게도 어떤 전조가 있다는 걸 느낄 수 있다. 반면에 사고 자체는 대체로 파란 하늘에 날벼락처럼 떨어졌다. 사고가 다가오는 걸 무시한 채 스스로 뛰어드는 격이었다.

철봉에서 사고가 나기 하루 전, 나는 평소처럼 심지에 불붙이는 꿈을 꾸었다. 심지는 2분 정도 타들어 갈 길이로 나오지만 솜씨가 좋은 철봉 기술자는 시간을 절약하려고 30초 길이로 절단했다. 운이 없는 날에는 하루에도 수십 번씩 폭파해야 한다. 한 번에 90초씩 단축하면 1시간 분량을 더 흘려보낼 수 있었다. 그날 흘려보낸 광석 분량에 차이가 엄청날 수밖에 없었다.

꿈속에서도 평소처럼 조명탄을 쏘고서 심지가 파팍 타들어 가기만 기다렸다. 하지만 심지가 수정 동굴에서 만난 커다란 코브라로 갑자기 변하더니 머리를 곧추세운 채 동굴을 나오면서 혓바닥을 날름거렸다. 심지가 파팍 타들어 가는 것 같기도 했다. 나는 최면상태에 빠져서 꼼짝도 할 수 없었다. 정신을 차릴 때는 이미 늦었다. 조명탄으로 코브라 머리를 갈겼다. 그러자 화약이 조명탄에 맞아 폭발하면서 내 몸뚱이를 산산조각으로 찢어발겼다.

잠에서 깨어났다. 가슴이 쿵쿵 뛰었다. 철봉 기술자는 그런 꿈을 꿀 때마다 이렇게 얘기한다.

"그런 꿈을 꾸면 이젠 끝내야 돼."

전에는 그런 꿈을 꾼 적이 없다. 갑자기 두려움이 몰려들었다. 그날 밤 작업하기 전에 야간 작업조 조장에게 1주일 뒤에 작업을 관두겠다고 통보했다. 그러자 조장은 아무것도 안 묻고 고개만 끄덕이면서 대답했다.

"그래, 피케이. 이제 가벼운 일을 해야 돼. 채석장에서 감독하는 일 같은 거 말이야."

내가 고맙다고 말하자 그는 갑자기 당혹스러운 표정으로 탄식했다.

"제기랄! 보싸한테 어떻게 통보하지? 그놈은 너를 예수로 여기는데 말이야."

그러더니 씨익 웃으며 결론 내렸다.

"다른 놈이 얘기해야겠군. 낮 작업조에서."

나는 지난 5개월 동안 매달 브랜디 두 상자씩 받으면서도 보싸를 직접 만난 적은 없었다. 미리 얘기했듯, 착암기 기술자와 철봉 기술자는 협업 체제를 갖추고 일할 뿐, 서로 안 만나는 게 관례였다. 그 이유를 정확히 아는 사람은 아무도 없다. 케케묵은 관습이 흔히 그렇듯, 그것도 일종의 미신 같았다. 설사 아무리 고통스러운 일이 있더라도 두 사람은 절대로 안 만났다.

"라스푸친이 브랜디를 그리워하겠어요."

내가 웃으면서 말했다. 그만두기를 결정하자 가슴을 억누르던 부담이 줄어드는 것 같았다.

야간 작업조 조장이 웃으며 말했다.

"그 친구한테도 내가 전달할 필요는 없으니, 마음이 놓이는군."

라스푸친은 광산에서 최고로 뛰어난 버팀목 기술자였다. 하지만 조장에겐 골칫덩이였다. 새로 만드는 채석장에서 라스푸친이 받침목이나 버팀목을 설치할 때는 옆에 아무도 갈 수 없었다. 그런데도 같이 일하는 동료 모두 그를 인정하고 좋아했다. 작업 솜씨가 워낙 뛰어나서 많은 도움이 되었기 때문이다. 광산에서는 어느 분야든 뛰어난 실력자가 있으면 주변 사람은 그를 중심으로 작업하는 게 철칙이었다.

조장과 얘기한 다음에 작업을 시작할 때만 해도 별다른 징후는 없었다. 새벽 3시와 4시 사이에는 평상시처럼 작업대와 함께 쉬기도 했다. 지하에 있는 모든 사람이 '죽은 자의 시간'으로 여기는 시간이었다. 들리는 바에 의하면, 그 시간은 심장 박동이 떨어져서 생체 리듬이 흔들렸다. 선임들 이야기에 따르면, 사고가 가장 자주 일어나는 시간이기도 했다. 죽은 자의 시간에 작업한다는 건 악운을 불러오는 셈이었다.

인간은 이성으로 사고할지언정 가슴에는 미신이 깃든다. 인류가 위험을 피하고자 바위와 나무를 숭배한 이래, 어떤 인간이든 가슴에 미신이 깃든다. 철봉 작업자 역시 시간을 벌려고 심지를 짧게 자르면서도 매일 밤 그 시간만 되면 일손을 멈추었다. 죽음이 지하 세계를 지배하는 순간이었다.

새벽 4시 30분에 폭약에 진흙을 입히고 폭파준비를 마쳤다. 물론 평상시처럼 심지를 짧게 잘라서 진흙으로 덮은 젤리그나이트에 끼웠다. 일급 조수에게 조명탄을 넘겨받았다. 나는 그를 엘리야라고 불렀다. 조명탄에 불붙이는 걸 좋아하기 때문이다. 그래서 조명탄을 쏠 때 내 옆에서 심지에 불이 붙는 걸 항상 지켜보았다. 엘리아에게 넘겨받은 조명탄으로 화약이 밖으로 퍼지도록 헤집은 심지 끝에 불을 붙였다. 아무런 변화가 없었다. 화약에서 연기가 나오지 않았다. 심지가 타들어 가는 징후가 없었다. 미처 그 이유를 파악하기도 전에 거대한 코브라가 뇌리에 퍼뜩 스쳤다.

"맙소사! 어떻게 저런 일이. 속으로 타들어 가는 거야!"

속으로 타들어 가는 심지가 가끔 있다는 얘기를 들었다. 겉으로는 아무런 징후도 안 보이고 속으로만 타들어 가는 심지였다. 아주 희귀한 현상이었다. 철봉 작업자 가운데 그걸 본 사람은 아무도 없었다. 본 사람은 모두 사고를 당하고 죽어서 미처 상황을 설명할 기회가 없었기 때문이다.

나는 엘리야 목덜미를 재빨리 잡아서 대피소로 던지고 그 뒤로 몸을 날렸다. 바로 그때 5m 위에서 거대한 폭발이 일어났다. 꿈속에서 코브라를 못 보았더라면 심지가 안 타는 원인을 조사하다 엘리야와 함께 저세상으로 갈 뻔한 것이다.

엘리야가 무릎을 딛고 일어나서 바지에 묻은 먼지를 털며 주변에 모여드는 대원에게 입에 거품을 물고 떠벌리기 시작했다. 심지가 얼마나 지독한지 겉으론 아무런 표시도 안 내고 속으로만 타들어 가는데, 내가 재빨리 깨닫고 자신을 대피소로 내던져 악마의 손길에서 벗어나게 했다는 것이다.

대원들은 깜짝 놀란 표정으로 귀를 기울였다. 그러더니 나에게 차례대로 다가와서 두 눈을 내리깐 채 내 팔에 손을 가만히 댔다. 나에게 신령이 깃들었다는 걸 다시 한번 확인한 것이다. 그러나 그것으로 모자랐단 말인가? 올챙이 천사는 다시 작업했다.

고백하건대, 당시엔 꿈에서 위험을 감지하고 재난을 극복한 걸 아주 신비롭게 여기는 동시에 기분이 우쭐해지는 걸 어쩔 수 없었다. 꿈에서 그런 징후를 못 봤더라면 심지가 속으로 타들어 간다는 걸 과연 생각이나 했겠는가?

그런 일은 너무나 드문 터라 토마스조차 한 번도 가르치지 않았다. 광부 학교를 수료하기 직전에 교과서에서 간단하게 설명한 걸 본 게 전부였다. 하지만 같이 공부한 광부 학생 가운데 그 내용을 굳이 읽을 사람이 나 말고 누가 있겠는가?

결국 나는 재난이 닥쳐올 거라는 징후를 심각하게 받아들이는 대신 아주 의기양양해서 철봉 작업을 정리하겠다는 통보를 철회하기로 했다. 운명을 이길 수 있다는 자신이 생겼다. 내가 선택한 길이 옳다는 생각도 들었다. 작업 경력도 흠잡을 데 없었다. 확률상 일어날 수밖에 없는 재난도 물리쳤다. 이제 확률은 제로였다. 옥스퍼드에 입학하기 전 2월 15일까지 철봉에서 작업할 생각이었다. 그러면 11개월 1주일 동안 연속으로 작업하는 셈이다. 새로운 기록을 세우면 뚱뚱이 그리어가 어이없는 얼굴로 쳐다볼 터였다.

지금 생각하면 불합리한 판단이지만 그땐 그렇게 근거 없는 생각도 아니었다. 채석장에서 하는 쉬운 일은 철봉 작업에 비해 수입이 절반밖에 안 됐다. 게다가 작업량이 많으면 월급 40%에 달하는 보너스까지 받으니, 차이는 상당했다. 그 수입을 포기한다는 건 광산에서 3개월을 더 보내야 학비를 벌 수 있고 따라서 첫 학기를 놓쳐야 한다는 걸 의미했다.

나는 대피소를 상쾌한 기분으로 벗어나, 철봉 위 채광장 입구에 쌓인 돌무더기를 올려다보았다. 불안해 보였다. 거대한 돌덩이들이 삐거덕거렸다. 조그만 돌덩이 하나만 느슨해지면 한꺼번에 우르르 떨어질 판이었다. 50톤에 달하는 바위가 조그만 돌덩이에 걸려서 머리 위에 쌓인 것이다. 운명이 다시 나를 시험했다. 운명이 소곤대는 소리가 들렸다. 삐걱 소리가, 신음이, 머리 위에서 조그만 돌덩이가 거대한 돌무더기에 짓눌려서 힘들어하는 소리가 들렸다.

갑자기 돌덩이 하나가 날카로운 소리와 함께 튕겨서 깔때기 벽에 부딪히며 밑으로 떨어졌다. 한 번, 두 번, 세 번째 튕기면서 돌덩이가 높다란 곳에 걸린 철봉으로 떨어졌다. 2000시간 이상 작업하면서 본능에 가깝게 개발한 경험으로 판단컨대, 튕겨 나온 돌덩이는 커다란 포도알 크기일 터였다. 그 위에 걸린 돌덩이가 뒤이어 우르르 쏟아져 내려올 게 분명했다.

나는 본능적으로 발판을 가로지르며 대피소로 재빨리 뛰었다. 그 순간 위에서 삐거덕거리는 돌덩이 소리가 들렸다. 1, 2초만 지나면 우르릉 소리를 내지르며 떨어질 것이다. 열심히 뛰어서 대피소로 막 들어가려는 찰나, 바위 하나가 철봉을 때리며 방향을 바꿔서 공중을 가로지르다 가슴을 강타했다. 순간적으로 정신을 잃고 감자 포대처럼 발판으로 힘없이 떨어지며 벽에 부딪혔다.

안전모가 머리에서 안 떨어졌다. 기적이었다. 그렇지 않으면 1m 밑 이판암 바닥에 떨어질 때 머리통이 깨질 터였다. 이판암 역시 속으로 타들어 간 심지로 폭파해서 떨어뜨린 바위 가운데 하나였다. 폭약을 너무 많은 쓴 것 같았다. 하지만 발판 밑에는 공간이 있었다. 경험

많은 철봉 작업자는 압축 공기 문에 부드러운 이판암을 기대서 공간을 만든다. 만약의 사태에 몸을 피할 공간이었다. 나는 몸을 굴려서 좁은 바위틈 사이로 들어갔다. 위에 걸린 바위 10톤가량이 내 몸을 덮은 바위로 곧장 떨어졌다. 이번에도 기적이 일어났다. 바위 틈새가 커서 공기가 통하는 데는 문제가 없었다.

나는 바윗덩어리에 뒤덮인 채 바위틈 사이에 누워서 가만히 있었다. 정신은 맑았다. 나중에 우리 대원과 구조대원에게 들은 내용을 정리하면 내가 누워서 일곱 시간을 보내는 동안 밖에서 다음과 같은 일이 벌어졌다.

엘리야는 자기 눈을 믿을 수 없었다. 몇 분 전에 그렇게 의기양양하게 자랑하다 갑자기 절망했다. 하지만 공포에 빠져드는 대신 조난 신호를 울렸다. 15초 간격으로 다섯 번 연속으로 기적을 울린 다음, 1분 동안 쉬고 다시 다섯 번 연속으로 세 번에 걸쳐 기적을 울리는 식이었다. 조난 신호를 모두 명확하게 알아들었다. 대원들이 대피소로 황급히 모여들었다. 갑자기 위기감이 몰려온 듯, 모두 넋이 나간 상태였다. 구조할 생각 자체를 못할 정도였다. 그들이 볼 때 이제 자기네 운명도 끝이었다. 자신을 이끌던 백인이 죽지 않았는가! 이제 지상으로 올라가서 목에 걸린 구리표를 반납하고 정글로 돌아갈 때가 되었다. 열대의 뜨거운 태양 아래에선 죽음이 그리 쉽게 찾아오지 않는다. 설사 사고를 당하더라도 어둠 속에서 당하는 것보다는 바람직했다.

1.5㎞ 떨어진 곳에서 일하던 라스푸친이 조난 신호를 제일 먼저 들었다. 그래서 일급 조수를 보내 지하에 있는 조장에게 알리도록 한 다음에 철봉 작업장으로 내려왔다. 그는 너무 걱정돼서 정신없이 날뛰

었다. 버팀목을 트럭에 미친 듯이 싣고서 작업 대원에게 사고 현장으로 보내라고 지시하는 것도 안 잊었다. 철봉 작업장에서 사고가 나면 거대한 버팀목 널빤지가 필요하다는 걸 잘 알기 때문이다.

조난 소식은 광산 전체로 순식간에 퍼져나갔다. 나와 마찬가지로 지하 깊숙한 곳에서 작업하던 철봉 기술자들 모두 일손을 놓은 채 작업 대원을 데리고 도우러 왔다. 나 역시 다른 작업자가 사고를 당했을 때 그런 적이 몇 번 있다. 그래서 죽사발이 된 시체를 대할 때 구조대가 어떤 느낌인지 잘 안다.

어떨 때는 팔다리가 잘려나간 시체도 있었다. 주변에는 피가 자욱했다. 떨어진 팔다리와 몸통을 비닐 가방에 따로 넣었다. 공기 압축문으로 피가 흘러나오는 광경을 바라보며 여섯 시간 만에 시신을 꺼낸 적도 있었다. 문에서 불과 1m 떨어진 지점이었다.

사고가 나면 모든 철봉 작업자가 구조 작업을 돕는 건 암묵적인 관례였다. 사고 광경을 직접 바라보며 그런 사고를 안 당하고 안전하게 작업하는 방법도 익혔다. 대체로 구조 작업은 느렸다. 그래도 죽은 형제를 그리워하며 모두 열심히 거들었다.

구조 작업은 주변 환경에 크게 영향을 받을 수밖에 없다. 구조 작업이 끝날 때까지는 채광장과 철봉 작업장에서 일어나는 모든 소리를 차단해야 했다. 발판 바로 위 가로축에 버팀목을 깔아서 잡음을 차단했다. 채광장에서 바위가 우르르 떨어지더라도 끄떡없이 견딜 만큼 거대한 버팀목이었다.

하지만 가로축에 버팀목을 까는 것 역시 위험한 작업이다. 버팀목 작업자가 철봉 작업장의 특징을 제대로 모를 때는 특히 위험하다. 수십 톤에 해당하는 바위가 채광장 입구를 막을 때도 작업하는 게 정말 힘들었다. 그럴 때는 너무 무거워서 도저히 들어 올릴 수 없는 버팀목을 발판에 놓고 그걸 보호장치로 삼으며 공중에서 기계를 조작해 가벼운 버팀목부터 들어 올린 다음, 보호장치로 기능하던 버팀목 끝을 들어 올려야 했다.

라스푸친이 하는 게 바로 그런 일이었다. 무게 130㎏이 넘는 '이오이오'라는 25cm 두께 정사각형 널빤지 버팀목을 수작업으로 18m 철봉 높이까지 들어올려야 했다. 구조대원이 도착할 즈음엔 러시아인이 자기 대원을 혹사하는 중이었다. 다른 철봉 작업대원도 무거운 버팀목을 정신없이 들어 올렸다.

라스푸친은 솟구치는 격정을 억누르며 냉정하게 작업했다. 불필요한 동작으로 에너지를 낭비하는 일도 없었다. 행여나 흑인이 무서워할까 말도 조그맣게 했다. 심지어 내가 지휘하던 흑인까지 작업에 다시 투입할 정도였다. 두려운 분위기에서 서둘러 무리하게 작업하면 위험한 일이 벌어질 수 있다는 걸 라스푸친은 잘 알았다. 그래서 철봉 높이로 올라가서 텅스텐 봉에 쌓인 돌덩이 가운데 옮길 수 있는 것부터 치우도록 지시했다. 구조대 대장이 사다리를 타고 헐떡거리면서 철봉 높이로 올라오자, 라스푸친이 꼭대기에서 내려다보고 주먹을 흔들며 소리쳤다.

"올라오지 마. 피케이는 내 것이야. 내가 할 거야!"

대장 머리 등에서 쏟아진 백광이 라스푸친을 비추었다. 단호한 의지와 열정이 두 눈에 이글거렸다. 라스푸친은 요행수를 안 바랐다. 어떤 일이 있더라도 다른 사람에게 구조 작업을 맡길 수 없다는 의지가 단호했다.

"좋아, 로스케. 라이트와 기중기가 필요할 테니 비계공과 전기 기사를 올려보낼게. 계속 작업해."

"유고슬라브 출신 조란을 보내. 그러면 좋아."

라스푸친이 철봉 쪽으로 고개를 돌렸다. 광산 경험도 풍부하고 성격도 점잖은 구조대 대장 맥코맥이 나중에 한 말에 따르면, 거구가 두 눈에 광채를 번뜩이며 살기등등한 기세로 말해, 자기가 철봉으로 올라가면 그 즉시 병아리를 낚아채듯 자기 목을 낚아채서 내동댕이칠 것 같았다. 전기 기사가 라이트를 설치해서 밑을 살핀 다음에 구조 작업은 불가능하며 내가 살았을 가능성도 없다고 보고할 땐 자신이 사고 현장을 직접 확인하지 않은 게 오히려 마음이 편했다고도 했다.

라스푸친은 유고슬라브 출신 조란에게 철봉에서 기다리게 한 다음, 버팀목을 올리는 작업으로 지쳐 떨어진 자기 작업대원도 올려보내라고 요구했다. 그는 끓어오르는 격정을 간신히 억누르고 안정된 자세를 유지하며 철봉에 버팀목을 깔았다. 내가 깔린 곳으로 들어오려는 준비 작업을 하는 데만 3시간이 걸렸다.

조란은 계속 투덜대면서 내 위에 가득 쌓인 바위를 기중기 삽으로 들어 올렸다. 온몸이 땀으로 흠뻑 젖은 라스푸친은 수통으로 물을 마신 다음, 조란에게 내가 깔린 15m 밑으로 내려달라고 요구했다.

라스푸친이 바닥으로 무사히 내려오자, 맥코맥과 다른 구조 대원 3명과 철봉 작업자 3명이 철봉으로 모여들었다. 이들은 흑인과 함께 조란이 올린 돌덩이를 비상용 양동이에 담아서 덜어냈다. 라스푸친이 지시한 구조 방식은 굉장히 적절했다. 맥코맥이 산소 탱크와 수혈 장비를 준비시켰다. 광산 담당 의사가 도착하면 그런 장비가 필요할 터였다.

맥코맥은 10분 간격으로 흑인을 한 명씩 내려보내고 싶었다. 바위가 무거워, 10분 정도 들어 올리면 기진맥진하기 때문이다. 하지만 라스푸친이 허락하지 않으리란 사실 역시 잘 알았다. 흑인은 경험이 부족해, 아무렇게나 작업하다 바위가 무너지면 나를 덮은 바위층만

두껍게 쌓일 텐데, 라스푸친으로선 나를 들어서 가슴에 귀를 대기 전까진 내가 죽었단 사실을 도저히 받아들일 수 없었던 것이다.

죽음이 그림자처럼 따라다니는 사람들, 특히 광부는 사고 현장이 조용한 걸 제일 싫어한다. 광부가 사고 현장을 지켜보는 표정은 거리에서 일어난 사고를 멍하니 바라보는 표정과 차원이 다르다. 얼굴에는 누구나 근심 걱정이 가득하고, 가슴에는 두려움이 들어찬다. 자기 이름이 사망자 명단에 언제 오를지 모르기 때문이다.

나와 함께 광부 학교에 다니던 아일랜드 출신 무식쟁이 마이키 스필레온이 내기를 걸었다. 돈을 벌어서 노름빚을 갚아야 했다.

"로스케가 성공하지 못하는 쪽에 걸 테니, 나랑 내기할 사람 없어?"

"나는 성공하는 쪽에 걸겠어."

누군가 내기에 응했다. 보아인 밴 와이크였을 거다. 그러자 현장에 있던 모든 사람이 내기를 걸었다. 심지어 사고 현장에 계속 있던 엘리야도 내기에 끼라는 권유를 받았다. 그는 로스케가 쓰러지기 전에 나를 찾는 쪽에 1주일 주급 5파운드를 걸었다. 이윽고 마이키는 내가 산 쪽에 걸면 50배를 주는 내기까지 제안했다. 이번에는 내기에 응하는 사람이 엘리야 한 명밖에 없었다. 그는 내가 틀림없이 살았을 거로 여기고 주급 5파운드를 또 걸었다. 9개월 동안 무사고로 작업한 사람이 그렇게 쉽게 죽을 순 없다는 것이다. 대부분은 라스푸친이 실패하는 쪽에 걸었다. 그래서 현장에 있던 백인 십여 명이 건 돈을 계산하니 거의 2000파운드에 달했다. 몇 년 뒤에 모리에게 이야기하고 너라면 어떻게 하겠냐고 물으니, 그는 웃으면서 대답했다.

"아일랜드 출신이 잘한 거야. 하지만 나는 네가 죽는 쪽에 거는 사람한테 200배를 준다고 하겠어. 로스케가 성공하는 쪽엔 비율을 낮추고."

라스푸친도 괴력이 한계에 도달했다. 하지만 정신력으로 계속 파고들었다. 호흡도 거칠고 목소리도 작아졌다. 커다란 두 손은 까져서 피까지 흘렀다. 그는 무릎을 꿇고 넝마조각이 된 셔츠를 벗고 길게 찢어서 피가 흐르는 두 손에 감았다. 하지만 조란이 기중기 삽을 내릴 때마다 다시 힘내며 돌을 주워 담았다. 위에서 사람들이 교대하자고 소리쳤으나 그는 손을 흔들면서 숨 가쁜 소리로 "안 돼, 안 돼!" 하고 외쳤다. 그러더니 돌을 들다가 뾰족한 바위 끝에 가슴과 복부를 찔렸다. 흙먼지가 덕지덕지 묻은 상체로 피가 물들었다. 생살이 삐져나왔다. 위에서 지켜보던 사람들이 경악을 금치 못했다. 거인이 쓰러질 때가 온 것 같았다.

바로 그때 내가 신음하는 소리를 라스푸친이 들은 것 같다. 숨을 거칠게 몰아쉬면서도 신음하는 소리를 들었다는 건 진짜 기적이다. 라스푸친이 갑자기 날카로운 소리를 내지르며 신음이 흘러나온 쪽으로 몸을 던져서 바위를 미친 듯이 치웠다. 기중기 삽에 담을 필요도 없었다. 마이키가 나중에 회상한 바에 따르면, 그는 무언가에 홀린 것 같았다. 라스푸친은 평범한 인간이 상상할 힘 이상을 발휘했다. 하지만 숨소리는 아주 작아졌다. 가슴과 복부에서 피가 끊임없이 흘러 무릎까지 흠뻑 적셨다. 두 손에 감은 붕대는 넝마가 되어 살 조각을 파고들었다. 그러다 나를 발견했다. 나는 좁은 바위 틈새에 몸을 웅크린 상태였다. 기적이었다. 온몸에 피가 흥건했다. 나중에 드러난 바에 따르면, 추락하면서 온몸에 찰과상을 입은 거다. 라스푸친은 혼절한 나를 가슴 높이로 들어서 내 가슴에 귀를 댔다.

"피케이, 살아 있다!"

환호성을 한 번 지르더니, 밑으로 천천히 고꾸라졌다. 이제는 몸을 지탱할 힘조차 없었던 거다.

우리 두 사람은 바윗덩이에 앉았다. 내 머리는 피로 흥건한 거인 무릎에 놓였다. 라스푸친은 집게손가락 한 마디가 잘렸는데, 그것도 모른 채 그 손으로 내 이마를 천천히 쓰다듬었다. 집게손가락에서 흘러나온 피가 이마로 흘러서 눈두덩에 고였다. 그러다 두 뺨을 타고 흘러내렸다. 라스푸친이 그 손으로 피를 닦아내고 지혈하려 했다. 진짜로 흘러나오는 곳이 어딘지도 몰랐던 거다. 그러다 갑자기 훌쩍이면서 소리쳤다.

"피케이! 라스푸친이 피케이를 찾았다. 라스푸친은 토끼 스튜를 만든다!"

나중에 마이키가 주장한 바에 따르면, 자신들이 내려오니 거인은 두 눈에 피눈물이 맺혔다. 하지만 이미 사망한 뒤였다.

병원에서 1주일을 보냈다. 온몸에 타박상을 입었다. 까진 곳이 많았다. 하지만 뼈가 부러진 곳은 없었다. 나중에 의식을 차려서 라스푸친이 죽었다는 말을 듣고, 나는 슬피 울면서 내가 장례식에 참가할 때까지 매장하지 말라고 사정했다. 하지만 마을에 영안실도 없고 날씨도 무더워서 안 될 일이었다. 러시아 거인은 내가 퇴원하기 3일 전에 땅속에 묻혔다.

드디어 퇴원했다. 두 눈이 멍들고 얼굴 여기저기에 딱지가 앉아서 보기는 흉해도 그럭저럭 움직일 수 있었다. 제일 먼저 론시아 잡화상에 가서 묘비를 주문했다. 블라와요에서 생산하는 화강암으로 요구했다. 생산지가 남쪽으로 960㎞ 떨어진 터라 여기까지 오려면 몇 주일은 걸린다고 했다. 묘비에는 '라스푸친, 토끼 스튜를 훌륭하게 요리하는 사람, 생명을 바쳐서 친구를 살리다'라고 담백하게 새겨달라고 부탁했다. 그런 다음에 조그만 공동묘지로 갔다. 그가 묻힌 곳은 빨간 진흙 무덤이었다. 무덤가에 엉망진창이 된 글라디올러스 꽃다발이 하나 있었다. 벌써 우기로 접어들었다. 어제저녁에도 비가 왔다. 열대성 호우가 진흙을 파헤쳤다. 색바랜 글라디올러스 꽃잎도 진흙과 뒤범벅이 되었다. 라스푸친은 박사가 알로에를 좋아한 만큼이나 야생화를 좋아했다. 다리에 난 상처가 아직도 안 아물어, 나는 통증을 참으며 천천히 웅크리고 앉아, 꽃다발에 꽂힌 채 진흙으로 뒤범벅된 명함을 읽었다.

'평안하게 잠들기를, 론 안델로프 광산 경영자.'

그게 전부였다. 나는 자리에서 일어나 주머니에 넣어온 라스푸친 권총을 꺼내 어깨높이로 들어서 무덤 위로 하늘에 대고 두 발을 쏘았다. 물론 아무런 의미도 없는 건 물론, 권총이 반동하면서 어깨 상처를 건드려, 펄쩍펄쩍 뛰며 통증을 참아야 했다. 하지만 수요일 서부 영화에서도 친구가 죽으면 그렇게 한 터라 라스푸친이 좋아할 거란 생각이 들었다.

다음 날, 조그만 트럭을 한 대 빌려서 라스푸친이 깎은 나무 공을 가득 싣고 무덤에 다시 갔다. 손잡이가 기다란 삽으로 무덤을 살짝 파서 권총을 묻고, 나무 공으로 무덤에 피라미드를 쌓았다. 모두 쌓으니, 높이가 150센티나 되었다. 높이와 넓이를 정밀하게 잰 다음에 제9갱 용접실로 갔다. 나무 공을 고정하면서 동시에 밖에서 보이도록 철봉 간격을 10센티로 해서 피라미드 구조물을 만들어 달라고 부탁했다. 철봉 구조물을 만드는데 꼬박 이틀이 걸렸다. 나는 조란과 함께 라스푸친 무덤에 가서 기중기로 구조물을 들어, 나무 공 피라미드에 조심스럽게 씌웠다. 그다음엔 구조물 다리에 시멘트를 발랐다. 인상적인 무덤이었다. 몇 주일 뒤에 묘비가 도착하면 라스푸친 무덤은 조그만 공동묘지가 자랑하는 명물이 될 터였다.

그리곤 러시아어를 조금 아는 조란과 함께 라스푸친 오두막에 있는 서류를 뒤졌다. 과거를 밝힐 서류는 거의 없었다. 이름이 적힌 노르웨이 선원 신분증과 러시아 여권, 러시아 해군에서 화부로 근무하다 제대한 증명서가 전부였다. 자세히 뒤진 결과, 여자 이름이 적힌 서류 한 장을 마침내 찾았다. 여권에 적힌 라스푸친과 비슷한 이름이었다. 조란이 러시아는 여자가 사용하는 성과 남자가 사용하는 성이 약간 다르다고 했다. 한 가족일 경우에 여자가 남자 성을 여자 성으로 바꿔서 사용한다는 것이다.

라스푸친 은행 잔고에 7000파운드에 달하는 금액이 있었다. 나는 조란과 함께 지역 판사를 찾아가, 서류에 있는 사람이 라스푸친 친족이라고 간신히 설득한 다음, 은행 잔고 전액을 그 여자에게 보내도록 조처했다. 그 여자가 부인인지, 누이인지, 어머니인지는 아무도 몰랐다. 하지만 나 말고도, 다른 곳에 있는 어떤 사람이 하늘에서 뚝 떨어진 엄청난 행운에 감사하며 라스푸친을 회상한다는 건 기분 좋은 일이었다.

병원에 있을 때, 부업으로 보험 대리업을 하는 뚱뚱이 그리어가 찾아온 적이 있다. 그는 나에게 서류를 한 장 내밀며 말했다.

"서명해, 피케이."

통통한 손가락이 서류에 텅 빈 부분을 가리켰다. 내가 서명했다.

"20파운드짜리 수표 두 장을 끊어, 날짜는 적지 말고."

놀랍게도 그가 수표책을 나에게 건네며 덧붙였다.

"사고 난 날, 자네 일급 조수 엘리야가 구조대 대장한테 자네 소지품을 맡겼네. 그래서 실례를 무릅쓰고 내가 자물쇠를 열었네."

나는 고개를 끄덕였다. 머리가 여전히 어지러운 터라 상대가 그렇게 말하는 이유를 파악할 수는 없었다. 내가 기억하기에, 그는 지난 두 달 동안 나와 보험 계약을 안 맺었다. 그런데도 수표 두 장을 끊어주니,

나는 도대체 무슨 일 때문에 이러느냐고 물었다. 그러자 그는 씨익 웃으면서 대답했다.

"나중에 상태가 좋아지면 얘기하지. 로스케가 자네한테 생명 이상을 베풀었다는 것만 알아두도록, 젊은이."

1주일 뒤에 들으니, 라스푸친은 뚱뚱이 그리어에게 1,000파운드짜리 장기 보험을 들면서 나를 수취인으로 정했다.

뚱뚱이는 나에게 500파운드짜리 수표도 건넸다.

"이건 뭔가요?"

"산재 보상금이야. 수표 장부를 확인하도록. 탈 수 있는 건 다 탔으니까."

뚱뚱이는 말을 마치곤 휘파람을 불면서 나갔다.

갑자기 많은 돈이 생겼다. 광산에서 3개월을 더 일할 필요가 사라졌다. 당시까지 저축한 돈과 라스푸친이 남긴 보험금을 합치면 옥스퍼드에서 3년간 충분히 공부할 수 있었다. 조금만 절약하면 1주일에 한 번씩 런던에 가서 그 유명한 더치 홀란드 코치에게 권투도 배울 수 있었다. 홀란드는 아마추어를 안 가르치는 게 관례나, 모리가 특유의 능변으로 설득해서 실력을 한번 보자는 약속을 받아냈다. 실력이 괜찮으면 프로에 데뷔시키겠다는 약속도 받아냈다.

병원에서 퇴원하고 3주 동안 병가를 받았다. 운동을 열심히 하는 게 상처를 더 빨리 치유하는 지름길이라는 생각이 들었다. 달리기를 시작했다. 광산 재봉사가 만든 무거운 샌드백을 베란다 천장에 달아놓고 열심히 두들겼다. 샌드백 옆에는 남아프리카에서 가져온 스피드볼과 가벼운 펀치백도 달았다. 그것들을 매일 열심히 두들기면서 몸을 풀었다.

무슨 일이 있어도 속도를 떨어뜨릴 순 없었다. 광산에서 일한 덕분에 근육이 붙어서 웰터급 체중에 육박했다. 하지만 체중과 힘이 늘었다 해서 속도를 경시할 순 없었다. 거의 1년 동안 권투를 멀리한 게 도움이 많이 됐다. 편지를 주고받던 사람들 누구에게도 언급한 적은 없지만, 웰터급 세계 챔피언이 되겠다는 야망은 어느 때보다 뜨겁게 타올랐다. 단 하루도 잊은 적이 없었다.

말이 나왔으니 말인데, 병원에서 의식을 찾을 때는 세계 챔피언 타이틀에 도전해서 싸우다 다운됐다는 착각에 빠졌다. 엄청나게 실망스러웠다. 하지만 의식을 완전히 찾은 다음에는 세계 챔피언 타이틀에 도전했다가 지면 어떤 기분일지 충분히 깨달았다고 생각하며 마음을 달랬다. 이제는 이길 때 어떤 기분일지 경험하는 일만 남았다.

나는 하루에 세 번씩 열심히 운동해서 많은 땀을 흘리며 몸을 치유해 나갔다. 보름이 지나면서 딱지가 떨어지고 새살이 돋아났다. 피부 색소 결핍증 환자 같은 모습이었다. 머리칼은 빡빡 깎은 그대로였다. 머리에 난 상처를 진찰하려고 깎았는데, 진찰 결과 가벼운 찰과상에 불과해서 다섯 바늘을 꿰맨 게 전부였다. 괴물 같은 형상이 아닐 수 없었다.

광산 측에선 나머지 계약 기간은 안전한 곳에서 일하라고 요구했다. 그래야 서류를 완벽하게 정리하기 때문이다. 나중에 부작용 운운하며 법적으로 소송할 가능성을 사전에 막겠다는 의도였다.

병가가 끝나는 마지막 1주일을 본스타인 선생님과 박스웰 부인은 물론 옥스퍼드에서 편지를 매주 보내는 모리에게 편지를 쓰면서 보냈다. 이 사람들 모두 정기적으로 편지를 보냈다. 본스타인 선생님과 박스웰 부인은 모리하고도 편지를 주고받았다.

거트와 기드욘 만도마에게도 편지를 썼다. 만도마 역시 훌륭한 영어로 답장을 보냈다. 구운 햄버거에게 보내는 편지는 마지막에 썼다.

구운 햄버거는 내가 광산을 떠나는 날에 웨일스 황태자 학교 교장직에서 은퇴할 예정이었다. 정말 놀라운 건 구운 햄버거 역시 6주 간격으로 편지를 계속 보냈다는 사실이다. 내가 남아프리카 대학 장학금을 거절할 때는 크게 실망하더니, 혼자 힘으로 돈을 벌어서 옥스퍼드에 가겠다는 생각에 마침내 감동하고 모리가 다니는 옥스퍼드 마그달렌 대학에 입학하도록 주선했다. 이번에 마지막으로 보낸 편지를 읽고 목표를 달성했다는 소식을 들으면 모든 사람이 기뻐할 터였다. 집 나간 탕아가 돌아온 것이다. 본스타인 노인이 체스에서 한 번 더 져주지 않을까 궁금한 생각마저 들었다.

라스푸친 오두막에는 브랜디 한 상자가 그대로 있었다. 그래서 계약이 끝나는 월요일을 이틀 앞두고 토요일에 광부 선술집으로 가져가서 경매에 부치기로 마음먹었다. 날짜를 늦게 잡은 이유는 많은 사람 입방아에 오르내리고 싶지 않았기 때문이다. 그즈음 나는 마을에서 유명인사였다. 론시아 럭비팀에서 스크럼 하프로 뛴 데다 구리 광산 지대 대표팀에 세 번이나 선발되었기 때문이다. 하지만 나는 사람들이 칭찬하는 소리가 정말 낯간지러웠다. 그래서 사람들이 많이 모이는 곳에는 안 가려고 애썼다.

선술집에는 오후 세 시에 가기로 마음먹었다. 프리츠 1, 2, 3이 바로 그 시간에 교대하기 때문이다. 가능하다면 사람이 없는 이른 시각에 가고 싶으나 뚱뚱한 부인 세 명이 늘어놓는 수다는 생각만 해도 끔찍했다.

내가 세운 계획은 프리츠를 통해서 브랜디를 복권 방식으로 팔아, 그 돈으로 수요일 낮에 서부 영화를 보러 온 아이들에게 아이스크림을 사줘서 라스푸친을 추모하는 것이다. 대충 계산하니, 브랜디를 모두 팔면 아이스크림을 몇 주일은 사줄 것 같았다. 라스푸친도 지하에서 추모 사업을 반길 것 같았다.

지난 2주일은 수요일 낮에 영화관에 혼자 가서 라스푸친과 앉던 자리에 앉았다. 평소처럼 어린아이들이 들어와서 주변에 앉았다. 그럴싸한 장면이 나올 때마다 라스푸친이 하던 대로 신음과 고함과 폭소를 터트렸다. 처음엔 아이들이 아무런 반응도 안 보이다, 나중에 조금씩 동조했다. 정말 재미있었다.

하지만 첫 번째 수요일, 영화가 끝날 즈음에 울음을 터뜨린 게 옥에 티였다. 아이들 기분을 살짝 망친 것 같았다. 휴식시간에는 평소처럼 아이들에게 아이스크림을 사주었다. 영화를 다시 구경할 때는 그럴싸한 장면이 나올 때마다 아이들도 모두 소리치며 영화를 즐겼다. 라스푸친이 사망하고 세 번째로 간 수요일 영화에서 나는 아이들에게 떠날 예정이라고 말했다. 그러자 조그만 아이 두 명이 다가오더니, 약간 커다란 아이가 나를 달래며 말했다.

"라스푸친 아저씨 무덤과 나무 공은 걱정하지 마세요. 우리가 대신 돌볼게요, 피케이 아저씨."

조그만 아이가 덧붙였다.

"그래요, 영원히 돌볼게요!"

라스푸친 무덤은 결국 그렇게 좋아하던 아이들 손에 맡겨졌다.

"해가 바뀔 때마다 피라미드 구조물에 페인트를 칠하렴. 안 그러면 금방 녹스니까."

내가 말하자 커다란 아이가 물었다.

"무슨 색으로요?"

"당연히 빨간색이지!"

조그만 아이가 대신 대답하고 나도 동의했다.

"그래, 빨간색, 그게 좋겠어."

그러자 조그만 아이가 의기양양하게 말했다.

"그 봐, 내가 그랬잖아! 러시아 사람은 빨간색을 좋아한다고."

나는 브랜디 상자를 질질 끌고 선술집으로 갔다. 이른 시각이라 손님이 몇 명 없었다. 전에 몇 번 가서 프리츠 3에게 음료수를 주문해서 마신 적이 있었다. 이번에도 프리츠 3이 있는 곳으로 가서 내가 온 이유를 설명했다.

"물론 좋지. 우리가 할 테니까 자네는 장부나 만들어."

프리츠 3이 자기 일이라도 된다는 듯 유쾌하게 말했다. 그리곤 미처 묻지도 않고 내 취향에 맞게 레몬즙을 내고 소다수와 쓴 맥주를 조금 넣어서 건넸다.

"아니에요, 내기하자는 게 아니에요. 복권 식으로 팔고 싶어요, 프리츠 3 아저씨."

"아, 복권 식! 그러니까 네가 장부를 만들라고. 이리 와, 내가 가르쳐 줄게."

그는 계산대 널빤지를 올리더니 들어오라고 했다. 그리곤 브랜디 상자를 들더니, 뒤따라 오라면서 내실로 들어갔다. 내실은 사무실이었다. 서랍에서 스테이플러와 5㎝ 넓이의 기다란 종이 두루마리, 낡은 만년필, 가위, 잉크, 인주, 고무도장을 꺼냈다. 그래서 종이를 10㎝ 길이로 능숙하게 잘라 양쪽 끝에 '1'을 적더니, 계속해서 스무 장을 잘라 '20'까지 적었다. 그런 다음에 고무도장으로 종이 오른쪽에 도장을 찍었다. '론시아 클럽'이라는 글씨였다. 마지막으로 종이 양쪽 끝에 스테이플러를 찍어서 깨끗한 복권 장부를 만들었다.

"자, 이렇게 해서 복권 장부를 하나 만들었어, 그치? 이렇게 '500'까지 만들라고. 알겠어?"

내가 고개를 끄덕인 다음, 브랜디 상자에 두 병이 부족하니, 두 병을 사서 한 상자로 만들고 싶다고 했다. 그러자 그가 자기 가슴을 툭툭 치며 말했다.

"아니야, 프리츠가 산다! 로스케, 그는 내 친구."

그러더니 나를 사무실에 남겨두고 가게로 나갔다.

나는 약 한 시간 정도 열심히 작업해서 그럴싸한 장부를 만들었다. 가게에선 떠드는 소리가 점차 커졌다. 하지만 복권 장부를 만드는 일이 단순해, 습관적으로 작업하다 다른 생각으로 빠져들었다. 밖에서 들리던 소음도 관심 밖으로 사라졌다. 그런데 뭔가 조심스러우면서도 긴박한 휘파람 소리가 내 귀를 파고들었다. 고개를 들고 쳐다보니, 프리츠 3이 비대한 몸으로 문가를 가로막았다. 그때 비로소 밖에 정적이 흐른다는 사실을 느꼈다. 비대한 프리츠 3이 초조한 얼굴로 아무 소리도 안 내고 입술을 움직이면서 한 손으로 빨리 오라고 신호했다.

"무슨 일인데요, 프리츠?"

내가 묻는 소리에 그는 깜짝 놀라며 조그맣게 말했다.

"쉬잇! 조용히 해. 문제가 생겼어."

나는 조용히 일어나서 살금살금 다가갔다. 그러자 그가 쉰 목소리로 조그맣게 속삭였다.

"보싸! 착암기 기술자 보싸가 두통 때문에 발작하다 미쳤어. 들키면 맞아 죽어!"

"괜찮아요, 프리츠. 보싸는 우리 기술자예요. 나를 해치진 않을 거예요."

내가 속삭이는 목소리로 대답하자, 프리츠 3이 내 목덜미를 잡으며 속삭였다.

"전에도 이런 적이 있어. 그래서 보싸가 브랜디만 마시면 모두 밖으로 도망치지. 술에 취해서 곯아떨어진 다음에야 들어온다고. 그래, 그러면 병원에 전화를 걸지. 내 말 알아듣겠어? 너를 보면 죽이려 들 거야, 피케이."

그가 창문을 가리키며 다시 말했다.

"빨리 도망가."

나는 창가로 가서 창문을 열려고 했으나 못이 박혀서 안 열렸다. 갑자기 코브라가 꿈틀거리는 환영이 일었다. 다이아몬드처럼 생긴 머리가 기다란 혓바닥을 날름거렸다. 그때 프리츠 3이 구석으로 곤두박질치며 비명을 질렀다. 고개를 돌리니, 라스푸친만큼이나 커다란 거인이 앞으로 달려오다 문지방에 이마를 부딪쳤다. 그래서 고통스러운 비명을 지르면서 머리를 숙이고 안으로 들어왔다. 이마에서 피가 뚝뚝 떨어졌다. 두 눈도 퉁퉁 부었다. 콧물도 질질 흘렸다.

"이리 와, 개새끼야!"

그가 소리치면서 함정에 빠진 토끼를 몰듯, 두 손을 앞으로 내밀고 몸을 살짝 숙인 채, 나에게 달려들었다.

"나예요, 보싸! 철봉 작업자 피케이란 말이에요!"

내가 소리쳐도 거인은 안 들리는 것 같았다.

"죽여버리겠어! 개 같은 새끼, 죽여버리겠어!"

보싸가 보아식으로 소매를 걷은 상태로 두 팔을 쑥 내밀면서 나를 잡으려 했다. 그때 문신이 보였다!

평상시라면 보싸가 내미는 팔을 가볍게 피했을 것이다. 하지만 충격이 너무 커서 그대로 얼어붙었다. 왼쪽 팔뚝에 나치 기장이 있었다. 전에 본 적이 있다. 판사다!

보싸, 아니, 판사가 한 손으로 목덜미를 움켜잡고 다른 손으로 혁대를 움켜잡더니 나를 번쩍 들어 문가로 데려가서 계산대 너머로 내던졌다.

나는 떨어질 때 낙법으로 충격을 줄였다. 얼음물에 담가서 손가락이 갈라지듯, 너무나 냉혹하고 날카로운 분노가 솟구치며 온몸을 갈가리 찢는 것 같았다. 정신이 또렷하게 살아났다. 다른 모든 광경은 깨끗하게 사라졌다. 3m 앞에서 계산대를 넘어오는 거대한 판사만 시야에 들어왔다. 머리칼 하나하나가 선명하게 보였다.

"처음에는 머리로 다음에는 마음으로, 그러면 조그만 사람이 커다란 사람을 이길 수 있어."

호피 목소리가 갑자기 들렸다. 마음속에서 순수하고 깨끗한, 그러면서도 단호한 결의가 솟구쳤다. 머리가 철저하게 통제하는 힘이었다.

"재피 보싸, 덤볏! 덤비라고, 이놈아, 덤볏! 이 순간이 오기를 얼마나 기다렸는지 알아!"

내 입에서 위협적인 목소리가 흘러나왔다. 처음 듣는 목소리였다.

프리츠 3이 한쪽 구석에 숨어서 소리쳤다.

"화약 연기를 너무 마셔서 미쳤어! 도망가, 피케이. 저놈이 널 죽일 거야!"

판사가 계산대를 내려와, 씩씩거리며 미친 듯이 달려왔다. 화약 연기에 중독돼서 두통이 심하면 순간적으로 광란에 빠질 수 있다. 저놈이 나를 죽일 수도 있다는 생각이 들었다. 나는 옆으로 재빨리 빠지면서 왼손 어퍼컷으로 콧잔등에 강타를 날렸다. 정통으로 맞았다. 나만 한 덩치로 충격을 충분히 줄 수 있다는 자신감이 생겼다. 판사가 다친 짐승처럼 괴로워하면서 나를 쳐다보았다. 코에서 콧물과 함께 피가 흘러내렸다.

이 순간을 얼마나 기다렸던가! 조금도 망설일 여지가 없었다. 판사가 황소라면 나는 투우사였다. 싸움 형태를 결정하는 건 나였다. 바로

이 순간을 위해 기엘 피트에게 빠른 동작을 배웠다는 생각마저 떠올랐다. 이제 '꼬마 나리'가 본격적으로 춤출 시간이었다.

판사는 20대 중반인데도 나이가 많아 보였다. 브랜디에 찌든 배가 혁대로 넘쳐흘렀다. 농장에서 계속 일하다 광산에서 일한 터라 덩치가 아주 컸다. 육체적으로 최고 전성기가 분명했다. 하지만 자세히 살피면 몸 상태가 몹시 나쁘다는 걸 알 수 있었다. 우선 콧잔등이 부어올라 숨쉬기가 힘든 것 같았다. 이젠 입을 공격해야겠다는 생각이 들었다. 강타를 몇 번 날려서 피를 잔뜩 들이마시게 한다면 금방 지쳐서 쓰러질 터였다.

라스푸친과 함께 나무 공을 깎다 보니 팔심도 많이 늘어났다. 맨주먹으로 샌드백을 쳐서 주먹 또한 단단했다. 판사가 몇 차례 달려들 때마다 옆으로 살짝 피하면서 펀치를 가볍게 날려 콧잔등과 입술을 집중해서 공격했다. 이윽고 판사가 많은 피를 뱉어냈다. 숨 쉬는 게 어려운지 가슴이 불룩불룩했다. 진한 피가 뱃속에 들어가서 브랜디와 뒤섞일 터였다. 기엘 피트에게 배운 펀치 콤비네이션을 신경이 모인 명치 끝에 쏟아부었다.

판사가 천천히 움직여서 코너로 몰며 나를 덮치려 했다. 그래서 나는 일부러 코너로 몰리다 등이 벽에 닿는 순간, 두 손을 들어 용서를 비는 척했다. 그러자 판사가 펀치를 날렸다. 나는 재빨리 몸을 숙이며 빠져나왔다. 판사가 내뻗은 거대한 주먹이 벽을 강타했다. 주먹이 깨졌다. 뼈가 살갗을 뚫고 삐져나왔다. 피가 사방으로 튀었다.

냉혹한 분노가 판사와 나를 동그라미에 가두었다. 고야 그림에도 나오듯, 동그라미 안에서 벌어지는 행동만 눈에 들어왔다. 나머지는 흐릿했다. 세상은 모두 사라지고 우리 두 사람만 남았다. 18m 기다란 계산대 뒤에 200여 명에 달하는 광부가 모여서 우리를 지켜본다는 사실도 못 느꼈다. 판사가 갑자기 몸을 틀더니, 계산대로 쿵쿵 걸어갔다. 광부들이 공포에 떨며 도망치고, 선반이 무너지면서 위스키병이 비 오듯 떨어졌다.

판사가 계산대에서 반쯤 찬 술병을 집었다. 사람들이 미처 못 치운 술병이었다. 그가 술병으로 계산대 모서리를 쳤다. 술이 판사 얼굴로 튀었다. 일부가 들어가서 눈을 멀게 했다. 앞을 못 보는 판사 복부에 기엘 피트의 연속 펀치 콤비네이션을 날리다, 걸레 조각이 된 콧잔등에 어퍼컷을 날리며 빠져나왔다. 판사가 깨진 술병을 휘두를 때는 이미 멀찌감치 빠져나온 다음이었다.

판사가 무릎을 천천히 꿇더니, 바닥에 뻗었다. 20분에 걸친 싸움이었다. 그동안 입 밖으로 한 마디도 뱉어내지 않았다. 가슴에 맺힌 분노가 두 손에 모일 뿐이었다. 그를 때려서 주먹이 까지고 피가 나오는데 아무런 느낌이 없었다.

판사가 바닥에 대고 구역질했다.

가슴속 깊숙한 곳에서 어린아이 목소리가 절규하며 흘러나왔다.

"네놈이 병아리 할아버지를 죽였어!"

판사가 깨진 술병으로 바닥을 딛고 천천히 일어섰다. 안면이 피투성이였다. 팔목과 주먹에서 핏방울이 뚝뚝 떨어졌다. 셔츠는 브랜디와 피와 토사물로 뒤범벅이었다. 판사가 고개를 들고 나를 쳐다보았다. 걸레처럼 변한 입술에서 한 마디 흘러나왔다.

"까진 불알."

그가 있는 힘을 다해서 나에게 깨진 병을 던졌다. 옆으로 살짝 피했다. 판사가 부러진 팔목과 주먹을 밑으로 내린 채 이리저리 비틀거렸다. 솔리 골드먼에게 배운 연속 펀치 콤비네이션이 들어갔다. 열세 번에 걸친 펀치가 모두 깊숙이 꽂혔다. 판사가 토사물을 공중으로 뱉어내면서 바닥에 나뒹굴었다. 의식을 잃은 것 같았다.

머리가 폭발했다. 머릿속에서 분노가 하얗게 터져 나왔다. 이제 마지막으로 공격할 차례였다. 나는 판사 몸통을 깔고 앉았다. 판사가 부러진 오른팔 위로 머리를 젖혔다. 코에서는 피와 콧물이 계속 흘러나왔다. 왼팔은 얼굴을 가렸다. 공격을 막으려는 것 같았다. 내 손이 나도 모르는 사이에 바지 주머니에 들어갔다 나왔다. 손에는 박사가 쓰던 주머니칼이 들렸다.

왼팔 높은 곳에 문신한 나치 기장이 눈에 들어왔다. 날카로운 칼날이 나치 기장 주변 살갗을 파고들어 길이 5㎝ 높이 7㎝ 직사각형을 새겼다. 그런 다음 모서리를 대각선으로 이으며 X를 새겼다. '성 앤드루'를 상징하는 기호였다. 그런 다음에 변끼리 이어서 '성 조지'를 상징하는 십자 마크를 새겼다. 근육에 닿을 정도로 모두 깊숙이 새겼다. 피가 영국 국기를 그리며 조금씩 스며 나오다 이윽고 철철 흘렀다. 나치 기장에 'PK'를 새겨넣었다. 이제 독물을 넣을 차례였다. 손으로 판사 셔츠를 훔쳐서 오물을 묻혀, 영국 국기와 내 이름에 문질렀다. 이제 곪아 문드러져서 영원히 못 지울 터였다. 나치 기장을 지우고 영국 국기와 내 이름을 새겼으니 이제 병아리 할아버지도 원한을 풀 터였다.

하얗게 빛나던 분노가 사그라들었다. 주머니칼과 두 손을 판사 셔츠에 닦고서 일어섰다. 칼을 접어서 주머니에 넣었다. 이제 끝났다. 원한이 다 씻겨나갔다. 분노도 사라졌다. 가련한 놈 같으니!

그때 비로소 계산대 뒤에 모인 사람들이 눈에 들어왔다. 하나같이 꼼짝 않고 숨소리마저 죽인 채 지켜보았다. 나는 천천히 걸어서 서부식 여닫이문을 홱 열어젖히고 밖으로 나갔다.

새파란 하늘 높은 곳에 보름달이 희미하게 걸렸다. 기분이 상쾌했다. 가슴속 깊은 곳에 둥지를 틀던 외로운 새도 모두 사라졌다. 돌덩이 둥지가 강에 놓인 징검다리로 변했다. 시원하고 깨끗한 물이 징검다리로 물방울을 튕기며 사막으로 흘러갔다.

역자 후기

'나를 찾아서'는 원제가 'The Power of One'으로 약 30년 전에 호주에서 처음 나와 2년 연속 베스트셀러 1위를 하다, 미국으로 건너가서 크게 호평받아 영화까지 나온 작품이다. 한국에서는 1992년에 '파워 어브 원'이란 제목으로 책이 나오고 영화도 나왔다. 나는 서른다섯이란 나이에 이 책을 번역하면서 크게 감동했다. 영화도 보았으나, 책에 실린 내용 일부만 담은 데다, 장르가 달라서 그런지 책에 가득한 감동과 재미를 느낄 순 없었다. 영화 분위기에 밀리면서 책은 사라지고, '파워 어브 원'은 인터넷 블로그 등에 일부 서평과 영화감상문으로 남은 게 전부다.

나는 서른다섯이란 나이에 이 작품을 처음 번역하면서 느낀 재미와 감동을 잊을 수 없었다. 실제로 미국을 비롯한 선진국에서 'The Power of One'은 명문 사립고교와 대학에서 필독서로 자리 잡아, 지금 이 순간에도 수많은 독자에게 다양한 재미와 감동을 주지 않는가! 나는 다시 번역해서 출판하고 싶은 마음만 굴뚝같다, 환갑을 넘긴 나이에 'Courtenay, Bryce. The Power of One. Australia: William Heinemann(1989)'을 중심으로 'Courtenay, Bryce. The Power of One. New York: Random House Young Readers' Condensed edition(2005)'을 참고하며 다시 작업하고 '나를 찾아서'란 제목으로 다시 냈다. 오랜 숙제를 마친 기분이다.

'나를 찾아서'는 브라이스 커트니(Bryce Courtenay, 1933-2012)가 1989년에 55세란 나이에 발표한 첫 작품이다. 작가는 남아프리카 레봄보 산악지대에서 홀어머니 밑에서 태어나, 다섯 살 나이에 "고아원과 소년원을 합쳐놓은 학교에 가까운" 기숙학교에서 살인적인 학대와 고통에 시달렸다. 그리고 조그만 산골 마을에서 어린 시절을 보내다, 요하네스버그로 가서 '에드워드 7세 고등학교'에 다녔다.

커트니는 영국 런던에서 저널리즘을 공부하다 1955년에 베니타 솔로몬을 만나고 1958년에 호주 시드니로 이주해, 1959년에 결혼해서 세 아들을 낳고 광고 분야에서 일하다, '나를 찾아서'를 발표해, 크게 성공한다. 처음 발표할 때만 해도 작가는 한 권도 안 팔릴 거라며 걱정했으나, 이 책은 호주에서 2년 연속으로 베스트셀러 1위를 차지하고, 미국으로 건너가서 명문 사립고교 필독서로 자리 잡더니, 내용 일부를 영화로 찍어 '파워 어브 원'이란 제목으로 상영하고, 지금은 청소년용 축약본까지 나온다.

커트니는 호주에서 가장 크게 인정받는 작가로, 2005년에는 뉴캐슬 대학에서 명예 문학박사 학위를 받고, 2010년에는 호주 우표에 실리는 영광을 누리며, 2012년에는 캔버라 대학에서 명예박사 학위를 받고, 그해 호주 캔버라에서 사망한다.

'나를 찾아서'는 20세기 초중반에 남아프리카 산골 마을에서 어린 소년이 바라보는 세상으로 시작해, 이차대전 전후의 다양한 남아프리카 현실로 나아간다. 실제로 작가 자신이 1933년에 산골 마을에서 사생아로 태어나 재봉틀로 옷을 만드는 엄마와 살다, 다섯 살 나이에 기숙학교로 간다. 학교라고 하지만 그곳은 소년원과 고아원을 합쳐놓은 분위기로 폭력이 난무했다. 당시 남아프리카 사회는 흑백 갈등은 물론 네덜란드계 백인과 영국계 백인 사이에 갈등이 심했는데, 커트니가 들어간 기숙학교는 교사와 학생이 모두 네덜란드계였다. 영국계는 나이도 제일 어리고 덩치도 제일 작은 커트니 혼자인 데다 이차대전까지 발발하니, 커트니는 전쟁포로와 같은 학대와 폭행에 시달린다. 이런 분위기에서 살아남는 건, 그리고 자신처럼 학대당하는 편에 서는 건 커트니에게 평생의 업보였다. 그래서 자신이 겪은 내용을 기록하고 각색하는 작업에 뛰어들어 1년 만에 집필을 끝내고 출판사에 넘기면서 "'나를 찾아서'는 내 인생을 그대로 담아낸 작품이다. 개작도 수정도 할 수 없다"고 단언한다.

남아프리카는 유럽인이 들어오면서 인종차별정책을 펼친 오랜 역사가 있다. 독일계와 네덜란드계 후손인 보아인은 남아프리카를 지배하며 다이아몬드와 금을 대량으로 발견하나, 영국에 공격받고 보아 전쟁에 져서 수만 명이 강제수용소에 갇힌 채 탄압받으며 죽어간 역사도 있다.

영국은 풍부한 천연자원을 채굴할 목적으로 인종차별정책을 그대로 이어가고, 커트니가 어린 시절을 보내고 '나를 찾아서'를 본격적으로 펼쳐갈 즈음에는 아프리카 흑인을 철저하게 차별하며 모든 자유를 제한한다.

브라이스 커트니가 '나를 찾아서'를 처음 출판한 1989년은 남아프리카 인종차별정책을 세계 각국에서 공개적으로 비판하던 시기로, 결국 5년 뒤에 남아프리카 국민당 정부는 41년간 통치한 끝에 보통선거를 시행하고, 넬슨 만델라 정부가 출범한다.

'나를 찾아서'에서 처음에 이름 없이 등장하던 주인공은 작가와 마찬가지로 다섯 살이란 나이에 줄루족 유모와 떨어져서 기숙학교에 들어가, 영국계 조상이 30년 전에 보아 전쟁을 일으켜서 독일계와 네덜란드계 조상을 죽였다는 이유로 보아 아이들에게 살인적인 공격을 받는 심정을 이렇게 적는다.

> 나는 죽음이 무언지 몰랐다. 내가 아는 건 농장 도살장에서 돼지나 염소나 어린 암소에게 그런 일이 일어난다는 정도였다. 돼지가 비명을 꽥꽥 내지르는 걸 보면 그다지 유쾌한 일은 아닌 것 같았다. 내가 알기에 죽는 것보다는 사는 게 좋았다. 하지만 삶이 어떤지도 모르는 상태에서 죽음이 코앞으로 다가왔다. 나는 사형장으로 질질 끌려가면서 안 울려고 무던히 애썼다. 샤워실에 푸른빛이 가득했던 걸 보면 그날 밤에 보름달이 뜬 것 같다. 축축한 시멘트 바닥에 단단한 화강암 벽으로 사방을 가로막은 곳이었다. 나는 샤워실을 그때 처음 보았다. 농장 도살장과 비슷해 보였다. 심지어 오줌 냄새와 석탄산 비누 냄새까지 똑같았다. 나는 사형장이 분명하다고 생각했다. 울어서 약간 부은 눈에 쇠갈고리가 보였다. 화강암 석판마다 파이프가 하나씩 걸렸다. 끝에는 손잡이가 있었다. 나는 거기에 돼지처럼 매달려서 죽을 게 분명했다.

이들을 이끄는 아이는 '판사'라는 11살 소년으로 '배심원'이란 조직을 만들고 히틀러가 등장한 다음에는 나치를 추종하니, 어린 주인공은 학대와 고문에 끊임없이 시달리느라 밤에 잠자리에서 오줌싸는 습관이 생기는데, 포경 수술을 했다는 이유로 '까진 불알'이란 이름까지 얻는다.

'까진 불알'은 눈에 안 띄게 행동하는 방법으로 고문을 줄이려 애쓰면서 탁월한 학습 능력으로 '판사' 숙제 심부름까지 자처하나, 결국엔 눈을 가린 채 똥을 먹는 고통까지 겪으니, 상상조차 할 수 없는 공포는 마음속에 끝없는 트라우마와 분노로 틀어박힌다. 자신을 숨겨야 산다는 생존전략도 본능처럼 뿌리내린다.

이렇게 한 해를 보내고 고향 집으로 돌아가서 보모를 만날 꿈에 부푸는데, 가족은 300㎞나 떨어진 바버톤이란 마을로 이사한 다음이라, 어린 주인공은 혼자서 기차를 타고 먼 길을 간다. 그러면서 다양한 사람을 만나고 주인공은 자신의 인생이 새롭게 변하는 걸 느낀다. 당시 심정을 작가는 이렇게 회상한다.

> "당시만 해도 끝난다는 건 새로 시작하는 거란 사실을 나는 조금도 몰랐다. 아이는 어른이 물결치는 대로 끌려다니는 부산물에 불과했다. 나도 모르는 사이에 물살이 변해, 나를 바다로 휩쓸었다."

제일 먼저 만난 사람은 유대인 상점주인 해리 브라운으로, 막대사탕 두 개를 주며 '까진 불알(피스캅)'이란 이름 대신 '피케이'란 이름을 지어준다. 조그만 친절이지만 주인공에겐 삶을 긍정적으로 바라보는 계기였다. 두 번째 만난 사람은 기차에서 일하는 권투선수 호피 그론월드다. 먹을 걸 사주고 권투를 알려주고 시합장에 데려가는 등, 애정 어린 마음으로 피케이를 대한다. 가면을 쓰고 세상에 살아남는 방법보다는 힘껏 싸우는 방법이 좋다는 걸 알려주고 자신보다 커다란 선수와 싸워서 두뇌로 승리하는 모습마저 보여주니, 이는 피케이에게 인생을 새롭게 살아갈 방향으로 틀어박힌다. 자신도 인간답게 살 수 있다는 사실을 처음 깨달은 거다.

바버톤에 도착한 피케이는 자신이 누구보다 그리워하던 보모가 없다는 사실을 깨닫고 슬퍼하나, 새로운 인연이 앞에서 기다리니, 피아노를 가르치는 '박사'를 만나서 대자연을 돌아다니며 다양한 이치를 깨닫는다. 박사는 독일인으로 피아니스트였으나, 수많은 관객 앞에서 베토벤을 연주하다 갑작스럽게 몰려드는 공포감에 연주를 포기하고 온 세상을 떠돌다, 남아프리카로 와서 선인장을 채집하고 연구하며 살아간다. 음악과 선인장과 자연을 통해 세상 이치를 깨닫는 것이다. 그래서 하루는 피케이에게 이렇게 말한다.

"사람이 살다 보면 어떤 생각이 조그맣게 떠오르지. 조그만 싹이야. 하지만 덩굴에 휘감겨서 제대로 크기도 전에 사라지고 말아. 애초에 품은 생각을 웅대하게 발전시켜 나가지 못하는 거야. 저 나무가 어둠을 뚫고 하늘로 솟아서 30m를 크기로 자라기 전에 죽어버리는 것처럼. 독창성과 새로운 생각을 두려워하는 사람이 바로 저런 덩굴 같은 사람이란다. 네가 만나는 사람은 대부분 저런 덩굴 같은 존재일 게다. 아직 어린나무인 너한테는 아주 위험한 존재들이지. 언제나 너 자신한테 귀를 기울이거라, 피케이. 관습에 따르기보다는 틀리더라도 자신이 직접 판단하는 게 낫다. 판단을 틀리게 하는 건 문제가 안 된다. 그걸 통해서 뭔가 새로운 걸 배우고 그만큼 더 성장할 테니 말이다. 판단이 맞으면 한 발짝 더 나아가서 인생을 그만큼 살찌우는 거고."

박사가 삶을 주체적으로 살아가는 걸 가르친 스승이라면, 기엘 피트는 박사가 가르칠 수 없는 걸 채워주는, 현실이 아무리 가혹해도 어떤 식으로든 살아남는 법을 가르치는 또 다른 스승이었다. 검지도 희지도 않은 혼혈에, 양쪽 모두에게 멸시받는 아프리카 이방인에, 교도소에서 평생을 보내는 상습범으로 출옥할 가망도 없으니, 도덕이나 옳고 그름에 대한 개념 역시 조금도 없었다. 그가 존재하는 이유는 단 하나, 교도소에서 살아남아 자신에게 주어진 권리보다 더 많은 걸 얻는 거였다. 자유란 환상에 불과하다는 사실도 오래전에 깨달았다.

박사의 헌신적인 지도 덕분에 피케이는 학교에서는 가장 우수한 학생으로 돋보이고, 기엘 피트 덕분에 쌓은 권투 실력은 시합에서 한 번도 안 질 정도로 대단했다. 줄루족 보모와 어린 시절을 보낸 덕분에 인종차별엔 관심이 없고, 영어와 아프리카너와 줄루어와 샹간어를 하는 덕분에 만나는 사람 모두에게 인정받는다.

피케이는 명문 사립학교에 장학생으로 입학해, 권투와 럭비와 학업에 뛰어난 실력을 발휘한다. 그래서 옥스퍼드에 합격하나 장학생 선발에 아깝게 탈락하자, 부잣집 친구가 빌려주겠다는 제안을 뿌리치고 학비를 벌러 광산으로 떠난다. 누구에게도 의존하지 않고 자신을 온전하게 지키고자 하는 결심 때문이었다.

나는 르네상스 형 인간의 길을 훌륭하게 걸어가는 학생이었다. 그러나 스스로 판단하면 부족한 점이 아주 많았다. 화려한 상도 타고 친구들도 좋아했지만 스스로 통제할 능력은 줄고 개성은 사라진 것 같았다. 승리하려는 욕구가 정신을 지배하고, 마음 씀씀이보다는 머리로 너무 계산하며 살았다.

그런데 얼굴을 모른 채 1년을 함께 일하던 광부는 어릴 적에 자신을 끊임없는 공포로 몰아넣던 '판사'라는 게 드러난다! 광산에서 화학물질을 매일 들이키며 일하다 머리가 돌아, 술집에서 피케이를 마구잡이로 공격하며 죽이려 한 거다. 덩치 차이가 엄청나지만, 피케이는 감정을 몰아낸 채 그동안 배운 권투 실력을 냉정하게 발휘해서 상대를 쓰러뜨린다. 그리고 주머니칼을 꺼내 '판사'가 팔에 새긴 나치 기장을 도려내고 자기 이름과 영국 국기를 새겨서 어린 시절부터 괴롭혀온 트라우마를 씻어낸다.

'나를 찾아서'를 읽다 보면, 작가는 주변 환경보다 주인공을 둘러싼 인물 묘사에 공을 많이 들인다는 걸 느낀다. 작품을 끌어가는 힘 역시 주변 환경이 아니라 등장인물 각자가 세상을 살아가는 자세와 믿음과 확신이다. 이건 피케이가 바버톤에 도착하는 순간, "농장에서 사는 자체가 중요한 건 아니다. 중요한 건 늙은 할아버지와 아름다운 보모와 함께 사는 것"이라고 회상하는 내용에도 잘 드러난다. 작품에 등장하는 인물 역시 특정 환경에 얽매이기보다는 각자 주어진 환경에 최선을 다하는 식으로 살아간다. 감옥에서 인간 대접을 못 받고 가장 참혹하게 사는 흑인 혼혈 기엘 피트조차 예외는 아니다.

기엘 피트는 전과가 정말 많다. 교도소 생활도 그만큼 오래 했다. 전과가 몇 개인지, 교도소에서 얼마나 오랫동안 생활했는지도 오래 전에 잊어버려, 이제 신경조차 안 썼다. 확실히 아는 건 자신처럼 나이가 많고 기력이 쇠약한 사람은 교도소에서 살아남기 힘들다는 것이다. 하지만 오랜 수형 생활을 통해 박사 못지않은 전문가가 되었다. 거간꾼으로 천재적인 재능을 발휘했다.

그렇다. 아무리 잘 나가는 사람이든 아무리 못 나가는 사람이든 중요한 건 주변 환경에 얽매이기보다는 주어진 환경 속에서 최선을 다하는 거다. 그러면서 자신을 찾아 나가는 거다. 현대사회는 너무나 복잡하고, 우리는 자신을 또렷하게 파악하며 살아가는 게 그만큼 어렵다. 돈을 추구하다, 명예를 추구하다, 권력을 추구하다, 성공을 추구하다 '나'를 잃을 때는 너무나 많다. 많은 재물과 권력은 인간을 행복하게 하기보다 인간성을 갉아먹으며 불행하게 만들고, 다양한 인간관계는 복잡하게 뒤얽히며 '나'를 뒤흔든다. 하지만 우리는 '나' 자신을 깨닫고, 오랜 세월에 걸쳐 몸속에 틀어박힌 채 자신은 물론 주변 사람마저 괴롭히는 트라우마를 극복해, 한 번밖에 못 누리는 인생을 덜 후회하며 살아가도록 애써야 한다.

인간에게 확실한 건 딱 두 개다. 태어난다는 것, 그리고 죽는다는 거다. 그 사이에 펼쳐지는 인생은 무엇 하나 똑같은 게 없고 무엇 하나 또렷한 게 없다. 이 책이 여러분에게 '나를 찾아가는' 계기가 되기를 바랄 뿐이다.

송천동에서

김옥수

비꽃세계고전문학

『가장 위대한 작가, 찰스 디킨스 선집』

* 위대한 유산 1, 2

노벨연구소가 선정한 세계문학 100대 작품 / (가디언 조사) 전 세계 작가들이 선정한 〔최고의 책 100권〕 / 서울대 선정 동서 고전 200선

영국 독자들이 뽑은 가장 소중한 책

* 두 도시 이야기

전 세계에서 2억 명 이상이 성서 다음으로 사랑하며 많이 읽은 책

서울대와 하버드대를 비롯해 전 세계 명문대학에서 필독서로 선정

* 올리버 트위스트 1, 2

전 세계에서 가장 사랑하는 아이가 맑고 순수한 모습으로 온갖 고통을 이겨내고 우리에게 새로운 삶을 보여준다.

* 어려운 시절

자본주의와 공리주의는 인간을 어떻게 말살하는가.

* 크리스마스 캐럴

찰스 디킨스가 서른세 살이란 나이에 천재성을 그대로 드러낸 작품

영미권에서 크리스마스트리에 걸어놓는 유일한 책

* 데이비드 코퍼필드 1, 2, 3

찰스 디킨스는 어린 시절을 정말 힘들게 보냈다. 디킨스한테는 평생 외면하고 싶은 과거나, 마흔을 넘겨서 돌아보며 《데이비드 코퍼필드》를 쓰고 "가장 사랑하는 자식"이라 평한다. '서머싯 몸'이 세계 10대 소설이라고 극찬할 정도다.

『잔인한 현실에 온몸으로 뛰어든 지식인, 조지 오웰 삼부작』

* 1984

세계 3대 디스토피아 소설 / 파시즘을 가장 정교하게 파헤친 책

〈타임〉 선정 100대 명작 / 〈BBC〉 선정 꼭 읽어야 할 책 / 〈아메리칸 북 리뷰〉 '소설에서 가장 훌륭한 첫 문장' 8위 / 현대인에게 가장 커다란 충격을 가한 책

* 동물농장

혁명은 어떻게 일어나고 어떻게 좌절하는가?

〈타임〉 선정 100대 명작 / 〈뉴스위크〉 선정 100대 명작 / 미국 SAT 추천도서 / 랜덤하우스 선정 '가장 위대한 20세기 영미 소설 100권'

* **카탈루냐 찬가**

세계 3대 르포문학

혁명에서 드러나는 이전투구와 내분까지 그려낸, 가장 인간적이며 혁명적인 작품

『세계 3대 디스토피아 명작, 우리는 어떤 사회로 나아가야 하는가?』

* **1984**
* **멋진 신세계**
* **우리들**

볼셰비키 혁명가가 스탈린 체제를 비판하며 "인간은 인간답게 살아야 한다"고 절규한다.

『새로운 번역으로 고전을 살린다』

* **노인과 바다**

인간은 패하려고 태어난 존재가 아니다. 죽을지언정 굴복할 순 없다.

노벨문학상 수상작 / 퓰리처상 수상작 / 노벨연구서 선정 100대 세계문학

* **키다리 아저씨**

사춘기에 꼭 봐야 할 책

랜덤하우스 선정 '가장 위대한 20세기 영미 소설 100권'

* **어린 왕자**

'어린 왕자'는 어른이 보는 동화다. 머리로 이해하고 가슴으로 느낄 때, 못 보던 세상이 새롭게 드러나, 자신이 변한다.

* **이상한 나라의 앨리스**

현대사회에 가장 커다란 영향을 미친 작품. 수학과 논리학과 철학을 녹여낸 판타지

* **오즈의 마법사**

세상 만물을 파악하는 두뇌, 사랑할 줄 아는 심장, 모든 것에 맞서는 용기,

본질을 찾아가는 여행!

* **오만과 편견**

인간은 무지해서 오만한 만큼 편견을 품고, 그만큼 세상을 엉뚱하게 바라보며 고통에 시달리나, 고통은 세상을 제대로 바라보는 지혜를 불러내, 그만큼 겸손하고 공정하게 살아가게 한다.

* **한글을 알면 영어가 산다**

언어 사대주의를 밝히고 한글 어법에 맞게 번역하는 방법을 제시한다.

한국 간행물 윤리위원회 선정 우수작, 교보문고 인문 베스트

나를 찾아서 2

초판 1쇄 발행 2018년 12월 28일

지은이 브라이스 커트니
옮긴이 김옥수
펴낸이 김소연

펴낸곳 비꽃
등록 2013년 7월 18일 제2013-000013호
주소 서울 강북구 삼양로16길 12-11
이메일 rain__flower@daum.net 전화 02)6080-7287 팩스 070-4118-7287
홈페이지 www.rainflower.co.kr

ISBN 979-11-85393-70-4
979-11-85393-19-3 (세트번호)

이 도서의 국립중앙도서관 출판시도서목록(CIP)은 서지정보유통지원시스템 홈페이지(http://seoji.nl.go.kr)와 국가자료공동목록시스템(http://www.nl.go.kr/kolisnet)에서 이용할 수 있습니다.
(CIP제어번호: CIP2018040097)

값 14,000원